Greg Walters

Der Lehrling
des Feldschers II

DAS BUCH

Wir schreiben das Jahr 1645. Im Heiligen Römischen Reich tobt seit 28 Jahren ein mörderischer Krieg und er scheint kein Ende zu nehmen.

Gustav und sein Meister sind aus der Zunft der schwarzen Feldschere verbannt und mussten den schwedischen Tross verlassen. Mitten im Winter ziehen sie als einfache Heiler durch die vom Kampf versehrten Lande und helfen den kriegsmüden Menschen. Doch ihre Feinde sind ihnen weiter auf der Spur.

»Martin hält sich mit seinem Lehrling immer noch in Sachsen auf. Alles dort ist vom Krieg verheert. Der Winter ist hart und die Menschen haben nichts zu essen. Wölfe sind wieder auf den Straßen. Man glaubt kaum, wie viele Unfälle es da gibt ...«

DER AUTOR

Seit seinem Studium der Geschichts- und Politikwissenschaft vor 20 Jahren, beschäftigt sich Greg Walters als Geschichtslehrer fast täglich mit historischen Stoffen. Es war also nur eine Frage der Zeit, bis er diese Passion mit seiner Leidenschaft für Fantasy verband. Herausgekommen ist »Der Lehrling des Feldschers«. Ein tiefgreifend recherchierter Historienroman, mit einem ordentlichen Schuss Phantastik und Humor, so wie es die Leser von Greg Walters gewohnt sind.

Mit den Schriftstellern Mira Valentin und Sam Feuerbach bildet Greg Walters die populäre Autorenvereinigung Weltenbauer3.

Gemeinsam mit seiner Frau, seinen beiden kleinen Töchtern und einer frechen, rotblonden Labradorhündin, lebt Greg Walters in Braunschweig. Dort arbeitet er derzeit an weiteren Geschichten, die den Leser in spannende Abenteuer und fremde Welten voller Fantasy und Geschichte entführen.
Weiteres zum Autor: gregwalters.de

DIE ROMANE

Die Farbseher Saga
Die Geheimnisse der Âlaburg – Farbseher Saga 1
Die Legenden der Âlaburg – Farbseher Saga 2
Die Chroniken der Âlaburg – Farbseher Saga 3
Die Sagen der Âlaburg – Farbseher Saga 4
Der Orden der Âlaburg – Farbseher Saga 5
Das Vermächtnis der Âlaburg – Farbseher Saga 6
Die Erben der Âlaburg – Farbseher Saga 7

Die Bestien Chroniken
Bestias – Die Bestien Chroniken I
Magus – Die Bestien Chroniken II
Rebelles – Die Bestien Chroniken III

Die Feldscher Chroniken
Der Lehrling des Feldschers
Der Lehrling des Feldschers II
Der Lehrling des Feldschers III

Erhältlich als eBook, Taschenbuch und gebundene Ausgabe sowie als Hörbuch

GREG WALTERS

DER
LEHRLING
DES
FELDSCHERS
2

ISBN: 978-3-7597-7736-2

© 2024 Gregor Timme
Autor: Greg Walters
Umschlaggestaltung, Illustration:
Alexander Kopainski
Lektorat: Ursula Tanneberger
Buchsatz: Kathrin Wandres
Karte: Karlos Valero
Illustration: Christos Georghiou
(stock.adobe.com)
Verlag: BoD • Books on Demand GmbH, In de Tarpen 42,
22848 Norderstedt
Druck: Libri Plureos GmbH, Friedensallee 273, 22763 Hamburg
info@gregwalters.de
www.gregwalters.de

Die Deutsche Nationalbibliothek verzeichnet diese Publikation in der Deutschen Nationalbiblio-
grafie; detaillierte bibliografische Daten sind im Internet über http://dnb.dnb.de abrufbar.

FÜR ALLE
STORYTELLER!

»Krieg ist Vater von allen,
König von allen.
Die einen macht er zu Göttern,
die anderen zu Menschen,
die einen zu Sklaven,
die anderen zu Freien.«

HERAKLIT

DAS ABGELEGTE
SCHWARZ

Rittergut Löbnitz, Kurfürstentum Sachsen,
Januar 1645 – 28. Kriegsjahr

Gustav blies sich in die klammen Hände, um sie ein wenig aufzuwärmen. Die Kälte dieses eisigen Wintertags fuhr ihm direkt in die Knochen. Trotzdem standen vor ihrem Feldscherkarren relativ viele Menschen an, sodass sie vermutlich den ganzen Tag zu tun haben würden. Gustav konnte es den Leuten nicht verübeln. Nur selten kamen schwarze Feldschere, er verbesserte sich selbst: *Wir sind nur noch einfache Feldschere*, in das kleine Gut. Noch immer grämte sich Gustav, dass man ihn und Martin einfach zu Schuldigen gemacht hatte, aber er wusste auch, dass die Schweden nach dem, was in Osnabrück passiert war, keine andere Wahl gehabt hatten. Sein Meister war nach den Lügen seines Gegenspielers Hayo von Dietrichshagen und nach Anikes Verrat zu einer Belastung für die Schweden und ihre Position in den Friedensverhandlungen mit dem Kaiser geworden.

»Der Nächste«, erklang Martins gehetzte Stimme. Er behandelte schon den gesamten Vormittag Patienten oder

Personen, die sich dafür hielten. Regelmäßig wurden Dorfbewohner vorstellig, die nach diversen Wundermitteln fragten. Ganz oben auf der Liste standen Liebestränke, gefolgt von Verjüngungsmitteln und danach kam erschreckenderweise schon die Bitte um Gift.

Gustav wusste genau, warum das so war. Viele waren nicht in der Lage, einen echten Heiler von einem gewöhnlichen Bader zu unterscheiden. Die meisten Bader schnitten sehr gut Haare, ließen hervorragend zur Ader, zogen leidlich Zähne und behandelten darüber hinaus jede sonstige Krankheit ziemlich schlecht. Um trotzdem einigermaßen über die Runden zu kommen, verhökerten sie diverse Tränklein, die den Menschen alles Mögliche versprachen und bei deren Inhalt man froh sein konnte, wenn man sich nicht den Magen damit verdarb.

Gustav führte einen gebeugten Mann, der fast apathisch wirkte, hinter den gelben Wagen. Dort hatten sie mit einigen großen Tüchern und Brettern einen Behandlungsraum eingerichtet. Das bewahrte ein wenig die Privatsphäre, hielt die bittere Kälte aber leider nicht ab. Die große Feuerschale in der Mitte ihres Verschlags, um die sich Gustav schon den ganzen Tag kümmerte, verströmte immerhin so viel Wärme, dass die meisten Patienten bereit waren, sich zumindest ein wenig auszukleiden, wenn das vonnöten war.

Gemurmel brandete auf. Die anderen Wartenden blickten wahlweise böse oder ängstlich auf den neuen Patienten der Feldschere. Niemand schien ihm wohlgesinnt zu sein.

Gustav verstand nur Fetzen des Gesagten.

»Der Besessene …«

»… wollen wir hier nicht haben.«

»Die Bader sollten sich vor dem in Acht nehmen, wenn er wieder …«

Das Wenige, was er hörte, bereitete ihm gehörige Bauchschmerzen. *Nicht schon wieder.* Dunkle Erinnerungen stiegen in Gustav auf. Die Bilder aus Katelenburch verfolgten ihn immer noch. Das Tribunal, das sein Meister dort im Gasthaus abgehalten hatte, und die Erbarmungslosigkeit, mit der er über den jungen Mann – Benjamin – gerichtet hatte, weil der eine Verbindung mit einem Dämon eingegangen war, waren in sein Gedächtnis eingebrannt. *Das wäre auch mein Schicksal, fände er das mit mir und Mela heraus.*

Martin stand mit dem Rücken zu ihnen und wusch sich die Hände in einer großen Schüssel. Der blutige Zahn in einer kleineren daneben ließ nicht viel Interpretationsspielraum zu, welche Behandlung er dem vorherigen Patienten hatte angedeihen lassen.

Für Gustav war es immer noch merkwürdig, seinen Meister in normaler, beigefarbener Kleidung zu sehen. Ohne das Schwarz der Feldschere wirkte er irgendwie kleiner. Nur die dunklen Handschuhe, die er jetzt wieder überzog, waren von seiner einstigen Tracht geblieben – und Martins immenses Wissen um die Heilung des menschlichen Körpers, das nun den Bewohnern von Löbnitz zugutekam.

Der Feldscher drehte sich um und schenkte dem gebeugten Mann ein aufmunterndes Lächeln. »Wie kann ich Euch helfen?«

Anders als die meisten Bader fragte er nicht zuerst nach den finanziellen Mitteln der Kranken, sondern stets, was ihnen fehlte. Ob und was sie bezahlen konnten, dafür war Gustav zuständig. Das führte dazu, dass der zwar über einen großen Vorrat an Eiern, Speck, Mohrrüben, Kohlköpfen, altem Brot, bunten Knöpfen und diversem Hausrat verfügen konnte – aber eben nicht über Geld.

»Ich glaube …«, begann Gustav mit belegter Stimme.

»Dich habe ich nicht gefragt«, fuhr ihm sein Meister über den Mund und ging näher an den Mann heran, dessen Gesicht hinter einer Wand fettigen braunen Haars verborgen war, weil er beständig auf den Boden blickte. »Herr«, sprach er ihn respektvoll an und legte ihm sanft eine Hand auf den Unterarm. »Wie kann ich Euch helfen? Wollt Ihr mir vielleicht Euren Namen verraten? Ich bin Martin der Feldscher.«

Einen langen Moment sagte der Mann nichts. Gustav war drauf und dran, wieder für ihn zu antworten, da öffnete sich der Mund des Dörflers schließlich doch noch. »Fred ist mein Name, Meister Feldscher. Einfach nur Fred.« Er machte eine kurze Pause. Flüsternd sprach er Worte, die Gustav erstarren ließen: »Ich bin besessen!«

Die Miene des Feldschers blieb freundlich und gelassen. »Wie kommt Ihr darauf?«

Der Mann begann hektisch zu atmen. Seine Augen rollten panisch hin und her, wie bei einem gefangenen Tier.

»Ganz ruhig«, erklang die sonore Stimme von Gustavs Meister. »Beschreibt mir einfach, was Euch quält.« Er legte Fred vertraulich eine Hand auf die Schulter und führte ihn zu dem Schemel, auf dem er die Patienten untersuchte.

»Glaubt mir, Herr. Ich … ich … rede in fremden Zungen.«

Ich hatte also recht mit meinem Verdacht. Gustav wäre am liebsten schreiend auf den Vorplatz hinausgelaufen. Er wollte nie wieder sehen, wie sein Meister jemanden tötete.

Martin brummte skeptisch. »In welcher Sprache?«

Fred blickte das erste Mal direkt in die Augen des Feldschers. »Ähm …«

Der Wundarzt grinste verschmitzt. »Nun, Ihr habt gesagt, dass Ihr in fremden Zungen sprechen könnt, da bin ich einfach neugierig. Denn so was ist ja eigentlich ganz praktisch. Mein Lehrling Gustav, der wäre sicher sehr dankbar, wenn er derlei mit Latein bewerkstelligen könnte.« Er zwinkerte Fred verschwörerisch zu.

Der Mann lächelte tatsächlich für einen kurzen Moment.

Gustav bewunderte, wie einfühlsam Martin mit Fred umging, auch wenn der Scherz auf seine Kosten gegangen war. Allerdings steckte darin ein wahrer Kern. Wenn er nur an seine lateinische Grammatik dachte, drehte sich ihm schon der Magen um.

»Ich weiß es nicht. Davon haben nur die anderen erzählt, mit denen ich gemeinsam die Felder bestelle. Die verstehen aber auch nur Deutsch. Ich selbst kann mich nie daran erinnern. Es fängt meist mit einem Zittern an, das immer stärker wird. Dann falle ich um und alles wird schwarz. Manchmal ist es schon dunkel, wenn ich wieder erwache, und anschließend habe ich immer einen schrecklichen Muskelkater.«

»Aha«, kommentierte Martin das neutral. »Darf ich?« Er zeigte auf das schmuddelige Wams des Manns.

Der nickte zustimmend und öffnete es.

Vorsichtig tastete Martin Freds Oberkörper ab, der von blauen Flecken übersät war.

Fred zuckte immer wieder zusammen, wenn der Feldscher eine der dunklen Stellen berührte. »Passiert Euch das oft, Fred, dass Ihr so zittern müsst und umfallt?«

»Ja. Ein-, zweimal im Monat.«

Der Feldscher nickte verstehend. »Eins kann ich Euch versichern, Ihr seid nicht besessen, sondern leider einfach nur krank.«

Gustav musste ein beruhigtes, lautes Ausatmen unterdrücken. Das war gut so, denn im nächsten Moment nahm sein Meister ihn in den Fokus.

»So, mein lieber Gustav. Der Mann fällt oft. Er hat blaue Flecken an Rücken und Bauch. Vergisst, was ihm zugestoßen ist, und hat anschließend Muskelkater. Für welches Krankheitsbild sind diese Symptome typisch?«

Gustav war die ganze Zeit so von der Idee beseelt gewesen, dass der Mann sich mit einem Dämon verbunden hatte, dass er gar nicht auf das wirkliche Leiden des Patienten geachtet hatte. »Ähm …«, begann er.

Die linke Augenbraue seines Meisters wanderte streng nach oben.

Gustav ging die genannten Symptome im Kopf durch. *Was haben Vergesslichkeit, Muskelkater und häufiges Fallen miteinander zu tun?* Er spürte Martins ungeduldigen Blick und den ängstlichen Freds auf sich. *Jeder stolpert doch einmal und …* Das brachte ihn auf die Lösung. »Fallsucht, Meister. Ich glaube, er leidet an Fallsucht.«

Martin nickte ihm zufrieden zu. »Welche Ursache für die Fallsucht hat der Grieche Hippokrates in seinem Werk *Über die heilige Krankheit* fälschlicherweise angenommen, Gustav?«

Mit einer solchen Frage hatte der gerechnet und seinen Kopf bereits nach allem durchforstet, was er über das Leiden wusste. »Dass kalter Schleim in das Blut fließt und es deshalb zum Stehen kommt, Meister.«

»Sehr gut«, brummte der Feldscher zufrieden, der Fred gerade in den Rachen spähte. »Zur Zeit der alten Griechen und leider noch viel zu lange versuchte man Eure Krankheit nach dem Prinzip *contraria contrariis* – Entgegengesetztes mit Entgegengesetztem – zu heilen. Zu Eurem Glück leben wir nicht mehr in solch dunklen Epochen. Damit bleiben Euch Scheußlichkeiten wie Aderlass, Brenneisen oder gar Trepanation erspart.«

Trepanation. Gustav schüttelte sich innerlich. Das Anbohren des Schädels gehörte zu den furchtbarsten Verfahren der

Heilkunst und hatte meist nur ein Ergebnis zur Folge: den Tod des Patienten.

»Leider helfen auch das nach dem Markusevangelium empfohlene Beten und Fasten wenig. Was machen wir stattdessen, Gustav?«

Gustav war stolz, dass er tatsächlich eine Antwort darauf geben konnte. So langsam lohnte sich das Lesen der alten lateinischen Schinken. »Paracelsus hat dargelegt, dass die Fallsucht eine natürliche Ursache haben muss, weil auch Tiere an ihr leiden, und die können wegen ihrer fehlenden Seele gar nicht von irgendetwas besessen sein.«

Martin zog erfreut die Mundwinkel ein wenig nach oben. Nicht zu weit. Gustavs Meister war der Ansicht, dass zu viel Lob einen Lehrling nur verdarb – zumindest glaubte Gustav das.

Fred schien dieser Logik etwas abgewinnen zu können. »Tiere haben es also auch …«, murmelte er vor sich hin.

»Heilen können wir diese Krankheit leider nicht, aber ihre Symptome durch einen Sud aus Baldrianwurzeln abmildern.«

Das Gesicht ihres Patienten spiegelte eine Mischung aus Freude und Enttäuschung wider.

Martin hantierte schon an einem der vielen Kästchen in seinem Wagen herum und kam mit einem getrockneten Büschel der Heilpflanze in den davor aufgebauten Verschlag zurück. »Kocht einige Stängel davon auf. Trinkt jeden Tag einen Becher und die Fallsucht wird weniger werden.«

Mit zitternden Händen nahm Fred die Medizin.

»Wisst Ihr, wo Ihr Baldrian hier in der Gegend findet, wenn dieser Vorrat zu Ende geht?«

Fred nickte, ließ den Blick aber nicht von der Pflanze ab. Seine Hände umklammerten sie regelrecht.

»Gut. Darüber hinaus müsst Ihr ab jetzt immer ein stabiles Stück Holz bei Euch tragen. Schiebt es Euch zwischen die Zähne, wenn das Zittern beginnt. Es besteht die Gefahr, dass Ihr Euch bei einem der Anfälle die Zunge abbeißt. Sagt außerdem Euren Freunden und Bekannten, dass sie nicht versuchen sollen, Eure Arme und Beine während des Zuckens zu bewegen, sie könnten sie brechen. Stattdessen müssen sie dafür sorgen, dass Ihr Euch nirgendwo den Kopf anhaut und es gerade bei diesem Wetter warm habt.«

Fred kam gar nicht mehr aus dem Nicken heraus.

»Ich werde mit dem Verwalter reden und ihm alles erklären, wenn Euch das recht ist, damit niemand mehr dummes Zeug über Fred den Feldarbeiter erzählt.«

Jetzt brachte der Mann ein richtiges Lächeln zustande. »Wie kann ich Euch nur danken, Herr? Das ist mehr, als ich verdient habe.«

Martin schaute ihn gütig an. »Nein, das ist das Mindeste, was jemand verdient, der mit dieser Krankheit geschlagen ist.«

»Danke, Herr. Ich danke Gott im Himmel, dass er mir einen Engel in Menschengestalt gesendet hat. Ich werde für Euch und Euren schlauen Lehrling beten. Ich habe leider sonst nicht viel zu geben …«

Gustav hatte es geahnt.

»Warum bleiben wir nicht einfach hier?« Gustav wusste, dass sich seine Stimme quengelig anhörte, aber er war wirklich unglücklich darüber, bei der Kälte wieder raus auf die Straße zu müssen. Der Tag neigte sich bereits dem Ende zu und es hatte angefangen zu schneien.

»Weil der Verwalter Geld dafür haben will, wenn wir hier übernachten, und wir damit im Moment nicht gerade üppig ausgestattet sind, wie du sehr wohl weißt.«

Gustav schnaubte. Würde sein Meister nicht hauptsächlich die Armen und Mittellosen behandeln, könnten sie jetzt vielleicht in einem der warmen Häuser nächtigen oder wenigstens in einem Stall.

Der Feldscher schien die Gedanken seines Lehrlings zu lesen. »Gräme dich nicht. Leider sind wir nicht mehr so geachtet wie zu der Zeit, als wir noch das Schwarz tragen durften. Der Mann war zu nett, es zu sagen, aber er wollte uns über Nacht schlicht nicht auf seinem Gut haben. Wir sind Fremde in einem vom Krieg zerrütteten Land.« Er schlug die Tür des Karrens zu und kletterte zu Gustav auf den Kutschbock. »Du darfst auch mit im Wagen schlafen, und wenn wir erst in Zeitz sind, dann verdienen wir bestimmt wieder mehr. Es sind schwierige Zeiten …«

»Die wir dem verfluchten Hayo von Dietrichshagen zu verdanken haben – und Anike. Sie sind daran schuld, dass wir nur noch Menschen behandeln dürfen und keine Dämonen mehr.«

»Vermisst du die Kreaturen der Nacht etwa?«

»Nein, natürlich nicht«, versicherte Gustav hastig. »Aber meinen schwarzen Umhang und die schöne Fibel schon.« Gustav strich sich über die Stelle, wo das Symbol der schwarzen Feldschere, die Krallenpranke, sich normalerweise befunden hatte.

»Mach dir darum mal keine Sorgen. Die Zunft wird gut darauf aufpassen, bis sie endgültig über unseren Fall entschieden hat.« Der Feldscher schnalzte und die brave Jolande zog den gelben Karren mit klappernden Hufen über den Vorplatz des Guts. »Die Schweden mussten so handeln, das weißt du ganz genau.

»Pah, trotzdem, einen mitten im Winter aus der Stadt werfen zu lassen, ist nicht gerade die feine Art.«

Martin blickte ihn streng an. »Man hätte uns auch als Verräter hängen lassen können.«

Damit bin ich diesem Schicksal schon ein zweites Mal entgangen.

»Ohne Torstenssons Fürsprache wäre es vielleicht dazu gekommen. Hayos Einfluss geht weit. Viel weiter, als ich gedacht hatte. Es war ein Fehler, ihn zu unterschätzen …« Martin seufzte schwer. »Und Anike.«

Die Natter, die wir in unser Nest gelassen haben. Wie so oft konnte sich Gustav nicht entscheiden, ob er Anike hasste oder noch immer in sie verliebt war. Vermutlich traf beides zu.

Sie fuhren nicht weit, da das Reisen über die schneebedeckten Wege mühselig war und es bereits dunkel wurde. Am Wegesrand in der Nähe der Weißen Elster schlugen sie ihr Lager auf. Das Flüsschen gluckerte irgendwo in der Dunkelheit. Gustav hatte bereits ein großes Feuer entfacht, um die beißende Kälte etwas zu vertreiben. Missmutig stapfte er durch den Schnee, um noch mehr Holz zu besorgen. Eine weitere der wunderbaren Aufgaben eines Lehrlings. Ein Gutes aber hatte die Abgeschiedenheit. Endlich konnte er wieder gefahrlos einen Blick auf das Symbol an der Seite des Karrens werfen. Wie an dem ersten Tag, an dem er es gesehen hatte, wechselte es beständig zwischen einer Rose und einem Dämonenschädel. Nachdem sie ihre schwarze Kleidung hatten ablegen müssen, verhüllte Martin den Wagen mit Tüchern, wenn sie unter Menschen waren. In der beginnenden Dunkelheit leistete ihnen das Symbol allerdings gute Dienste und sorgte durch sein beständiges Glühen dafür, dass sie immer über etwas Licht verfügten. Martin behauptete sogar, dass das Zeichen wilde Tiere abhalte.

»Verfluchter Mist«, schimpfte Gustav, als er mit der Schulter einen tief hängenden Ast anrempelte und dadurch eine kleine Lawine auslöste. Wütend spuckte er Schnee aus und klopfte sich ab. Jolandes Wiehern ließ ihn innehalten.

Das stoische Maultier gab nur äußerst selten einen Laut von sich – und wenn, dann nur in Situationen, in denen es sich fürchtete.

Gustavs Herz begann zu klopfen. Was konnte Jolande so viel Angst machen? Viel wichtiger aber: Warum unternahm sein Meister nichts dagegen?

Erneut wieherte das Tier.

Tiefe Stimmen erklangen. Dazu ein euphorisches Johlen. Holz knackte, als schwere Stiefel drauftraten und es zerbrachen.

Gustavs Mund fühlte sich trocken an. Sofort dachte er an die Nacht, in der sein Vater gestorben war. *Wegen meiner Angst.* Er hatte sich damals geschworen, nie wieder feige zu sein. Seine Hand fuhr zu der Stelle am Gürtel, an der bis vor Kurzem sein Silberdegen gehangen hatte. Leider hatte er mit der schwarzen Kleidung auch den Degen ablegen müssen. Die Waffe seines Vaters befand sich in einer schlanken Holzkiste im Innern ihres Wagens. Gustav war es egal. Er nahm einen der dickeren Holzknüppel, die er für das Feuer gesammelt hatte, und schlich näher an das Lager heran. Mutig zu sein, bedeutete nicht, dem Gegner ins offene Messer zu laufen.

Das letzte Licht des Tages schwand rapide. Er sah dunkle Silhouetten um das Feuer herumlaufen. Eine schlüpfte gerade in das Innere des Wagens. Zwei andere hielten seinen Meister an den Armen fest, während eine dritte Gestalt ihm mit der Faust ins Gesicht schlug.

Zorn brandete in Gustav auf. Er war bereit, sich in das aussichtslose Gefecht zu stürzen. Keinesfalls würde er seinen Meister diesen Strauchdieben überlassen. Da vernahm er die laut gesprochenen Worte Martins.

»Ich bin allein. Meinen Lehrling habe ich in Osnabrück zurückgelassen. Ich konnte ihn sowieso nicht mehr als schwarzen Feldscher ausbilden.«

Er will, dass ich mich weiter im Verborgenen halte. Es fiel Gustav schwer, diesem Wunsch zu entsprechen. Wieder dachte er an sein niedergebranntes Elternhaus und den kalten Körper seines toten Vaters. Auf gar keinen Fall wollte er sich erneut feige wegducken. Bevor er eine Entscheidung treffen konnte, fragte eine der Gestalten seinen Meister etwas, das Gustav stutzen ließ.

»Wo ist es?«

Martins Antwort verstand er nicht, sie schien dem Fragesteller aber nicht gefallen zu haben, denn der schlug erneut zu.

»Ihr wisst genau, wovon ich spreche! Wo versteckt Ihr es?«

Sagt es ihnen, nichts ist so wertvoll, dass man dafür sterben muss!, flehte Gustav stumm. Zu seiner Überraschung antwortete sein Meister aber: »Ich habe es nicht mehr.«

Bevor Gustav sich darauf einen Reim machen konnte, ließ ihn eine raue Stimme in seinem Rücken zusammenzucken.

»Hab ich dich, mein Kleiner!«

EXPERIMENTE

Wien, Residenzstadt des Hauses Habsburg,
Januar 1645 – 28. Kriegsjahr

Johannes hielt seinen Mantel am Kragen zusammen. Eisig kroch ihm der Wind der Januarnacht in die Knochen. Er überquerte eilig den Innenhof der sogenannten alten Burg. Dieser Teil der Wiener Hofburg war der älteste des Residenzschlosses, was aber seit den aufwendigen Umbauarbeiten durch Ferdinand I. im letzten Jahrhundert kaum noch zu erkennen war. Nur eines überdauerte selbst die Kaiser: Die vier hoch aufragenden Türme der Burg waren unverwechselbar und bildeten eine beeindruckende Stadtkulisse, die in jedem Wiener Heimatgefühle auslöste. Dieses Vierturmkastell diente als Vorbild für viele Herrschaftssitze in ganz Europa – und doch konnte sich niemand mit dem großartigen Herrschersitz der Habsburger messen. Die Hofburg war ein gigantischer Bau, in dem zahlreiche Menschen lebten und arbeiteten. Von hier aus wurde das Heilige Römische Reich regiert, das in seiner Macht und Ausdehnung seinesgleichen auf der Erde suchte.

Nachdem er den inneren Burgplatz durchmessen hatte, trat Johannes in den deutlich kleineren Schweizer Hof ein und hielt auf das gleichnamige Tor zu, das den Hauptein-

und -ausgang der kaiserlichen Residenz bildete. Johannes bemerkte es kaum. Er war so daran gewöhnt, in der Hofburg ein und aus zu gehen, dass dieser für die meisten Wiener besondere Ort jeden Glanz für ihn verloren hatte. Als rechte Hand des mächtigen Reichsgrafen Maximilian von und zu Trauttmansdorff hatte er hier seit Jahren zahllose Aufträge für seinen Herrn erledigt – öffentlich und im Verborgenen.

Mit einem respektvollen Nicken öffneten die Torwachen ihm und Johannes trat in die Welt außerhalb der kaiserlichen Residenz. Wie immer, wenn er das tat, atmete er einmal tief ein und aus. Für ihn fühlte es sich so an, als wäre die Luft hier draußen frischer, sauberer als in jener Burganlage, die sein Leben prägte, seit er vor vielen Jahren in den diskreten Dienst des Reichsgrafen Trauttmansdorff getreten war. Die Wünsche und Launen des kaiserlichen geheimen Rats bestimmten seitdem den Takt von Johannes' Leben. Es war fast so, als hätte er kein eigenes mehr. *Hatte ich denn davor eins?* Er würde dem Mann sein Leben lang dankbar und immer treu ergeben sein. Der Reichsgraf hatte aus einem Gossenjungen einen Mann gemacht, der die Weltpolitik mitbestimmte. Ein Schicksal, das Johannes viel zu früh an der Schwindsucht verstorbene Eltern sich nicht einmal in ihren kühnsten Träumen für ihren einzigen Sohn vorgestellt hätten.

Der Gedanke an seine Eltern betrübte Johannes. Er seufzte und bog in eine dunkle Gasse ein. Wie gern wäre er heute einfach einmal zu Hause und im Bett geblieben, statt mitten in der Nacht in die Hofburg gehen und neue Befehle abholen zu müssen. David war zwar kein besonders gesprächiger Zeitgenosse, dafür hatte er den Körper eines griechischen Gottes und die Ausdauer eines wilden Hengstes. Trotz allem musste Johannes grinsen, als er an ihn und sein braunes gelocktes Haar dachte. Zumindest hatte das neue Jahr sehr amüsant begonnen. Ihm war wohl bewusst, wie gefährlich es war, dass er und der Kammerdiener sich heimlich in seinem Zimmer im Haus des Reichsgrafen trafen und das Bett teilten. Suchten doch seine Gegner bei Hofe – oder besser gesagt, die seines Herrn – ständig einen Grund, ihn anzugreifen. Aber er war nun einmal, wie er war, auch wenn die Kirche und weite Teile der Gesellschaft das missbilligten.

Er ging um den Stephansdom herum und wurde unbewusst langsamer. Johannes hasste den Ort, an den ihn Trauttmansdorff wieder einmal gesandt hatte. Der alte Mann hatte es sich zur fixen Idee gemacht, dass in den unterirdischen Gewölben des heruntergekommenen Fachwerkbaus der Krieg gegen die Protestanten eher entschieden würde als auf dem Schlachtfeld. Johannes blieb vor dem Haus stehen und klopfte in einem komplizierten Rhythmus an die eisenbeschlagene Tür.

Es dauerte nur wenige Augenblicke, bis das schleifende Geräusch eines Riegels zu vernehmen war. Kurz darauf erschien das hagere Gesicht Hayo von Dietrichshagens. Wie immer blickte der schlanke Mann verschlagen drein und sondierte gewissenhaft die dunkle Straße hinter Johannes.

»Niemand ist mir gefolgt. Ihr wisst, dass ich mich darauf verstehe, ungesehen zu bleiben.«

»Du bist spät. Bist wohl nicht aus dem Bett gekommen, was?« Hayo lächelte frivol.

Der schwarze Feldscher war einer der wenigen Menschen, die von Johannes' wahrer Natur wussten, weil er ihn im vorletzten Sommer zufällig in einer despektierlichen Situation beobachtet hatte. Bisher hatte es sich für den Wundarzt aber noch nicht als nützlich erwiesen, aus diesem Wissen Profit zu schlagen. Johannes wusste nur zu genau, dass dieser Tag kommen würde – und wie er dann zu handeln hatte.

Wortlos schob er sich an dem schwarz gekleideten Mann vorbei in das Innere des klammen Hauses.

»Warum so unfreundlich?«, schimpfte Hayo. »Vergiss nicht, dass ich nur auf Befehl deines Meisters hier bin. Ich und meine Lehrlinge sind tagelang von Osnabrück ohne Pause hierher geritten, damit ich wieder mit den Experimenten beginnen konnte. Ein Großteil meiner Ausrüstung wird mit Kutschen transportiert und vermutlich erst im Frühjahr in Wien ankommen, wenn das Wetter so bleibt. Ich musste heute Nacht ziemlich viel improvisieren und du weißt, wie gefährlich das ist, was wir hier machen. Ob du es glaubst oder nicht, auch mir würde heute Nacht etwas Besseres einfallen als das hier. Wenn ich da nur an die Wiener Frauenhäuser denke.« Er zwinkerte verschwörerisch.

Johannes fuhr sich theatralisch durch sein blondes Haar und zwang sich, sein strahlendes Lächeln aufzusetzen. »Entschuldigt bitte, natürlich. Es ist nur so furchtbar kalt da draußen.« Es gab keinen Grund, sich Hayo zum Feind zu machen. Davon hatte er bereits genug.

Der lachte gehässig auf. »Deinesgleichen kann wohl nicht so gut mit Kälte umgehen wie echte Männer, was?«

Kurz blitzten in Johannes' Kopf Bilder seiner Zeit auf der Straße auf. Eindrücke von dreckigen Jungs, die einander fast totschlugen für einen Kanten hartes Brot oder einen halbwegs warmen Schlafplatz im Winter. Die Härte, die er in dieser Zeit erlernt hatte, schätzte Trauttmansdorff besonders an ihm. Er hatte sie um eine vielseitige Ausbildung im Bereich der Sprachen, Politik, Kunst und Wissenschaft erweitert und sich so einen perfekten und willfährigen Diener erschaffen, der bei Hofe verkehren konnte, aber auch nicht vor dreckiger Arbeit zurückschreckte. *Ich könnte dich mit nur einem Schlag zu Boden schicken und deinen schlaffen Hintern in den Schnee setzen, bevor du überhaupt deinen Arm gehoben hättest,* war die Antwort, die Johannes auf der Zunge lag. Stattdessen lächelte er weiter und sagte tonlos: »Wollen wir nach unten gehen?«

Hayo nickte mit angespanntem Gesicht. »Hilft wohl alles nichts, was?« Er fummelte einen großen Schlüssel hervor und schloss ein Eisengatter auf, dessen Stäbe fast armdick waren.

Jede Treppenstufe hinunter war ein Schritt weg vom Winter, hinein in die flirrende Hitze eines Hochsommertags. Johannes kam schneller ins Schwitzen, als ihm lieb war. Unauffällig nestelte er an seinem Wams herum und schlug seinen Umhang zurück.

Hayo, der ein guter Beobachter war, musste diese Schwäche natürlich kommentieren. Ihm schien der Wechsel zwischen Hitze und Kälte nicht viel auszumachen. »Im Moment bin ich eigentlich ganz froh über die Wärme. Ist doch bei dem Wetter das einzig Positive, wenn man schon an einem verfluchten Ort wie diesem sein muss.«

Johannes hörte gar nicht richtig hin. Er wappnete sich für das, was er gleich sehen würde. Obwohl er es schon so oft erblickt hatte, konnte er es doch kaum ertragen. »Wie viele?«, fragte er mit trockenem Mund.

»Bei achtzehn war diesmal Schluss«, antwortete Hayo lapidar. »So viele hatten wir noch nie, aber das ist dennoch Meilen von dem entfernt, was dein Herr sich von mir wünscht.«

Achtzehn. Johannes wurde übel. Die Fasanenkeulen, die er aus der Küche stibitzt und kalt mit David im Bett gegessen hatte, kamen ihm hoch.

Sie liefen an etlichen mannshohen Eisenkisten vorbei, die mit dicken Ketten an den Wänden befestigt waren.

Wie immer, wenn Johannes sie passierte, bekam er leichte Kopfschmerzen, die aber schnell wieder nachließen, als sie die Behältnisse hinter sich gelassen hatten.

Es wurde immer wärmer.

Durch einen halbrunden Wanddurchbruch traten sie in einen großen Raum, der aus blutroten Ziegelsteinen gemauert war. Die Luft war rauchig und kratzte im Hals. Etliche große Feuerschalen spendeten ein schummeriges Licht. Mehrere in Schwarz gekleidete Männer reinigten mit Reisigbesen und Wassereimern den Boden von komplizierten Mustern aus feiner Holzkohle und Blut.

Auf sie achtete Johannes nicht weiter. Sein Blick wurde von den Körpern angezogen, die bewegungslos innerhalb der Symbole aus Asche lagen. *Achtzehn.*

Hayo musste seinem Blick gefolgt sein. Er winkte ab. »Um die ist es nicht schade. Mörder und Beutelschneider aus Krain und Böhmen. Ein paar aufmüpfige protestantische Kriegsgefangene sind, glaub ich, auch darunter.«

Johannes schritt bedächtig durch den Raum und zwang sich, jedem einzelnen der Toten ins Gesicht zu sehen. Ihre schrecklichen Wunden ignorierte er, so gut er konnte.

»Ich finde es übrigens jedes Mal wirklich gruselig, wenn du das machst. Kannst du damit nicht mal aufhören?«

»Nein!«, beschied Johannes ihm. Niemand anderes würde sich sonst die Mühe machen und er fand, dass er ihnen das einfach schuldig war. Das hier waren Menschen. Es waren junge und alte Gesichter dabei. Manche rund und dicklich, andere hager und schmal. Doch eines war allen Gesichtern gemeinsam: der gequälte Ausdruck. Sein Blick wanderte zu dem großen Eisenkäfig an der gegenüberliegenden Wand. In ihm schlief etwa ein Dutzend dreckiger Männer auf dem Boden. Man hatte sie mit einem Trank aus Mohn, Veilchenöl und Schwertlilienknolle betäubt. Auf derlei ›Heilmittel‹ verstanden sich die schwarzen Feldschere besonders gut. Das Schicksal jener armen Gestalten war nur aufgeschoben. Hayo und seine Lehrlinge würden im Auftrag Maximilians mit ihren grausigen Experimenten fortfahren und dazu brauchten sie menschliche Wirte. »Was ist geschehen?«

Hayo versuchte eine anstrengend lange Weile, mit den Fingern einen Scheitel in seine dünnen Haare zu kämmen, bis er sich zu einer Antwort bequemte. »Das, was immer passiert. Als gerade einer in Nummer achtzehn schlüpfen sollte, befreiten sich Nummer drei und Nummer acht. Verließen ihre menschlichen Körper und fraßen sich gierig durch die anderen. Es ist jedes Mal eine elende Sauerei. Zum Glück konnten wir uns rechtzeitig in Sicherheit bringen und die Schutzgitter hielten.«

Eine elende Sauerei, wiederholte Johannes in Gedanken die Worte des Feldschers. *Es ist eine elende Sauerei, so etwas überhaupt zu tun.* Er blickte zu der mehrfach verstärkten Eisentür hinüber, die in die Wand eingelassen war. Tiefe Kratzer waren darauf zu sehen. Dahinter hatten sich Hayo und seine Lehrlinge verkrochen, als das Grauen über den Raum gekommen war. Sie hatten nicht mal versucht die Männer zu retten. *Feige schwarze Ratten.* Johannes zwang sich dazu, sich auf seinen Auftrag zu konzentrieren. »Ihr habt vermutlich einen neuen Intellectus fangen können, der der Sache ein Ende bereitet hat, bevor auch Ihr Opfer der Dämonen wurdet?«

Hayo kratzte sich die lange Hakennase. »Natürlich. Ohne ihn wären derlei Experimente der reinste Selbstmord. Die anderen Dämonen hören auf ihn und gehen zurück in ihre Eisenkisten. Trotzdem ist es schade, dass wir seinen Vorgänger in Osnabrück verloren haben. Martin, die verlogene Schlange, muss sehr mächtige Dämonen befehligen. Nur wenige von ihnen sind in der Lage, einen Intellectus zu töten.«

Johannes tat so, als würde ihn dieses Geschwafel über Dämonen interessieren. »Hat er Euch vor seinem …« Er suchte einen Moment nach dem richtigen Wort, da ihm aber keines einfallen wollte, nutzte er eines, das er auch bei Menschen verwendet hätte. »… Ableben noch Informationen über Martin liefern können oder konkrete Beweise für seine Verfehlungen?« Johannes kannte sich inzwischen ansatzweise mit den Regeln der schwarzen Feldschere aus, weshalb er wusste, dass es in ihrer Zunft als Todsünde galt, einen Dämon für eigene Zwecke zu beschwören.

Hayo hatte sich mittlerweile darauf verlegt, seine enge Feldscherkluft glatt zu streichen. Offensichtlich wusste er nicht, was er mit seinen Händen anstellen sollte. »Leider nichts Brauchbares. Ich kann schwerlich vor die Zunftältesten treten und ihnen berichten, dass ein von mir beschworener Dämon herausgefunden hat, dass ein anderer Feldscher ebenfalls Dämonen beschwört, und dafür eine Bestrafung verlangen.«

Johannes quittierte das mit einem kurzen Nicken. Was waren diese schwarzen Nattern doch verlogen. Er hätte seinen rechten Arm darauf verwettet, dass es nicht einen Meister unter ihnen gab, der keine Dämonen für persönliche Zwecke aus der Erde rief. Wäre es nach ihm gegangen, hätte man die ganze Zunft verboten und ihre Anhänger als Ketzer auf dem Scheiterhaufen verbrannt. Er konzentrierte sich wieder auf den eigentlichen Grund seines nächtlichen Besuchs. »Achtzehn reichen nicht aus, um die Heere der Schweden zu besiegen. Der Reichsgraf und damit der Kaiser persönlich werden damit sehr unzufrieden sein.«

Hayo lachte freudlos auf. »Das brauchst du mir nicht zu erzählen. Ich habe dir und deinem neunmalklugen Herrn von Anfang an gesagt, dass das Wichtigste das Buch von Martin ist. In seinem Codex Daemonum muss stehen, wie er es schafft, derartig viele Dämonen gleichzeitig in Männer fahren zu lassen, dass die Truppen der Union diejenigen deiner geliebten Liga beständig vom Schlachtfeld fegen. Anders kann ich mir seinen Erfolg nicht erklären.«

Johannes hob warnend den Zeigefinger.

Der schwarze Feldscher ließ sich davon nicht aufhalten. »Ihr beiden wolltet doch, dass die rothaarige Dirne ihren Auftrag ändert und das Buch nicht mehr stiehlt, sondern stattdessen die Verhandlung in Osnabrück sabotiert. Das hat sie geschafft und ist dann auf Nimmerwiedersehen verschwunden. Das war der falsche Weg. Ihr habt euch nur Zeit erkauft, aber keinen echten Vorteil im Krieg.« Er zuckte mit den Schultern.

Johannes versuchte sich nicht anmerken zu lassen, wie sehr ihn dieser Vorwurf traf. Er selbst hatte Trauttmansdorff zu dieser Planänderung überredet und den Brief an Anike eigenhändig verfasst: *Lass den Feldscher am Leben und ignoriere das Buch.* Warum hatte er das getan? Er konnte sich einreden, dass es sein Wille gewesen wäre, dass sich Anike ganz und gar auf die Sabotage der Friedensverhandlungen konzentrierte und er sie deshalb von anderen Aufgaben entbunden hatte. War er aber ehrlich zu sich selbst, dann hatte er das schöne Mädchen schützen wollen. Sie war eine gewiefte Gaunerin, die ihm beinahe sympathisch war, aber gewiss keine Mörderin. Ihm war nur zu bewusst, was aus ihr geworden wäre, wenn sie Martin getötet hätte. *Jemand wie ich.*

Die Bedeutung des Buchs hatte sich Johannes erst später erschlossen. Zunächst hatte er angenommen, dass Hayo es nur aus Eitelkeit besitzen wollte, weil er schon seit Jahren einen Kleinkrieg gegen Martin führte. Er hatte Anike daher eher aus Gehässigkeit aufgetragen, es nicht mehr zu stehlen. Zwei gravierende Fehler, die er schnellstmöglich zu tilgen beabsichtigte. »Mein Herr lässt Euch ausrichten, dass Seine Majestät enttäuscht ist, dass sein persönlicher schwarzer Feldscher so viel weniger mächtig ist als der der Schweden.« Johannes machte eine Kunstpause, wie es ihm einer seiner Rhetoriklehrer beigebracht hatte. »Und dass er nicht genau weiß, wie lange er Euch und Eure Lehrlinge noch vor dem Zorn Seiner Majestät beschützen kann.«

Hayo baute sich vor Johannes auf – und war doch einen Kopf kleiner. »Raus hier!«, brüllte er seine Lehrlinge an, die hastig den Kellerraum verließen. Als sie allein waren, zischte er: »Glaub bloß nicht, dass ich dieses Spiel nicht durchschaue. Ich kenne die Methoden des feinen Reichsgrafen, aber auch ihm sollte eines klar sein: Ich bin keine rothaarige Straßendirne oder ein warmer Bruder, die willig nach seiner Pfeife tanzen, sondern ein schwarzer Feldscher. Die Nächte im Winter sind lang und dunkel. Die Gassen Wiens eng und verwinkelt. Sollten hier *versehentlich*«, er betonte das Wort besonders, »Dämonen befreit werden, könnte ihre mörderische Kraft sogar deinen von mir so geschätzten Trauttmansdorff treffen, und dann wäre kein schwarzer Feldscher mehr hier, der ihn beschützt.« Er funkelte Johannes verschlagen an.

Der hatte genau diesen Wutausbruch einkalkuliert und ruderte jetzt großzügig zurück. »Vielleicht sollten wir weniger Drohungen aussprechen und uns lieber auf Lösungen konzentrieren. Wir sind doch beide unglücklich mit der Situation.« Er ließ sein Lächeln erscheinen und es verfehlte auch bei Hayo seine Wirkung nicht. »Lasst zumindest uns, auch gegen den Willen der Mächtigen, friedvoll zusammenarbeiten, so wie wir es schon seit vielen Jahren tun.« Er unterdrückte den Impuls, Hayos Unterarm anzufassen. Der

kleingeistige Mann hätte diese harmlose Beschwichtigungs-
geste falsch interpretiert.

Mit einem Grunzen signalisierte der Feldscher ihm, weiterzusprechen.

»Martin ist bei den Schweden in Ungnade gefallen. Er ist
praktisch schutzlos. Eure Zunftoberen sind auch nicht
glücklich über sein Verhalten.«

»Diese alten, grauhaarigen Männer werden ihn niemals
verstoßen.« Wut und Enttäuschung schwangen gleichzeitig
in Hayos Stimme mit.

»Noch nie war der Zeitpunkt so günstig. Das Schicksal
der Welt steht auf Messers Schneide.« Johannes sprach leiser.
»Warum sorgen wir beide nicht dafür, dass ihm das Buch ab-
genommen wird, ohne dass es jemand erfährt?«

Hayo seufzte. Plötzlich sah er alt und abgekämpft aus.
Nervös begann er auf und ab zu laufen. Blut und Asche kleb-
ten an den Absätzen seiner Stiefel. Immer wieder stieg er
über eine der Leichen hinweg. »Es hat einmal eine Zeit gegeben, in der Martin und ich so etwas wie Freunde waren. Ich
bin ihm inzwischen in tiefer Feindschaft verbunden, aber seinen Tod wünsche ich nicht. Beim Arsch der Dämonen,
selbst der Kaiser würde es nicht wagen, sich mit den Zunftoberen anzulegen. Und mit denen bekäme er es zu tun, sollte
herauskommen, dass er angeordnet hat, einen schwarzen
Feldscher ohne Anhörung und Gerichtsverfahren zu töten.
Egal, ob er das Schwarz ablegen musste oder nicht. Die alten
Fürze bestehen darauf, die Strafen an ihren Zunftmitgliedern
selbst anzuordnen und auszuführen, und sie haben sich nun
mal dafür entschieden, Martin am Leben zu lassen. Damit ist
er weiterhin unantastbar.«

»Der Kaiser wird gar nichts davon erfahren. Das kann ich
garantieren. Wir können jemanden schicken, der Vorsicht

walten lässt, aber dennoch mit Nachdruck agiert. Schon in wenigen Wochen könntet Ihr das Buch besitzen und den Wunsch Seiner Majestät nach echter Unterstützung durch seinen schwarzen Feldscher erfüllen.« Wieder ließ Johannes sein Lächeln aufblitzen.

»Wen wollt Ihr da nehmen? Nur ein schwarzer Feldscher oder wenigstens ein Lehrling kann das Buch überhaupt finden und erkennen.«

Johannes nickte wohlwollend. Er hatte es geschafft. Fast spürte er körperlich, wie sich die imaginäre Schlinge um seinen Hals weitete. »Das lasst meine Sorge sein. Martin hält sich mit seinem Lehrling immer noch in Sachsen auf. Alles dort ist vom Krieg verheert. Der Winter ist hart und die Menschen haben nichts zu essen. Wölfe sind wieder auf den Straßen. Man glaubt kaum, wie viele Unfälle es da gibt.«

DIE ROTEN SPUREN
DER VERGANGENHEIT

Amsterdam, Republik der Vereinigten Niederlande,
Januar 1645 – 28. Kriegsjahr

Anike ging das Herz auf, als sie die Schreie der Möwen hörte und das Salz in der Luft auf ihren Lippen schmeckte. Sie war zurück. Niemals hätte sie geglaubt, ihr geliebtes und gehasstes Amsterdam wiederzusehen. Unweigerlich hatte sie ihr erster Weg in den geschäftigen Hafen der Metropole geführt. Von hier stammte der Reichtum der unabhängigen Stadt. Wien mochte das politische Zentrum der Erde sein – das wirtschaftliche war Amsterdam. Während überall die Menschen unter den Folgen des scheinbar unendlichen Religionskriegs litten, blühten das von Kämpfen verschonte Amsterdam und die umliegende Provinz Holland auf. Unzählige Künstler, Wissenschaftler, Philosophen und andere Freidenker lebten inzwischen in der Stadt, die auch in Religionsfragen deutlich großzügiger war als viele andere Orte auf dem Kontinent.

An den Kais des Hafens dümpelten träge die Ostindienfahrer. Schon als Kind war Anike von diesen dreimastigen Handelsschiffen – den Fleuten – fasziniert gewesen und hatte so oft wie möglich ihre Zeit zwischen den Anlegestellen und Molen verbracht, um zuzuschauen, wie die Ladung gelöscht wurde und die Luft sich mit dem Duft exotischer Gewürze füllte. Mehr als einmal war in ihr der Wunsch aufgekommen, sich einfach auf eines der Schiffe zu schleichen, um nach Ostindien zu segeln und alles hinter sich zu lassen. Ein beschauliches Leben im pulsierenden Außenhandelsposten Batavia im milden Klima Javas hörte sich immer noch genauso verlockend an wie damals. *Vielleicht eines Tages ...*

Anike lief am Kai entlang und betrachtete die zahlreichen Schiffe. Allein ihre Namen lösten ein starkes Heimatgefühl bei ihr aus: Westerwijk, Flora, Hillegom, Hollandia ... Alle Fleuten trugen das Zeichen der *Vereenigde Oostindische Compagnie* oder wie es Anike inzwischen leichter über die Lippen ging: der Ostindien-Kompanie. Der Gewürzhandel mit Ostindien brachte märchenhaften Reichtum nach Amsterdam und erlaubte der Stadt eine fast grenzenlose Unabhängigkeit – und all das lag in den Händen normaler Bürger. In Amsterdam waren Aristokraten geradezu verpönt.

Jemand pfiff Anike hinterher. »Hé mooi meid, wil je met me mee benedendeks?«

Anike drehte sich um und blickte am Schiffrumpf hoch in das Gesicht eines jungen Matrosen, der sich über die Reling einer Fleute namens Vijvervreugd lehnte. Natürlich hatte sie nicht vor, mit ihm unter Deck zu gehen. Trotzdem war es schön, die Sprache ihrer Heimat zu hören, und irgendwie bewunderte sie auch, wie keck der Kleine war. Deshalb antwortete sie mit einem Augenzwinkern: »Een andere keer, wanneer je groter bent. – Ein anderes Mal, wenn du größer geworden bist.«

Höhnisches Gelächter erklang an Bord und der Junge zog seinen erröteten Kopf zurück.

Sie lenkte ihre Schritte vom Hafen weg in eine der von vielen Booten geprägten Grachtenstraßen hinein. Sie musste sich beeilen, es wurde bald dunkel und spätestens dann war er betrunken. Sie hielt auf die De Noorder Kerck zu. Es war ein Wunder, dass er sich immer noch ein Haus in der Nähe der mondänen Prinsengracht leisten konnte. Sie lief an mehreren der rechteckig angelegten Grachtenzeilen entlang. Die vielfarbigen Häuser strahlten Wohlstand aus und waren sehr gepflegt. Eine Wohltat für Anikes Auge, die in den letzten Jahren beständig durch vom Krieg versehrte Städte und Dörfer gereist war. Hier sah man keine Bettler ohne Arme oder Beine auf den Straßen oder zerlumpte Kriegswaisen, die abwechselnd um Almosen flehten oder stahlen.

Am liebsten hätte sie einen Umhang gegen den kalten Wind getragen, aber das tat sie leider nicht mehr. Die Fibel mit der leuchtenden Dämonenkralle hatte sie genauso abgelegt wie den Rest ihrer Feldscherkluft und wie das einzige Leben, das ihr seit ihrer Flucht aus Amsterdam etwas bedeutet hatte. Sie wachte regelmäßig in der Nacht auf, weil sie Gustavs enttäuschtes Gesicht vor sich sah, als sie ihn und Martin an Hayo verraten hatte. Anike wusste, dass sie beiden Männern das Herz gebrochen hatte, wenn auch auf unterschiedliche Weise.

Sie blieb vor dem einzigen Haus in der Straße stehen, das heruntergekommen war. Die einst weißen Wände waren grün überwuchert, einige der Sprossenfenster zugenagelt und etliche der roten Dachziegel fehlten oder waren zerbrochen. Herbstlaub hatte sich in feuchten Haufen vor der dreistufigen Treppe aufgetürmt. Welch eine Veränderung zu dem Anwesen, das sie in Erinnerung hatte. Hier waren die großen und mächtigen Familien Amsterdams ein und aus gegangen.

Vertreter der Loens, Hoofts, De Graeffs und Pauws. Sie alle wollten an den Entdeckungen eines der größten Amsterdamer Gelehrten teilhaben.

Anike holte tief Luft, bevor sie zaghaft an die dunkle Tür klopfte, deren Beschläge von Rostflecken übersät waren.

Im Innern blieb es ruhig.

Sie klopfte etwas stärker. *Hoffentlich bin ich nicht zu spät.*

Das Geräusch klappernder Tonflaschen erklang.

Anike brauchte die Gefäße nicht zu sehen, um zu wissen, was sich einmal in ihnen befunden hatte. Genever. Wenigstens wusste sie jetzt, dass er da war. Sie trat wütend gegen die Tür. Ein Blick über die Schulter verriet ihr, dass sie zu weit ging. Erste Passanten blieben stehen und blickten argwöhnisch zu ihr herüber. Genau das wollte Anike um jeden Preis vermeiden: Aufmerksamkeit.

»Ruben, mach die Tür auf.« Sie hielt kurz inne und lauschte noch einmal intensiv nach Geräuschen im Innern, bevor sie sagte: »Ich bin es, Anike.«

Ein lautes Husten antwortete ihr, gefolgt von schlurfenden Schritten. Mit einem Knirschen öffnete sich das Schloss und schließlich auch die Haustür. Ein alter Mann mit wirr abstehenden, grauen Haaren und einem ungepflegten Bart blickte heraus. Seine Augen waren blutunterlaufen. Sein Atem roch nach Schnaps. »Anike?«, fragte er ungläubig. »Anike, bist du es wirklich?«

Sie nickte nur. Trotz allem hätte sie nicht erwartet, dass es so schlimm um Ruben de Broink stand, den einst führenden Astronomen.

»Komm doch rein, mein Mädchen.« Er wies mit der Hand in den dunklen Flur des nach Alkohol, Staub und Trauer riechenden Haues.

Anike trat wortlos über die Schwelle jenes Gebäudes, in dem sie einen Teil ihrer Kindheit verbracht hatte – einer ausgesprochen glücklichen Kindheit.

»Entschuldige bitte die Unordnung. Seitdem Terese nicht mehr da ist …« Er konnte nicht weitersprechen.

Anike überkam eine Welle des Mitgefühls. Das hier war Ruben, der ihr Latein beigebracht und sogar einen von ihm entdeckten Asteroiden nach ihr benannt hatte. Der Ruben, der ihr heimlich Zuckerstangen geschenkt hatte und sogar zuließ, dass sie sie vor dem Essen naschte. Der Ruben, der sie so sehr gekitzelt hatte, dass sie Schluckauf bekam.

»Wann?«, hauchte sie und setzte sich auf einen der Küchenstühle, die immer noch dieselben waren wie zu ihrer Zeit in diesem Haus, wenn auch inzwischen deutlich abgenutzter. Sie blickte aus dem schmutzigen Bleiglasfenster und versuchte wie als Kind eine der zahlreichen Windmühlen zu entdecken, die in den sternförmigen Umleitungen der Amstel hinter der Stadtmauer standen. Doch es war bereits zu dunkel dafür.

»Im Winter 1638. Die Pocken.« Er schüttelte traurig den Kopf und ließ sich stöhnend auf den Anike gegenüberstehenden Stuhl fallen.

Sie bemerkte, dass seine faltigen Hände, die nervös an irgendeinem Fleck auf der Tischplatte rieben, zitterten. Jene Hände, die einst so zielsicher Teleskope zum Himmel ausgerichtet und Texte aufgeschrieben hatten, die der Welt die Sterne erklärten und den Horizont der Menschheit erweiterten.

»Was ist mit deinen Haaren passiert? Ich mochte das Rot immer.«

Immer wenn jemand über diese Farbe sprach, musste Anike an die rotbäuchige Dämonin denken, die sich mit

Gustav verbunden hatte. *Ob sie ihn noch immer besucht?* Sie zwang sich ins Hier und Jetzt zurück. »Das war notwendig. Es ist auch nach all den Jahren immer noch besser, wenn niemand weiß, dass Huub Kuipers' Tochter nach Amsterdam zurückgekehrt ist.«

»Natürlich, natürlich«, wisperte er. Unwillkürlich wanderte seine Hand zu der Tonflasche mit dem kleinen Henkel am Hals.

Anike schlug ihm auf die Finger.

Er zog sie hastig weg, sagte aber kein Wort.

»Jetzt nicht, alter Mann! Du hast noch den Rest deines Lebens Zeit, dich zu besaufen. Heute habe ich Fragen an dich, für deren Beantwortung du einen halbwegs klaren Kopf brauchst.«

Seine Augen funkelten für einen Moment. So wie sie es früher getan hatten, wenn Anike ihm Fragen zu Sternbildern, Himmelserscheinungen oder dem Mondzyklus und seinem Einfluss auf die Gezeiten gestellt hatte.

»Ich muss dich warnen, denn es werden Fragen sein, die du nicht beantworten willst, die du aber schon vor Jahren hättest beantworten *müssen*!« Sie spie das Wort förmlich aus und packte seine Hand. »Fragen, die meinen Vater vor dem Gefängnis bewahrt hätten. Fragen …« Sie schrie jetzt fast und dann schnitt ihr seine leise Stimme das Wort ab.

»… deren Antwort sowieso niemand geglaubt hätte.«

Aus Anike entwich urplötzlich alle Kraft. Wieder sah sie ihren blutverschmierten Vater vor sich und hörte die Worte, die er rief: »Meine geliebte Evi. Nein, nein, nein, ich habe es nicht getan. Evi. Evi. Evi …« Sie nahm die Flasche und trank einen großen Schluck. Der Wacholderschnaps brannte in ihrem Mund und ließ sie husten.

Sehnsüchtig weiteten sich Rubens Augen.

»Nein, nein, alter Mann. Du nicht. Jetzt ist der Augenblick gekommen, in dem du deine Schuld meiner Familie gegenüber wenigstens ein klein wenig begleichen kannst.« Sie griff unter ihre Kleidung und warf ein verschnürtes Lederbeutelchen auf den dreckigen Tisch. Es landete mit einem schweren Klong darauf.

»Was ist das?«, fragte Ruben ehrlich erstaunt.

»Genug Gold, damit du dich in Ruhe zu Tode saufen kannst.« Anike hatte Geld im Überfluss. Es lag sicher verwahrt bei einer Bank aus Venedig. Trauttmansdorff hatte zumindest diesen Teil seiner Abmachung eingehalten und wohl geglaubt, dass sie das über den Verlust ihres Vaters hinwegtrösten würde. Das Gegenteil war der Fall. Sie hatte vor, dieses Geld einzusetzen, um ihn aus den Klauen Trauttmansdorffs zu befreien. Einer von Hayos einfältigen Lehrlingen hatte ihr vor ihrer Flucht aus Osnabrück anvertraut, dass man ihren Vater auf Befehl des kaiserlichen Beraters nach Wien verschleppt hatte. »So viel Gold, das sollte doch genug Anreiz sein, um dein schwarzes Herz wenigstens für diesen Abend zu erweichen. Erzähl mir endlich die Wahrheit!«

»Anike«, begann der einstige Professor gequält. Ruben rutschte so nervös auf seinem Stuhl hin und her, dass er fast heruntergefallen wäre. Schließlich seufzte er resigniert. »Vielleicht ist es tatsächlich an der Zeit, dass du es erfährst. Warte, ich will etwas holen, das mein altes Gedächtnis ein wenig in Schwung bringt.«

Anike blickte ihm nach, als er schwerfällig in seinem Arbeitszimmer verschwand. Wie oft hatte sie sich dort unter dem Schreibtisch aus Mahagoni versteckt. Und er hatte so getan, als fände er sie nicht. Fast roch sie den Duft des Holzwachses, mit dem die Haushälterin den Tisch immer poliert hatte.

Ruben kam schnaufend mit einer angelaufenen Eisenkiste und einem Folianten zum Tisch zurück. Er blies eine dicke Staubschicht von dem dunklen Ledereinband.

Sein altes Beobachtungsbuch, erkannte Anike.

Der Wissenschaftler blätterte durch die brüchigen, eng beschriebenen Seiten. Zahlen, Daten und Namen bedeckten das vergilbte Papier. »Ah, da haben wir es: 19. Dezember 1618«, las er vor. »Ich habe einen auffällig hellen Kometen entdeckt. Leider verhindern Wolken eine genauere Beobachtung.«

Er schlug die nächste Seite auf.

»25. Dezember 1618. Endlich klares Wetter. Der Komet ist nicht nur besonders hell, sondern weist auch eine außergewöhnliche Farbe auf: rot.«

Anike spürte, wie es ihr kalt den Rücken herunterlief.

»Die Erscheinung verfügt über einen außerordentlich langen Schweif, meinen Berechnungen zufolge fast 90 Grad.« Seine gichtgekrümmten Finger fuhren über die akkurat geschriebenen Zeilen. Etwas fiel aus dem Buch heraus. Ruben entfaltete das Schreiben und überflog es hastig. »Ein Brief meines Freundes Johannes Kepler. Er bestätigt darin die Erscheinung. Es ist ein großer Komet.« Er blickte stolz zu Anike auf. »Kepler hat mich sogar in seinem Werk *De cometis libelli tres* erwähnt. Im Jahr 1618 gab es nämlich nicht nur einen, sondern drei Kometen und …«

»Was hat das mit dem Schicksal meiner Familie zu tun?«, unterbrach ihn Anike scharf.

Ruben lehnte sich zurück und rieb sich die Augen. »Das habe ich nicht aufgeschrieben. Etliche Jahre später, es muss so 1630 gewesen sein, berichtete mir ein Bursche, der regelmäßig kleinere Erledigungen für mich machte, von einem Friedhof vor den Toren der Stadt. Dort hatte man bei der

Aushebung eines Grabs einen merkwürdigen Stein gefunden, der angeblich warm war und rötlich leuchtete. ›Niemand traut sich, ihn anzufassen‹, behauptete der Junge.« Der alte Mann knetete nervös seine Finger. »Am nächsten Tag bin ich mit meinem treuen Assistenten dorthin gefahren.«

»Mit Vater«, hauchte Anike. Ihr Herz schlug ihr bis zum Hals.

»Ja.«

»Was habt ihr getan?«

Er zuckte mit den schmalen, gebeugten Schultern. »Was Wissenschaftler nun einmal tun. Ich war mir sicher, dass es sich um einen Kometen oder wenigstens ein Bruchstück davon handelte. Wir haben es uns angeschaut. Es war ziemlich tief in den Boden eingedrungen, dann aber wohl von einem rostigen Stück einer alten Eisenschaufel gebremst worden, die es sich ebenfalls dort unten bequem gemacht hatte.« Er schnaufte schwer. »Ich weiß noch ganz genau, wie sich der Friedhofswärter bekreuzigte, als dein Vater in das geschaufelte Grab sprang, um den Meteoriten endgültig auszugraben.«

Anike schluckte trocken.

»Den Stolz auf seinem Gesicht werde ich nie vergessen, als er ihn triumphierend zu mir hochhielt. ›Ich habe ein Stück des Weltalls in meiner Hand‹, rief er aus.« Das Gesicht des alten Mannes verdüsterte sich. »Noch heute könnte ich mir einreden, dass der Stein wirklich kurz rötlich pulsierte, als wir das erste Mal in das Grab blickten. Aber vermutlich haben mir meine Augen einen Streich gespielt.«

Anike musste sich zwingen weiterzuatmen. »Was ist dann passiert?«

Ruben fuhr sich abwesend durch sein wirres Haar. »Wir haben ihn hierhergebracht.« Er klopfte auf die kleine Eisenkiste. »Darin haben wir unseren Schatz aufbewahrt.«

43

Anike hob den Deckel. Das Kästchen war leer. »Wo ist er?«

Der alte Professor schüttelte unglücklich den Kopf. »Wir haben den Stein vermessen und untersucht. Dein Vater und ich, wir waren uns aufgrund der Farbe und Beschaffenheit sicher, dass dies ein Teil des berühmten Winterkometen sein musste. Auch die Einschlagstelle sprach dafür und die Tatsache, dass er längst überwachsen und das Loch, das er geschlagen hatte, verschwunden war. Wusstest du eigentlich, dass die Himmelserscheinung von 1618 der Grund dafür war, dass dein Vater begann, sich für Astronomie zu interessieren, und kurze Zeit später mein Assistent wurde?« Er lächelte rührselig.

Anike erwiderte das Lächeln nicht.

Der alte Mann räusperte sich. »Wo war ich? Ach ja: Nun, nachdem der Wissenschaft Genüge getan war, wanderte der Stein zurück in die Kiste zu den anderen Himmelssteinen, die ich im Laufe meines Lebens gesammelt hatte.«

Umständlich zündete Ruben eine Kerze an. Es war inzwischen so dunkel, dass Anike ihn nur noch schemenhaft sah.

»Leider hat der Komet eine merkwürdige Anziehung auf deinen Vater ausgeübt. Zuerst glaubte ich an ein rein akademisches Interesse. Er begann eine Forschungsarbeit über ihn und den roten Kometen zu verfassen. Der Ulmer Kometenstreit war lange Zeit Huubs Steckenpferd gewesen und vielleicht hoffte er, mithilfe des Steins neue Argumente zu finden, die mich von meiner Position in dieser Auseinandersetzung abbrachten. Ich und viele meiner Kollegen glauben bis heute, dass der rote Komet ein Zeichen Gottes war, das seinen Zorn ausdrückte und seine Strafe ankündigte. Dass dieser scheußliche Krieg kurz nach seinem Erscheinen ausbrach und bis heute nicht beendet ist, spricht in meinen Augen eine deutliche Sprache.« Ruben räusperte sich und zeigte auf die Geneverflasche. »Darf ich vielleicht doch …«

Anike nickte. Sie bekam Kopfschmerzen, weil ihre Kiefer unablässig mahlten. Natürlich wusste sie, dass es keinen Zweck hatte, den Alten zu drängen, aber so langsam sollte er zum Punkt kommen, sonst würde sie anfangen zu kreischen.

»Immer mehr Stunden widmete dein Vater dem Stein. Du musst damals acht oder neun gewesen sein. Ein niedliches, kleines Mädchen, das bei uns ein und aus gegangen ist. Leider waren Terese und mir ja keine Kinder vergönnt, daher warst du …« Seine Hand wanderte Halt suchend auf Anikes zu.

Sie zog ihre so schnell zurück, als hätte sie sich verbrannt.

Er blickte sie verstehend an und sprach weiter. »Die Beschäftigung mit dem Asteroiden veränderte deinen Vater. Er wurde wortkarg und launisch.«

Anike konnte sich nur zu gut an die plötzlichen Wutausbrüche ihres bis dahin so ausgeglichenen und fröhlichen Vaters erinnern.

»Huub vernachlässigte sogar seine Pflichten mir gegenüber.«

Dass er seine Familie noch viel mehr im Stich ließ, wiegt wohl nicht so schwer.

»Schließlich fragte er mich eines Abends, ob er den Stein mit nach Hause nehmen könnte. Ich habe es ihm verwehrt, weil ich wusste, dass er einen schlechten Einfluss auf ihn ausübte. Er tat es irgendwann dennoch. In derselben Nacht wurde deine Mutter …« Er brauchte nicht weiterzureden.

»Was hat der Stein mit ihm gemacht?«

Ruben drehte sich von ihr weg und trank noch einen weiteren Zug. »Du wirst mir sowieso nicht glauben!«

»Rede!« Sie schlug so fest mit der Hand auf den Tisch, dass das Eisenkästchen mit einem durchdringenden Scheppern auf den Boden fiel.

Er begann zu flüstern. »Ich glaube, etwas hat in ihm gelebt. Ein böser Geist, den uns der Teufel mit dem Kometen gesandt hat. Der ist in ihn hineingefahren und hat deinen Vater verrückt gemacht.«

Anike begann zu weinen. *Das war kein Geist, sondern etwas viel Böseres: ein Dämon!*

KRIEGSGLÜCK

Wien, Residenzstadt des Hauses Habsburg,
Januar 1645 – 28. Kriegsjahr

Gallas, dieser versoffene Heeresverderber«, brüllte Trauttmansdorff wütend und fegte einen Stapel Papiere von seinem großen Schreibtisch.

»Herr, was ist passiert?« Johannes sprach sanft und einfühlsam mit dem kaiserlichen Berater, fast so, als wäre er ein bockiges Kind. Die Launen des Reichsgrafen waren berüchtigt.

»Was passiert ist? Was passiert ist, fragt er …?«, ereiferte sich Maximilian von und zu Trauttmansdorff. Er schrie so laut, dass sein Gesicht rot anlief und ihm Geifer aus dem Mund flog. »Solltest du das nicht längst wissen, mein ach so kluger Johannes?« Mit zitternden Händen umklammerte er sein Weinglas und leerte es in einem Zug.

Natürlich wusste Johannes bereits, was mit Gallas, dem Oberbefehlshaber des kaiserlichen Heers, und seinen Truppen passiert war, aber es war immer klug, einem mächtigen Mann nicht zu zeigen, wie sehr man ihm überlegen war. Außerdem brannte er auf Details. »Ist Nachricht aus dem Felde eingetroffen, Herr?«, mimte er den Ahnungslosen. Bedächtig sammelte er die wichtigen Schreiben wieder zusammen, stapelte sie säuberlich und legte sie zurück an ihren Platz auf dem Tisch.

Der Reichsgraf ließ sich kraftlos in den dick gepolsterten Schreibtischstuhl fallen und kraulte seinen schmalen, stets präzise getrimmten Spitzbart. Undeutlich murmelte er in sich hinein: »Das hätte er mir sagen müssen.«

Johannes, dessen Ohren durch seine diversen konspirativen Tätigkeiten geschärft waren, verstand nicht, von wem sein Herr sprach, wagte aber auch nicht, danach zu fragen. »Kann ich irgendetwas für Euch tun?« Ein Angebot, das durchaus ernst gemeint war. Seinen Herrn so unzufrieden zu sehen, bedeutete in den meisten Fällen, dass diese Verdrossenheit auf ihn selbst zurückfiel.

»Falls du die Zeit nicht zurückdrehen kannst, fürchte ich, dass selbst deine beeindruckenden Fähigkeiten uns nicht weiterbringen.« Der Reichsgraf schnipste mit den Fingern.

Diensteifrig brachte Johannes den wortlos bestellten Wein.

»Ah«, stöhnte Trauttmansdorff mit geschlossenen Augen zufrieden. »Spanischer Rioja?« Bevor Johannes auch nur eine Chance hatte, die Frage zu beantworten, sprach der kaiserliche Berater weiter. »Denk übrigens nicht, dass ich nicht bemerken würde, dass du den Wein mit Wasser streckst.«

Johannes verzog das Gesicht.

Der Reichsgraf schenkte ihm sein seltenes väterlich mildes Lächeln, was Johannes erfreute.

»Ich weiß, dass ich zu viel trinke. Maß und Mitte sind Tugenden, an die sich nicht nur die einfachen Leute halten sollten. Ich will ja schließlich nicht enden wie der Säufer Gallas.« Er klopfte ungeduldig mit den Fingern auf die Tischplatte. Seine dicken Siegelringe tanzten dabei auf und ab wie goldene spanische Galeeren auf schwerer See. Ein untrügliches Zeichen dafür, dass er nachdachte.

Johannes wusste, dass der zweitmächtigste Mann des Heiligen Römischen Reichs das besser konnte, wenn er ihm entsprechende Schlagworte lieferte oder einfach nur ein offenes Ohr für Trauttmansdorffs Tiraden hatte. So handhabten sie es schon seit Jahren und hatten damit stets Erfolg gehabt. »Was hat Gallas getan?«

Trauttmansdorff machte eine wegwerfende Handbewegung. »Frag besser, was er nicht getan hat, der feine Graf von Gallas zum Schloss Campo und Freyenthurn. Der Idiot ist vom Jäger zum Gejagten geworden. Torstensson und seine schwedischen Soldaten haben Gallas und seine Truppen an der Elbe umgangen. Seitdem ist Gallas elbaufwärts geflohen und hat immer größere Teile seiner Truppen«, wütend schlug der Reichsgraf mit der Faust auf den Tisch, »meiner Truppen in sinnlosen Kleingefechten verloren. Noch dazu konnten sie sich in diesen Gebieten kaum versorgen, weil die verfluchten Schweden dort schon geplündert hatten.«

Johannes war an die große Karte getreten, die auf die Wand hinter dem Schreibtisch gemalt war. Auf dieser Karte war Wien als Mittelpunkt der Welt eingezeichnet. Geografisch mochte das nicht ganz stimmen, politisch aber schon. *Noch.* Johannes spürte, wie er bei diesem Gedanken unruhig wurde. In letzter Zeit hatten die kaiserlichen Truppen mehr Niederlagen als Erfolge aufzuweisen.

»In seinem Suff kam Gallas auf die grandiose Idee, sich in Bernburg zu verschanzen, wo es allerdings ebenfalls keine Verpflegung gab. Die Schweden haben ihn dort schnell eingeschlossen.«

Mit dem Finger die Elbe entlangfahrend, suchte Johannes die Residenz- und Garnisonsstadt des Fürstentums Anhalt-Bernburg.

»Ende November gelang ihm ein Ausbruch nach Magdeburg. Natürlich wieder nur unter großen Verlusten.«

Johannes' Finger glitt nach Norden zum einst so mächtigen Magdeburg. Die stolze Stadt war 1631 durch kaiserliche Truppen unter Tilly und Pappenheim fast vollständig vernichtet worden. Die sogenannte Magdeburger Hochzeit war einer der Höhepunkte einer an Gräuel nicht gerade armen Zeit gewesen. *Was würden die Schweden wohl mit Wien machen, sollten sie es erobern?* Johannes versuchte diesen Gedanken zu verdrängen. Noch spielte sich ein Großteil der Kämpfe weiter nördlich ab. Abgesehen davon war Wien, die Residenzstadt des Kaisers, ohnehin uneinnehmbar.

»Unsere sächsischen Verbündeten haben Magdeburg wieder ordentlich hergerichtet und zu einer Festung ausgebaut. Dazu war die Stadt randvoll mit Proviant.« Der kaiserliche Berater seufzte schwer. »Nur leider weigerte sich der Stadtkommandant, die für seine eigenen Soldaten bestimmten Vorräte mit Gallas und seinen Truppen zu teilen, weil er eine schwedische Belagerung fürchtete.«

»Ein schlauer Mann, dieser Kommandant«, entschlüpfte es Johannes, ehe er richtig darüber nachdachte.

Trauttmansdorff grunzte zustimmend. »Da sagst du was. Vielleicht hätten wir dich zum Oberkommandierenden der kaiserlichen Truppen machen sollen. Gallas jedenfalls stellte schnell fest, dass er im beginnenden Winter für seine etwa viertausend Pferde kein Futter in der Stadt und der Umgebung fand. Und so schickte er einen Großteil der Kavallerie in seiner grenzenlosen Weisheit weiter, auf dass sie unter dem noch dümmeren Befehlshaber Adrian von Enkefort in der Schlacht bei Jüterbog in Gefangenschaft geraten.« Er schüttelte ungläubig den Kopf. »Ein paar von ihnen sind immerhin in die Oberlausitz entkommen.«

»Was ist mit dem Rest geschehen?« Johannes ertappte sich dabei, wie er die Strecke von Magdeburg nach Wien mit dem Zeigefinger abfuhr. Mit einem Mal kam ihm die Distanz gar nicht mehr so groß vor.

Ein höhnisches Lachen entwich dem sonst so ernsten kaiserlichen Berater. »Nun, der Herr Graf verblieb mit seiner Infanterie, einer Handvoll Geschützen und etwa eintausendfünfhundert pferdelosen Reitern in Magdeburg. Ein Großteil seiner Männer erkrankte dort aufgrund von Kälte und schlechter Ernährung. Daher hatte er nach Weihnachten noch weniger Soldaten zur Verfügung. Das einst so stolze kaiserliche Heer ist am Ende des letzten Jahres auf nicht einmal zweitausend Mann zusammengeschmolzen. Das Glück dieser Männer war, dass Gallas selbst erkrankte. Deswegen führte sie der einzige verbliebene fähige Unterbefehlshaber, Freiherr Hunolstein, in einem erfolgreichen Ausbruch aus der Stadt heraus. Jetzt versucht er über Wittenberg ins sichere Böhmen zu gelangen. Gallas kuriert sich in Ruhe in Magdeburg aus – sie haben wohl zumindest für ihn genug zu essen und vor allem zu saufen.«

»Und er ist nicht beim Kaiser in Ungnade gefallen?« Johannes wandte sich von der Karte ab und blickte den Reichsgrafen direkt an. Er war überrascht. Kaiser Ferdinand III. war niemand, der solche katastrophalen Fehler einfach verzieh.

Der Reichsgraf tauchte eine Feder in das Tintenfässchen. »Leider nein. Seine Majestät ist in diesem Fall nicht meinem Rat gefolgt. Wenigstens darf ich Gallas' Abschied verfassen.« Geübt brachte der Reichsgraf die Worte zu Papier. Er siegelte das Schreiben und hielt es Johannes hin. »Ich verlasse mich darauf, dass es dem alten Säufer schnellstmöglich zugestellt wird.«

»Natürlich!« Johannes deutete eine kleine Verbeugung an. »Darf ich fragen, wer Gallas' Nachfolger wird?«

»Würde es etwas bringen, wenn ich Nein sage?« Der Reichsgraf lächelte ihn mit seinen vom Rotwein dunkel verfärbten Zähnen an. »Melchior von Hatzfeldt. Einer der vielen, die davon profitiert haben, dass Wallenstein beseitigt wurde, aber wenigstens hat er mehr Schlachten gewonnen als verloren. So langsam gehen uns die Feldherren aus – und die Soldaten.« Trauttmansdorff gähnte und blickte aus dem Fenster, in dem sich die letzten Sonnenstrahlen dieses Wintertags bündelten. »Wie weit ist die Sache mit den verfluchten Feldscheren gediehen? Das könnte unsere letzte Hoffnung sein. Seit Osnabrück ist uns nicht viel anderes gelungen.«

Der Reichsgraf sprach niemals direkt aus, was Hayo und seine Gehilfen in seinem Auftrag versuchten – und zu welchem Preis.

Johannes' Herz schlug schneller. Er wartete seit Tagen auf die Nachricht, dass man Martins Buch gefunden hatte und nach Wien brachte. »Meister Hayo ist zuversichtlich, dass es bald mehr werden«, versuchte er zu erklären.

Der Reichsgraf gab ein undefinierbares Schnauben von sich. »Ich weiß nicht, was ihr beiden da ausheckt, aber ich warne dich, mein lieber Johannes, sollte der schwarze Feldscher scheitern und uns das Kriegsglück weiterhin nicht gewogen sein, werde ich dem Kaiser Schuldige benennen müssen.« Er blickte ihm streng in die Augen. »Und ihr beiden steht dann ganz oben auf meiner Liste. Du weißt ja, dass Seine Majestät jede Form unchristlicher Betätigung verachtet. Dein Tod würde qualvoll sein und sicher auch einige deiner Bettgenossen ereilen.«

David. Johannes wurde kurz schwarz vor Augen.

»Geh jetzt! Ich habe noch etwas Wichtiges zu erledigen.«

Mit einem demütigen Nicken verließ Johannes das Amtszimmer seines Herrn. Auch ohne die Drohungen des Reichsgrafen wusste er, dass er einen Fehler gemacht hatte und sein Schicksal jetzt in den Händen jener Männer lag, die er nach Sachsen geschickt hatte, um Martin zu finden.

Johannes zwang sich, tief durchzuatmen. Er musste nachdenken. Vielleicht gar über einen Plan, wie und wohin er aus Wien fliehen konnte. Noch mehr beschäftigte ihn aber eine andere Sache. Was hatte Maximilian gemeint, als er gemurmelt hatte: »Das hätte er mir sagen müssen.« *Gibt es etwa jemanden, der mir meine Position streitig machen will? Bin ich bereits in Ungnade gefallen?* Johannes wusste nur zu gut, dass er ohne den Schutz des Reichsgrafen wehrlos war. Er überdachte ihr Treffen. War Trauttmansdorff heute anders gewesen? Hatte es bereits Anzeichen für einen Bruch zwischen ihnen gegeben? »Ich habe noch etwas Wichtiges zu erledigen.« Traf er sich gar heute Abend noch mit seinem Nachfolger? Was war wohl so geheim, dass er ihm nichts davon erzählte? *Ich werde herausfinden, um wen es sich handelt.* Hastig drehte er sich um und lief zurück zum Amtszimmer des Reichsgrafen.

DIE FIBEL

Amsterdam, Republik der Vereinigten Niederlande,
Januar 1645 – 28. Kriegsjahr

Anike lief in dem großzügigen Gemach, das sie im gediegenen Gasthaus *de molen* bezogen hatte, auf und ab. Sie wohnte direkt an der Keizersgracht, in unmittelbarer Nähe zur Amsterdamer Altstadt, in einem vornehmen Grachtenhaus, das zu den größten in der Straße gehörte. Das *de molen* war nicht die allererste Adresse in Amsterdam, aber immerhin die zweite. Perfekt geeignet für eine Person, die es gern komfortabel hatte, aber auch nicht so viel Aufhebens um sich machen wollte. Ideal also für Anike. Sie gestand sich ein, dass es Vorteile hatte, wohlhabend zu sein. Ihr Zimmer war opulent eingerichtet. Edle, polierte Möbel, schwere Teppiche und an den Wänden etliche moderne Bilder der zahllosen Maler, die das reiche Amsterdam in immer größerer Zahl anzog. Es war zwar keines von Rembrandt van Rijn darunter, dem Größten unter den Künstlern Amsterdams, aber die Stadtlandschaften und Stillleben seiner nicht weniger talentierten Kollegen waren auch sehr beeindruckend. Im Moment nahm Anike die Kunstwerke allerdings kaum wahr.

Seitdem sie bei Ruben gewesen war, fand sie keine Ruhe, obwohl es bereits tief in der Nacht war. Sie war zu keinem zusammenhängenden Gedanken fähig, so viel ging ihr durch den Kopf. Der alte Arbeitgeber ihres Vaters und familiäre Freund hatte sie dazu drängen wollen, wenigstens eine Nacht bei ihm zu bleiben, aber Anike wollte nur raus aus dem sterbenden Haus mit seinen schmerzhaften Erinnerungen.

Anike hatte sich fest vorgenommen, ihren Vater zu retten und damit das Schlechte in ihrem Leben ein für alle Mal zu tilgen. Außerdem würden diejenigen bezahlen, die für sein Schicksal verantwortlich waren und es sogar noch verschlimmert hatten. Ruben war nur der Erste von ihnen. Das Gold war kein Almosen gewesen. Er hatte Informationen, die sie brauchte. Eine Hand wusch die andere. Sie wusste genau, dass er es ausgeben würde, um noch mehr zu trinken. Sein Tod war nur eine Frage der Zeit. Früher einmal hätte Anike den alten Mann bedauert, aber das war lange vorbei. Sie hatte ihre eigenen Sorgen und davon reichlich. Jeder war seines eigenen Glückes Schmied.

Vorsichtig wie immer blickte Anike aus dem Fenster hinaus auf die Straße. Die Gracht und der Weg davor lagen ruhig im klaren Licht dieser mondbeschienenen Nacht. Noch hatte sie keiner ihrer Feinde in Amsterdam gefunden. *Es muss eine ähnlich kalte Nacht gewesen sein, als Vater Mutter erschlagen hat.* Sie war lange genug bei Martin in der Lehre gewesen, um diese Erkenntnis ernst zu nehmen. In der Nacht kamen die Dämonen hervor und am nächsten Morgen hatte ihr Vater sich nicht mehr daran erinnern können, was passiert war. »Meine geliebte Evi. Nein, nein, nein, ich habe es nicht getan. Evi. Evi. Evi …«, hallten die Worte wieder und wieder durch ihren Kopf. *Es muss so gewesen sein! Er hat Mutter so sehr geliebt.*

Und war das nicht die eigentliche Aufgabe dieser dämlichen schwarzen Feldschere? Dämonen in Menschen zu stecken, damit diese dann in den Schlachten des unendlichen Kriegs zwischen Katholiken und Protestanten mit größeren Kräften kämpften und töteten? Allerdings, Martin und seinesgleichen brachten die Untiere auch dazu, den menschlichen Körper wieder zu verlassen. Die Soldaten waren anschließend wieder sie selbst und lebten – sofern sie die Schlacht schadlos überstanden – ihr normales Leben weiter. Ihr Vater hingegen war vermutlich immer noch besessen. Anike schauderte. Sie ging näher an den offenen Kamin heran, dessen Umrandung aus schönen blau-weißen Kacheln gestaltet war, die idyllische Szenen ländlichen Lebens zeigten. Grübelnd schaute sie in die tanzenden Flammen. *Wie bringen die Feldschere die Dämonen dazu, den Körper eines Menschen wieder zu verlassen?* Martin hatte sich über das Ritual, mit dem die Kreaturen beschworen und in die Menschen gebracht wurden, nie konkret geäußert, weil dieses Wissen nur dem Meister vorbehalten war. Aus den verworrenen Aufzeichnungen, Tabellen, Zeichnungen und anderen Abartigkeiten in seinem vermaledeiten Buch war sie leider auch nicht schlau geworden.

Anike zupfte an einem Spitzendeckchen herum, das auf dem Kaminsims lag. Ihr alter Meister könnte die Rettung für ihren Vater bedeuten. »Wenn ich ihn nicht verkauft und verraten hätte«, sagte sie höhnisch zu sich selbst. Von dem gestrengen Martin durfte sie wahrlich keine Hilfe erwarten. *Es sei denn, ich zwinge ihn.* Es tat Anike in der Seele weh, neue Machenschaften gegen den schwarzen Feldscher auszuhecken. Sie schätzte ihn sehr, doch das Wohl ihres Vaters stand über allem. Er war das einzige Familienmitglied, das sie noch hatte. Wie aber konnte sie sicherstellen, dass Martin sie nicht betrog und ihren Vater während des Rituals tötete, so wie er es mit dem armen Benjamin in Katelenburch getan hatte?

»Nein, nein, nein …«, murmelte sie, lief wieder umher und betrachtete einen Moment lang einen schrumpeligen Winterapfel, der auf einer feinen Etagere lag. »Der alte Fuchs wird sich nicht noch einmal von mir überlisten lassen. Aber vielleicht ist das auch gar nicht nötig.«

Sie ging zügig ins Schlafgemach und dort auf den Kleiderschrank zu. Schnell öffnete sie die mit Intarsien verzierten Türen. Eine Wolke Lavendelduft schlug ihr entgegen. Das große Möbel quoll über von Kleidern, Hüten, Schmuck und anderen schönen Dingen, die sie sich zum Trost von dem Geld des Reichsgrafen gekauft hatte. Sie hatte keinen Blick dafür übrig, sondern wühlte sich emsig durch einen großen Haufen Unterwäsche. Von ganz unten zog sie vorsichtig den schwarzen Umhang hervor, an dessen Revers immer noch die Fibel in Form einer Dämonenkralle befestigt war. Das Symbol eines Lehrlings der schwarzen Feldschere. Im trüben Licht der Kerzen begann es verheißungsvoll zu glimmen. Ehrfürchtig strich sie über den dunklen Stoff des Umhangs. In ihrem Kopf reifte ein Plan. Er würde ihr alles abverlangen, aber am Ende würde sie vielleicht ihren Vater wieder in die Arme schließen können.

Sie brauchte Martin und sein großes Wissen nicht, weil sie jemand anderen kannte, der genug praktische Erfahrungen auf dem Gebiet der Verbundenheit von Dämon und Mensch hatte – Gustav. Sie war sich sicher, dass der Junge seine Dämonin immer noch traf. Sie war der Schlüssel. Das Wesen hatte sich als überraschend schlau erwiesen. Die beiden würden ihr erklären können, wie man die Kreatur, die ihren Vater befallen hatte, vertreiben konnte. Auch hier bestand natürlich die Gefahr, dass Gustav sich weigerte, ihr zu helfen, oder gar die rote Dämonin auf sie hetzte, aber tief in ihrem Innern hoffte sie einfach, dass Gustav noch die gleichen

Gefühle für sie hegte wie sie für ihn. Sofort standen ihr die Bilder jenes regnerischen Nachmittags in Osnabrück vor Augen. Gustavs schönes Gesicht. Sein Lachen. Aber auch seine unendliche Enttäuschung, als sie vor Hayo falsches Zeugnis abgelegt und ihn und seinen Meister verraten hatte. Als sie an jene eisige Nacht dachte, fiel ihr ein, dass er ihr irgendetwas hatte sagen wollen. Was das wohl gewesen war? Sie lächelte. *Ich vermisse ihn.* Sie rollte mit den Schultern, um derartige Sentimentalitäten zu vertreiben. »Das wird kein Liebesausflug, Anike«, ermahnte sie sich. Warum schlug dann ihr Herz so schnell?

DER VERLORENE LEHRLING

In der Nähe des Ritterguts Löbnitz, Kurfürstentum Sachsen,
Januar 1645 – 28. Kriegsjahr

Gustav spürte kaltes Metall in seinem Nacken. Die Klinge bohrte sich in seine Haut. Jäh begann er unter seiner dicken Kleidung zu schwitzen.

»Ganz langsam aufstehen, Kleiner. Und mach nichts Unüberlegtes, du willst doch nicht, dass ich dir deinen hübschen Hals aufschlitze«, warnte die raue Stimme.

Gustav blieb in diesem Moment keine andere Möglichkeit, als zu tun, was der Unbekannte von ihm verlangte. Kein Feigling zu sein, bedeutete nicht, sich sinnlos in den Tod zu stürzen.

»Ich habe den Lehrling«, rief der Unbekannte laut in Richtung des Lagers.

»Wir haben nichts von Wert für euch, wir sind einfache Bader und …«, begann Gustav.

Ein schmerzhafter Schlag in die Nieren unterbrach ihn. »Versuch es gar nicht erst, Lehrling! Wir beide wissen, dass das eine Lüge ist und ihr mehr seid als das. Viel mehr!«

Was sind das für Leute?

»Jetzt vorwärts! Mach keine Mätzchen!« Um diese Warnung zu unterstreichen, presste der Unbekannte die Spitze seiner Waffe grob in Gustavs Rücken.

»Da hätten wir die schwarzen Ratten wohl alle zusammengetrieben.« Zufrieden klatschte der Anführer der Bande in die Hände. Gustav konnte sein Gesicht nur schemenhaft erkennen, da er hinter dem tanzenden Feuer im Schatten stand.

Nur zu gut sah er dafür das zerschundene Antlitz seines Meisters. Zwei grobschlächtige Kerle mit breiten Schultern und kahl geschorenem Schädel hielten Martin an den Oberarmen. Gustav betrachtete ihn mit vor Schreck geweiteten Augen. Sein Gesicht war blutüberströmt. Die Nase stand in einem unnatürlichen Winkel ab und eines der Augen war zugeschwollen.

Martins aufgeplatzten Lippen entwich ein blutfeuchtes Lispeln: »Lassst den Jungen gehen! Er kann euch nicht geben, wasss ihr sucht.« Er konnte die Schmerzen, die ihm das Sprechen bereitete, nicht verbergen.

»Meister, ich …«, begann Gustav, aber sein Mentor wedelte ungeduldig mit der Hand, um ihn zum Schweigen zu bringen.

»So viel Mitgefühl für einen schnöden Lehrling, Martin. Was ist denn in dich gefahren?« Der Anführer der Wegelagerer lachte höhnisch.

»Walter, bitte …«.

Sie kennen sich. Das Flehen in der Stimme seines Meisters bereitete Gustav eine Gänsehaut. Noch nie hatte er ihn so schwach und unterwürfig gesehen. *Er will mich retten!* Was waren das nur für Kerle, dass selbst sein Meister Angst vor ihnen hatte? Der Mann, der nachts Dämonen behandelte und keinen Augenblick zögerte, einem Schwerverletzten einen Arm oder ein Bein abzusägen, wenn das nötig war, um sein Leben zu retten.

»Gib mir, was ich haben will, und ich verspreche dir, dass ich – anders als du – Gnade mit dem Jungen walten lasse.«

Martin blickte Gustav einen langen Moment an und schüttelte dann traurig den Kopf. »Ich kann euch nicht geben, was ihr sucht.«

»Lügner!«, kreischte Walter. Jetzt trat er aus dem Zwielicht heraus und Gustav sah sein Gesicht. Es war nicht minder schlimm anzusehen als das seines malträtierten Meisters. Eine fingerdicke Narbe zweiteilte es und das linke Auge des Mannes fehlte.

Gustav wusste, dass solche schrecklichen Male nur durch eins entstanden sein konnten: Dämonenkrallen.

»Belüg mich nicht! Alle Meister haben es immer bei sich. Denk lieber nochmal scharf nach.« Damit nickte er in Gustavs Richtung.

Hinter dessen Rücken erklang die raue Stimme seines Bewachers. »Zum Feuer, Junge.«

Zögerlich ging Gustav auf die Flammen zu.

Walter hob einen brennenden Ast hoch und hielt ihn Gustav vor die Nase, um ihn genau in Augenschein nehmen zu können. Er grinste verschlagen. »Du darfst jetzt also die Drecksarbeit für Martin erledigen. Mein Beileid. Wie heißt du?«

Gustav hatte nicht vor, darauf zu antworten.

Der Vernarbte führte den brennenden Ast langsam immer näher an Gustavs Gesicht heran. Die Hitze wurde unerträglich. Der Geruch von verbrannten Haaren erfüllte die Luft. Es kostete Gustav unendlich viel Kraft, sich nicht abzuwenden. Als er es schließlich doch tat, zischte Walter böse: »Wie heißt du?«

»Sssag es ihm!«, kam es undeutlich von Martin, der offensichtlich kaum noch den Kopf heben konnte.

»Gustav, Gustav Hansson.« Trotz und Stolz schwangen in seiner Stimme mit.

»Oh, ein Schwedenbalg. Na ja, die waren ja schon eh immer deine Lieblinge, oder, Martin?«

»Du hast sie auch mal bewundert, Walter.«

»Ich habe die ketzerischen Schweden schon immer gehasst!«, schrie der, ging zu Gustavs Meister und schlug ihm erneut ins Gesicht.

Martin entwich ein Stöhnen. Blut lief ihm aus dem Mund und hinterließ schreckliche Muster im Schnee.

»Genauso wie dich.«

Martins Knie gaben nach und er sackte zusammen. Die beiden breitschultrigen Schergen hielten ihn weiter an den Armen fest. Eine Ohnmacht befreite ihn von seinen Schmerzen.

»Das liegt alles hinter mir. Jetzt endlich stehe ich auch offiziell auf der richtigen Seite.« Walter wischte sich affektiert eine Haarsträhne aus dem Gesicht und wandte sich an Gustav. »Also, mein lieber Lehrling, ich bin nicht hier, um zu plaudern, sondern weil ich etwas haben möchte, das mir dein störrischer Meister nicht geben will. Du weißt nicht zufällig, wo er den Codex Daemonum versteckt?« Er ließ sein böses Grinsen aufflackern. »Ich würde dir als Belohnung für diese Information dein Leben schenken.«

Gustav hätte es Walter niemals verraten – selbst wenn er es gewusst hätte. Aber er hatte schlicht keine Ahnung, wo Martin das Buch aufbewahrte. Leider war Gustav nur zu bewusst, dass Walter diese Antwort nicht akzeptieren würde. Daher log er, um Zeit zu gewinnen. »Es ist im Wagen.«

Ein vergnügtes Grunzen glitt über Walters vernarbte Lippen. »Sehr gut. Du bist wohl noch nicht lange genug bei dieser schwarzen Schlange, um allzu verblendet zu sein. Zeig es mir und danach kannst du gehen, wohin du willst.«

»Martin …«

Walter wedelte belehrend mit dem Zeigefinger. »Hat sein Schicksal vor langer Zeit besiegelt. Sei froh, wenn du es nicht teilen musst.«

Gustav blickte zu seinem Meister. Wie ein nasser Sack hing der in den Armen seiner Peiniger.

Walter stapfte durch den Schnee voran zum Wagen. Fast liebevoll strich er über die gelbe Außenwand des kleinen Karrens, als sie daran vorbeiliefen. »Bei allem, was die verfluchten Feldschere auch anrichten, das werde ich immer schön finden. Was siehst du?«, fragte er über die Schulter hinweg, als wären sie alte Freunde.

Überrascht antwortete Gustav: »Eine Rose und einen Dämon.«

Walter ließ einen langen Pfiff erklingen. »Tatsächlich? Ist da wirklich eine Rose zu sehen?«

Bevor Gustav fragen konnte, was er damit meinte, hatten sie die Rückseite des Wagens erreicht.

»Ach, das weckt Erinnerungen«, kommentierte Walter den Anblick des Wageninneren. »Gänzlich schlechte, muss ich leider gestehen.« Er machte eine einladende Geste.

Mit zitternden Beinen stieg Gustav in den nach Kräutern und Chemikalien riechenden, gelben Karren. Routiniert entzündete er eine Kerze und blickte sich um. Es überraschte ihn, dass alles an seinem Platz stand und nicht sämtliche Schubladen durchwühlt und Gefäße zerbrochen waren.

Walter, der ihn durch die offene Tür beobachtete, schien seine Gedanken zu lesen. »Wir waren nicht so blöd, uns hier auf eigene Faust umzusehen. Ich bin lange genug bei diesem schwarzen Haufen gewesen, um zu wissen, welche Fallen die Herren Feldschere in der Lage sind aufzustellen. Na ja, eigentlich keine Kunst bei all dem Dämonenblut, das sie zur Verfügung haben. Martin hat sich damit zwar nie besonders hervorgetan, aber die Zeiten haben sich geändert.« Er klopfte ungeduldig auf die Holzwand. »So, und jetzt gib mir endlich das verfluchte Buch!«

Verzweifelt schaute sich Gustav um. Er wusste weder etwas von Fallen mit Dämonenblut noch wo sich der Codex befand. Um irgendeinen Ausweg zu finden, begann er ziellos Kisten zu öffnen.

»Nun?«, fragte Walter lauernd.

»Warte, gleich habe ich es.« *Der Degen*, fiel Gustav ein. Der Plan war waghalsig. Die Männer waren ihm vier zu eins überlegen, aber vielleicht schaffte er es ja, sie zu überlisten. *Nie wieder werde ich feige sein!* Er wandte sich zur anderen Seite um, zog die längliche Holzkiste mit dem Silberdegen seines Vaters unter einem Regal hervor und öffnete sie. »Ich glaube, es ist hier drin.«

»Gib es mir!« Walter streckte gierig seinen Arm in den Wagen hinein.

Umständlich versuchte Gustav den Degen herauszunehmen, der in der Kiste mit zwei kleinen Lederschlaufen fixiert war. »Moment.« Er konnte nicht verhindern, dass seine Stimme vor Aufregung brach.

»Schluss mit den Spielchen!« Walter machte sich daran, ebenfalls in den Wagen zu steigen.

Endlich konnte Gustav die Waffe befreien, riss sie hoch und ließ sie ungeschickt auf Walters gierig ausgestreckten Arm niederfahren.

Die lederne Unterarmschiene seiner Kleidung ließ die schmale Klinge wirkungslos abrutschen.

»Du verräterisches Wiesel. Dafür schlitze ich dir den Bauch auf. Lothar!«, schrie Walter, und sofort war Gustavs Bewacher neben ihm.

Mordlüstern blickten beide zu ihm auf.

Angriffslustiger, als er sich fühlte, versuchte Gustav sie mit seinem Degen am Eindringen in den Wagen zu hindern. Er erzielte sogar einige gute Treffer in ihre Gesichter, da er über den beiden stand.

»Verdammter Mist, hör auf mit dem Unfug, Gustav! Du machst mich nur noch wütender.« Zornig schlug Walter mit der flachen Hand auf den Holzboden des Wagens.

Ein gezielter Stich auf sein verbliebenes Auge ließ ihn kurz zurückweichen, aber im nächsten Augenblick hatte er mit seinem Kurzschwert Gustavs Degen abgewehrt. Sie befanden sich in einer Pattsituation. Walter und Lothar kamen nicht in den Karren hinein, Gustav hatte aber auch keine Chance herauszukommen.

»Lass uns den Blödmann ausräuchern«, schlug Lothar vor.

»Und damit das Buch verbrennen?« Walter verpasste seinem Kompagnon eine Kopfnuss. »Hol die Armbrust aus meiner Satteltasche!« Triumphierend blickte er zu Gustav. »Mal sehen, ob ein gezielter Schuss in den Bauch dir nicht die verlogene Zunge lockert.«

Willfährig verschwand Lothar.

Gustav wusste, dass sein Plan katastrophal fehlgeschlagen war. Und einen anderen hatte er nicht.

Lothar kam mit der Armbrust zurück. Er spannte die Schusswaffe und legte den eisernen Bolzen ein. »Gleich wirst du furchtbare Schmerzen erleiden, Gustav. Ertrag sie wie ein Mann.« Er grinste höhnisch und legte an.

Gustav kauerte sich in die hinterste Ecke des Wagens. Ein geflüstertes Wort entwich seinen Lippen. »Mela.«

»Schieß ihm den Schwanz weg, Lothar!«, schrie Walter geifernd.

Mit geschlossenen Augen und den Händen auf seinem Schritt saß Gustav einfach nur da.

»Was ist, Walter?«, fragte Lothar.

»Der antwortet dir nicht mehr«, erklang eine Gustav nur allzu bekannte Stimme.

Zaghaft blickte er auf und sah drei golden glänzende Augen in der Dunkelheit und eine Krallenhand, die auf Lothars Schulter lag. Im nächsten Moment durchbohrten dessen Bauch lange Krallen.

Der Räuber blickte fassungslos darauf.

Mela hob ihn mit einem Arm an und schleuderte ihn hinter sich. Lothar musste tot gewesen sein, bevor sein Körper überhaupt den Boden berührte.

»Der andere mit dem Dämonenkuss im Gesicht ist schon hin. Du kannst rauskommen.« Sie zwinkerte ihm zu.

»Mela«, sagte Gustav mit zitternder Stimme. Er versuchte aufzustehen, aber seine Beine gaben unter ihm nach.

»Ich würde dir ja helfen, Kleiner, aber in dem Karren stinkt es so erbärmlich, dass ich da lieber nicht reingehe. Irgendetwas ist da auch drin, das meine Schuppen furchtbar zum Jucken bringt.« Sie hob die Armbrust auf und kratzte sich damit an ihrem Hinterteil. »Gar nicht schlecht, das Ding, willst du auch mal?« Interessiert betrachtete sie die Armbrust. »Ist das Ding dafür gedacht? Kratzt ihr euch damit gegenseitig?«

Versehentlich löste sich der bereits eingelegte Bolzen und schlug kurz über Gustavs Kopf in die Rückwand des Wagens ein. Feine Späne rieselten ihm ins Gesicht.

»'tschuldige, ich wollte nicht mit dem Arschkratzer auf dich schießen. Wie benutzt ihr denn das kleine Eisending,

das da rausgeflogen ist? Ist das irgendwie für die Ritze gedacht? Schießt man sich das etwa …«

»Mein Meister …«, unterbrach Gustav die Dämonin.

»Ach, machen wir keine Heimlichkeiten mehr in Bezug
auf meine Person? Ich muss zugeben, dass ich mich darüber
freue. Ich dachte schon fast, dass du dich für mich schämst,
nur weil ich ein paar Pfunde zu viel habe.« Sie wiegte ihren
ausladenden Bauch kokett hin und her.

»Er ist ohnmächtig und braucht Hilfe.«

»Ich weiß, seine beiden Bewacher habe ich auch schon
für dich erledigt.« Sie zwinkerte ihm verschwörerisch zu.
»Komm und sieh selbst!«

Melas rot geschuppter Körper war so schnell aus Gustavs
Blickfeld verschwunden, als ob sie nie da gewesen wäre.
Mühselig zog er sich an einem Regalbrett hoch und taumelte
durch den Wagen. Fast wäre er an der Tür auf der Blutlache
ausgerutscht, die sich dort ausgebreitet hatte. Der Grund dafür lag im Schnee vor dem Wagen. Zumindest ein Teil davon:
Walters Torso. Der Schädel war verschwunden. Gustav
wollte sich gar nicht vorstellen, was Mela mit ihm angestellt
hatte. Vorsichtig sprang er nach draußen.

»Du kannst ruhig kommen«, flötete Mela. »Das Essen ist
angerichtet.«

Mit pochendem Herzen ging er um den Wagen herum.
Mela saß neben dem Feuer auf einem der breitschultrigen
Wegelagerer, als wäre der ein überdimensioniertes Sitzkis-
sen.

Gustavs Meister lag einige Schritte daneben bewegungslos im Schnee.

Behutsam untersuchte Gustav ihn. Martin sah zwar
schrecklich aus, schien aber ohne gefährliche Verletzungen
davongekommen zu sein. Vorsichtig legte Gustav ihm eine

Pferdedecke über und zog ihn näher zum Feuer. *Wenn er jetzt aufwacht, ist es um mich geschehen.*

Als könnte sie seine Gedanken lesen, rief Mela gut gelaunt: »Der olle Martin schläft immer noch den Schlaf der Gerechten. Den haben sie aber auch ordentlich durchgewalkt. Erinnert mich ein bisschen an ein gut geklopftes Schnitzel.« Sie schleckte sich mit ihrer überlangen Zunge über die wulstigen Lippen.

Als Gustav sich genauer umschaute, entdeckte er vier ausgerissene Armstümpfe, und ein Bein, die säuberlich nebeneinanderlagen. Fassungslos dreht er sich zu der Dämonin um.

»Du brauchst gar nicht so böse zu gucken«, grummelte die. »Sie wollten ihn nicht loslassen. Was hätte ich machen sollen?«

»Und das Bein?«

»Der eine hat nach mir getreten. Nicht gerade die feine Art.« Sie zuckte mit den gewaltigen Schultern.

Schwer schluckte Gustav die Galle runter, die ihm hochkam. Wie sollte er all das nur seinem Meister erklären?

»Der Satz, der deinem kleinen Holzköpfchen gerade nicht einfallen will, lautet: Danke, wunderschöne Mela, dass du mich gerettet hast.«

»Was habe ich mir nur gedacht?« Gustav übergab sich schwallartig.

»He, doch nicht auf das Essen«, zischte Mela und zog hastig einen der Arme weg.

»Mela, verstehst du denn nicht? Niemals glaubt mir Martin, dass ich das getan habe. Köpfe und Beine abreißen?« Er spuckte aus, um den Geschmack nach Erbrochenem loszuwerden. »Das ist mein Tod.«

Die Dämonin klopfte nachdenklich mit ihren Krallenfingern auf dem kahlen Schädel eines der Schläger herum. »Hm, also eins vorweg, ich mache diesen Vorschlag nur, um dir zu helfen. Es geht mir gar nicht um mich.« Sie klimperte mit allen Augen.

Argwöhnisch schaute Gustav sie an.

»Nun, es ist doch so. Gibt es kein Essen …«, sie korrigierte sich mit einem übertriebenen Räuspern, »… keine Leichen mehr, könntest du deinem Meister doch bestimmt irgendeine verrückte Geschichte auftischen, warum die Idioten abgehauen sind. Noch besser, wie du sie heldenhaft mit deinen dünnen Ärmchen in die Flucht geschlagen hast.« Spaßig boxte sie mit ihren Riesenpranken in die Luft.

»Hast du vor, was ich denke?«

Die Dämonin antwortete mit einem gierigen Schlecken.

Es dauerte fast die ganze Nacht, bis Mela die vier Männer vollständig verspeist hatte. Sie schleckte jeden Tropfen Blut auf, selbst den damit besprenkelten Schnee aß sie. »Es gibt in der Erde arme Dämonen, die müssen hungern, da kann ich hier nichts verschwenden«, erklärte sie.

Gustav versuchte nicht zu Mela hinzusehen und beseitigte emsig alle sonstigen Spuren der Wegelagerer. Er verbrannte ihre Kleidung und versenkte alles andere in der nahen Weißen Elster. Die Pferde der Banditen mussten sich in dem Augenblick losgerissen haben, als Mela aufgetaucht war. Vermutlich waren sie schon viele Meilen entfernt. Dann trug er Martin in den Wagen, spannte Jolande an und brachte zusammen mit Mela ein ganzes Stück zwischen sich und das alte Lager. Kurz bevor die Nacht zu Ende war, ließ er sich am frisch entfachten Lagerfeuer todmüde neben Mela fallen.

»Danke, Mela«, seufzte er. »Ich werde Martin erzählen, dass wir hierher geflohen sind.«

Die Dämonin grinste ihn frech an. »Ich danke *dir*, mein lieber Gustav. Lange habe ich nicht so viel gegessen. So richtig gut war die Mahlzeit zwar nicht, denn mit solchen rauen Kerlen ist es ein bisschen so, als ob man einen alten Hammel essen würde, eine recht tranige Angelegenheit, aber insgesamt war das einer der erfreulicheren Besuche bei dir an der Oberfläche.« Sie tätschelte ihm liebevoll die Schulter. Ein röhrender Rülpser zerstörte ein wenig die Stimmung.

Gespielt übertrieben wedelte Gustav die herbe Zimtfahne davon.

Melas Ausdruck wurde plötzlich ernst. »Du weißt, wer der mit dem Dämonenmal im Gesicht war?«

»Ein ehemaliger schwarzer Feldscherlehrling?«

Melas massiger Schädel bewegte sich in einem nachdenklichen Nicken. »Ja, aber nicht irgendeiner. Er war dein Vorgänger bei Martin. Ich kann mich noch gut an das unfreundliche Bürschlein erinnern.«

»Was ist mit ihm geschehen? Ich dachte …«

Ein Stöhnen von Martin unterbrach Gustavs Überlegungen.

»Du musst gehen!«

»War schön, dass wir uns mal wieder getroffen haben, Kleiner. Nicht, dass du denkst, dass ich dich vermisse oder so, aber manchmal fehlt mir dein debiles Gemurmel doch schon ein bisschen …« Mela zeigte eine Reihe furchteinflößender Reißzähne. »… und das frische Essen.«

»Bitte geh!« Gustav blickte zu seinem Meister.

Im nächsten Moment quoll eine kleine Nebelwolke auf und der Geruch von Zimt lag in der Luft. Mela war verschwunden.

HALBWAHRHEITEN

Gerade als Gustav zu seinem Meister gehen wollte, ließen ihn Hufgetrappel und aufgeregte Stimmen innehalten. »Nein, nicht noch mehr von ihnen«, flüsterte er schockiert.

Langsam schälte sich die Sonne im Osten heraus und ließ den Schnee funkeln. Gustav hatte keinen Blick für die Schönheit dieses neuen Tages. Er konnte nur an eine Sache denken. *Mela kann mir jetzt nicht mehr helfen.* Dazu war er unbewaffnet, seinen Degen hatte er im Wagen liegen lassen.

Jolande schnaubte aufgeregt, aber keineswegs ängstlich. Normalerweise ein gutes Zeichen.

»Vem är det?«, hörte Gustav jetzt Worte, ohne sie zu verstehen. Aber eines begriff er: Das war Schwedisch.

Im nächsten Moment kam ein Reiter zwischen den Bäumen hervor. Sein Wams zierte das blau-weiße Wappen der schwedischen Königsfamilie mit der goldenen Ährengarbe in der Mitte. Langsam ritt er mit seinem braunen Wallach auf das Feuer zu und fragte an Gustav gewandt: »Är du fältskären Martin?«

»Nein, ich bin sein Lehrling. Das dort ist Martin.« Er zeigte auf die offene Wagentür, die einen Blick auf den immer noch bewusstlosen Martin offenbarte.

»Was ist passiert?«, fragte der Schwede in akzentlastigem Deutsch, sprang hastig von seinem Pferd, ging in die Knie und beschaute sich mit sorgenvoller Miene den Feldscher. Über die Schulter rief er: »Här! Jag hittade dem.«

Kurz darauf brachen weitere Reiter mit der goldenen Vasa auf ihrem Wams durch den schneebedeckten Wald.

»Habe ich etwa Schwedisch gehört oder nur schlecht geträumt?«, kam es plötzlich kratzig von Martin, gefolgt von heftigem Husten. Er spuckte einen blutigen Klumpen aus.

Der Gedanke war gedacht, ehe Gustav etwas dagegen unternehmen konnte: *Ob Mela den auch gefressen hätte?* Er zwang sich, sich auf das Wesentliche zu konzentrieren: »Meister!« Gustav rannte zu ihm und half seinem Ausbilder beim Aufsetzen. Sein Gesicht sah schrecklich aus. Die Wunden begannen bereits, sich zu verfärben.

Der Schwede, der sie zuerst entdeckt hatte, fragte behutsam. »Meister Wundarzt, was ist passiert?«

»Wir ...« Martin brach krächzend ab.

Gustav gab ihm seine Feldflasche.

Dankbar trank er einige kleine Schlucke. »Wir sind überfallen worden. Von ...« Er blickte Gustav einen kurzen Moment durchdringend an. »... Räubern.«

Gustav nutzte den Augenblick der Betroffenheit aus, den Martins Lüge auslöste. Jetzt brauchte er nur noch seine Version der Geschichte dazuzutun, damit die Wahrheit so klang, wie er sie haben wollte. »Sie haben meinen Meister so lange malträtiert, bis er ohnmächtig wurde. Auch aus mir wollten die Wegelagerer herausbekommen, wo sich unsere Wertgegenstände befinden.«

Dankbar darüber, dass er nicht den tatsächlichen Grund des Überfalls verriet, nickte sein Meister ihm zu.

Gustav machte sich ein wenig größer. »Ich habe es ihnen nicht verraten. Dann haben sie begonnen, den Wagen zu durchsuchen.« Er schaute zu Martin. »Schaut lieber gar nicht hin. Im Karren sieht es ganz schön chaotisch aus. Etliches ist zerbrochen und ich fürchte, wir müssen bald unsere Kräutervorräte auffrischen.« Das Chaos hatte Gustav selbst angerichtet, als Martin bewusstlos im Schnee gelegen hatte. Sorgfältig hatte er ohnehin schon angeschlagene Krüge, gesprungene Glasphiolen und verdreckte Tiegel herausgesucht, um sie zu zertrümmern. Der Feldscher tat sich schwer damit, etwas auszusortieren, und daher war die Gelegenheit günstig gewesen, zwei Fliegen mit einer Klappe zu schlagen. Die Kräuterbündel, denen er zu Leibe gerückt war, bestanden aus jenen Sorten, die sie überall am Wegesrand finden konnten. »Tut mir leid.«

Martin klopfte ihm verständnisvoll auf die Schulter. »Ich bin nur froh, dass es dir gut geht. Alles andere ist nicht so wichtig.«

Als hätte sie zugehört und alles verstanden, gab Jolande ein beleidigtes Wiehern von sich.

Zum ersten Mal lächelte Martin. »Dass dir nichts passiert ist, macht mich auch glücklich.«

»Haben sie gefunden, was sie gesucht haben?«, fragte der Schwede.

»Nein.« Gustav schüttelte den Kopf und sah seinen Meister stolz an. »Irgendwann haben die Räuber aufgegeben und sind im Wald verschwunden. Ich bin dann mit dem Karren eiligst in die andere Richtung gefahren.«

»Das war Glück im Unglück. Wir sind schon die halbe Nacht unterwegs, haben uns aber in diesem verfluchten sächsischen Winterwald verirrt. Meine Männer waren in alle Himmelsrichtungen zerstreut.« Der Schwede senkte den

Kopf. »Vermutlich sind Einzelne von ihnen mehrmals knapp an eurem Lager vorbeigelaufen, ohne es zu entdecken. Der Wald ist hier sehr dicht. Jag ber om ursäkt!«

Martin brachte ein schiefes Grinsen zustande. »Ihr braucht Euch nicht zu entschuldigen. Erklärt mir lieber, was ein Offizier Torstenssons von einem einfachen Heiler möchte.«

Der Schwede gab ein belustigtes Glucksen von sich. »Mein Name ist Henrik Karlsson und in der Tat stehe ich in den Diensten Torstenssons. Der Feldmarschall würde Euch gern zurück in seine Dienste holen und bittet Euch offiziell um«, er brauchte einen Moment, bis ihm das deutsche Wort einfiel, »Verzeihung.«

Mithilfe der Schweden packten sie zügig zusammen und machten sich auf den Weg in das ehemalige Bistum Zeitz, das etwa eine halbe Tagesreise entfernt lag.

Henrik berichtete, dass die Schweden ihr Quartier in der Stadt aufgeschlagen hatten. Sonst ließ er sich aber nichts weiter darüber entlocken, was Torstensson von ihnen wollte.

Eine lange Weile saßen Gustav und sein Meister schweigend nebeneinander auf dem Kutschbock und betrachteten Jolandes schwankendes Hinterteil. Die schwedischen Soldaten ritten voraus. Es war ein strahlender, klarer Tag mit einem eisblauen Himmel geworden. Die Sonne brach immer wieder durch die schneebedeckten Äste der Bäume und brachte die Welt um sie herum zum Glitzern. Schließlich war es Martin, der als Erster das Wort ergriff. »Ich rechne es dir hoch an, dass du mich nicht mit Fragen überhäufst. Das schätze ich seit dem ersten Tag, an dem du bei mir angefangen hast.«

Gustav antwortete mit Schweigen. Er wusste, dass sein Meister ihm eine Erklärung schuldete und er diese auch bekommen würde.

»Deinem schlauen Kopf ist sicher nicht entgangen, dass Walter und ich uns kannten.«

Gustav nickte nur. Den Mund zu halten, war eine gute Taktik, um sich nicht zu verraten. Gustav musste schon jetzt aufpassen, dass er sich in seinem Gespinst der Unwahrheiten nicht verhedderte.

»Vor einigen Jahren habe ich Walter, der damals noch nicht diese schreckliche«, Martin senkte die Stimme zu einem Flüstern, »Dämonennarbe im Gesicht hatte, begonnen auszubilden.« Er schnalzte, damit Jolande das Tempo erhöhte und sie nicht allzu sehr hinter den schwedischen Reitern zurückblieben. »Der Beginn seiner Lehrzeit war vollkommen anders als bei dir. Walter musste ich nicht buchstäblich vom Galgen abschneiden, sondern seine Familie hat ihn mir aufgedrängt. Sie waren wohlhabende Kaufleute aus Hamburg und haben meine Gilde finanziell so großzügig unterstützt, dass ich ihr Ansinnen nicht ablehnen konnte.« Er seufzte schwer. »Ich hätte es eigentlich besser wissen müssen.«

Er griff sich den Schlauch mit ihrem selbst gemachten Kräuterschnaps und nahm einen großen Schluck. »Schmeckt scheußlich, hilft aber ein bisschen gegen die Schmerzen und die Kälte. Willst du auch?«

Der herbe Geruch nach Alkohol, Süßholz, Nelke und Minze, mit der Martins Atem geschwängert war, löste bei Gustav Übelkeit aus. Außerdem hatte er seit der Nacht im Garten des schiefen Hauses in Osnabrück, in der er und Anike sich geküsst hatten, kaum einmal Alkohol angerührt.

Dabei wollte er es nach Möglichkeit belassen. Also wedelte er ablehnend mit der Hand.

Martin zuckte mit den Schultern, verkorkte den Schlauch und warf ihn durch das kleine Fenster hinter ihnen zurück in den Wagen. »Wo war ich? Ach ja, mein Lehrling Walter. Der war zwar sehr an der Macht und dem Einfluss der schwarzen Feldschere interessiert, aber weder das Lernen noch das Gehorchen waren seine Sache. Ständig passte ihm dies nicht und das nicht. Für die Behandlung und Heilung von Menschen interessierte er sich gar nicht. Ihm lag nur an den Dämonen und der Macht, die das Wissen um sie einem Menschen verleihen kann. Schnell wurde er ungeduldig, weil er glaubte, dass ich ihm Sachen vorenthalten würde.« Er versuchte Gustav mit seinen geschwollenen Augen zuzuzwinkern. »Sein Latein war noch schlechter als deins. Er war einfach noch nicht so weit. Ich brauche dir nicht zu sagen, wie gefährlich viele Dinge sind, über die wir Feldschere Bescheid wissen, und sollten diese Erkenntnisse in falsche Hände geraten ...« Er winkte frustriert ab.

»Wann haben sich eure Wege getrennt?« Gustav stampfte mehrmals mit den Füßen auf, um sie ein wenig zu wärmen.

»Es war die Schlacht bei Schweidnitz in Schlesien, Ende Mai 1642. Torstensson errang hier einen bedeutenden Sieg über die kaiserlichen Truppen und kurz darauf hat er die erste Festung in Böhmen eingenommen. Seitdem haben die Schweden sie nicht wieder aus der Hand gegeben. Ein Stachel im Fleisch der kaiserlichen Erblande. Übrigens, hast du dir gemerkt, was das ist?«

Gustav rollte mit den Augen. »Der Kaiser persönlich herrscht als Reichsfürst über die Erblande. Dazu zählen Österreich, Böhmen, aber auch Teile Ungarns. Der Kaiser ist für die restlichen Gebiete des Heiligen Römischen

Reichs zwar das Oberhaupt, aber er wird von den Kurfürsten gewählt. Und wie der Name Erblande schon sagt, vererbt die Familie der Habsburger sie an den jeweiligen Thronfolger.«

Der Feldscher nickte anerkennend. »Sehr gut, mein lieber Gustav. Deswegen ist der Kaiser nach wie vor sehr aufgebracht über Torstenssons Erfolg. Und weißt du auch …«

»Ihr wolltet mir doch etwas über Walter erzählen«, unterbrach Gustav ihn in mildem Ton.

»Du hast ja recht. Wahrscheinlich hätte ich das schon viel früher tun sollen. Ich war mit ihm nachts auf dem Schlachtfeld wie üblich. Als ich kurz im Karren etwas gesucht habe, war er plötzlich verschwunden, als ich wieder hinauskam. Natürlich habe ich sofort nach ihm Ausschau gehalten, ihn gerufen, aber bis auf das Brüllen der Dämonen habe ich keine Antwort erhalten. Ich bin die Holzkohlelinie abgelaufen, um zu kontrollieren, ob es eine Lücke gab, durch die eines der Untiere hätte eindringen können, aber da war nichts. Der Ring war nicht unterbrochen.« Er schüttelte traurig den Kopf und duckte sich, um einem tief hängenden, schneebedeckten Ast auszuweichen. »Ich hatte bisher gedacht, dass Walter gestolpert und dann über die Absperrung gefallen ist. Und die, na ja, du weißt schon …«

Er brauchte nicht weiterzusprechen. Gustav hatte die Nacht auf dem Kampfplatz nicht vergessen. Ein Schritt aus dem schützenden Bannkreis bedeutete den sicheren Tod. Nur für Walter offenbar nicht, obwohl die Dämonen ihn für immer gezeichnet hatten.

»Wie hat er es nur geschafft, das Schlachtfeld lebend zu überqueren?«

»Ich tippe auf Glück. Es war kurz vor Sonnenaufgang.« Wütend schlug der Feldscher auf den Kutschbock. »Ich könnte mich ohrfeigen, dass ich bisher nicht darauf gekommen bin. Er ist nicht gestolpert, sondern geflohen.«

Gustav wusste, dass die Gilde der schwarzen Feldschere ihre Geheimnisse hütete wie einen Schatz und dass niemand freiwillig den Zirkel der Eingeweihten wieder verlassen durfte, wenn er erst einmal etwas über die Welt der Dämonen erfahren hatte.

Martin seufzte traurig. »Walter ist also ein weiterer Feind, vor dem wir uns schützen müssen.«

Da Gustav ihm unmöglich sagen konnte, dass Walters Überreste inzwischen in Melas Bauch herumschwappten, versuchte er seinen Meister auf andere Art und Weise aufzumuntern. »Wenigstens haben sie gestern den Codex Daemonum nicht gefunden. Ihr habt ihn wirklich gut versteckt.«

Sie mussten kurz am Wegesrand halten, um einer größeren Gruppe schwedischer Soldaten auszuweichen, die aus Richtung Zeitz kommend voll bepackt an ihnen vorbeimarschierten. Die meisten von ihnen grüßten sie respektvoll.

Martin blickte Gustav direkt in die Augen. Beim Ausatmen kamen kleine Wölkchen aus seiner schiefen Nase. »Ja«, seufzte er. »Das habe ich wohl.«

JAG BER
OM URSÄKT

Zeitz, Kurfürstentum Sachsen,
Januar 1645 – 28. Kriegsjahr

Ein groß gewachsener Gardeoffizier führte Martin schweigend durch die Ruinen der Zeitzer Bischofs-burg. Schon Ende des vergangenen Jahres hatten die Schweden die Stadt im Sturm genommen und bei der Belagerung das repräsentative Gebäude zu großen Teilen vernichtet.

Martin war allein gekommen. Nur der *Mästare* wurde vom großen Feldherrn empfangen. Und selbst er hatte sich drei Tage gedulden müssen, bis Torstensson endlich Zeit für ihn erübrigen konnte. Martin war nicht allzu böse deswegen, so hatte er wenigstens Zeit gehabt, seine Verletzungen etwas auszukurieren. *Typisch Torstensson*, dachte der Feldscher. *Ausgerechnet hier und nicht in einem der unversehrten Stadthäuser hat der Feldherr Quartier bezogen.* Die Kälte in der zerstörten Anlage schien Torstensson nicht zu stören. Martin kannte ihn lange genug, um zu wissen, dass der schwedische Heerführer nicht viel Wert auf Pomp und Bequemlichkeit legte. Er hatte nur ein Interesse: den Krieg. Dahinter stellte er alles in seinem

Leben zurück. Diese Haltung hatte sich als äußerst erfolgreich erwiesen, denn Torstenssons Truppen marschierten von einem Sieg zum nächsten. Niemand setzte den allmächtigen Kaiser Ferdinand III. mehr unter Druck als der asketische Schwedengeneral.

Sie erreichten einen noch halbwegs erhaltenen Teil der Burganlage. Vor einer massiven Tür hielten mehrere Männer mit grimmigen Gesichtern Wache. Der Offizier redete mit ihnen und gleich darauf wurde Martin hineingebeten.

Torstensson bot das gewohnte Bild: Er stand, mit einem Federkiel bewaffnet, leicht vornübergebeugt an einem Kartentisch und heckte Pläne für seinen weiteren Vormarsch aus. Ohne den Blick zu heben, begrüßte er seinen Gast. »Die Wege sind gefroren. Schwedisches Wetter. Ideal für einen Vorstoß, findet Ihr nicht auch, Meister Feldscher?«

»Wir beide wissen, dass ich kein Meister mehr bin. Warum habt Ihr mich herbestellt?«, fragte Martin kurz angebunden. Der Schwede sollte nicht glauben, dass er über ihn verfügen konnte, wie es ihm gefiel.

Der Feldherr wandte sich ihm zu und ließ kurz ein Lächeln erkennen. Sein Spitz- und Oberlippenbart zuckten für einen Moment nach oben. Martin kam nicht umhin festzustellen, dass Torstenssons Bart- und Haupthaar noch ein wenig grauer geworden waren. *Die Last des Kriegs.* Dennoch schien der Feldherr vor Energie zu strotzen. Mit federnden Schritten kam er auf Martin zu. Wie immer trug der Schwede dunkle, fast schwarze Kleidung. Obwohl sie aus feinsten Stoffen gefertigt war, wirkte sie einfach und bescheiden. Nur die grüne Schärpe mit der goldenen Borte verriet, welch exponierte Stellung ihr Träger einnahm. Versöhnlich hielt er Martin die Hand hin. »Ihr wisst, dass ich nach dem, was in Osnabrück passiert ist, keine andere Wahl hatte. Hayos Beweise gegen Euch waren erdrückend und …«

»… gefälscht, wie wir beide wissen.« Martin nahm die dargebotene Hand. Torstensson hatte einen festen Händedruck.

Der Schwede winkte ab. »Das habe ich Euch immer geglaubt. Ihr wisst, was die Kaiserlichen ohne meinen Schutz mit Euch angerichtet hätten. Trotzdem konnte ich nicht mehr tun. Sie hatten in Osnabrück einfach die besseren Karten.« Er zuckte mit den Schultern. »Um zu gewinnen, musste ich einen meiner Trümpfe opfern.«

Mich. Martin rieb sich nachdenklich die Hände. Doch Torstensson hatte recht: Eine andere Möglichkeit hatte er nicht gehabt. Zumindest hatte er ihn und Gustav vor der Rache des Kaisers beschützt, sodass sie frei aus der Stadt ziehen konnten.

»Und nun hat sich das Blatt gewendet, und zwar gerade wegen dieses Gaunerstücks, das der verräterische Hayo und seine Komplizen gespielt haben. Nach dem Abbruch der Friedensverhandlungen hat sich der Schauplatz zurück auf das Schlachtfeld verlegt. Dort habe ich bedeutende Siege erringen können. Das Beste daran ist«, Torstensson erhob einen Zeigefinger, »ohne eine einzige richtige Schlacht. Die nadelstichartigen Vorstöße meiner treuen Soldaten haben die kaiserliche Armee fast aufgerieben. Graf von Gallas ist am Ende und hat sich in Magdeburg verkrochen. Es ist nur eine Frage der Zeit, bis der Kaiser ihn ablöst.«

»Eure Erfolge freuen mich, aber was habe ich jetzt noch damit zu tun?« Martin wusste, dass nur wenige Menschen es wagten, so mit dem mächtigen Feldherrn zu reden, aber seine Erfahrung sagte ihm, dass Torstensson etwas von ihm wollte.

Mit listigem Blick antwortete der: »Eine ganze Menge, Martin. Eine ganze Menge. Aber wo bleiben meine Manieren? Darf ich Euch einen Glögg anbieten? Es ist doch arg frisch in diesen alten Gemäuern. Natürlich kein Vergleich zum Winter in Nordschweden, aber ich finde, wir haben uns dennoch etwas Warmes verdient.«

Gern nahm Martin den dampfenden Becher mit Gewürzwein entgegen, den ein Adjutant hereinbrachte.

»Nun, mein lieber Feldscher ...«, begann Torstensson, bevor er einen kleinen Schluck von dem Getränk probierte. Er verzog das Gesicht. »Hervorragend, fast wie zu Hause, aber Vorsicht, er ist noch sehr heiß!« Er begann lautstark zu pusten. »Da ich annehme, dass Ihr trotz Eurer beeindruckenden Fähigkeiten in den letzten Monaten wenig Neues erfahren habt, will ich Euch auf den aktuellen Stand bringen, wenn Ihr gestattet.« Er wies auf einen Lehnstuhl, über dem ein Bärenfell lag.

Martin setzte sich und pustete ebenfalls in den Glögg. Der Duft nach Rotwein, Nelken, Muskat und Zimt ließ ihm das Wasser im Mund zusammenlaufen.

Der Feldherr lief rastlos durch den Raum, den auch die rußige Feuerstelle nicht richtig warm bekam. »Jeder hat von mir erwartet, dass ich nach meinen Erfolgen beim Wettlauf entlang der Elbe, den ich mir mit Graf von Gallas im Spätsommer und Herbst letzten Jahres geliefert habe, direkt durch Böhmen und Mähren nach Wien ziehe, aber ...«, er begann verschwörerisch zu flüstern, »auch meine Truppen waren erschöpft von den gewaltigen Märschen. Sie verdienten eine Ruhepause, und die habe ich ihnen in Leipzig gewährt. Leider wart Ihr da schon weitergezogen. Wir haben uns damals nur knapp verpasst.« Er prostete Martin zu und trank mit wohlig geschlossenen Augen einen langen Zug seines Würzweins.

Kurz blitzten Bilder vor Martins geistigem Auge auf: er und Gustav als Untermieter über dem verruchten Gasthaus Zur Eiche. Ihre heimlichen Besuche auf dem Stadtfriedhof. Der mörderische Bürgermeister von Crottendorf. Das Auftreten der angeblich verängstigten Anike an dem Tag, als sie sich als Lehrling bei ihm eingeschlichen hatte. Eine merkwürdige Melancholie befiel ihn bei diesen Erinnerungen und das falsche Gefühl, dass zu dieser Zeit alles noch in Ordnung gewesen war.

»Natürlich bin ich in dieser Zeit nicht gänzlich untätig gewesen. Ich habe versucht Kurfürst Johann Georg, unseren sächsischen Gastgeber …«

Martin musste trotz allem über dieses Wort schmunzeln.

»… davon zu überzeugen, aus dem System des Prager Friedens auszuscheren, den der brave Reichsgraf Trauttmansdorff ihm anno 1635 im Namen seines Kaisers aufgezwungen hatte. Der Kurfürst sollte sein Bündnis mit Ferdinand III. endlich lösen und sich wie die Brandenburger für neutral erklären.«

»Wie habt Ihr den alten Sturkopf denn dazu bekommen?« Martin spürte, wie ihm der Glögg die Zunge löste und sich eine angenehme Wärme in ihm ausbreitete.

Torstensson kicherte in sich hinein. »Nachdem wir etliche Dörfer und Städte geplündert und gebrandschatzt hatten, hat der alte Fettsack im Sommer letzten Jahres endlich eingewilligt.«

»Es wird einsam um den Kaiser, wenn ihm sogar der sächsische Kurfürst von der Fahne geht«, bemerkte Martin und trank den letzten Schluck seines Würzweins.

Vergnügt klatschte Torstensson in die Hände. »Es ist wirklich immer eine Freude, sich mit Euch zu unterhalten. Manchmal habe ich das Gefühl, dass Ihr die politische Lage besser versteht als einige meiner Generäle! Nun, auf jeden Fall zahlt der Sachse inzwischen monatlich eine auskömmliche Summe an Talern und hält sein Land offen für den Durchzug meiner Truppen.« Torstensson tippte sich listig auf den Nasenrücken. »Dieses Recht gedenke ich zu nutzen, um *jetzt* nach Wien zu ziehen. Der Winter ist kein Feind, sondern ein Verbündeter, lautet eine alte schwedische Weisheit. Der Kaiser versammelt in Böhmen bereits frische Truppen, um meinem Angriff im Frühjahr begegnen zu können. Ich will ihm zuvorkommen.« Er ging zur Karte, die voller Kreise, Pfeile und Bemerkungen in der akkuraten, geschwungenen Handschrift Torstenssons war. Martin folgte ihm.

Der Feldherr zeigte auf Zeitz und zog von Sachsen ausgehend durch Böhmen über Prag eine gerade Linie nach Wien. »Aus gut unterrichteter Quelle weiß ich, dass Kaiser Ferdinand auf dem Weg von Linz nach Prag ist. Es ist Zeit, die Ratte aus ihrem Bau zu locken.« Der Schwede grinste Martin mit vom Wein blauen Lippen an. »Und Ihr werdet mir dabei helfen. Die Zeit der Scharmützel ist vorbei. Es wird wieder zu einer großen Schlacht kommen und dabei brauche ich Eure besonderen Fähigkeiten. Mein König hat seinen beträchtlichen Einfluss bei Eurer Zunft geltend gemacht, um …« Er rief etwas auf Schwedisch.

Ein weiterer Adjutant trat ein. In den Händen trug er einen Stapel schwarzer Kleidung.

Torstensson zwinkerte Martin zu. »Diese Farbe steht Euch besser als das schnöde Braun eines Bauern. Eure Zunftoberen waren mir noch einen Gefallen schuldig und den habe ich eingefordert, um Euch und Euren Lehrling wieder zu vollwertigen Mitgliedern Eurer Zunft zu machen.«

Ein wenig irritiert von dem theatralischen Auftritt zögerte Martin.

»Nun kommt schon, Meister Feldscher. Jag ber om ursäkt, bitte vergebt mir.«

Mit einem gezwungenen Lächeln nahm Martin die Sachen an sich. Der Krieg hatte ihn wieder.

DAS GEHEIMNIS
DES HURENWAIBELS

Erzgebirge, im Grenzgebiet des Kurfürstentums
Sachsen und Königreichs Böhmen,
Februar 1645 – 28. Kriegsjahr

Gustav genoss es, im Schwarz der Feldschere durch den rastenden Tross zu laufen. Die Familienangehörigen der Soldaten, die Handwerker, Prostituierten und allerlei anderes Volk betrachteten ihn respektvoll. Immer wieder nahm jemand seine Mütze ab, wenn er vorbeiging, oder Mütter wischten sie ihren Kindern vom Kopf, um dem Lehrling des Wundarztes ehrfürchtig zuzunicken. Besonders viele der Schanzgräber, die bei Belagerungen Gräben aushoben und Wälle aufhäuften, erwiesen ihm Anerkennung. Sie standen in der Lagerhierarchie ganz unten, aber sie wussten, dass die Feldschere jeden behandelten, ohne Rücksicht auf Rang oder Wohlstand. Die Einzigen, die ihn nicht grüßten, waren die habgierigen Marketender, die den Soldaten für Lebensmittel, Waffen, Kleidung und allerlei anderes das Geld aus den Taschen zogen. Sie nutzten den Tag Pause, den Torstensson den Truppen für unabdingbare Reparaturarbeiten zugestanden hatte, sofort, um Geschäfte zu machen. Gustav vernahm im Vorbeilaufen, dass einer der

Händler von einem Landsknecht fünf Reichstaler für eine Muskete verlangte – den Monatssold des Soldaten. Wollte er sie haben, um im nächsten Gefecht besser ausgerüstet zu sein, musste er den überhöhten Preis zahlen. Konkurrenz gab es nicht, da die Verkäufer die Preise untereinander absprachen. Trotzdem war es ein gutes Zeichen, dass die Marketender ihre Stände aufgebaut hatten. Sie waren die Ersten, die verschwanden, wenn Niederlagen drohten, es keine Beute gab oder die Heerführer keinen Sold zahlten.

»Gott zum Gruß, Herr Feldscher«, sagte ein dicker Metzger höflich.

Gustav nickte ihm zu. Welch ein Unterschied zu seinem ersten Aufeinandertreffen mit der Bagage von Torstenssons Heer. Damals hatte es nur wenige Augenblicke gedauert, bis man ihn hatte aufhängen wollen. Jetzt lief er mit dem silbernen Degen seines Vaters durch die Menschenmenge und niemand würde auch nur auf die Idee kommen, ihn schief anzusehen.

Gustav lief an einer Truppe Gaukler und Spielleute vorbei, die gelangweilt auf ihrem Karren hockten. Niemand hatte Zeit, sich ihre Vorstellungen anzusehen. Neben ihnen schlief ein räudig aussehender Tanzbär. Er lag an einer Kette, deren Ende durch einen großen Ring in seiner Nase gezogen war.

Auch ohne Kämpfe hatten Gustav und sein Meister reichlich Wunden zu versorgen. Nach nächtlichen Würfelspielrunden gab es immer wieder Prügeleien, weil sich Sieger und Verlierer in die Haare bekamen. Außerdem waren alle im Lager bewaffnet. Aber auch viele andere Leute mit den unterschiedlichsten Wehwehchen kamen zu ihnen. Der Weg über das Erzgebirge war im Winter beschwerlich. Torstensson war Ende Januar aus Zeitz aufgebrochen und seit mehreren Tagen schon quälten sie sich über die verschneiten Berge. Die schweren Geschütze der Artillerie, fast sechzig an der Zahl, wurden mit Schlitten über das Gebirge geschafft. Wenn die Wege allzu eng oder beschwerlich waren, mussten dabei Menschen die Pferde, Maultiere und Esel unterstützen oder gar ersetzen. Erfrierungen waren an der Tagesordnung. Gustav hatte inzwischen eine gewisse Routine im Amputieren von Zehen entwickelt. Besonders den kleinen Zeh erwischte es oft. Nicht zuletzt wurden viele Patienten mit Geschlechtskrankheiten vorstellig – auch im Krieg ging das normale Leben seinen Gang.

Wie aufs Stichwort lenkte das Geschrei einer Dirne Gustavs Aufmerksamkeit auf sie.

»Verschwinde! Ich weiß, dass du kein Geld hast, und außerdem stinkst du!« Die grell geschminkte Frau, die viel zu dünne und zu kurze Kleidung trug, stieß ihren aufdringlichen Freier von sich.

Der Mann kam auf dem von Hunderten Füßen und zahlreichen Karrenrädern verharschten Boden kurz ins Rutschen, fing sich aber im letzten Moment ab. »Du dreckige Hure«, schrie er wütend. »Das wirst du mir büßen!«

Um die beiden Streitenden war es plötzlich leer. Alle gingen ihnen aus dem Weg. Eine Frau mit vier Kindern im Schlepptau versank fast bis zur Hüfte im Schnee, als sie einen Pfad weit abseits wählte. Allemal besser, als ihren Nachwuchs in Gefahr zu bringen.

Gerade als Gustav sich ebenfalls überlegte, wie er ihnen ausweichen sollte, sah er, dass der Mann einen Dolch unter seinem speckigen Gürtel hervorzog.

»Ich werde dir etwas geben, für das du vielleicht nicht zu fein bist.« Drohend fuchtelte er mit der Waffe vor dem Unterleib der Frau herum.

Ohne lange nachzudenken, schrie Gustav: »He, lasst die Frau in Ruhe und steckt das Messer weg!« Leider hatte Gustavs Stimme die dumme Angewohnheit, einige Oktaven anzusteigen, wenn er nervös war. Mela hatte das einmal als seinen Kleinmädchensprech verspottet.

Der Freier, der mit dem Rücken zu Gustav stand, rief über die Schulter. »Verschwinde, Piepsmäulchen, oder du bist der Nächste, dem ich die Klinge reinramme. Die Dame und ich, wir kommen gerade ins Geschäft.« Er lachte anzüglich.

Gustav räusperte sich. Mit etwas festerer Stimme rief er: »Nein, das werde ich nicht!« Er legte die Hände auf seinen Gürtel. Hauptsächlich, um zu verbergen, dass sie ein wenig zitterten. »Geht Eures Weges und ich verspreche, dass Euer Handeln ausnahmsweise keine Folgen haben wird!«

Höhnisch grunzend drehte der Mann sich um. Seine penetrante Alkoholfahne konnte Gustav riechen, obwohl der Kerl mindestens fünfzehn Schritt von ihm entfernt war. »Sonst was, Bürschl…« Er unterbrach sich und glotzte wie ein erschrecktes Reh auf Gustavs schwarze Kleidung und die Fibel an seinem Kragen.

Die Prostituierte nutzte den Moment, um schnurstracks zu verschwinden und Gustav das Problem mit dem Betrunkenen zu überlassen.

Überraschend nahm der verschmähte Freier seine dreckige Filzmütze vom Kopf. Verfilztes graubraunes Haar kam zum Vorschein. »Entschuldigt …«, er hickste mehrmals, »… Herr Feldscher, wenn ich gewusst hätte, dass Ihr das seid, dann …«

»Was hättest du dann nicht getan? Keine Frau bedroht? Nicht mit deinem rostigen Dolch auf sie gezielt?« Die Unterwürfigkeit des eben noch so aggressiven Mannes machte Gustav regelrecht wütend.

Der schien das nicht zu bemerken. »Ja ja, genau das und noch vieles mehr.« Er verfiel in einen jammervollen Ton. »Es ist der Alkohol, Herr, der mich böse macht, und dieser verfluchte Krieg«, murmelte er immer leiser werdend. Tränen stiegen ihm in die Augen.

Gustav betrachtete das von starker Akne zerfurchte Gesicht genauer. Er kannte es, obwohl er niemals gedacht hätte, dass jemand in so kurzer Zeit so sehr altern könnte. »Jorn?«, fragte er mit harter Stimme.

»Ja, Herr.« Er nickte aufgeregt. »So nennt man mich. Früher, da war ich einer der besten Kämpfer Torstenssons, das kann jeder bezeugen, aber dann habe ich meinen Freund Thomas vor Bernburg verloren und seitdem geht alles den Bach runter. Nicht einmal die Huren wollen mich noch haben. Womit habe ich das nur verdient?« Jetzt weinte er tatsächlich. Mit seiner schmuddeligen Jacke wischte er sich die Tränen und einen gewaltigen Tropfen Rotz von der Nase.

»Du erkennst mich nicht, was?«, fragte Gustav lauernd.

Jorn kniff die Augen zusammen. »Ich sehe nicht mehr so gut. Früher hatte ich Augen wie ein Adler und konnte einen Pfeil auf zweihundert Schritt präzise ins Ziel bringen, heute jedoch …« Er seufzte.

Mit einer geübten Handbewegung zog Gustav seinen Degen und richtete ihn auf Jorn.

Der hob abwehrend die Hände. »Ihr habt versprochen, dass Ihr mich laufen lasst, wenn ich der Dirne nichts tue. Was man verspricht, das muss man auch halten!« Er klang wie ein bockiges Kind.

»Oh, ich werde dir schon nichts tun. Unschuldigen Leid zuzufügen, das würde mich mit dir auf eine Stufe stellen.«

Verwirrt blickte ihn der vernarbte Mann an. »Herr, sollte ich Euch versehentlich beleidigt haben, so tut es mir leid. Ich …«

»Versehentlich?«, schrie Gustav. Auch um ihn und Jorn machten die Menschen jetzt einen Bogen. »Du und dein Kumpan, ihr wolltet mich aufhängen. Erinnerst du dich an diesen Degen?« Er hielt die Spitze der schönen Waffe direkt an Jorns Kehle.

Dem ging jetzt offensichtlich ein Licht auf. »Du bist das? Der Bengel, der angeblich einen Brief für Torstensson hatte.«

»Und ob!« Gustav spuckte ihm vor die Füße.

»Mein Schicksal ist besiegelt. Es musste ja eines Tages so kommen. Bitte macht schnell!«, forderte Jorn ihn auf und drückte seinen Hals an die Spitze des Degens. Augenblicklich ritzte ihm die scharfe Waffe die Haut auf.

Rasch zog Gustav die Klinge weg. »Was soll das? Ich will dich doch nicht umbringen. Meine Profession ist das Heilen von Menschen.« *Und Dämonen*, das sprach er aber lieber nicht aus. »Das unterscheidet mich von dir.«

»Ihr seid ein guter Mensch, Herr Feldscher. Entschuldigt, was wir Euch angetan haben. Wäre mein lieber Thomas noch hier, würde er Euch dasselbe sagen.« Jorn fiel auf die Knie und machte sich daran, den hart gefrorenen Saum von Gustavs Umhang zu küssen.

Der trat hastig einen Schritt zurück. »Geh mir aus den Augen und wage es nie wieder, einer Frau Gewalt anzutun!«

Jorn sprang auf. »Ja, Herr!« Eilig lief er davon.

Als er sich schon etliche Schritte von Gustav entfernt hatte, rief der ihm hinterher: »Und hör mit dem Saufen auf!«

»Ja, Herr!«

»Und wasch dich mal!«

Das »Ja, Herr« war kaum noch zu verstehen, aber es kam definitiv aus Jorns Mund. Vielleicht würde er sein Leben ja wirklich ändern.

Gustav nickte zufrieden. Was für merkwürdige Dinge das Leben bereithielt! Einst hatte dieser Mann mit all seiner Kraft und seinem Selbstbewusstsein ihn fast umgebracht, und nun lag er am Boden und schaute zu ihm auf, als wäre er ein Adliger.

Langsam füllte sich der Weg wieder mit Leben. Fröhlich plappernd liefen die Menschen an Gustav vorbei.

Der sprach den Erstbesten an: »Weißt du, wo ich das Zelt des Hurenwaibels finde?« Martin hatte ihn zu dem Mann geschickt, damit die Ströme der Kranken, die täglich zu ihnen kamen, besser gesteuert würden und um für Jolande um Hafer zu bitten. Gustav war sich sicher, dass die zweite Anfrage die wichtigere war.

Der Mann beschrieb ihm aufgeregt stotternd den Weg und sah zu, dass er schleunigst fortkam.

Entweder katzbuckeln die Menschen oder haben Angst vor den schwarzen Feldscheren. Gustav gefiel beides nicht.

Er brauchte fast bis zum Mittag, um zum großen Zelt des Trossverwalters zu gelangen. Ständig baten ihn Menschen um medizinische Hilfe. Die Erste war eine Frau mit einem fiebrigen Kind, das beständig hustete. Gustav empfahl ihr einen Aufguss aus Lindenblüten. Der Nächste war ein kleiner, blasser Mann, dessen Arm seit einem Sturz auf das Eis vor wenigen Tagen in einem furchtbaren Winkel abstand. Gustav richtete ihn und schiente den Bruch mit einigen Holzlatten und Stoffresten, schärfte ihm aber ein, schnellstmöglich bei seinem Meister vorstellig zu werden, damit der sich die Sache noch einmal ansah. Zu guter Letzt konsultierte ihn eine junge Frau, die über Bauchschmerzen klagte. Gustav brauchte sie nicht zu untersuchen, um zu verstehen, worum es sich handelte. Er empfahl ihr warme Umschläge, die zuvor mit einer Salbe aus Frauenmantel eingerieben werden sollten. Das Kraut half gut gegen Regelschmerzen. Zwar gedieh die Pflanze gerade in den Bergen besonders gut, aber leider nur im Sommer. Glücklicherweise hatte Gustav aber einen kleinen Vorrat angelegt, und er bot ihr an, dass sie sich im Laufe des Tages etwas davon abholen konnte.

Bevor Gustav eintrat, wappnete er sich vor dem erneuten Zusammentreffen mit dem Hurenwaibel. Er war es schließlich gewesen, der aus Desinteresse und Gier sein Todesurteil gesprochen hatte. Der Trossverwalter war ein einflussreicher Mann und stand in der Hierarchie des Heers ziemlich weit oben. Für den Erfolg einer Armee war es von entscheidender Bedeutung, dass die Bagage vernünftig organisiert wurde. Ein Hurenwaibel musste dazu die richtige Mischung aus Härte gegenüber allen Regelbrechern und Großzügigkeit beim Verteilen der geplünderten Beute finden – und wissen, wann und bei wem er ein Auge zudrücken musste. Gerade als Gustav im Begriff war, durch die Zeltplane einzutreten, griff eine dreckige Hand nach seinem Umhang. »Ein paar Münzen für einen alten Veteranen, der Herr.«

Gustav blickte irritiert nach unten. Im Schnee lag ein alter Mann, dem die langen grauen Haare das Gesicht verdeckten. Niemand schien sich für sein Schicksal zu interessieren. Mitleid stieg in Gustav auf. »Guter Mann, ich habe leider kein Geld dabei, aber ich kann Euch einen warmen Platz und …«

»Du!«, giftete die Stimme des Alten. »Dir und deinem feinen Meister habe ich das alles zu verdanken.«

Jetzt erkannte Gustav ihn. Hauptsächlich an seinen hervorquellenden, triefenden Augen. Es war der Hurenwaibel.

Offenbar hatte er seinen Rang verloren und lungerte nun als Bettler vor seiner ehemaligen Residenz herum. »Wie meint Ihr das?«

Der Alte spuckte aus. »Tu doch nicht so verlogen! Kurz nach der erfolgreichen Schlacht bei Breitenfeld kamen die Schweden her und haben mich aus meinem Zuhause geschmissen.«

Ein Zuhause voller Diebesgut und Sklaven.

»Ich weiß, dass sie das im Auftrag deines Meisters taten. Da ist der Beweis.« Er zeigte mit einem gichtgekrümmten Finger auf Gustavs Degen. »Den wollten sie. Darüber hinaus haben sie mir noch allerlei Vorwürfe gemacht. Stehlen würde ich. Unzuverlässig wäre ich. Grausam. Alles Lügen.«

Gustav war zwar anderer Meinung, entschied aber, dass es besser war, dies jetzt nicht zu diskutieren.

Der ehemalige Verwalter kam wackelig auf die Füße. Bedächtig schob er seinen Kopf ganz nah an Gustavs heran. Eine Wolke schalen Atems entströmte seinem Mund beim Sprechen. »Trotzdem bleiben mir bis heute keine Geheimnisse der Bagage verborgen, auch wenn dein verfluchter Meister das gehofft haben mag.« Er zeigte ein zahnloses Grinsen. »Möchtest du eines davon erfahren?«

»Nein … nein … ich«, stammelte Gustav.

»Doch, glaub mir, das willst du.« Der Alte kicherte gehässig. »Dein Meister hat Erkundigungen nach zwei Frauen einholen lassen.«

Augenblicklich begann Gustavs Herz schneller zu schlagen.

»Mutter und Tochter.«

Gustavs Magen zog sich schmerzhaft zusammen. Er glaubte die Asche des Leichenhaufens zu riechen, auf dem seine Schwester und Mutter nach ihrem Tod verbrannt worden waren. Gustav wollte den verrückten Alten stehen lassen, dem Gift seiner Worte entkommen, aber er schaffte es nicht, sich von der Stelle zu bewegen.

»Er hat sie bei ein paar recht groben Kerlen gefunden.«

»Ihr lügt!«

Er schien ihm gar nicht zuzuhören. »Am Morgen nach der Schlacht hat er sie holen lassen. Die kleine Anna und ihre Mutter. Was dann mit ihnen passiert ist, das hast du ja mit eigenen Augen gesehen, nicht wahr?«

Gustav sank auf die Knie. Der Alte hatte ihm buchstäblich den Boden unter den Füßen weggerissen.

KUPFERDORF

Gustav ignorierte alles, was ihm sein Meister aufgetragen hatte, drehte sich um und rannte, so schnell er konnte, davon. Weg von dem alten Hurenwaibel, der einen solch furchtbaren Verdacht in ihm geschürt hatte, dass ihm schlecht davon wurde. War es möglich, dass Martin, sein Meister und väterlicher Freund, etwas mit dem Tod seiner Mutter und Schwester zu tun hatte? Gustav konnte den Verdacht nicht mehr loswerden, obwohl er sich darüber ärgerte.

Das Laufen und die Kälte führten dazu, dass er irgendwann wieder klarer denken konnte. Er war zufällig wieder in der Nähe ihres Lagerplatzes angekommen. Gustav wusste, dass es nur eine Lösung gab, den Verdacht, den der Hurenwaibel ihm in den Kopf gesetzt hatte, auszuräumen: Er musste mit Martin sprechen. Auf der Stelle. Tief Luft holend ging er in Richtung des gelben Karrens.

Jolande sah kurz auf, als er ihr Lager erreicht hatte. Ihr Blick verriet Enttäuschung. Das Maultier hatte wohl auf Hafer gehofft. Mürrisch steckte sie ihren Kopf wieder in den Sack mit Stroh, den ihr Gustav am Morgen umgebunden hatte.

»Meister?«, rief der außer Atem. Die eisige Luft brannte in seinen Lungen. »Meister, wo seid Ihr?«

Nur die Geräusche, die Jolande beim Fressen von sich gab, antworteten ihm.

Irritiert legte er die Stirn in Falten. »Meister?« Langsam ging er auf den gelben Karren zu, der aussah, als würde er eine weiße Haube tragen, so viel Schnee hatte sich auf dem Dach angesammelt. Ihn zu beseitigen, war eigentlich eine der Aufgaben, die Gustav heute noch zu erledigen hatte. *Später!* Jetzt galt es, Wichtigeres zu klären. Bedächtig klopfte er an die verschlossene Tür. Vielleicht arbeitete Martin gerade an irgendetwas Geheimem oder versteckte noch schnell den Codex vor ihm. *Eine weitere Sache, die er vor mir verbirgt.* Gustav hasste es, wie die Saat des Argwohns immer mehr in ihm gedieh, konnte aber nichts dagegen tun. Je eher er mit dem Feldscher sprach, desto besser. »Meister, seid Ihr da drinnen?«

Weder auf das Klopfen noch auf die Frage reagierte jemand.

Gustav öffnete die quietschende Tür, etwas Schnee rieselte dabei vom Dach und blieb für einen Moment auf seiner Nase liegen, bevor er schmolz. Vorsichtig blickte er ins Innere des Feldscherkarrens. Martin war nicht dort, aber Gustav entdeckte ein kleines Stück Pergament, das auf dem Boden direkt vor der Tür platziert worden war. Hastig überflog er die wenigen Zeilen, die ihm sein Meister hinterlassen hatte. Natürlich war das Schreiben auf Latein verfasst. Genervt verdrehte Gustav die Augen, konnte aber auch ein kurzes Grinsen nicht unterdrücken.

»Puer meus carissimus, in expeditionem urgentem ire debeo, sed quam celerrime ad exercitum rediam. Observa mulum«, murmelte er die Worte vor sich hin. »Mein lieber«, übersetzte er und ging im Kopf die Vokabeln durch, bis er das richtige Wort fand, »Junge!« Triumphierend klatschte er sich auf den Oberschenkel. »Mein lieber Junge …« Vor Konzentration biss er sich auf die Unterlippe. »… ich muss auf eine dringende Mission, stoße aber, so schnell es geht, zurück zum Heer.«

Gustav stöhnte. »Warum ausgerechnet heute?« Er machte sich daran, den letzten Satz ins Deutsche zu übertragen. Vielleicht gab ihm sein Meister dort noch einen wichtigen Hinweis.

»Observa mulum. Was soll das nur heißen?« Gustav summte beim Grübeln unbewusst die Melodie, die Martin ständig auf den Lippen hatte. *Ich muss ihn auch danach endlich fragen.*

Ein jähes Brüllen kam von Jolande.

Im selben Moment konnte er den geheimnisvollen zweiten Satz entschlüsseln: ›Pass auf das Maultier auf!‹ Prioritäten hatte sein Meister in jedem Fall vor seiner Abreise gesetzt.

Jemand pochte an die Karrenwand.

Erschreckt blickte sich Gustav um und verrenkte sich dabei den Hals. Mit einem Zischen wischte er sich über die schmerzende Stelle.

Ein schmutziger Junge mit löcherigen Schuhen und einem Kopfschutz aus Lumpen grinste ihn frech an. »Geht schnell mit den Hals bei diesen Wetter. Hatte ich och schon. Geht bald wieder weg. Musste dir schön warm halten.«

Medizinische Ratschläge von einem Gossenjungen. Der Tag wird immer wunderlicher. Gustav sah über die furchtbare Grammatik des Jungen hinweg und fragte: »Was willst du?«

»Ich soll dich sagen, dass wir losfahrn. De Schweden glauben, dass es bald stürmen tut, und deswegen soll es flott losgehn. Die wollen vor Einbruch der Nacht noch bis zu 'nem Kaff namens Kupferdorf kommen, für 'n sicheres Quartier. Is wohl nich so weit, aber um dahinne zu kommen, müssen wa noch jewaltich hoch heute.« Er zeichnete mit seinem Arm die Richtung in der Luft nach.

Das hat mir gerade noch gefehlt. Gustav nickte dem Burschen zu, um ihm zu signalisieren, dass er verstanden hatte.

Der rührte sich jedoch nicht von der Stelle, sondern blickte ihn aus seinen großen dunklen Augen intensiv an.

»Was ist noch?«

»Janz schön kalt, da krieg ich immer janz schön Hunger, wenn ich Nachrichten überbringe.«

Mit einem Stöhnen kletterte Gustav ins Innere des Wagens, holte einen Ring Wurst sowie einen halb gefrorenen Brotlaib hervor. »Hier, aber …«

Der Bengel schnappte sich das Essen und war so schnell verschwunden, wie er gekommen war.

Nachdenklich blickte Gustav ihm nach. Schließlich sprang er aus dem Karren und ging zu Jolande. »Tja, meine Liebe. Ich fürchte, ich habe nicht nur keinen Hafer für dich, sondern auch noch Arbeit. Wir reisen weiter.«

Diesmal schaffte sie es, ihn beim Anlegen des Geschirrs zu beißen. Gustav redete sich ein, dass sie es sanft tat. Immerhin kannten sie sich schon eine Weile.

Die Schweden erwiesen sich als gute Wetterkenner. Am späten Nachmittag schoben sich dunkle Wolken über den Himmel und die Temperatur fiel noch weiter. Obwohl er sich schon in zwei Jacken und eine Decke gehüllt hatte, begann Gustav mit den Zähnen zu klappern. Seine Hände spürte er schon eine ganze Weile kaum noch. Lange würde er Jolandes Zügel nicht mehr halten können.

Das Maultier warf sich mit ganzer Kraft gegen Wind und Berg gleichzeitig. Seine Mähne war gefroren und die langen Ohren hatten Mühe, aufrecht stehen zu bleiben.

Wann kommen wir nur endlich an? Mit zusammengekniffenen Augen blickte Gustav in die beginnende Dämmerung. Von einem Ort war weit und breit nichts zu sehen.

»Halt! Halt! Halt! …«, schallte es plötzlich von Wagen zu Wagen und die Kolonne kam langsam zum Stehen.

»Was haben sich die Schweden nur bei diesem Blödsinn gedacht? Wo soll denn hier ein Dorf sein?«, fluchte der dicke Kutscher im Wagen vor Gustav so laut, dass der trotz des rauschenden Windes jedes Wort verstehen konnte. Der Mann transportierte Heu für die Pferde der Soldaten und sein Wagen war um einiges breiter als der gelbe Karren der schwarzen Feldschere. Es glich einem Wunder, dass er überhaupt bis hierher gekommen war.

Aut viam inveniam aut faciam, schoss Gustav bei dem Anblick das berühmte Zitat Hannibals durch den Kopf. Angeblich hatte der antike Feldherr so geantwortet, als man ihn danach fragte, ob er tatsächlich mit seinen Elefanten und Soldaten die Alpen überqueren würde. »Entweder werde ich einen Weg finden oder einen bauen«, flüsterte Gustav die Übersetzung. Er vermisste seinen Meister. Der hätte über diesen geistreichen Sinnspruch in jener – buchstäblich – verfahrenen Lage sicher geschmunzelt und bestimmt noch den einen oder anderen Griechen oder Römer aufgezählt, von dem ähnlich Erbauliches überliefert war.

Es begann zu schneien. Gustav streckte eine Hand aus. Eine dicke Schneeflocke landete darauf. Die Baumwipfel wiegten sich schneller werdend im Takt, den der heranziehende Sturm ihnen vorgab.

»Snöstorm!«, kam es von weiter vorn. Man musste kein ausgewiesener Kenner der schwedischen Sprache sein, um das zu verstehen. Keine rosige Aussicht, so ungeschützt auf dem Bergweg.

Ein Trupp Bewaffneter bahnte sich mit seinen Pferden einen Weg durch den stehenden Tross. Ihnen folgten die Flüche derjenigen, die ihnen mit ihren Karren und Fuhrwerken ausweichen mussten.

Neugierig streckte sich Gustav, um herauszufinden, was passiert war. Zu seiner Überraschung hielten die Reiter neben seinem Wagen an. Ihren stattlichen Tieren quoll weiß der Atem aus den Mäulern und sie tänzelten aufgeregt auf dem Schnee.

»Meister Feldscher?«, fragte ihn ein breitschultriger Schwede. Der Uniform nach ein Soldat aus Torstenssons persönlicher Leibgarde.

»Ähm … ich … nun«, stammelte Gustav.

Die vier Schweden blickten einander verständnislos an und wechselten aufgeregt einige Worte in ihrer Sprache. Einer schüttelte den Kopf und zeigte weiter den Berg hoch, ein anderer gestikulierte wild in Richtung des gelben Karrens. Die beiden anderen beäugten die Umgebung so argwöhnisch, als würden sie hinter den Fichten Ferdinand III. persönlich vermuten.

Derjenige, der Gustav angesprochen hatte, sagte in gebrochenem Deutsch: »Wir dachten, dass der helle Wagen dem Meister Feldscher würde gehören.«

»Das tut er«, erklärte Gustav, »aber ich bin nicht der Meister, sondern nur der Lehrling.«

Sie schauten einander verschwörerisch an. Diesmal kamen sie ohne Worte aus und trafen schnell und einmütig eine Entscheidung. »Der Feldmarschall schickt uns. Er braucht Euren Rat. Bitte folgt uns!«

»Den meines Meisters«, verbesserte Gustav ihn. »Er braucht sicher den Rat meines Meisters. Der ist aber leider, wie gesagt, nicht da und …«

Jolande wieherte, als einer der Männer ihr ins Halfter griff, um sie zum Laufen zu bewegen.

Ein wenig neidisch stellte Gustav fest, dass der Schwede nicht von ihr gebissen wurde. Immerhin ging sie keinen Schritt vorwärts.

»Wir bringen dich trotzdem zu ihm!«

Bevor Gustav etwas dagegen unternehmen konnte, bahnten sie ihm und seinem Karren einen Weg durch die Reihe der Wartenden. Sein Vordermann, der Heufahrer, wäre fast den Hang hinuntergefallen, weil er so sehr an den Rand gedrängt wurde.

Es war stockdunkel und Gustav hatte die beiden Lampen am Feldscherkarren entzündet, die den Schnee in einem mysteriösen roten Licht glitzern ließen, als sie endlich auf Torstensson und seine engsten Offiziere stießen. Die standen um ein großes Feuer herum und hielten dampfende Becher in den Händen. Der Wind und der Schnee schienen ihnen nicht viel auszumachen. Gustav hingegen fühlte sich wie ein Eiszapfen und fürchtete, vom Kutschbock zu fallen.

Demütig näherte sich einer der Soldaten, die Gustav den Berg hinaufgebracht hatten, dem von Offizieren umringten Feldmarschall. Sein Gesicht glänzte vor Schweiß im Schein des Feuers. Die vier Schweden hatten den Wagen zwischenzeitlich sogar geschoben, um möglichst schnell voranzukommen.

Torstensson winkte ihn mit einer beiläufigen Geste heran.

Sie steckten die Köpfe zusammen.

Der Feldmarschall machte eine unzufriedene Miene nach dem Gespräch und sein Untergebener zog mit hängenden Schultern von dannen. Die drei anderen folgten ihm, ohne sich von Gustav zu verabschieden.

Der konnte sich ausmalen, worum es in dem kurzen Austausch gegangen war. Leider hatten sie ihrem General nicht den *Mästare*, sondern nur den Lehrling gebracht.

Mit langen Schritten kam der schwedische Heerführer auf Gustav zu. Eine Handvoll Leibwächter folgte ihm wie Schatten. Ohne jede Höflichkeitsfloskel kam er sofort zur Sache. »Wo ist dein Meister, Junge?«

Gustav konnte sein Unwissen natürlich nicht vor dem Heerführer eingestehen, ohne seinen Meister, die Zunft der schwarzen Feldschere und sich selbst zu diskreditieren. Deshalb verlegte er sich auf die erstbeste Lüge, die ihm einfiel. »Er ist aufgebrochen zur jährlichen Proba.« Still flehte Gustav, dass er das lateinische Wort für Prüfung richtig anwandte. »In unserer Zunft muss man jährlich aufs Neue beweisen, dass man seine die Fähigkeiten über das Jahr behalten hat.« Kumpelhaft zwinkerte er in einem Anfall von Wahnsinn dem allmächtigen Feldherrn zu.

Der musste nur eine Augenbraue leicht anheben und schon fing Gustav sich wieder.

»Er wird in einigen Tagen zurück sein, Herr. So lange soll ich ihn vertreten und all seine Aufgaben übernehmen.«

Der Schwede dachte über Gustavs Worte nach. Dann drehte er sich um und ging zu seinen Offizieren zurück.

Er ist nicht auf meine Lüge hereingefallen. Unruhig rutschte Gustav auf seinem kalten Sitz hin und her.

»Komm zum Feuer, Lehrling! Ich habe eine Aufgabe für dich«, rief Torstensson plötzlich.

Einen kurzen Moment gestattete sich Gustav ein Lächeln, bevor er steifbeinig vom Kutschbock krabbelte.

Jemand drückte ihm einen dampfenden Becher in die Hand. Zu seiner Enttäuschung stellte Gustav fest, dass es sich um Würzwein handelte. Weder mochte er besonders gern Alkohol noch konnte er irgendetwas zu sich nehmen, das auch nur im Entferntesten nach Zimt roch – seit er mit einer bestimmten rot geschuppten Dame zu tun hatte. Wenigstens wärmte er ihm die klammen Hände. Torstensson stand einige Schritte entfernt von ihm. Einer der Leibwächter des Schweden signalisierte mit seiner Körperhaltung eindeutig, dass Gustav noch warten musste. Beständig kamen Leute zu Torstensson, besprachen etwas und wurden anschließend wieder weggeschickt. Kurz bevor sich Gustav unwohl zu fühlen begann, schickte ihn der riesige Leibwächter mit einem Kopfnicken zu Torstensson. Gustav zwang sich, schnell noch einige Schlucke des Weins zu nehmen, um nicht unfreundlich zu wirken, und ging zum Feldherrn.

Torstensson schaute ihn gar nicht an. Sein Blick war in die Dunkelheit gerichtet. »Dort, nur wenige Hundert Schritt von hier«, er zeigte nach Südosten, »liegt Kupferdorf.«

Gustav glaubte, sich verhört zu haben. Wieso in aller Welt lungerten sie hier in Eis und Schnee herum, wenn sich ganz in der Nähe ein Dorf mit richtigen Häusern befand?

Der schwedische Feldherr schien seine Gedanken zu lesen. Er drehte sich zu ihm um. »Du fragst dich sicher, warum wir beide jetzt nicht gemütlich an einem Tisch in der dortigen Schenke sitzen, sondern hier draußen ausharren.«

Gustav nickte.

»Wie dir vielleicht auffällt, brennt nirgendwo in den Häusern Licht. Keine Kerzen, keine Feuer. Man kann nicht mal den Rauch ihrer Kamine riechen.«

Jetzt fiel es auch Gustav auf. *Anike hätte es bestimmt längst bemerkt*, schoss es ihm durch den Kopf. Wie gern hätte er sie jetzt an seiner Seite gehabt. Anike hätte bestimmt die richtigen Fragen gestellt und nicht nur stumm wie ein Fisch neben einem der mächtigsten Generäle der Welt gestanden.

»Man hört auch keine Geräusche von dort. Keinen kläffenden Köter, keine keifenden Weiber, gackernden Hühner oder Ähnliches. Der Ort scheint wie ausgestorben. Wir haben bei Sonnenuntergang fünf schwer bewaffnete Männer hineingeschickt, weil ich einen Hinterhalt fürchtete.« Jetzt schaute er Gustav direkt in die Augen. »Anschließend weitere zehn.« Er machte eine kurze Pause. Für einen Moment sah er im Schein des Feuers alt und müde aus. »Keiner von ihnen ist zurückgekommen.«

Einer der Offiziere tippte dem Feldherrn vorsichtig auf die Schulter.

Der nickte, sagte etwas auf Schwedisch und wandte sich dann flüsternd wieder Gustav zu. »Für mich wirkt das alles verdächtig wie ein Problem, mit dem sich die schwarzen Feldschere befassen sollten. Bitte löse doch dieses Rätsel für mich, Feldscherlehrling!«

Er will keine weiteren Männer verlieren, deswegen schickt er mich. Trotzdem sagte Gustav mit fester Stimme: »Gut, gebt mir einen Moment der Vorbereitung.«

UNERWARTETE HILFE

Prag, Königreich Böhmen, kaiserliche Erblande,
Februar 1645 – 28. Kriegsjahr

In einen warmen Mantel aus Kaninchenfell gehüllt, ging Johannes über die Karlsbrücke auf den Hradschin zu. Die Burgstadt war unter einer dicken Schneeschicht begraben, fast so, als hätte sie sich eine weiße Decke übergeworfen. Er blickte auf die träge dahinfließende Moldau, auf deren grauem Wasser Eisschollen schwammen. Es herrschte eine erbärmliche Kälte in der Stadt, die unter Rudolf II. – dem Großvater des jetzigen Herrschers – wieder zur Kaiserresidenz geworden war. Seitdem hörte man in Prag immer weniger Tschechisch, dafür umso mehr Deutsch. Trotzdem war die Stadt an der Moldau offen und modern und zog von überall die Wissenschaftler und Künstler an. Johannes war all das im Grunde egal. Er wollte zurück nach Wien, dem tatsächlichen Zentrum der Macht im Heiligen Römischen Reich. David hatte er dort allein zurückgelassen und auch den von ihm verehrten Reichsgraf Trauttmansdorff. Er gehörte der kaiserlichen Delegation nicht an, weil Ferdinand III. seine rechte Hand in der Reichshauptstadt wissen wollte, damit dort alles nach seinem Willen weiterlief.

Trauttmansdorff wiederum wollte unbedingt jemanden in der Nähe des Kaisers haben, um weiterhin über jeden Schritt informiert zu sein. Johannes war zunächst froh gewesen, dass er die Reise nach Prag antreten durfte. Noch vor wenigen Wochen hätte er gar nicht darüber nachgedacht, dass der Reichsgraf jemand anderen mit einer derart komplizierten und wichtigen Aufgabe betrauen würde, aber mittlerweile war er immer misstrauischer geworden. Noch hatte er nicht herausgefunden, wer den Reichsgrafen im Geheimen beriet und ihm zuarbeitete, aber er war sich sicher, dass derjenige äußerst diskret vorging. Wie sonst bewerkstelligte er es, sich stets Zugang zu Trauttmansdorff zu verschaffen, ohne dass Johannes ihn erwischte? Der Reichsgraf hatte bereits öfter eine spitze Bemerkung darüber fallen lassen, dass Johannes in letzter Zeit so oft ungebeten in seine Arbeitsräume geplatzt war. Es war alles vergebens gewesen: Immer war sein Meister allein, selbst wenn Johannes hätte schwören können, dass er von draußen ein Gespräch gehört hatte.

Johannes seufzte, grub seine Hände tiefer in den Muff aus feinem Nerz und ging weiter auf die Prager Kleinseite zu, über der die beeindruckende Prager Burg mit ihren vielen Türmen thronte. Sein Blick wanderte unwillkürlich zum unscheinbaren Ludwigsflügel. Dort hatte der nicht enden wollende Krieg seinen Ausgang genommen, als 1618 protestantische Aufständische nach dem Ende der Ständeversammlung die königlichen Statthalter Graf von Martinitz und Wilhelm von Chlum und Koschumberg sowie den Kanzleisekretär Philipp Fabricius einer Defenestration unterzogen hatten. Johannes musste grinsen, als er sich erinnerte, welch kindliche Freude der Reichsgraf daran gehabt hatte, ihm jenes sperrige Wort in einer seiner vielen Politik-Erklärungen um die Ohren zu hauen. Anschließend hatte er in der großen Bibliothek seines Herrn nach der Bedeutung recherchieren müssen. Er hatte eine geraume Weile gesucht und dann ein wenig enttäuscht festgestellt, dass es sich dabei nur um ein feines Wort für eine schnöde Gewalttat handelte – jemanden aus dem Fenster zu stoßen.

Jedes katholische Kind kannte den Ausgang der unrühmlichen Geschichte. Obwohl die Gesandten fast fünfzehn Ellen aus dem Fenster in die Tiefe gefallen waren, hatten sie unverletzt überlebt und auch die Kugeln, die ihnen die ketzerischen böhmischen Verräter hinterherschickten, fanden ihr Ziel nicht. Man nahm allgemein an, dass die Jungfrau Maria die drei gerettet hatte. Johannes glaubte nicht so recht daran. Wie auch immer sie überlebt hatten, ihr Sturz jedenfalls war der Anlass des Krieges gewesen.

In den ersten Jahren waren die kaiserlichen Truppen noch auf der Siegerstraße gewesen, um den Protestantismus hundert Jahre nach seinem Auftauchen wieder aus dem Reich zu tilgen. Nach dem großartigen Sieg der Katholischen Liga bei der Schlacht am Weißen Berg vor den Toren Prags schien der Aufstand der rebellierenden Protestanten am Ende. Der Winterkönig Friedrich V. war aus Böhmen geflohen und der Vater des jetzigen Kaisers, Ferdinand II., hatte endgültig seinen Anspruch auf die Krone Böhmens durchgesetzt. Der Krieg schien ein kurzes Intermezzo zu bleiben, bis die Schweden eingegriffen hatten. *Und jetzt sind die Erblande wieder bedroht.*

Die Wachen ließen Johannes auf die Kleinseite passieren. Er musste sich beeilen, ins Innere der Burg zu kommen. Heute wartete wieder ein langer Tag mit unzähligen Besprechungen auf ihn, bei denen er zum Zuhören verdammt war.

Als Beobachter hatte er keine offizielle Funktion inne. Dumme alte Männer würden über die Erfolge vergangener Zeiten palavern, ohne zu sehen, dass sie dabei waren, diesen Krieg zu verlieren. Ferdinand III. war nur nach Prag gekommen, um die Moral von Bevölkerung und Truppen zu steigern. Seine Anwesenheit allein sollte schon beweisen, dass Böhmen in keiner Weise bedroht war. *Wenn er sich da mal nicht täuscht.*

Die kaiserliche Armee war zerstreut. Graf von Gallas, allgemein als Heeresverderber bezeichnet, hatte einen Scherbenhaufen hinterlassen. Der neue Oberbefehlshaber, Graf Hatzfeldt, war zwar fähiger als sein Vorgänger, doch auch seine Truppen aus Bayern waren denen Torstenssons unterlegen. Der Schwede bestimmte den Krieg und konnte nicht aufgehalten werden. Jeder erwartete, dass Torstensson als Nächstes Böhmen einnehmen würde. Der Griff nach den Erblanden wäre die Krönung seiner erfolgreichen Strategie und würde ihm das Tor nach Ober- und Niederösterreich öffnen.

Johannes überquerte den schneebedeckten Georgsplatz und lief am beeindruckenden Veitsdom vorbei auf den Königspalast zu. Er wusste, dass es eine große Ehre war, dass er ihn betreten durfte, wann immer er wollte, und dass er zu den wenigen Menschen gehörte, die über die geheimsten Vorgänge innerhalb des Reichs informiert wurden, aber er konnte sich nicht mehr darüber freuen. Vielmehr hatte er das Gefühl, dass ihm alles entglitt. Der Krieg ging langsam, aber sicher verloren. Die letzte Hoffnung war, dass Hayo es schaffte, mehr Dämonen in Menschen zu pressen, damit sie die Schweden vom Schlachtfeld fegten. Aber dazu brauchten sie den verfluchten Codex Daemonum von Martin und das Buch hatte sich noch immer nicht angefunden. Walter, den er für einen überaus fähigen und vor allem kaltblütigen Kandidaten gehalten hatte, um dem Feldscher das Buch zu entwenden, war wie vom Erdboden verschluckt. Nur die Pferde seines Trupps hatte man im Wald gefunden. Um den Mann war es nicht schade, aber Johannes wusste schlicht nicht mehr weiter.

Hastig lief er die prunkvollen, mit feinem Parkett ausgelegten Flure des Palasts entlang. Wie immer herrschte hier eine bedrückende Stille und man hatte das Gefühl, dass der Prachtbau nicht bewohnt wäre. Schließlich erreichte er den Sitzungssaal. Er blieb stehen, ordnete seine Haare und Kleidung, holte tief Luft und trat mit einem strahlenden Lächeln ein.

Eine große Gruppe alter Männer, die um einen ovalen Tisch herumsaßen, drehte überrascht ihre grauen Häupter zu ihm um. Die Luft in dem kleinen Raum war schal und überhitzt.

»Ach, wen haben wir denn da? Den Vertreter des Reichsgrafen«, begrüßte ihn Weikhard Fürst von Auersperg arrogant. Er war einer jener Adligen, die schon lange versuchten, Trauttmansdorffs Einfluss auf den Kaiser zu schmälern.

Sie haben mich absichtlich zu spät hierhergebeten, wurde Johannes klar. Er ärgerte sich über sich selbst. Wie hatte er nur so dumm sein können? Hatte er es heute doch tatsächlich genossen auszuschlafen. Er begann zu schwitzen. Dennoch lächelte er den Anwesenden weiter freundlich zu. »Entschuldigen Sie, meine Herren. Ich war noch in einer äußerst wichtigen Angelegenheit im Namen des Reichsgrafen unterwegs.« Er zwinkerte großmütig in die Runde und zog bedächtig seine dicke Kleidung aus. »Maximilian von und zu Trauttmansdorff lässt seine Grüße ausrichten.«

Die Erinnerung daran, welch mächtigem Herrn er diente, wischte einigen von ihnen das freche Grinsen aus dem Gesicht.

Nicht so Weikhard von Auersperg. Ganz offensichtlich steckte er hinter diesem abgekarteten Spiel. »Johannes, auch wenn wir fast fertig sind, so setzt Euch doch bitte!«, lud er ihn ein. »Vielleicht sind ja noch ein paar Informationen für den verehrten Reichsgrafen von Belang.«

Wieder war es an Johannes, sich über sich selbst zu ärgern. Warum nur hatte er sich nicht einfach schon selbst gesetzt? Wer war der Mann, dass er glaubte, es ihm erlauben zu dürfen? Dennoch nickte er freundlich, zog einen der schweren, gepolsterten Stühle hervor und nahm Platz. »Danke.«

»Aber gern, wir wollen doch den hübschen und allseits dienstwilligen Gehilfen des Reichsgrafen nicht stehen lassen.« Auersperg zwinkerte verschwörerisch in die Runde.

Man brauchte kein Genie zu sein, um zu wissen, worauf er anspielte. Die Gerüchte um Johannes hatten also bereits Prag erreicht. *Ich werde eine Belastung für Trauttmansdorff.* Der Tag wurde immer düsterer.

»Gut, wo waren wir vor dieser Unterbrechung?«

»Torstensson«, warf jemand ein.

»Ach ja. Nun, unsere Spione berichten, dass er sich immer noch in Sachsen rumtreibt. Er will den armen Kurfürsten Johann Georg mit Gewalt dazu bringen, sich von uns loszusagen.«

Das ist ihm doch längst gelungen. Johannes kommentierte das Geschwafel nicht. Sie würden ihm ohnehin nicht glauben.

»Egal, was Torstensson anschließend auch zu tun gedenkt, die Erblande sind gegen diesen Ketzer bestens geschützt. Glücklicherweise haben wir dank der Zusprache Seiner Majestät jetzt so viele Truppen in Böhmen, dass der

Schwede es nicht wagen wird, im Frühjahr das Erzgebirge zu überqueren und sich im Frühsommer einer offenen Schlacht zu stellen. Dazu ist er viel zu feige. Inzwischen ist er ja ein rechter Meister darin, Schlachten zu vermeiden.«

Leises Gelächter.

»Er wird im Winter marschieren«, entschlüpfte es Johannes, ehe er es verhindern konnte. »Vermutlich ist er bereits unterwegs.«

Auersperg blickte ihn an wie ein lästiges Ungeziefer. »Junge, was erzählt Ihr da denn für einen Blödsinn? In diesem Rat geht es um militärische Fachfragen und nicht um irgendwelche Mutmaßungen.«

Erneutes Gelächter.

Johannes ignorierte es. »Vergesst nicht, woher er stammt. Für die Schweden ist es eine übliche Taktik, im Winter zu marschieren. Dann sind die Wege fest und nicht schlammig wie im Frühjahr. Schnee und Eis werden Torstensson und seine Männer nicht aufhalten.«

Mit einer Handbewegung wischte Auersperg diesen Einwurf vom Tisch. »Junger Mann, ich habe zwar keine Ahnung, woher Ihr Euer ach so tiefgreifendes Wissen über schwedische Militärtaktiken herzuhaben glaubt, aber was Ihr da sagt, entbehrt jeder Grundlage. Torstensson müsste Kanonen über verschneite Pässe schleppen lassen. Und wie will er seine Truppen und die Bagage ernähren im Winter? Das Erzgebirge ist dünn besiedelt. Viel zu plündern gibt es da nicht.«

Bevor Johannes auch nur den Mund öffnen konnte, fuhr Auersperg barsch fort: »Ich wäre Euch jetzt wirklich dankbar, wenn Ihr dieses wichtige Gremium nicht erneut unterbrechen würdet. Es geht hier um das Schicksal des Reichs. Es würde mich sehr grämen, Seiner Majestät berichten zu müssen, dass ein Diener des Reichsgrafen der Grund dafür war, warum Prag und die Erblande nicht rechtzeitig gesichert werden konnten.«

Die Drohung verfing augenblicklich. Anders als Trauttmansdorff würde Auersperg momentan direkt mit Ferdinand III. sprechen können. Sollte der auf ihn hören und Johannes nach Wien zurückschicken, könnte der Reichsgraf keine wichtigen Informationen mehr aus Prag beziehen. Freundlich lächelnd sagte Johannes daher: »Natürlich, Fürst.«

Wütend trat Johannes in sein einfaches, aber dafür wenigstens warmes Zimmer. Es lag eigentlich zu nah an den Räumlichkeiten der Bediensteten, um seinem Rang – oder besser dem des Reichsgrafen – gerecht zu werden. Derlei war Johannes egal, obwohl sich auch diese Stichelei gegen den Machtanspruch und die Position seines Herrn richtete. Für heute hatte er genug vom Kämpfen und wollte einfach nur ins Bett. Er vermisste David. Auch wenn Johannes es nicht gern zugab, der Diener war inzwischen mehr als eine Liebelei geworden. *Wieder etwas, womit sie mir wehtun könnten.* Er nutzte den hölzernen Stiefelknecht, um sich seines kniehohen Schuhwerks zu entledigen, und ließ sich mit einem Seufzer aufs Bett fallen. Für einen Moment liebäugelte er damit, etwas von dem Rotwein zu trinken, den ihm ein Bediensteter auf den kleinen Tisch gestellt hatte – und entschied sich dagegen. Er sah jeden Tag, was zu viel Alkohol aus Männern machte. Johannes streckte sich und schloss die Augen. Vielleicht war es eine gute Idee, einfach zu schlafen, um Kraft für den morgigen Tag zu sammeln. Von nun an würde er zu jeder Sitzung überpünktlich erscheinen und wenn er vor der Tür warten musste, bis es losging. Er versuchte Schlaf zu finden, aber es gingen ihm zu viele Gedanken durch den Kopf. Seufzend setzte er sich wieder auf. Und erstarrte einen Moment vor Schreck. Jemand war in seinem Zimmer. Und es war kein Mensch.

Das Wesen, das sich da gerade entspannt an die weiß gekalkte Wand lehnte, war nicht viel größer als ein Hund. Auffällig an diesem Untier war sein im Verhältnis zum Körper riesenhafter Kopf, den ein einzelnes, grünlich leuchtendes Zyklopenauge zierte. Dazu hatte es blassblaue Haut.

Johannes hatte noch nie einen gesehen, aber er wusste, dass er einen Intellectus vor sich hatte. Einen Dämon, der nicht wie seine Artgenossen durch Kraft bestach, sondern eine übermenschliche Intelligenz und Führungsstärke besaß. Also stellte sich Johannes nicht die Frage, wer ihn da besuchte, sondern warum. Und was viel wichtiger war: Wer hatte den Dämon zu ihm geschickt? Er zwang sich zum Weiteratmen und versuchte den Mund zum Sprechen zu öffnen.

Die hässliche Kreatur probierte sich offensichtlich an so was wie einem ermunternden Lächeln, aber außer mehr Zähne zu zeigen, bewirkte ihr Gesichtsausdruck gar nichts. Sie schien es selbst zu bemerken und begann daher mit einer tiefen Stimme zu sprechen. »Hab keine Angst, mein lieber Johannes! Ich komme nicht in böser Absicht.«

»Wer schickt dich?« Johannes wagte es nicht aufzustehen.

Jetzt gab das Wesen so etwas wie ein Kichern von sich. »Stets auf der Hut. Dein Leben war immer eine Schlangengrube – erst auf der Straße und dann bei Hofe. Das Essen mag besser sein und die Betten weicher, aber die rauen Sitten sind doch dieselben wie bei den Bettlerjungen. Trotzdem wären deine Eltern stolz auf dich.« Der Dämon drehte sich und stellte sich auf seine Krallen, um aus dem Fenster sehen zu können.

Wie vor den Kopf geschlagen, fragte Johannes: »Was weißt du von meinen Eltern?«

Der Intellectus wandte sich ihm wieder zu. »Über Dietrich und Anne-Marie?«

Einen kurzen Moment verschleierte sich Johannes' Blick, als er die Namen seiner Eltern hörte. Schon seit vielen Jahren hatte sie niemand mehr ausgesprochen.

»Eine ganze Menge, aber nicht so viel wie über dich. Hast du David eigentlich schon deine Liebe gestanden?« Der Dämon blickte gelangweilt auf seine Finger.

»Ich … wovon … ich meine, du kannst gar nicht …«, stammelte Johannes.

»Mach dir deswegen keine Sorgen, dieses kleine Geheimnis ist gut bei mir aufgehoben. Uns Dämonen ist das vollkommen gleichgültig. Nur ihr kleingeistigen Menschen verschwendet Zeit darauf, darüber zu urteilen, wer sich mit wem vergnügt.«

Es klang verrückt, aber diese scheußliche Kreatur schien Johannes zu verstehen. »Danke …«, sagte er mit festerer Stimme. »Danke, dass du mich nicht verrätst.«

Der Dämon machte eine großmütige Geste. »Ich werde auch deine vielen anderen Geheimnisse für mich behalten. Das Buch, das verschwunden bleibt, nur weil du es Hayo missgönnt hast. Die Experimente im Brauereikeller. Die Rumschnüffelei hinter dem Rücken des Reichsgrafen …« Der Intellectus gähnte, als würden ihn all diese Heimlichkeiten langweilen.

Johannes fühlte sich, als ob jemand einen Eimer Eiswasser über ihm ausgekippt hätte. Ohne seine Geheimnisse war er wieder ein Niemand. Irgendwie brachte diese Erkenntnis aber auch seinen Kampfgeist zurück. Bisher hatte ihn noch niemand kleinbekommen und dieses Wesen würde es auch nicht schaffen. Er schielte zu seinen Stiefeln, in deren Schäften Dolche verborgen waren. Jeder, der zu viel über ihn wusste, musste aus dem Weg geräumt werden. Das war seine Maxime und er würde sich weiter an sie halten. Der Dämon hatte sich gerade einen Platz ganz oben auf dieser Liste verdient. Vorsichtig richtete Johannes sich auf. »Woher weißt du das alles? Wer ist dein Meister?« Langsam bewegte er sich auf seine Stiefel zu.

»Ich weiß so einiges, mein lieber Johannes. Du würdest staunen.« Blitzschnell griff der Dämon nach einer Fliege, die träge von der Kälte durch den Raum gesummt war, und steckte sie sich in den Mund. »Entschuldige, eine dumme Angewohnheit. Ich bin eben auch nur, was ich bin.« Er zuckte mit den schmalen Schultern.

»Kein Problem.« Johannes war bei seinen Stiefeln angekommen und ging in die Knie, wie um sie anzuziehen.

»Du willst wissen, wer mein Meister ist?« Das Wesen gab ein merkwürdiges Summen von sich.

Zielsicher schloss sich Johannes' Hand um das schmale Heft eines Dolchs. Er war bereit! Selbst ein Dämon würde ihn nicht aufhalten. Kurz sah er das gestrenge Gesicht des Reichsgrafen vor sich. Der schätzte gerade diese Härte an ihm. Johannes spannte die Muskeln an. Plötzlich legte sich eine kleine, warme Hand auf seine Schulter. Der Dämon.

Er blickte interessiert auf die Waffe. »Schlau, aber ich hatte natürlich nichts anderes von dir erwartet, mein lieber Johannes. Du hast dein ganzes Leben gekämpft und wer bin ich, dass du meinetwegen damit aufhören würdest. Aber das Eisen wird mich nur verletzen. Töten kannst du einen Dämon nur mit Silber. Bannen mit Asche. Hol dir lieber aus einem erloschenen Kamin einen Eimer davon und streu sie um mich herum. Ich werde dieses Gefängnis bis zum Morgengrauen nicht verlassen können.«

Es war, als ob diese Worte alle Kraft aus Johannes ziehen würden. »Warum sagst du mir das?«

Die Stimme des Dämons wurde sanft, geradezu einlullend. »Weil ich nicht dein Feind bin, mein lieber Johannes. Im Gegenteil, ich bin gekommen, um dir zu helfen.«

Verblüfft blickte Johannes ihn an.

»Du sollst mein Meister werden.«

ROTER
SCHNEE

Erzgebirge, im Grenzgebiet des Kurfürstentums
Sachsen und Königreichs Böhmen,
Februar 1645 – 28. Kriegsjahr

Anike stöhnte innerlich. Der Schneesturm zerrte unerbittlich an der gewachsten Plane, die ihr Bergführer über ein wackliges Gestell geworfen und mit Steinen am Boden befestigt hatte. Im Schein ihrer Laterne bewegte sich der Stoff unablässig, fast so, als würde er aus Wasser bestehen. Anike war sich sicher, dass es nur eine Frage der Zeit war, bis der Wind ihren Unterschlupf mit sich reißen und sie beide der Kälte ausliefern würde. Noch herrschten aufgrund der Enge und Wärme ihrer beiden Körper aushaltbare Temperaturen. Zumindest war es warm genug, um die Nacht zu überleben – wenn das einfache Zelt hielt.

Als könnte er ihre Gedanken lesen, sagte Moritz, der blasse, rothaarige Mann, der sie über die Berge brachte: »Keine Angst, das Lager wird halten. Es ist nicht der erste Sturm, den ich damit im Erzgebirge überstehe. Vor einigen Jahren, da war es so wild, dass …«

Anike hörte seinem ewigen Geplapper nicht mehr zu. Moritz redete den ganzen Tag. Leider kam dabei nicht viel

Sinnvolles heraus. Inzwischen war sie in der Lage, alle Namen seiner Ziegen aufzuzählen, und sie wusste genau, mit welchen Verwandten er zerstritten war. Besonders seine Großtante Mathilde schien eine wirkliche Hexe zu sein, wenn man Moritz' Worten Glauben schenken konnte. Anike hatte leider keine andere Wahl gehabt, als diesen Schwätzer anzuheuern. Niemand anderes war bereit gewesen, sie über das Erzgebirge zu bringen, egal wie viel Geld sie auch geboten hatte. Die Gründe dafür waren verständlich: Wollte Anike doch *vor* den Schweden über das Gebirge ziehen. Es war ein offenes Geheimnis in der Stadt gewesen, dass die Schweden vorhatten, die Berge im Winter zu überqueren. Niemand legte besonderen Wert darauf, die mächtigste Armee der Welt in seinem Rücken zu haben, bei diesem Wetter über die Berge zu wandern und illegal die Grenze des Nachbarlands zu überschreiten.

Ihr Plan war höchst unsicher, das wusste Anike nur zu gut. Nachdem sie endlich herausgefunden hatte, wo sich Martin und Gustav befanden, hatten die sich überraschenderweise mit den Schweden ausgesöhnt und sich wieder deren Tross angeschlossen. Der Feldscher und sein Lehrling wurden dadurch unerreichbar für sie. Die Schweden würden sie vermutlich wegen Verrats zum Tode verurteilen, wenn sie ihrer habhaft wurden, und Martin würde ihnen beim Knüpfen der Schlinge nur allzu gern behilflich sein, so wie sie ihn behandelt hatte. Daher hatte sie beschlossen, Torstenssons Armee zu überholen und vor ihm in Böhmen anzukommen. Zwischen den Schweden und den Verteidigern der Erblande würde es zu Scharmützeln kommen, und dann wollte Anike sich ungesehen ins Lager schleichen und Gustav in einem passenden Moment abfangen. Sie war wild entschlossen, ihm alles, was er über die Verbindung zwischen Dämonen und Menschen wusste, zu entlocken und herauszubekommen, wie man jenen schändlichen Bund lösen konnte. Obwohl sie immer wieder in Martins Buch las, verstand sie nach wie vor nur die Hälfte dessen, was dort aufgezeichnet war. Etliches war in Altgriechisch verfasst, was sie nicht verstand, und alles so chaotisch sortiert, dass sie sich fragte, wie der Feldscher selbst sich darin zurechtfand. Würde sie es mit ihrem bisherigen Halbwissen allein versuchen, könnte das ihren Vater umbringen – und sie vielleicht auch. Es hatte schon einen Grund, warum man viele Jahre in die Lehre gehen musste, um ein schwarzer Feldscher zu werden. Gustav zu finden, blieb ihre einzige Chance. Anschließend würde sie hinter die feindlichen Linien verschwinden, bevor er sich von seinem Schreck erholt hatte und um Hilfe schreien konnte. Ausgestattet mit dem nötigen Wissen, um ihrem Vater zu helfen, wollte sie dann in Prag einen wohlhabenden alten Knacker aus der kaiserlichen Delegation finden, der sie nur allzu gern in seiner prächtigen Kutsche nach Wien brachte.

Noch konnte all das gelingen, aber es war ein Vabanquespiel. Der Winter und das immense Tempo der Schweden konnten ihr jeden Tag einen Strich durch die Rechnung machen. Mit Moritz unterwegs zu sein, fühlte sich wie ein Gewaltmarsch an, den sie kaum bewältigen konnte. Sie waren zwar schneller als der schwedische Tross, umliefen dafür aber weiträumig jedes Dorf und jede noch so einsame Hütte, um nicht entdeckt zu werden, was ihren Weg deutlich länger machte. Und jetzt saßen sie hier zur Untätigkeit verdammt herum.

»Gräme dich nicht, Mädchen! Die Schweden können heute auch nicht mehr marschieren. Ihr Tross wird eingeschneit und die Bagage braucht dann einige Tage, um die

Wagen wieder flottzubekommen. Ich verspreche dir, dass wir vor ihnen in Böhmen ankommen.«

Mit abwesendem Ausdruck nickte Anike. Der Gedanke daran, dass sie Gustav bald wiedersehen würde, schreckte sie mehr als jede Armee. Wie immer, wenn sie an ihn dachte, erfüllte sie gleichzeitig ein Gefühl der Scham und des feurigen Verlangens, etwas, das noch nie ein Mann in ihr ausgelöst hatte. Was er wohl gerade während dieses schrecklichen Sturms machte? Vermutlich saß er gemeinsam mit Martin in dem gemütlichen Karren und lernte lateinische Vokabeln. *Ich wünschte, ich könnte jetzt bei ihnen sein.* Der Gedanke war gedacht, ehe sie ihn zurückhalten konnte. Seit langer Zeit war sie Gustav und dem Feldscher nicht mehr so nah gewesen. »Martin würde mich in Ketten legen lassen und Gustav mich keines Blickes würdigen«, murmelte sie in sich hinein.

»Was?«, fragte Moritz, der gerade an einem Kanten harten Brots herumknabberte.

»Nichts, ich habe nur gesagt, dass ich müde bin.«

»Verständlich, es war ein langer Tag. Es wird bereits dunkel. Leg dich hin, Mädchen.«

So langsam konnte sie das Wort nicht mehr hören. Vielleicht hätte sie ihm einfach einen falschen Namen auftischen sollen, anstatt darauf zu beharren, dass er ihren nicht erfahren dürfe.

»Ich werde Wache halten.«

In den ersten Nächten hatte Anike noch so getan, als ob sie schliefe, weil sie Moritz nicht getraut hatte. Aber er schien in Bezug auf Frauen ein anständiger Kerl zu sein und sie war durch die quälende Wanderung inzwischen so müde, dass sie sich kaum noch auf den Beinen halten konnte.

»Danke.« Sie rollte eine Decke als Kissen zusammen und breitete weitere über und unter sich aus. Es war immer noch befremdlich, mit Kleidung zu schlafen, aber der von ihnen hartgetretene Schnee war eiskalt und daher brauchte man jeden Fetzen am Leib, um Erfrierungen zu entgehen.

Anike schreckte aus dem Schlaf hoch. Sie brauchte einen Moment, bis sie begriff, wo sie sich befand. Im Zelt war es stockdunkel, nur die Fibel an ihrem Umhang leuchtete gegen die Schwärze der Nacht an. Sie wollte gerade wieder die Augen schließen, als ihr auffiel, dass sie Moritz' nervtötendes Geschnarche nicht hörte. Vorsichtig tastete sie mit der Hand nach ihm – und griff ins Leere. »Moritz?«, flüsterte sie. »Moritz, wo bist du?«

Nur das unablässige Heulen des Windes antwortete ihr.

Langsam richtete sie sich auf und fragte jetzt lauter: »Was soll der Mist, Moritz? Sag schon was!« Anikes Herz begann schneller zu schlagen. Ihre Hand schoss zu dem Silberdegen, den sie sich von Martin ›ausgeborgt‹ hatte. Hastig sprang sie aus dem Zelt. Die Kälte draußen war so intensiv, dass sie wehtat. Wirbelnder Schnee schlug ihr ins Gesicht. Sie zog ihre Kapuze tiefer in die Stirn und versuchte den Bergführer zu finden. »Moritz? Moritz, wo bist du? Sag doch was!«

Doch der Rothaarige blieb in der tiefschwarzen Dunkelheit der Berge verschwunden.

Anike holte die Laterne aus dem Zelt und suchte noch eine ganze Weile nach ihm, traute sich aber nicht, zu weit vom Zelt wegzugehen. Schließlich gab sie auf. Sie kehrte in den Unterschlupf zurück, packte die wenigen Habseligkeiten zusammen, die sie auf die Reise mitgenommen hatte, und wartete darauf, dass die Sonne aufging.

Mit den ersten Strahlen der trüben Wintersonne ebbte auch der Sturm ein wenig ab. Anike brauchte dennoch eine ganze Weile, um sich mit blanken Händen aus dem verschneiten Zelt hinauszugraben. Ihre Finger fühlten sich danach an, als würden sie nicht zu ihrem Körper gehören. Als sie es geschafft hatte, blickte sie mit zusammengekniffenen Augen auf eine strahlend weiße Ebene. Nirgendwo war eine Spur von Moritz zu entdecken. »So ein verfluchter Mist!«, schrie Anike in einer Mischung aus Zorn und Angst ihren Ärger in die leere Landschaft hinaus.

Dies schreckte einen Vogel auf, der böse kreischend von einer Fichte hoch flog, deren Äste so schneebeladen waren, dass sie bis zum Boden herabhingen.

Moritz' Verschwinden war eine Katastrophe. Sie hatte sich vollkommen auf den Einheimischen verlassen. Für sie sah in den Bergen alles gleich aus. Anders als in Städten gab es hier keinerlei markante Punkte wie Kirchen, Denkmäler oder Paläste, an denen man sich orientieren konnte. »Das stimmt nicht!«, entfuhr es ihr. »Mons Pinifer!« Sie musste trotz allem grinsen. Martin hätte es gefallen, dass sie den von Georgius Agricola geprägten lateinischen Namen für den Fichtelberg benutzt hatte. Schnell wurde sie wieder ernst. Sie war allein und der Mann, an den sie eben noch so liebevoll gedacht hatte, hasste sie vermutlich. Dennoch, der Berg konnte ihre Rettung sein. Sie war mit Moritz von Zeitz aus aufgebrochen und immer in südöstlicher Richtung gegangen. Gestern hatte Moritz beim Wandern einen Ort namens Warmensteinach erwähnt, der ganz in der Nähe an den nördlichen Ausläufern des Fichtelbergs liegen sollte. Hielt sie weiter auf den Berg zu, behielt sie auf jeden Fall die richtige Richtung bei. Hinter dem Mons Pinifer begann Böhmen. Genau dort wollte sie hin.

Anike raffte alles zusammen, was sie tragen konnte. Der Berg sah zwar nah aus, aber sie wusste mittlerweile recht gut, wie sehr man sich bei solchen Entfernungen verschätzen konnte. Sie würde vermutlich noch einige Nächte draußen übernachten müssen. Voll bepackt wie ein Maultier ging sie los. Ihren Rucksack hatte sie mit Lebensmitteln, der Laterne, Moritz' Feuerzeug und einer Decke vollgestopft. Die Zeltplane lag zusammengerollt und festgeknotet darüber. Unangenehm drückte ihr der Rucksack in den Rücken, doch sie brauchte die Sachen, wenn sie den Marsch über die Berge durchhalten wollte. Der tiefe Schnee machte ihr das Laufen zusätzlich schwer. *Du schaffst das, Anike!* Auf einem ekelhaft salzigen Stück Trockenfleisch herumkauend, hielt sie beharrlich auf den Fichtelberg zu.

Gegen Mittag machte Anike eine Pause. Kraftlos ließ sie den Rucksack von den Schultern rutschen, wischte sich den Schweiß aus dem Gesicht und trank einige hastige Züge aus ihrem Lederschlauch, den sie nah am Körper trug, damit das Wasser darin nicht gefror. Rhythmisch strich sie sich über den unteren Rücken. Irgendetwas reib dort beständig, doch sie hatte keine Zeit, den Rucksack umzupacken. Wenigstens hatte es aufgehört zu schneien und aus dem Sturm war beißender Winterwind geworden. Missmutig blickte sie auf den wolkenverhangenen Fichtelberg. Sie hatte das Gefühl, dass sie ihm kaum einen Schritt näher gekommen war, und das, obwohl es fortwährend bergauf ging. Seufzend förderte sie ein Stück Brot aus ihrer Jackentasche und betrachtete es schlecht gelaunt. Was hätte sie jetzt für einen Becher schwedischen Würzweins und eine heiße Suppe gegeben. Ein Keuchen ließ sie herumfahren. Sie traute ihren Augen nicht. »Moritz?« Hastig lief sie auf den wankenden Mann zu.

Der Bergführer schien sie im ersten Moment nicht zu erkennen, dann klärte sich sein Blick und er grinste. »Anike?«

»Ja!« Sie war so froh, ihn zu sehen, oder vermutlich überhaupt einen Menschen, dass sie ihn umarmte. »Was ist passiert?« Sie schaute ihn sich genauer an. Sein Gesicht war dreckig und zerkratzt. Er trug nur die Kleidung, die er zum Schlafen angelassen hatte. Keinen dicken Mantel oder Umhang. *Beides hast du zurückgelassen.* Eines seiner Hosenbeine war zerrissen und offenbarte ein käsiges, weißes Knie.

»Ähm …«, begann er zögerlich und etwas lallend. »Ich weiß nicht so richtig. Das Letzte, woran ich mich erinnern kann, ist, dass ich aufgestanden bin, um pinkeln zu gehen.«

»Vermutlich bist du ausgerutscht und hast dir den Kopf angeschlagen. Es ist ein Wunder, dass du noch lebst!«, sprudelte es freudig aus Anike heraus.

»Kann schon sein«, murmelte Moritz abwesend.

»Hier.« Anike hielt ihm die Decke aus ihrem Rucksack entgegen. »Leg dir die über die Schultern! Du sollst mir doch nicht krank werden. Immerhin musst du mich noch nach Böhmen bringen.« Sie versuchte sich an einem schiefen Lächeln, konnte aber an nichts anderes denken als daran, dass sie den armen Mann allein zurückgelassen hatte.

Er machte eine abwehrende Geste. »Nein, nein, mir ist nicht kalt. Im Gegenteil.« Er griff in den Kragen seines Wamses und zog ihn vor, damit kühle Luft hineinströmen konnte.

Irritiert blickte Anike ihn an. Die Kälte war grimmig. *Vermutlich hat er Fieber.*

Für einen kurzen Moment schnitt Moritz eine merkwürdige Grimasse und machte laute Schmatzgeräusche. Kurz darauf schaute er wieder normal. »Dann auf, auf! Wir wollen die Schweden unser kleines Wettrennen doch nicht gewinnen lassen.« Mit federnden Schritten lief er auf den im Schnee liegenden Rucksack zu und warf ihn sich über die Schulter.

Anike war so froh, dass sie das schwere Ungetüm nicht mehr tragen musste, dass sie über sein merkwürdiges Verhalten nicht weiter nachdachte. Hastig schloss sie zu ihm auf. »Danke, Moritz. Das meine ich wirklich ernst. Wenn du mich sicher aus diesem verfluchten Gebirge nach Böhmen gebracht hast, verdoppele ich deinen Lohn. Fine, Lisa, Karla, Hela und Minchen wollen doch bestimmt bald weitere Schwestern haben oder einen neuen Stall.«

Er blickte ihr ausdruckslos in die Augen, fast so, als hätte er die Ziegen, von denen er in den letzten Tagen beständig geredet hatte, vergessen.

Der hat wohl ganz schön eins auf die Rübe bekommen. Hoffentlich kann er sich wenigstens an den richtigen Weg erinnern.

Wütend riss sich Moritz seine Mütze mit den Ohrenklappen aus Marderfell vom Kopf und warf sie achtlos in den Schnee. Verschwitzte rote Haare kamen zum Vorschein.

Anike entdeckte jetzt aber noch etwas anderes. Unter seinem rechten Ohr klebte verkrustetes Blut.

In den nächsten zwei Tagen wurde Moritz immer merkwürdiger. Inzwischen lief er nur noch mit einem dünnen Hemd und einer Leinenhose bekleidet durch den Schnee. Von seinem Körper ging eine starke Hitze aus, aber ansonsten konnte Anike keine Anzeichen für Fieber erkennen. Nachts schlief er nicht mehr, stattdessen tigerte er rastlos vor dem Zelt hin und her, sodass Anike kaum ein Auge schließen konnte. Dazu war der sonst so redselige Mann ruhig und verschlossen geworden. Sie hätte es nicht erwartet, aber Anike fehlte der geschwätzige Moritz fast ein bisschen. Der neue war aufbrausend und barsch, etwas, das Anike bisher so nicht von ihm kannte. Bei jeder Kleinigkeit, ob über eine Wurzel stolperte oder ihm nur ein wenig Schnee von einem Baum in den Kragen fiel, begann er wütend zu schreien und machte dabei Grimassen, die Anike erschaudern ließen. Eine weitere Sache war ebenfalls auffällig: Er kratzte sich unablässig am rechten Ohr, sodass es mittlerweile ganz wund war.

»Das dort ist Böhmen!«

Fast schrak Anike zusammen, als Moritz sie so plötzlich ansprach, nachdem er den ganzen Tag nicht ein Dutzend Wörter von sich gegeben hatte – und mindestens die Hälfte davon waren unflätige Flüche gewesen. Sie erblickte in der vor ihnen liegenden Ebene nur weiteren Schnee. Als sie die Augen zusammenkniff, konnte sie aber gekräuselten Rauch aus den Schornsteinen einiger Häuschen entdecken. »Tatsächlich?«

»Glaubst du mir etwa nicht?«, schrie er.

»Doch, natürlich«, beschwichtigte Anike ihn. Gleichzeitig hatte sie ihre Hand um den Griff des Degens geschlossen. So langsam reichten ihr Moritz' Launen.

»Undankbares Weibsstück. Hätte dich im Wald zurück-
lassen sollen!« Sein Kopf verfärbte sich gefährlich rot und
einen Moment lang glaubte Anike, dass seine Augen bläulich leuchteten. Was natürlich vollkommen ausgeschlossen
war.

Jetzt war es an ihr, wütend zu werden. »Es reicht mir, Moritz! Ich bezahle dich gut, du hast den Auftrag freiwillig angenommen und dass du so blöd bist und dir beim Pinkeln
den Kopf anschlägst, dafür kann ich beim besten Willen
nichts. Bring einfach zu Ende, was du angefangen hast, und
dann trennen sich unsere Wege!«

Leider verfehlten die Worte ihre Wirkung bei Moritz. Der
bleckte die Zähne und ballte wütend die Fäuste. »Und ob ich
endlich zu Ende bringe, was ich angefangen habe.« Mit
mordlüsternem Blick kam er auf Anike zu und diesmal gab
es keinen Zweifel, dass seine Augen blau leuchteten.

Sie zog geübt ihren Degen und zielte mit der Spitze auf
seinen Kopf. »Bleib stehen, Moritz! Ich meine es ernst!«

Er lachte verrückt. Speichel schoss ihm dabei aus dem
Mund. Urplötzlich begann er zu rennen.

Zum Ausweichen war es zu spät. Anike wusste, dass sie
kämpfen musste. Mit einem gezielten Stich in Richtung seines ungeschützten Bauchs versuchte sie den körperlich über-
legenen, dafür unbewaffneten Angreifer abzuwehren. Tief
drang die Klinge in das weiche Fleisch ein.

Moritz kicherte nur und schlug Anike wuchtig mit der
Faust ins Gesicht. Sein Schlag traf sie unter dem Kiefer und
ließ sie taumeln. Der kupferne Geschmack von Blut füllte
ihren Mund. Überrascht starrte sie Moritz an.

Der zog sich die Klinge aus dem Leib und leckte das rote
Blut von der Waffe ab. »Jetzt will ich deins kosten.« Er ließ
den Degen fallen und stapfte auf Anike zu.

Die hob abwehrend die Hand und versuchte zu sprechen. Blut quoll ihr aus ihrem schmerzenden Mund. »Bleibff weg fffon mir!«

»Jetzt, wo wir gerade unseren Spaß haben, meine schöne Rothaarige?« Er trat nach Anike. »Nein, nein. Ich fange gerade erst an!«

Heftig traf sie sein Fuß in den Bauch. Mit einem schmerzvollen Keuchen fiel sie rücklings in den Schnee. Blut aus ihrem Mund besprenkelte das makellose Weiß um sie herum.

»Ich glaube, du wirst mir schmecken.«

Was hat er da gesagt?

Moritz stellte sich breitbeinig über sie. »Behalte dein Gold. Ich wollte immer nur dich.« Seine Hände bildeten einen geöffneten Kreis und fuhren auf ihre Kehle zu.

Kurz bevor sie sie erreicht hatten, stach Anike ihm mit ihrem versteckten Messer heftig zwischen die Beine.

Er jaulte auf und ließ sich zur Seite fallen.

Ein hartes Leben hatte Anike gelehrt, dass jetzt nicht der Moment zum Innehalten war. Sie warf sich auf ihn und trieb ihm ihr Messer tief in den Hals.

Dem rothaarigen Bergführer entwich ein Röcheln. Er zuckte kurz mit dem ganzen Körper, bevor er in eine immerwährende Stille versank. Schließlich fiel sein Kopf kraftlos zur Seite.

Angewidert blickte Anike auf ihre blutbeschmierten Hände und ließ die Waffe fallen. Wankend stand sie auf und blickte auf den roten Schnee. Es sah aus wie in einem Schlachthaus. Moritz lag zusammengekrümmt und regungslos vor ihr. Sein Gesicht war so grotesk verzerrt, dass man es kaum noch als das eines Menschen erkennen konnte.

Anike übergab sich. Warum hatte Moritz das nur getan? *Er wollte mich essen.* Gerade als sie sich von dem Grauen abwenden wollte, sah sie, dass sich etwas bläulich Leuchtendes aus seinem rechten Auge bohrte. Es sah aus wie ein fetter, fingerlanger Wurm.

Kreischend wand sich die merkwürdige Kreatur im Schnee. Bevor Anike sie sich genauer ansehen konnte, löste sie sich in feinem Nebel auf.

»Ein Dämon«, flüsterte Anike. »Er war von einem Dämon besessen.«

DIE KINDER
DER BERGE

Kupferdorf, Erzgebirge, im Grenzgebiet des
Kurfürstentums Sachsen und Königreichs Böhmen,
Februar 1645 – 28. Kriegsjahr

Ausgestattet mit seinem Silberdegen, einigen kleinen
Beuteln Asche – die er als eine Art Wurfbomben einzusetzen gedachte, sollte er tatsächlich auf Dämonen
treffen –, einem großen Sack Holzkohle und einer abblendba-
ren Laterne hatte sich Gustav auf den Weg gemacht. Das
Feuer der Schweden lag inzwischen hinter ihm und war durch
die bergige Landschaft längst nicht mehr auszumachen. Es
wollte Gustav nicht aus dem Kopf, dass ihm bei seinem Auf-
bruch einige der Offiziere ein »Gott schütze dich« zugeraunt
hatten. Im schwachen Schein der Lampe konnte er in der
Dunkelheit immer nur einen kleinen, kegelförmigen Aus-
schnitt direkt vor seinen Füßen erkennen. Myriaden von
Schneeflocken kreuzten den Weg des Lichtstrahls und machten eine Orientierung schwer. Glücklicherweise war der Weg
leicht zu finden. Die in den Wald geschlagene Bergstraße
führte schnurgerade auf Kupferdorf zu. Der Schnee war
weich und Gustav versank bei jedem Schritt bis zu den Oberschenkeln. Die Spuren der schwedischen Soldaten waren

längst unter dem beständig fallenden Schnee verschwunden und so musste er sich quälend langsam vorankämpfen.

In Gustav stieg ein unruhiges Gefühl auf. Noch nie hatte er sich Martin so sehr an seiner Seite gewünscht. Mela traute er sich nicht zu rufen, da er sich unsicher war, ob Torstensson ihm nicht einen Späher hinterherschickte oder es im Dorf vielleicht doch Menschen gab, die sie beide hätten zusammen sehen können. Mit der Dämonin in seiner Nähe hätte er nicht nur eine starke Beschützerin gehabt, sondern seine Sinne wären durch sie zusätzlich geschärft gewesen. Dunkelheit gab es für die Wesen der Unterwelt nicht – und auch nicht für diejenigen, die sich mit ihnen verbunden hatten. *Du musst das allein hinkriegen, Gustav!*

Nach einer gefühlten Ewigkeit hatte er den Ort erreicht. Der kräftezehrende Weg und der stete Kampf gegen den Sturm sowie der lange Tag hatten Spuren hinterlassen. Eine bleierne Müdigkeit begann ihn einzulullen. Um sie zu bekämpfen, nahm Gustav eine Handvoll Schnee und rieb ihn sich durchs Gesicht. Die Wirkung war erstaunlich. Der Wunsch nach Schlaf war schlagartig verschwunden. Er hob die Laterne und versuchte einen Überblick zu gewinnen. Kupferdorf bestand hauptsächlich aus einigen einfachen Holzhäusern, die wie aufgeklebt am Berghang standen. Nicht einmal eine Kirche gab es. Wie der Name bereits verriet, lebten hier hauptsächlich Bergleute, die in schwerer und gefährlicher Arbeit dem Erzgebirge seine kargen Bodenschätze abtrotzten. Nicht eines der Häuser wies Spuren von Leben auf. Aus keinem der Schornsteine kräuselte sich Rauch. Still und verschneit lagen sie da und verschmolzen schemenhaft mit der eisigen Nacht.

Gustav stellte den schwer gewordenen Holzkohlesack und die Laterne ab, stützte die Hände in den Rücken und streckte sich. Eine dicke Schicht angefrorenen Schnees fiel von seinem Umhang ab. Am Saum des schwarzen Umhangs hatte sich inzwischen so viel Eis festgesetzt, dass er ihn regelrecht nach unten zog. Die Fibel am Kragen glühte in der Dunkelheit und gab Gustav Zuversicht. Er war ein Lehrling der schwarzen Feldschere. Sein Meister hatte sicher schon Dutzende ähnliche Abenteuer mit Bravour überstanden.

Und vielleicht deine Schwester und Mutter aus dem Weg geräumt, flüsterte ihm eine böse Stimme zu.

Gustav verdrängte sie und konzentrierte sich auf die naheliegenden Probleme. Er hatte keine Ahnung, wie es weitergehen sollte. Weder war etwas von den Bewohnern Kupferdorfs zu sehen noch von den schwedischen Soldaten. Resigniert pustete er aus. Zu allem Überfluss musste er auch noch dringend Wasser lassen. Er konnte an nichts anderes mehr denken und so erleichterte er sich am nächsten Baum.

»Und wie jetzt weiter?«, fragte er sich selbst.

»Hihihihi …«

Ein Kichern? Kann das sein? Vor Schreck wäre er fast über seinen am Gürtel hängenden Degen gestolpert. Nur weil ihm das dauernd passierte, konnte er sich abfangen und landete nicht mit der Nase im Schnee. Angestrengt und mit angehaltenem Atem lauschte er in die Dunkelheit.

Er hörte nichts außer dem heulenden Wind.

Resigniert rieb er sich den immer heftiger treibenden Schnee aus den Augen. Inzwischen war es so kalt, dass es hier für ihn trotz seiner dicken Kleidung lebensgefährlich war. Dennoch wagte er es noch nicht, zu Torstensson zurückzulaufen, obwohl er jetzt liebend gern einen zweiten Glögg angenommen hätte. *Ich muss wenigstens irgendwo anklopfen, um zu wissen, dass hier nicht alle schlafen.* Bedächtig watete er durch den Schnee auf das nächstgelegene Haus zu. Er kam nur quälend langsam voran. Wind und Schnee schienen sich gegen ihn verschworen zu haben. Schließlich stand er vor einem aus übereinandergeschichteten Baumstämmen errichteten Haus. Zögerlich klopfte er an die Tür.

Keine Reaktion.

Er versuchte es ein weiteres Mal. Deutlich kräftiger. Dazu rief er: »Ist jemand zu Hause? Ich bin ein Abgesandter der Schweden und bitte um Obdach! Wir kommen in Frieden und wollen uns nur vor dem Sturm in Sicherheit bringen.«

Wieder antwortete ihm nur der rauschende Wind. Er drückte gegen die Tür, doch die ließ sich nicht öffnen. »So ein Mist«, murmelte er vor sich hin. Das hatte ihn keinen Schritt weitergebracht. Resignation machte sich in Gustav breit und Enttäuschung über sein Versagen. Das erste Mal sollte er eine Aufgabe ohne seinen Meister bewältigen und sofort scheiterte er. Dennoch, in Anbetracht des lebensbedrohlichen Wetters sah er keine andere Möglichkeit, als zum Feldmarschall zurückzukehren und ihm Bericht zu erstatten. Sie würden nach Sonnenaufgang hierher zurückkehren müssen, um herauszufinden, was mit Kupferdorf passiert war.

Erneut hörte er das Kichern. Es war glockenhell, so wie von einem Kind. Das konnte nicht sein. Was sollte ein Kind bei dieser Kälte hier draußen machen? Trotzdem rief er: »Ist da jemand? Hab keine Angst! Ich führe nichts Böses im Schilde.« *Würde das nicht jeder mit schlechten Absichten sagen?*

Jetzt erklang das Lachen wieder.

Ein zweites gesellte sich dazu.

Zu Gustavs Überraschung kam es von hinter ihm. Hastig drehte er sich um und zur Unzeit schossen die Schmerzen mit Wucht in seinen verrenkten Nacken. »Ahhh …« Vor Qual schloss er die Augen. Zuvor sah er für einen kurzen Moment etwas, das ihn erstarren ließ. Vier rot glühende

Augen. Keine zwei Paare, sondern alle wie auf einer Perlen-
kette nebeneinander aufgereiht.

Es sind tatsächlich Dämonen hier. Langsam trat er von dem
Haus weg. Jetzt erklärte sich auch, was mit den Schweden
passiert war. Unbewusst fuhr seine Hand zum Degen. Um
ihn hervorzuholen, musste er leider seinen Holzkohlesack
liegen lassen. Einen Schutzkreis damit zu ziehen, wäre ohnehin sinnlos gewesen, weil es zu stark schneite.

Etwas sprang mit einem fröhlichen Kreischen vom Dach
und kam ungebremst auf dem Boden auf. Die Gestalt rollte
eine ganze Weile durch den Schnee, bis sich eine stattliche
Kugel um sie herum gebildet hatte. Nachdem das Wesen den
Schnee abgeschüttelt hatte, zeigte sich, dass es etwa so groß
war wie ein fünfjähriges Kind. Es war mit feinen, blauen
Schuppen bedeckt, hatte einen langen Schwanz und zwei
verkümmerte Flügelchen auf dem Rücken. Sein Schädel sah
aus wie der eines Katzenfischs, mit Barteln am Maul und darüber vier eng zusammenliegenden Augen, die Gustav spöttisch ansahen.

Noch nie zuvor hatte Gustav einen so kleinen Dämon
gesehen, aber das Verschwinden der Soldaten war ihm Warnung genug, die Kreatur nicht zu unterschätzen.

Vorsichtig nestelte er an seiner Aschebombe am Gürtel
herum. Um den Dämon abzulenken, sprach er mit ihm. »He,
Kleiner, ich will dir gar nichts tun und …«

Ein böses Zischen unterbrach ihn. Etwa zehn Schritt neben dem blauen Dämon war plötzlich ein grünlich schim-
mernder aufgetaucht. Anders als der blaue war er untersetzt,
fast schon kugelartig. Die kurzen Ärmchen waren mit dicken
Muskelbergen bepackt und er hatte vier beeindruckende
Hörner auf seinem an einen Stier erinnernden Kopf. Aus den
runden Nasenlöchern quollen kleine, grüne Flämmchen.

Zwei! Gustav konnte es nicht glauben. Es musste hier einen schwarzen Feldscher geben, der diese Wesen beschworen hatte. Einen sehr mächtigen, der sich traute, die Wesen direkt zu rufen und sie nicht erst in menschliche Körper zu stecken. Er verschob die Lösung dieses Rätsels aber auf einen günstigeren Moment. Jetzt ging es ums nackte Überleben. Mit dem Silberdegen auf die beiden kleinen Dämonen zeigend, sagte er laut: »Ich bin ein schwarzer Feldscher. Mich zu attackieren, widerspricht dem Vertrag. Geht eurer Wege und kehrt nie wieder ungerufen an die Oberfläche zurück!«

Der Blaue gluckste und der Grüne zischte wieder böse.

Gustav hob das Aschesäckchen und in dem Moment, als er noch überlegte, auf welchen der beiden er es werfen sollte, platzte es in seiner Hand und er bekam einen gewaltigen Schwall Aschestaubs ins Gesicht. Seine Nase beantwortete diese Strapaze mit einem lauten Niesen.

Es schien, als hätten die beiden Dämonen nur darauf gewartet. Mit einem gefährlichen Brüllen, erhobenen Krallen und aufgerissenen Mäulern stürzten sie auf ihn zu. Die Zeit des Kicherns und Spielens war vorbei.

Tapfer hielt Gustav den Degen abwehrbereit und blinzelte unablässig. Seine Augen tränten von der Asche. Präzises Fechten war so unmöglich, aber das Silber würde die beiden Dämonen hoffentlich vertreiben.

Kurz bevor sie Gustav erreichten, schob sich ein massiger Körper zwischen ihn und die beiden Angreifer. Zwei klatschende Laute waren zu vernehmen, gefolgt von einem irritierten Heulen. »Na, na, ihr frechen Wänste, habt ihr euch vor dem Essen denn schon die Krallen gewaschen?«

»Mela?«, fragte Gustav erstaunt. Er konnte sich gar nicht daran erinnern, seine dämonische Freundin gerufen zu haben. Sofort tauchte die Welt in helles, flüssiges Gold und er konnte die Dunkelheit problemlos durchdringen.

Sie reagierte nicht auf ihn, sondern ging in die Knie und redete weiter mit den kleinen Dämonen. »Tutzi, tutzi, tu… Ja, habt keine Angst, meine süßen Mäuschen. Mama Mela ist gekommen, um euch zu wärmen.« Dabei ging eine so starke Hitze von ihrem massigen Körper aus, dass Gustav einige Schritte zurücktreten musste. »Kommt mal her! Was seid ihr klein und dünn!«

»Ähm … Mela, was machst du da?«

Sie drehte ihren bulligen Schädel zu ihm. »Was soll ich schon machen, ich päpple die beiden Kleinen hier ein bisschen auf. Sie sind in einem schrecklichen Zustand, wenn auch ein bisschen wild.« Beiläufig gab sie dem grünen Dämon eine Kopfnuss. Dann setzte sie sich auf den Boden und die beiden schmiegten sich an sie.

»Kleinen? Hast du gerade etwas von Dämonenkindern erzählt?«, fragte Gustav ungläubig, umkreiste Mela und betrachtete die wohlig schnurrenden Kinder, die sie auf ihren kräftigen Armen sanft hin und her schaukelte. »Ich wusste gar nicht, dass es so was gibt. Wie kann das sein?«

Sie zwinkerte ihm frivol zu. »Ich dachte, nach dem wilden Abenteuer mit dem rothaarigen Biest wüsstest du inzwischen, woher die Kinder kommen. Du träumst doch noch oft genug davon. Na gut, ich erkläre es dir nochmal. Der Menschenmann nimmt sein winzig kleines Hörnchen und steckt …«

»Genug!«, rief Gustav entrüstet und wedelte abwehrend mit den Händen. Er spürte, dass er rot geworden war. Trotzdem sah er sofort wieder Bilder der feuchtwarmen Hütte am Ufer der Hase vor sich. Roch und spürte Anikes überhitzten Körper und glaubte das ferne Donnern des Sommergewitters zu hören.

Mela spürte seine Gedanken und grinste ihn mit ihrem riesigen Maul frech an.

»Lass das!«, zischte er.

»Sie fehlt dir, nicht wahr?«

Gustav seufzte. »Ja, das tut sie, aber ich würde jetzt gern über die Dämonenkinder reden.« Wie immer verdrängte er alle Gedanken an Anike, so schnell es ging. Die Erinnerung an sie war einfach zu schmerzhaft. Sie hatte sein Herz gebrochen und hielt immer noch Teile davon in ihren Händen, die einfach nicht zu ihm zurückkehren wollten.

»Du hast recht. Die böse Rothaarige solltest du besser vergessen. Die war eh viel zu dürr. Also, wie wollen wir die Kleinen nennen? Mir würden Kastor und Polydeukes gut gefallen. Die Geschichte der Dioskuren – der Söhne des Zeus – ist zwar ein bisschen ausgefallen, aber so werden die beiden nicht verwechselt. Ist dir doch sicher auch immer unangenehm, wenn jemand Gustav ruft und der halbe Marktplatz sich umdreht. Gut, gut, man soll ja auch mit der Mode gehen, aber wer weiß, in ein paar Jahren heißt vielleicht jeder zweite Polydeukes. ›Ach schaut mal, da kommt der süße Poly‹, würden die Leute sagen und …«, plapperte sie fröhlich vor sich hin.

»Mela! Wie kommen die hierher? Wer hat sie aus dem Boden gerufen? Wo sind all die Bewohner von Kupferdorf?«

»Hach, was für ein hübscher Ortsname.« Ihre Schuppen wechselten in einen glänzenden Kupferton. »Die Kleinen haben Geschmack.«

»Bitte, hilf mir!«, flehte Gustav. »Nur ein paar Schritte von hier warten Tausende Soldaten und ein riesiger Tross darauf, durch dieses Dorf zu ziehen. Sie alle setzen ihre Hoffnung in mich, dass ich für sie einen sicheren Weg finde.«

»Ach, die Ärmsten, sich auf dich verlassen zu müssen, ist immer eine ziemlich heikle Angelegenheit. Wo ist denn dein mürrischer Meister? Doch nicht etwa gefressen worden?«, fragte sie hoffnungsfroh.

Resigniert warf Gustav die Arme in die Luft.

»Schon gut, schon gut«, machte die Dämonin auf gut Wetter und grinste ihn spöttisch an. »War nicht so gemeint. Du hilfst deinen Leuten ja. Immerhin hast du mich gerufen.«

»Habe ich eigentlich nicht …«, begann Gustav zögerlich.

»Doch, ich habe es ganz deutlich gehört.« Sie ahmte sein Niesen nach und mit sehr, sehr viel Fantasie konnte man aus dieser Interpretation so etwas wie ›Meeeeela‹ heraushören.

»Wie auch immer. Ich bin froh, dass du hier bist. Wir müssen die beiden Dämonenbälger jetzt loswerden.« Er umklammerte den Griff seines Degens fester.

Böse fauchte ihn Mela an. »Wage es nicht mal, dran zu denken.« Sie spuckte etwas Rotes aus, das zwischen seinen Beinen landete und sich zischend durch den Schnee fraß, bevor es in einer Nebelwolke verging. »Seht ihr, Kinder, deswegen muss man immer aufpassen, dass sich kein böses Menschlein unter dem Bett oder im Schrank versteckt!« Mit einem herausfordernden Blick auf Gustav fügte sie nach einer kleinen Pause hinzu: »Sondern es immer gleich auffressen – egal wie hässlich und dümmlich es auch ist.«

Die beiden kleinen Dämonen brummten selig, schlossen wieder die Augen und gruben ihre Gesichter in Melas Brust.

Jetzt schämte Gustav sich. Wie hatte er nur daran denken können, die beiden zu töten? Vielleicht war er doch nicht so viel besser als Jorn. »Entschuldige! Ich bin nur so irritiert. Wie kommen Dämonenkinder hierher? Gibt es noch mehr von ihnen? Mela, diese beiden könnten das ganze wackelige Konstrukt zum Einsturz bringen, das die schwarzen Feldschere vor vielen Jahren aufgebaut haben. Niemand darf von euch wissen. Morgen früh werden Tausende Menschen diesen Ort bevölkern. Wird es dunkel, werden etliche von ihnen die beiden sehen können. Wie soll ich bloß erklären, dass nachts jede Menge Menschen gefressen werden?«

Die Dämonin blickte ihn durchdringend aus ihren drei goldenen Augen an. »Wäre es wirklich so schlimm, wenn dieses Geheimnis ans Licht kommen würde? Ihr Menschen seid eben einfach nicht allein auf dieser Welt.«

»Mela, bitte, hilf mir! Uns läuft die Zeit davon. Bald geht die Sonne auf. Bitte sag mir, was hier passiert ist!«

Sie wackelte mit den Zehen, bevor sie antwortete. »Ganz genau weiß ich das natürlich auch nicht, aber ich habe eine gewisse Vorstellung. Hat dein Meister dir nie erzählt, wie wir uns fortpflanzen?«

Einen kurzen Moment grübelte Gustav, dann fiel ihm seine erste Anatomiestunde auf dem Leipziger Friedhof wieder ein. »Larven. Er hat mir erzählt, dass sich bei manchen Menschen Dämonenlarven einnisten.« Er musste schlucken. »Im Herzen.«

Mela nickte, legte die Dämonenkinder zusammen in einen Arm und strich ihnen liebevoll über die hässlichen Schädel. »So ist es, aber auch das können wir nicht selbstbestimmt tun, weil wir ja nicht allein an die Oberfläche können. Ein schwarzer Feldscher, oder wer auch immer so blöd ist, einen Dämon zu beschwören, entnimmt uns in einer unwürdigen Zeremonie unsere Larven und lässt sie dann durch das Ohr eines Menschen in dessen Körper kriechen.«

Unbewusst rieb sich Gustav über sein eigenes Ohr. Das war wirklich abschreckend.

»Ganz süß, die kleinen Dinger. Sehen aus wie bläuliche Tausendfüßler. Bei uns Dämonen können sowohl Männer als auch Frauen …«

»Mela«, unterbrach Gustav sie leise.

»Gut, wenn du nicht an meinem unermesslichen Wissen über die dämonische Befruchtung teilhaben willst, dann eben die kurze Version. Jemand hat Larven nach Kupferdorf gebracht und sie zwei ahnungslosen Menschen eingepflanzt. Die ersten Tage merken die Wirte oder, wie ich sie gern nenne, die Würstchen nicht, dass sie einen Gast in sich tragen. Dann werden sie ein bisschen komisch …«

Verrückt, so hatte es Martin beschrieben.

»… und ab und an auch etwas aufbrausend …«

Sie ermorden wahllos andere Menschen.

»… und dann fallen sie irgendwann endlich tot um.« Sie grinste ihn triumphierend an. Offensichtlich nahm sie Gustav die Bedrohung der Kleinen immer noch übel. »In der Zwischenzeit wächst die kleine Larve immer mehr heran und futtert sich durch den Körper ihres Gastgebers, bis sie irgendwann durchs Auge ausschlüpft. In den ersten Tagen ernährt sie sich dann von den Resten ihres menschlichen Geburtshelfers.«

Nachdenklich nickte Gustav. »Verschwinden die Larven bei Tagesanbruch ebenfalls in der Erde?«

»Natürlich, sie sind echte Dämonen. Bereits in der nächsten Nacht kommen sie um ein Vielfaches gewachsen wieder an die Oberfläche.« Sie kitzelte den Blauen am Bauch und der schnappte spielerisch nach ihren Klauenfingern.

»Wer hat sie zurück auf die Erde gerufen? Es scheint hier ja keine lebende Seele mehr zu geben.« *Woran die beiden wohl nicht ganz unschuldig sind.* Das sagte er aber lieber nicht, um Mela nicht erneut zu verärgern.

»Niemand! Solange die niedlichen Purzelchen so klein sind, kehren sie nach Sonnenuntergang immer wieder an den Ort zurück, wo sie geboren wurden. So wird sichergestellt, dass sie nicht verhungern und heranwachsen können.«

Gustav, dem dank Melas Hitze und der vielen Gedanken, die in seinem Kopf hin- und herjagten, längst nicht mehr kalt war, fragte aufgeregt: »Wie alt sind denn diese beiden Purzelchen etwa?«

Eine kleine grünliche Flamme schoss plötzlich in Gustavs Richtung.

Er brachte sich mit einem Sprung in den Schnee in Sicherheit.

»Wie süß«, kommentierte Mela, »der kleine Poly hat Schluckauf.«

Das hat das Mistvieh doch mit Absicht getan. Wütend klopfte Gustav sich den Schnee von der Kleidung. »Du weichst meiner Frage aus.«

»Ich kenne mich mit eurer lächerlichen Zeiteinteilung nicht so gut aus. Wir Dämonen sind Wesenheiten der Ewigkeit, unvergänglich wie eure angeblichen Götter«, begann sie pathetisch und mit künstlich tiefer Stimme. »Eure jämmerliche Existenz ist nur ein Fliegenfurz in unserem Leben und …«

»Mela«, drängte Gustav.

»Na gut, sie werden nicht älter als zwei, drei Wochen sein.«

»Und in der Zeit haben sie das gesamte Dorf aufgefressen?«

»Ist es nicht beeindruckend, wie schlau sie sind? Sicher haben sie sich immer verborgen und von Haus zu Haus vorgearbeitet, damit keiner was ahnt und abhaut.«

»Und jetzt? Wie soll es jetzt mit den Kinderchen weitergehen? Sollen wir sie ins nächste Dorf bringen, damit sie dort weitermachen können?«

Mela riss begeistert die Augen auf. »Das würdest du für sie machen? Die beiden müssen noch viel lernen und immer ihren Menschen aufessen, damit sie groß und stark werden und …«

Gustavs genervte Miene verriet der Dämonin, dass dies kein ernst gemeintes Angebot gewesen war.

»Hach, immer falle ich auf deine dummen Scherze herein. Tja, also meines Erachtens gibt es nur eine Lösung. Ich lasse die beiden dich fressen, dann kann sie keiner verraten und ich bin dich los.« Sie bleckte die Zähne. »Das geht bestimmt als Selbstmord durch. Du bist immerhin freiwillig hier.«

»Ähm …« Gustav erbleichte.

Die Dämonin klopfte mit der flachen Hand so heftig auf den Boden, dass Gustav die Erschütterung spürte. »Ha, da siehst du mal, wie blöd es sich anfühlt, wenn jemand dusselige Witze macht.« Sie knuffte ihn kräftig in den Oberarm. Gustav hoffte, ihn morgen früh noch auf Schulterhöhe anheben zu können. »Ich würde doch nicht zulassen, dass dich jemand anderes außer mir frisst.« Ihre drei goldenen Augen zwinkerten ihm verschwörerisch zu.

»Da bin ich aber froh.« Mit einem vom Schmerz schiefen Grinsen fragte er: »Was machen wir denn jetzt?«

Mela tippte sich nachdenklich an ihre schweinsartige Nase. »Nun«, sie zuckte mit den breiten Schultern, »sie sind groß genug, um dauerhaft in der Erde bleiben zu können. Ich könnte sie einfach mit runternehmen. Dadurch würden sie von diesem Ort gelöst.«

»Perfekt!« Gustav klatschte glücklich in die Hände.

»Für dich vielleicht. Die beiden wären dann allerdings, so wie wir alle, davon abhängig, dass ein seniler Feldscher sie beschwört, um wieder an die Oberfläche zu kommen. Und du siehst doch, was sie hier für einen Spaß haben. Ich beneide sie fast ein bisschen.«

Gustav schluckte die bissige Bemerkung herunter, dass die Vernichtung aller Einwohner nicht spaßig war, und bat Mela: »Das ist der einzige Weg, und das weißt du auch!«

Sie machte ein übertriebenes Schmollgesicht. »Ich hasse es, wenn du recht hast.« Behäbig kam sie auf die Beine. Die kleinen Dämonen hielt sie jetzt links und rechts an den Händen.

Beide schenkten Gustav ein letztes böses Zischen.

»Mach es gut, Kleiner, und pass auf dich auf! Jemand, der so verrückt ist, Dämonenlarven hierherzubringen, ist zu allem bereit.« Sie wandte sich an die Kinder. »Bevor wir ins Bett gehen, erzähle ich euch noch eine Geschichte. Aber ich muss euch warnen, sie ist ein bisschen gruselig. Sie heißt: Der böse Mensch und die sieben braven Dämonlein. Es war einmal …«

Gustav schaute noch lange zu der Stelle, an der Mela sich mitsamt den Dämonenkindern in Luft aufgelöst hatte. *Ich muss dringend mit meinem Meister sprechen.*

KATZENDARM

Zerschlagen schleppte sich Gustav im Morgengrauen zurück in das Lager der Schweden. Wieder oder immer noch stand Torstensson umringt von etlichen Offizieren an dem großen Feuer, das er letzte Nacht hinter sich gelassen hatte. Fast alle hielten dampfende Becher mit Glögg in der Hand. Weiterhin kamen und gingen Untergebene, um etwas mit dem Feldherrn zu besprechen, ihm Bericht zu erstatten oder sich neue Befehle abzuholen. Gustavs Ankunft wurde von den zahlreichen Wachen mit einem lauten »Fältskären är tillbaka! – Der Feldscher ist zurück« angekündigt.

Sofort schaute Torstensson in seine Richtung.

Hätte Gustav es nicht besser gewusst, hätte er geglaubt, in dem Blick des gestrengen Mannes neben Verblüffung so etwas wie Respekt zu erkennen.

Hastig winkte der Schwede ihn zu sich.

»Junger Feldscher, welch eine freudige Überraschung, dich wohlbehalten zu sehen. Nachdem du in der Nacht nicht zurückgekommen warst, hatte ich schon das Schlimmste befürchtet. Doch dem Schneesturm und dem Geheimnis von Kupferdorf warst du offenbar gleichermaßen gewachsen.« Er musterte ihn von oben bis unten. »Berichte mir, was passiert ist!«

Unwillkürlich schluckte Gustav, als ihm der Geruch des warmen Würzweins in die Nase stieg.

Der Schwede bemerkte es und lachte. »Natürlich, natürlich, du musst ja vollkommen durchgefroren sein. Gebt dem Jungen einen Glögg.«

Nachdenklich pustete Gustav in das heiße Getränk.

»Nun …«, drängte ihn der Heerführer.

»Es war, wie Ihr vermutet hattet, ein Problem für die schwarzen Feldschere«, flüsterte er so leise wie möglich.

Torstenssons Miene verdüsterte sich. Er bellte den Umstehenden etwas auf Schwedisch zu und innerhalb weniger Augenblicke entfernten sich alle Anwesenden etliche Schritte weit vom Feuer und drehten ihnen den Rücken zu. »Wir können reden. Ich weiß, dass du auf den Vertrag verpflichtet bist und Stillschweigen über die Welt der … der … Dämonen geschworen hast.« Dem allmächtigen Feldherrn schien das Thema äußerst unangenehm zu sein.

Nach einem Dank für die Diskretion berichtete Gustav in kurzen Worten, was in der Nacht und mit Kupferdorf passiert war.

Müde rieb sich Torstensson mit der flachen Hand über sein Gesicht. Sein stoppeliger Bart erzeugte ein kratzendes Geräusch. »Was bedeutet das?«

Es fiel Gustav schwer, seinen Verdacht auszusprechen, ohne sich mit seinem Meister zuvor darüber ausgetauscht zu haben. Dem Feldherrn waren derlei Bedenken natürlich vollkommen egal. Er war es gewohnt, Antworten auf seine Fragen zu bekommen. »Vermutlich versucht ein Feldscher der Liga unseren Vormarsch zu verlangsamen, indem er Menschen mit Dämonenlarven infiziert. Es kann sein, dass sämtliche Dörfer, die vor uns auf dem Weg nach Böhmen liegen, ebenfalls von Dämonen befallen sind. Die Kleinen sind zwar bei Weitem nicht so gefährlich wie ihre großen Brüder und Schwestern, aber sie bleiben an den Ort gebunden, bis man sie auslöscht. Das macht die Dörfer zu einer Falle, weil die Dämonen jede Nacht wieder dort auftauchen, egal ob sie gerufen wurden oder nicht. Man muss sie also töten und kann nicht nur auf den Sonnenaufgang warten, damit der dieses Problem löst.«

Anerkennend klopfte ihm der Feldmarschall auf die Schulter. »Respekt, mein junger Lehrling. Du allein hast zwei Wesen getötet, die zuvor etliche meiner besten Soldaten übermannt haben. Das ist eine unglaubliche Leistung.«

So zumindest hatte er es dem Schweden berichtet. Darauf hinzuweisen, dass eine mit ihm verbundene Dämonin die Kinder wie eine Amme unter ihre Fittiche genommen und in die Erde geführt hatte, erschien Gustav nicht wünschenswert. »Anders als Eure tapferen Soldaten wusste ich ja auch, mit wem ich es zu tun hatte«, versuchte Gustav das Lob an sich abperlen zu lassen.

»Stell dein Licht nicht unter den Scheffel!« Torstensson wackelte bestimmt mit seinem rechten Zeigefinger. »Ohne dich hätten wir sicher noch mehr Opfer zu beklagen gehabt.«

Ein Offizier näherte sich, blieb aber in gebührendem Abstand stehen und blickte stumm zu ihnen herüber.

Torstensson nickte ihm zu und seufzte. »So gern ich mich mit dir unterhalte, ich habe auch noch einen Krieg zu gewinnen. Was rätst du mir jetzt, junger Feldscher, damit ich nicht noch mehr Menschen verliere?«

Die Bürde dieser Verantwortung lastete schwer auf Gustav. »Nun ... ähm ... also, ich würde vorschlagen, lasst Kupferdorf nicht plündern, sondern zieht schnellstmöglich hindurch«, begann er zögerlich.

Der Schwede nickte.

Nach dieser Zustimmung sprudelten die Worte nur so aus Gustav heraus. So langsam beherrschte er das Handwerk der schwarzen Feldschere immer besser.

»Sämtliche anderen Ortschaften solltet Ihr entweder umgehen oder nur bei Tag durchqueren. Lasst Vorräte an Holzkohle anlegen, damit wir uns notfalls nachts damit schützen können. Zieht man geschlossene Kreise daraus, können die Dämonen sie nicht überwinden.« Dass der Schnee diese schöne Idee schnell zunichtemachen konnte, erwähnte er lieber erst mal nicht.

»Das sollte kein Problem sein. Noch etwas?«

Für einen kurzen Moment blickte Gustav in die Flammen, während er seine Gedanken ordnete. »Sprecht mit dem Hurenwaibel. Er muss den Tross beobachten lassen. Jeder, der sich merkwürdig und vor allem außergewöhnlich aggressiv verhält, sollte eingesperrt und für einige Tage beobachtet werden, damit wir sicher sein können, dass er nicht infiziert ist. Gleiches gilt für Eure Soldaten.« Gustav machte eine künstliche Pause, um seine folgenden Worte zu unterstreichen. »Egal welchen Ranges.«

Durchdringend blickte ihn Torstensson an. »Ich verstehe.«

»Sollten Dämonen innerhalb des Lagers sein …« Gustav musste den Satz nicht beenden.

»Danke, junger Lehrling. Ruh dich jetzt aus! Ich werde alle mir möglichen Maßnahmen ergreifen, um meine Leute und die heilige Unternehmung zu schützen, auf der sie mir folgen.«

Nachdem Gustav die heute erstaunlich freundliche Jolande versorgt hatte – vielleicht hatte sie entschieden, dass Gustavs Gegenwart immerhin besser war, als ganz allein zu sein –, rollte er sich unter zwei dicken Decken im gelben Karren zusammen und war so rasch eingeschlafen, dass sein Kopf gar keine Zeit hatte, über all die Merkwürdigkeiten zu grübeln, die ihm in letzter Zeit passiert waren.

Ein Stöhnen riss ihn aus seinem traumlosen Schlaf. Dazu gesellte sich in einem merkwürdigen Widerspruch ein fröhliches Wiehern Jolandes. Es gab nur eine Person, die das Maultier derartig euphorisch begrüßte. *Martin ist zurück!* Hektisch trat Gustav die Decken beiseite und sprang aus dem Wagen. Was er davor erblickte, ließ ihm den Atem stocken. Der Feldscher lag zusammengekrümmt und blutüberströmt im Schnee. »Meister«, rief er überrascht, »was ist passiert?«

Doch Martin war nicht zu mehr als einem leisen Keuchen fähig.

Schnell bugsierte Gustav ihn in den Karren. Er feuerte die beiden Kohlepfannen an, die den engen Innenraum schnell erwärmten, dann begann er seinem Meister die blutverkrustete Kleidung auszuziehen.

Martin war inzwischen in eine Ohnmacht abgeglitten. Sein Körper war unterkühlt und wurde von Zitterschüben durchgeschüttelt.

Gustav offenbarten sich mehrere große Wunden. Er hatte derlei inzwischen oft genug gesehen, um zu wissen, dass sie entweder von wilden Tieren oder Dämonen stammen mussten. Er tippte auf Letzteres. Mit einem frisch aufgekochten Sud aus Schafgarbe tupfte er die Verletzungen vorsichtig sauber. »Achillea millefolium«, murmelte er den lateinischen Namen der Pflanze. »Seht Ihr, ich lerne fleißig.« Sanft wischte er mit dem Lappen Blut weg. Das Wasser der

Schale, in der er ihn auswrang, verfärbte sich schnell in ein hässliches Rostbraun. »Natürlich weiß ich auch, woher der Name stammt.« Er lächelte seinen Meister an. Es tat gut, mit ihm zu reden, und gaukelte eine Normalität vor, die es nicht gab – vielleicht nie wieder. »Nach Plinius«, Gustav lächelte, »natürlich dem Älteren, ich hatte schon mit Eurer Frage gerechnet.« Unablässig und immer sicherer arbeiteten seine Hände, während er das einseitige Gespräch mit seinem Meister führte. Erst jetzt verstand er, dass sein Ausbilder genau das mit den dauernden Fragen bezweckt hatte: ihn auf seine Aufgabe zu fokussieren, um Gustav die nötige Ruhe und Sicherheit für die Behandlung eines Patienten zu geben. »Der römische Gelehrte berichtet von einer Sage, in der der griechische Held Achilles von einem mit Heilung vertrauten Zentauren namens Chiron auf die besondere Wirkung der Schafgarbe hingewiesen wurde. Glaubt man die Geschichte, dann nutzen wir ihre besonderen Kräfte seit dieser Zeit.«

Gustav wrang die Lappen erneut aus und betrachtete die gereinigten Wunden. »Vielleicht sollten wir Plinius' Werke einmal nach Hinweisen auf Dämonen untersuchen. Wenn ich es mir recht überlege, könnte jener angebliche Zentaur einer gewesen sein.« Martins größte Verletzung befand sich auf Höhe des Bauchs. Sie zog sich über die Vorder- und Rückseite des Körpers. Irgendetwas hatte dort hineingebissen. Die Abdrücke der Zahnreihen waren noch deutlich zu erkennen. Die Zähne waren aber wohl zu kurz gewesen, sodass sie nicht tief ins Fleisch hatten eindringen und innere Organe verletzen können. Martins rechten Arm zierten lange Kratzer, die von einer vierfingerigen Krallenhand stammen mussten. Glücklicherweise schienen die Sehnen und Muskeln unversehrt. Es wäre eine Schande gewesen, wenn der Feldscher seine talentierten Hände nicht mehr zum Behandeln von Kranken hätte benutzen können. Außerdem hatte etwas versucht seine Schulter zu durchstechen. Gustav tippte auf ein Horn. Alles Verletzungen, die mit Geduld und guter Pflege heilen konnten. *Wenn nicht …*

Gustav holte tief Luft. Es war an der Zeit, das Wichtigste zu kontrollieren. Vorsichtig drehte er den Kopf seines Meisters zur Seite und untersuchte die Ohren. Zu seiner Beruhigung konnte er keine Eintrittswunden erkennen, die für einen Befall mit Dämonenlarven sprachen. Natürlich musste er weiter vorsichtig sein und ihn beobachten, aber das war zumindest ein gutes Zeichen.

Mit einem Faden aus Catgut und einer halbmondförmig gebogenen Silbernadel machte er sich daran, die Wunden zu vernähen. Im Volksmund wurde der feine Zwirn gern als Katzengarn verunglimpft, dabei handelte es sich um Schafsgedärm. Dieses Garn löste sich nach einigen Tagen von selbst auf, weshalb die Fäden nicht gezogen werden mussten. Schon im zweiten Jahrhundert hatte Galenos von Pergamon davon berichtet und bis in die Gegenwart leisteten diese natürlichen Fäden erstaunliche Dienste.

Bei seiner hoch konzentrierten Arbeit verlor Gustav jedes Zeitgefühl. Als er es schließlich geschafft hatte und alle Wunden vernäht waren, verband er sie mit Stoff, den er mit einem Aufguss aus Ringelblume und Kamille getränkt hatte, um die Heilung zu beschleunigen. Am Ende blieb ihm nichts anderes zu tun, als seinen Meister warm einzupacken, die Kohlepfannen neu zu bestücken und vor dem Wagen Wache zu halten. Wer oder was auch immer Martin das angetan haben mochte, konnte immer noch hinter ihm her sein.

Nachdem er ein Feuer entfacht und Jolande zu fressen gegeben hatte, breitete sich in Gustav eine große Unruhe aus. Seine gesamte Konzentration hatte er für die Heilung des

Feldschers aufgewandt. Jetzt zitterten ihm die Hände und sein Herz schlug wie wild. Die Bewegung vor ihrem Wagen schien diese Anspannung widerzuspiegeln. Etliche Planwagen von Marketendern klapperten vorbei. Ihnen folgten Fuhrwerke, die Munition, Sturmbrücken, Zelte, Fackeln, Holz, Stroh und alles andere, was eine Armee sonst noch brauchte, transportierten. Neben ihnen liefen schwer beladene Frauen, die ihren kämpfenden Männern hinterherzogen. Sie waren den Soldaten unentbehrlich. Die Ehefrauen trugen nicht nur das gesamte Hab und Gut von einem Schlachtfeld zum nächsten, sondern kochten, wuschen und halfen sogar teilweise beim Plündern. Gruppen von dick eingepackten Kindern wuselten kreischend um sie herum. Der rastlose Torstensson hatte den Befehl zum Abmarsch gegeben und sein Tross folgte ihm. Gustav wusste, dass sein Meister und er sich ihnen nicht so schnell würden anschließen können. Martin brauchte Ruhe, um von seinen schweren Verletzungen zu genesen.

Immer wieder spielte Gustav im Kopf durch, wie und worüber er mit seinem Meister als Erstes sprechen sollte. Begann er mit der Frage, wo Martin gewesen und was mit ihm passiert war? Oder konfrontierte er ihn sofort mit seinem Wissen über Anna und seine Mutter? War es am Ende wichtiger, ihm zeitig von den Ereignissen in Kupferdorf zu berichten, um weitere Opfer zu vermeiden? Über die Grübelei vergaß er fast zu essen. Erst das laute Knurren seines Magens erinnerte ihn daran, dass seine letzte Mahlzeit bereits eine ganze Weile her war. Vorsichtig, um seinen Meister nicht aus dem heilsamen Schlaf zu wecken, holte er sich etwas aus dem Karren und begann es gierig am Feuer zu verschlingen.

Mit dem Sonnenuntergang begann es wieder zu schneien. Die letzten Menschen und Wagen hatten den gelben Karren im Laufe des Tages passiert. Er und sein Meister würden die Nacht allein verbringen, inmitten der Hinterlassenschaften der Bagage, die neben Müll vor allem aus zahllosen Gruben voll menschlicher Exkremente bestanden. Gustav machte sich daran, die Laternen am Wagen zu entzünden. Vielleicht würde ihr warnender Rotton mögliche Feinde abhalten. Kaum waren sie aufgeglommen, hörte er aus dem Innern des Wagens dumpf die Stimme des Feldschers. »Gustav?«

»Meister, ich komme!«

Martin lächelte ihn matt und mit schweißglänzendem Gesicht an. Stolz strich er über seinen Bauchverband. »Warst du das etwa?«

Es schmerzte fast, wie sehr sich Gustav nach dieser Anerkennung gesehnt hatte. Er nickte bescheiden.

»Danke!« Martin ergriff seine Hand.

»Was ist passiert? Wo seid Ihr gewesen?« Gustavs Geist hatte spontan entschieden, was er zuerst fragte.

Sein Meister richtete sich stöhnend auf und lehnte sich an die Karrenwand. »Tut mir leid, dass ich so plötzlich verschwunden bin. Ich habe eine Spur verfolgt, die ich schon seit einiger Zeit gesehen zu haben glaubte, ohne dass ich begriff, worum es sich handelte.«

Gustav half ihm in sein Hemd.

»Danke.« Bedächtig knotete Martin es zu. »Zu Beginn dachte ich, dass ich paranoid sei. Doch es gab immer mehr Hinweise. Aufgeworfene Erde morgens in der Nähe unseres Karrens. Der Geruch nach Zimt. Die Knochen toter Tiere.«

Er weiß von Mela! Jetzt bereute es Gustav, nicht eine seiner anderen Fragen als Erstes gestellt zu haben.

Dankbar nahm Martin den Wasserschlauch, den ihm sein Lehrling reichte. »Für all diese Phänomene hätte es natürliche Erklärungen geben können.«

Hastig überlegte Gustav, welche das sein konnten, damit er seinen Meister in dieser Ansicht bestärken konnte.

»Ich Schwachkopf habe es erst verstanden, als ich gestern Abend, du warst schon eingeschlafen, das große Brotmesser in die Hand genommen habe und den starken Drang verspürte, es mir ins Auge zu rammen.«

Ungläubig starrte Gustav ihn an.

»Glücklicherweise konnte ich dem widerstehen …« Martin zwinkerte übertrieben. »Und ich verstand endlich, wer uns verfolgt.« Mit schulmeisterlichem Ton an Gustav gewandt, fragte er: »Welcher Dämon ist in der Lage, den Geist eines Menschen zu manipulieren?«

»Ein Intellectus«, hauchte der. Halb schockiert über diese Tatsache und halb erfreut, weil es sich nicht um Mela handelte.

»Genau.« Martin stöhnte. Er war grau im Gesicht.

»Ihr braucht Ruhe, Meister!«

»Nein, nein, du musst wissen, was geschehen ist, um nicht in dieselbe Falle zu tappen.« Er kaute einen Moment auf seiner Unterlippe herum. »Als mir klar war, dass wir von einem Intellectus bedroht werden, habe ich dich gestern Morgen zum Hurenwaibel geschickt, um in Ruhe nach ihm zu suchen.«

»Für den lateinischen Brief hattet Ihr aber noch Zeit.« Gustav versuchte sich an einem matten Lächeln.

Sein Meister erwiderte es. »Jolande hat sich bei mir nicht über deine Pflege beschwert, du hast dich also an meine Anweisungen gehalten.«

»Warum habt Ihr mich nicht mitgenommen?« Es fiel Gustav schwer, seine Enttäuschung zu verbergen.

»Tut mir leid, dass ich dich in die Irre geleitet habe, ich wollte dich nicht in Gefahr bringen. Dämonenjagd ist kein Geschäft für Lehrlinge. Was sag ich«, Martin schüttelte langsam den Kopf, »für niemanden, der bei Trost ist.«

Nachdem er zwei Kerzen entfacht hatte, setzte sich Gustav neben seinen Meister. »Ich sollte also gar nicht wirklich zum Hurenwaibel gehen?« *Wenn er wüsste, was diese Finte für ein Fehler war.*

»Nun, Jolande braucht wirklich dringend Hafer. Hat er dir keinen gegeben?«

»Erzählt mir, woher diese Verletzungen stammen! In letzter Zeit geht Ihr nicht gerade pfleglich mit Eurem Körper um. Ihr seid nicht mehr der Jüngste«, lenkte Gustav ab.

Martin stöhnte. »Du hast ja recht, obwohl es nicht nett ist, einen Mann in den besten Jahren auf sein Alter hinzuweisen. Nachdem du weg warst, habe ich mich auf die Suche nach unserem eigentlichen Gegner gemacht, den der Sonnenaufgang nicht verstecken konnte.«

»Dem Feldscher, der den Intellectus beschworen hat.«

»Das war mein ursprünglicher Plan.« Martin holte tief Luft. »Kannst du mal in die Tasche meines Wamses fassen?«

Gustav tat es und holte eine Art messingfarbenen Kompass mit Kugel in der Mitte hervor. Anders als beim ersten Mal, als er das Gerät in Osnabrück gesehen hatte, drehte sie sich diesmal nicht unablässig. Inzwischen hatte er gelernt, dass es sich dabei um einen Indagator Daemonum handelte: ein Instrument, mit dem man Dämonen orten konnte. Im Innern des goldfarbenen Balls war eine kleine Menge Blut der Untiere und dieses zog es unwiderstehlich zu seinesgleichen. Er reichte es Martin.

»Der Indagator ist so feinfühlig, dass er sogar bei Tage die Austrittsstelle eines Dämons finden kann. Er hat mich tief hinein in den Wald geführt. Nachdem ich mich fast einen ganzen Tag durch den Schnee gequält hatte, fand ich die Austrittsstelle des Wesens. Ein aufgewühlter Haufen schwarzer Erde, inmitten eines Meers aus unberührtem Weiß.«

Gebannt hing Gustav an den Lippen seines Meisters.

»Leider nichts anderes. Keinen Hinweis auf seinen Beschwörer. Aber ich hatte meinen Beweis, dass es hier wild herbeigerufene Dämonen gibt, und drehte mit der festen Absicht um, uns und die Armee sowie den Tross davor zu beschützen. Inzwischen war jedoch leider bereits die Sonne untergegangen. Und da sah ich ihn oder besser gesagt sein grünlich leuchtendes Zyklopenauge zwischen den Bäumen auftauchen. Hätte ich es nicht besser gewusst, so hätte ich geglaubt, dass er mich schon eine ganze Weile beobachtet hatte. Das konnte natürlich nicht der Fall gewesen sein, die Sonne war gerade erst hinter dem Horizont verschwunden.« Martin schaute verschämt auf seine Fingernägel. »Eine andere Sache wurde mir aber in jenem Moment schlagartig bewusst: Der Intellectus hatte es doch geschafft, meinen Geist zu manipulieren. Es ging ihm nicht darum, dass ich mir ein Auge austeche, sondern dass ich schnellstmöglich nach ihm suche. Verstehst du?« Martins Stimme bekam einen drängenden Unterton. »Er wollte mich allein dort im Wald stellen. Genau an diesem Ort und genau zu dieser Zeit. Alles war vom Dämon so arrangiert worden. Verflucht, er und sein Beschwörer müssen sogar gewusst haben, wie lange ich von hier bis zu seiner Austrittsstelle brauchen würde, damit er mir genau bei Sonnenuntergang dort auflauern konnte.« Offensichtlich entsetzt über sein eigenes Versagen, schüttelte der Feldscher den Kopf. »Wie konnte ich nur so dumm sein?«

»Meister«, Gustav legte ihm vorsichtig eine Hand auf die Schulter, »macht Euch keine Vorwürfe, das konntet Ihr nicht ahnen!«

»Doch.« Martin schlug wütend auf den Boden des Wagens und bereute diesen Ausbruch sofort. Ein kleiner Blutfleck quoll durch den Verband auf seinen zerkratzten Arm. »Ich hätte es wissen müssen«, presste er unter Schmerzen hervor.

»Wie seid Ihr ihm entkommen?«

»Glück. Pures Glück. Nichts anderes. Ich habe mit ihm gekämpft. Der Intellectus mag klein sein, ist einem Menschen dennoch an Körperkräften weit überlegen. Dazu ist er unglaublich schnell. Und ich glaube auch, dass er die Bewegungen seines Gegners vorausahnen kann. Eine Weile konnte ich ihn mit meinem Degen auf Abstand halten, aber er wusste genau, dass seine Chance kommen würde. Die fortschreitende Nacht und meine schwindenden Kräfte spielten ihm in die Karten. Sie können im Dunkeln viel besser sehen als wir, musst du wissen.«

Gustav versuchte sich an einem überraschten Gesicht.

»Der Dämon trieb mich unablässig durch den Schnee, als wäre er eine Katze und ich eine Maus. Immer wieder attackierte er mich heftig und zog sich wieder zurück. Die ganze Zeit sagte er kein Wort, egal, was ich ihn fragte oder welche Beschimpfungen ich ihm auch an den Kopf warf. Gerade als ich glaubte, dass er mir endgültig den Garaus machen würde, begann er gellend zu schreien.«

»Hattet Ihr ihn mit Eurem Degen erwischt?«

»Ich wünschte, dass ich eine derartige Heldengeschichte erzählen könnte. Er war in eine Bärenfalle getreten, die so heftig zuschlug, dass sie ihm glatt das dünne Beinchen durchtrennte. Schreiend fiel er auf die Seite. Das heiße Blut des

Dämons ließ den Schnee um ihn herum zischend schmelzen.«

»Habt Ihr die Gelegenheit genutzt und ihn nach seinem Meister gefragt?«

»Ich habe es probiert. Der Versuch hat mir die große Bisswunde am Bauch eingebracht. Ich trieb dem Untier meinen Degen durch Brust und im gleichen Moment löste es sich in Nebel auf.« Der Feldscher rieb sich die rot geäderten Augen. Lange würde er nicht mehr wach bleiben können. Sein Körper forderte Ruhe. »Das alles für nichts. Unser Feind bleibt im Schatten.«

»Hayo?«

Martin zuckte mit den Schultern und streckte sich zum Schlafen lang hin. »Vermutlich, ich nehme aber an, er beschäftigt einen Strohmann oder schlicht irgendeinen anderen Schurken, den der Kaiser beauftragt hat, uns aufzuhalten. Eigentlich ein gutes Zeichen, denn er hat ganz offenbar Angst vor Martin dem Feldscher und seinem Lehrling Gustav Hansson.« Er lächelte Gustav gütig an und schloss die Augen. Sein Atem wurde langsam ruhiger.

Bevor er endgültig einschlief, entschlüpfte Gustav doch noch die Frage, die ihn seit Tagen umtrieb.

»Meister, was ist wirklich mit meiner Mutter und Schwester geschehen?«

WORTE AUS
DER VERGANGENHEIT

Nachdem der Feldscher in einen komatösen Schlaf gefallen war, aus dem Gustav ihn nicht wecken konnte und wollte, musste er sich allein die kalte Nacht um die Ohren schlagen. Zwar war auch er todmüde und erschöpft, aber zu vieles geisterte ihm im Kopf herum. Schließlich gab er den Versuch zu schlafen auf und schlich sich leise aus dem Wagen. Zur Sicherheit nahm er seinen Degen mit. Wer wusste schon, ob der Intellectus versuchen würde, sein Werk zu beenden. Vor der Tür erwartete ihn eiskalte Luft, die in den Lungen brannte. Durch den knirschenden Schnee lief er zum Lagerfeuer und schürte es.

Jolande gab ein verärgertes Wiehern von sich.

»Du hast ja recht«, redete Gustav leise mit ihr, hob die Decke von ihrem Rücken und schüttelte den Schnee ab. Das Stroh, das als zusätzliche Wärmequelle darunterlag, wechselte er gegen frisches aus. »So, jetzt frierst du nicht mehr.« Sie gab ein leises Schnauben von sich und versuchte nicht einmal nach ihm zu schnappen. Eventuell war das Maultier tatsächlich froh über Gustavs Hilfe und Gegenwart. Vielleicht würden sie doch noch Freunde werden. *Außer ich verlasse morgen früh den Feldscher.*

Gustav graute davor, die Antwort seines Meisters über das Schicksal seiner Familie zu hören. Er stocherte mit einem brennenden Ast in der Glut. Etwas knackte plötzlich hinter dem Wagen. Von einer Fichte fiel Schnee mit einem feinen Rauschen herab. Sofort sprang Gustav auf und zog den Degen. Augenblicke später sah er im roten Licht der Laternen schemenhaft einen Rehbock davonlaufen. Mit einem Seufzen steckte er die Waffe wieder in ihre Scheide. Fast wäre ihm ein Kampf mit einem Dämon lieber gewesen, das hätte ihn von seinen dunklen Gedanken abgelenkt. Gustav hielt es nicht mehr aus, er musste mit jemandem reden. Zu seiner eigenen Bestürzung fiel ihm nur eine einzige Wesenheit ein, mit der er das konnte. »Mela.«

Er spähte in die Nacht, um ihre drei goldglühenden Augen zu finden. Merkwürdigerweise entdeckte er sie auch nach einer geraumen Weile nicht. Was war da los? Er räusperte sich und sprach ihren Namen besonders betont und langsam aus: »M-e-l-a?«

Wieder blieb es um ihn herum dunkel und er allein.

Unruhe erfasste Gustav. Konnte Mela etwas passiert sein? Es fiel ihm schwer, sich vorzustellen, dass etwas oder irgendjemand der starken Dämonin ein Leid zufügen könnte, außer vielleicht … »Der Intellectus«, hauchte er. Hatte das Wesen womöglich Mela dazu gebracht, sich ein Leid anzutun? Oder wiegelte es sie gegen Gustav auf? Tief Luft holend, versuchte er sich zu beruhigen. Woher sollte dieser Intellectus von Mela wissen? Außerdem hatte sie schon bewiesen, dass sie gegen die Geistesdämonen bestehen konnte. Derjenige, der Hayo diente, war von ihr getötet worden. *Sie selbst wäre in dieser Nacht auch fast gestorben.* Damals hatte er Mela bei Schnee und Eis im Garten getroffen. Mittlerweile kam Gustav die gemeinsame Zeit mit Mela und

Anike in Osnabrück so weit weg vor, als hätte sie jemand anderes erlebt. Gustav hätte laut schreien können. Noch mehr ungeklärte Fragen, die seinen Geist und seine Seele marterten.

»Mäuschen, Mäuschen, piep einmal«, flüsterte plötzlich eine hohe Stimme hinter ihm.

Vor Schreck entwich Gustav ein sehr unmännliches Kicksen.

»Ha, geht doch, mein süßes Gustavmäuschen«, begrüßte ihn Mela mit einem frechen Grinsen und klopfte ihm mit ihrer Pranke so kräftig auf die Schulter, dass Gustav einen Schritt durch den Schnee stolperte.

»Wo warst du?«, fauchte er sie wütend an. Der Schock über ihr überraschendes Auftauchen und die Sorge um sie steckten ihm immer noch in den Knochen und ließen die Worte barscher klingen, als er es beabsichtigt hatte.

Die rotbäuchige Dämonin ließ ein tiefes Knurren erklingen, das Gustav einen Schauer über den Rücken jagte. Irgendwo im Wald heulten Wölfe auf. Der Ruf hörte sich ängstlich an und verstummte abrupt wieder. »Muss ich dem kleinen Gustav etwa immer zur Verfügung stehen, wenn es ihm in den Sinn kommt?« Sie ballte ihre Hände zu beängstigend großen Fäusten.

»Entschuldige«, murmelte der aufrichtig. »Ich … ich … weiß im Moment einfach weder ein noch aus, weil …« Er begann zu weinen und lehnte sich an die breite Schuppenbrust der Dämonin.

»Ganz ruhig, mein Kleiner.« Sie strich ihm mit einer Sanftheit über den Rücken, die man ihren Krallenpranken nicht zugetraut hätte. »Erzähl Mela, was los ist, und sie wird denjenigen auffressen, der dir Kummer bereitet. Da bin ich ganz selbstlos, außer es ist ein knochiger, alter Fatzke, dem reiße ich einfach nur den Kopf ab.«

Seine Dankbarkeit drückte Gustav mit einem besonders herzzerreißenden Schniefen aus.

»Hat dir etwa jemand in die Augen gestochen oder warum laufen die aus?« Und dann war sie nicht mehr zu bremsen. »Meinst du, dass meine Schuppen von dem Schleimzeug, das da rausquillt, dreckig werden? Ich habe sie gerade erst mit Kies gepflegt, damit sie samtweich sind. Das machst du mir aber nachher wieder weg! Manche Sachen, die aus euch Menschen herauskleckern, sind ganz schwer wieder abzuwaschen. Ein Soldat, den ich mal fressen wollte, hat mich vor Vorfreude vollgekotzt, das war vielleicht eine Schweinerei. Noch Wochen später habe ich Wurstreste zwischen meinen Schuppen gefunden. Zur Strafe habe ich diesen Schuft vollkommen lustlos runtergeschlungen, das kannst du mir glauben.«

Mit einem schwachen Lachen löste sich Gustav von ihr. »Schön, dass du hier bist.«

Sie ging in die Knie, um ihm besser in die Augen blicken zu können. »Meinst du, dass ich mal auf deinen Kopf hauen soll, damit das aufhört? Das scheint von hinten zu kommen, vielleicht wenn ich kräftig gegen deine Stirn schlage ...« Irritiert zeigte sie auf die Tränen, die seine schlecht rasierten Wangen herunterliefen.

»Besser nicht!« Schnell wischte Gustav sich das Gesicht mit seinem Ärmel sauber.

»Wie du meinst.« Sie zuckte mit den gewaltigen Schultern. »Bei mir hilft das immer ganz gut, wenn ich etwa Kienäpfel in den Ohren habe oder sich irgendwelche Äste zwischen meine Hörner verirren. Man weiß ja nie, wo man so an die Oberfläche kommt.« Mela wurde außergewöhnlich ernst. »Wie kann ich dir helfen, mein Freund?«

Noch nie zuvor hatte Gustav das Band zwischen ihnen beiden so stark gespürt wie in diesem Moment. Er knuffte ihr spielerisch in den muskulösen Oberarm. »Dass du gekommen bist, ist Hilfe genug. Ich hole mal Jolandes Kardätsche und mache dich wieder schön.«

Als er zurückkam, blickte Mela ihn auffordernd aus ihren drei Augen an.

Jetzt sprudelte alles aus Gustav heraus. Jemandem alles zu erzählen, dem er vollkommen vertraute, war unglaublich befreiend.

»Du glaubst also wirklich, dass Martin deine Mutter und Schwester …« Mela fuhr sich mit der Kralle über den Hals.

»Nein, eigentlich nicht, und doch ist irgendetwas faul an der Geschichte. Ich weiß nur nicht, was.«

»Ich könnte ihn für dich fragen. Für dich würde ich mich sogar in den stinkenden Wagen quälen, um ihn ein bisschen durchzuwalken.« Mela ließ ein Raubtiergrinsen erscheinen.

»Wir wissen beide, dass das keine gute Idee ist.« Gustav legte Jolandes Kardätsche zur Seite.

Überrascht blickte Mela ihn an. »Wie? Das war es schon?«

Mit einem Lachen nickte Gustav. »Ja, ich habe dir die halbe Nacht lang deine Schuppen gebürstet. Meine Arme bringen mich um und die Kardätsche hat eh fast keine Borsten mehr. Deine Schuppen sind ganz schön scharf.«

Die dicke Dämonin streckte sich genüsslich und drehte sich begeistert im Schein des Feuers. Die Flammen spiegelten sich auf ihrem glänzend polierten Schuppenkleid wider. »Aber es hat sich gelohnt. Schau nur, wie schön sie funkeln.«

»Du siehst umwerfend aus«, flunkerte Gustav.

»So schön wie deine Anike?«

»Hör schon auf!« Mit einer abwehrenden Geste versuchte Gustav das Thema zu wechseln. Verlegen scharrte er mit der Stiefelspitze im Schnee.

»Ich verstehe bis heute nicht, was du an dem Klappergestell findest. Frauen müssen doch Kurven haben.« Mela strich über ihren ausladenden Leib. »Vielleicht sollte ich Anike für dich fressen, dann wärst du immerhin eine Sorge los.«

Freudlos lachte Gustav auf. »Dazu müsstest du sie erst einmal finden.«

»Ach, das ist nicht schwierig. Sie muss ganz in der Nähe sein. Ich habe ihren Duft in der Nase. Riechst du sie denn nicht? An dich sind meine überwältigenden Kräfte wirklich verschwendet. Sollen wir sie suchen und …«

Ein dumpfes Husten aus dem Karren unterbrach Mela.

»Er wacht auf. Besser, ich gehe. Dein Meister hat einen sechsten Sinn für unsereins.«

»Mela, wo ist Anike? Was heißt ›in der Nähe‹?« In einem sinnlosen Versuch schnupperte Gustav in den Wind, roch aber nur Melas feines Zimtaroma und Jolandes Stroh.

Die Dämonin hatte sich schon in Nebel aufgelöst, der vom kalten Ostwind schnell auseinandergetrieben wurde.

»Wie geht es Euch, Meister?«

Martin schaute mit strubbeligen Haaren und glasigen Augen zu ihm hin. »Besser, denke ich, und das habe ich dir zu verdanken!« Vorsichtig betastete er seinen Bauchverband.

Bescheiden winkte Gustav ab.

Das laute Gluckern aus dem Magen des Feldschers unterbrach die Stille, die kurz zwischen ihnen entstanden war.

»Hunger?«, fragte Gustav mit hochgezogenen Augenbrauen.

Auf dem Gesicht seines Meisters breitete sich ein Lächeln aus. »Ja, verflixt, ich habe Hunger.«

»Ein gutes Zeichen.«

Das Frühstück, das Gustav bereitet hatte, üppig zu nennen, wäre übertrieben gewesen. Es war eher zweckmäßig und sättigend, bestanden ihre Vorräte doch hauptsächlich aus harter Wurst, hartem Käse und hartem Brot. Das alles wurde etwas verträglicher durch den Kräutersud, den ihnen Gustav dazu kochte.

»Ich glaube, ich habe noch nie so gut gegessen«, seufzte Martin dennoch und lehnte sich mit geschlossenen Augen an die Karrenwand.

»Das freut mich, denn bis zum Frühjahr werdet Ihr immer wieder das Gleiche bekommen«, versuchte sich Gustav an einem lahmen Scherz. »Obwohl …« Er kramte in einer Kiste unter dem Regal herum und holte einen schrumpeligen, gelbroten Apfel hervor.

»Hast du den etwa vor mir versteckt?«

»Vielleicht.« Fröhlich zwinkerte Gustav und hielt seinem Meister das Obst hin.

»Wir teilen! Wärst du so nett? Ich weiß nicht, ob meine Hände schon bereit sind, einen solchen Schnitt zu vollbringen.«

Mit einem kleinen Messer teilte Gustav den Apfel in vier Stücke und leckte den Saft von der Klinge. »In ein paar Tagen operiert Ihr wieder Menschen und Dämonen, als sei nichts gewesen. Versprochen!«

»Dank deiner hervorragenden Arbeit. Ich bin stolz auf dich, Gustav!« Der Feldscher setzte sich auf. »Nicht nur, weil du mir das Leben gerettet hast.« Er schenkte ihm sein hintersinniges Lächeln. »Aus dir wird ein immer besserer Feldscher. Die harte Arbeit …«, er erhob den Zeigefinger, »dass du fleißig bist, hat sich ausgezahlt. Vielleicht bist du bereit, den nächsten Schritt zu gehen.«

»Danke, das freut mich«, murmelte Gustav abwesend und kaute auf dem Apfel herum.

»Ehrlich gesagt, hätte ich mit mehr Freude gerechnet. Die Zunft wird dich dann höchstwahrscheinlich offiziell aufnehmen. Bald wirst du allein Behandlungen durchführen können und auf dem Schlachtfeld …«

»Meister!« Gustavs Herz pochte so stark, dass es ihm wehtat. »Was ist mit meiner Familie damals in Breitenfeld geschehen?«

»Du hast selbst den Scheiterhaufen gesehen. Ich habe dir doch erzählt, dass die fliehenden Truppen des feigen Obristen Madlung …« Gustavs harte Miene ließ ihn innehalten. Mit einem Seufzen murmelte er: »Es war nur eine Frage der Zeit, bis du es herausfindest. Du bist einfach zu klug. Eines aber vorweg, das musst du mir glauben: Ich hatte keine andere Wahl.«

Gustavs Augen füllten sich mit Tränen. »Was habt Ihr mit ihnen gemacht?«, presste er heraus.

»Die Umstände waren schwierig und …«

»Sagt es mir!«, schrie Gustav.

»Ich hätte es dir von Anfang an erzählen sollen.« Martin senkte den Kopf. »Ich habe deine Mutter und Schwester am Morgen nach der Schlacht bei Breitenfeld relativ schnell im Tross gefunden. Obwohl der verfluchte Hurenwaibel in dieser Angelegenheit keine große Hilfe war. Dafür hat er aber einen Preis zahlen müssen, das kann ich dir versichern.«

Es fiel Gustav schwer, die gepeinigte Gestalt im Schnee mit dem einst so mächtigen Trossverwalter in Einklang zu bringen.

»Deine Mutter und Anne waren in den Händen der übelsten Marodeure gelandet, die du dir vorstellen kannst. Landsknechte, die im Schatten der regulären Kräfte plündern und morden. Ich habe versucht mit Torstensson über diese Art von Männern zu reden, aber du hast ihn ja gehört. Die Furcht, die sie verbreiten, ist schlicht Teil der militärischen Strategie.« Er leckte sich nervös über die Lippen.

Streng räusperte sich Gustav.

»Ich schweife ab. Nun, nachdem ich die beiden gefunden hatte, musste ich eine beträchtliche Summe aufbringen, um sie zu befreien, und dazu noch einiges, was wir schwarzen Feldschere sonst nicht so gern aus der Hand geben, wenn du weißt, was ich meine.«

Dämonenblut und -knochen. Beides hatte besondere Kräfte und konnte für allerlei Nützliches oder auch Gefährliches verwendet werden. Das in den Händen solcher Unholde zu wissen, war in der Tat ein hoher Preis für die Rettung seiner Familie gewesen. Andere würden darunter doppelt und dreifach leiden.

»Das alles hättet Ihr mir nicht zu verheimlichen brauchen. Was ist anschließend passiert?« Immer wieder sah Gustav den rauchenden Scheiterhaufen vor sich.

»Gustav, ich habe es nicht freiwillig getan, sie …«

»Muss ich Euch tatsächlich anflehen oder gar mit dem Degen durchbohren, bis Ihr mir endlich die Wahrheit sagt?«

»Schon gut.« Der Feldscher straffte sich. »Nachdem ich beide befreit hatte, wollte ich sie zu dir bringen – du hast ja immer noch den Schlaf der Gerechten in meinem Wagen geschlafen. So schwer es mir auch fiel, weil du dich während der Schlacht und vor allem in der Nacht als geschickter und würdiger Lehrling herausgestellt hattest. Ich hatte schon lange nach jemandem wie dir gesucht. Um deine Mutter ein wenig aufzumuntern, habe ich ihr erzählt, wie tüchtig du die Verwundeten versorgt hast – also die Menschen, den Rest habe ich ihr erspart.« Er machte eine kurze Pause. Leiser fuhr er fort: »Sie war es, die diesen Plan ausgeheckt hat, und ich habe nur allzu eifrig zugestimmt, um meinen talentierten Lehrling nicht zu verlieren.«

Erstaunt blickte Gustav ihn an. »Meine Mutter hat einen Plan ausgeheckt?«

Jetzt war es an Martin, ihn überrascht anzublicken. »Ja, sie hatte die Idee, dir zu erzählen, dass sie und deine Schwester während der Kämpfe ums Leben gekommen sind, damit du bei mir bleibst. ›In Breitenfeld wird aus dem Jungen nichts mehr‹, hat sie zu mir gesagt. ›Das ist nur noch ein Dorf der Toten.‹ Sie wollte, dass du die Chance bekommst, ein gutes und geschätztes Handwerk zu erlernen. Ich glaube, deine Mutter hatte Angst, dass du dich aus Rache für den Tod deines Vaters den Truppen der Union anschließen könntest und sie dich dadurch auch noch verlöre.«

Für einen Moment saß Gustav noch einmal in dem einfachen Haus seiner Familie am Abendbrottisch. Fast roch er den herben Gestank der Kohlenmeiler und hörte Liselottes Ziegengemecker.

»Ich will nicht, dass du dich der Union anschließt, und damit ist die Diskussion beendet!«

»Aber Vater, viele Jungs in meinem Alter ...«

»Nein, zu viele junge Männer haben schon sinnlos ihr Leben oder ihre Gesundheit für diesen endlosen Krieg geopfert.« Aufgeregt hatte sich der Vater auf sein Holzbein geklopft. »Ich verbiete es dir!«

»Du bist doch nur feige.«

Ein weiteres Mal erschien ihm das zutiefst enttäuschte Gesicht seines Vaters im Geiste.

Entschuldige, Vater! »Heißt das etwa ...« Gustav musste sich räuspern, um seine Stimme zu beruhigen. »Heißt das etwa, dass meine Mutter und Anna noch leben?«

»Ja.« Martin lächelte ihn scheu an. »Ja, das tun sie. Ich habe sie unterstützt, damit sie den Köhlerhof wiederaufbauen können. Sie wohnen wieder dort. Gelegentlich erhalte ich Nachricht von ihnen. Ich selbst schreibe deiner Mutter regelmäßig und berichte, wie es dir geht. In ihren Briefen hat sie leider immer darauf bestanden, dass ich dir weiterhin nichts von ihr und Anna erzähle. Es tut mir leid. Ich wollte mich nicht über den Wunsch deiner Mutter hinwegsetzen.« Nach einer kurzen Pause ergänzte er: »Und ich war sicher auch ein wenig selbstsüchtig, weil ich dich nicht verlieren wollte.«

»Sie leben noch.« Gustavs Beine fühlten sich weich an. Kraftlos ließ er sich auf den Boden sinken. Er begann zu weinen.

DIE
ERBLANDE I

Prag, Königreich Böhmen, kaiserliche Erblande,
4. Februar 1645 – 28. Kriegsjahr

Johannes kniff die Augen zusammen, um den Schnee ein wenig wegzublinzeln, der unablässig in dicken Flocken vom Himmel fiel. Nicht, dass es viel zu sehen gegeben hätte, außer reihenweise zackig marschierenden Soldaten mit polierten Messingknöpfen am Revers, adretten Reitern auf gestriegelten Rössern und schneebedeckten Geschützen. Dazu ertönte schmissige Marschmusik, die die langweilige Szenerie auf dem riesigen Platz leider auch nicht spannender machte. Gut und schön, etliche der Kämpfer waren durchaus attraktiv, aber eigentlich waren sie nicht viel mehr als Kanonenfutter. *Lebende Leichen.* Johannes schämte sich für seine ketzerischen Gedanken, aber er glaubte immer weniger an den Sieg der kaiserlichen Armee.

Der einfachen Bevölkerung, die brav am Rand wartete, wurde natürlich anderes vorgemacht. Deswegen war das Zuschauen bei der Truppenparade heute Pflicht für alles und jeden, der im Heiligen Römischen Reich Rang und Namen hatte – und gerade in Prag weilte. Der Kaiser nahm die

170

Parade persönlich ab. Johannes war ihm noch nie so nah gewesen. Keine dreißig Schritt entfernt stand der kleine, schlanke Mann mit den schulterlangen, dunklen Haaren und dem fein getrimmten Spitz- und Oberlippenbart auf einem Podest. Ohne das wäre er vielleicht in der Menge untergegangen. *Der Kaiser ist auch nur ein Mensch*, dachte Johannes amüsiert. Ferdinand III. bereitete es keine Mühe, eine interessierte Miene aufzusetzen. Mit männlich-hartem Blick – wie er bei derlei Gedöns erwartet wurde – schien er jeden Kämpfer persönlich in Augenschein zu nehmen und für seinen Dienst zu ehren. Und es wirkte. Jeder Soldat, der an ihm vorbeiparadierte, straffte seinen Körper ein wenig mehr und setzte eine wild entschlossene Miene auf. Diese Männer waren bereit, für ihren von Gott eingesetzten Herrscher ihr Leben zu geben, um für seine gerechte Sache zu siegen.

Fast beneidete sie Johannes um ihr simples Weltbild. Die Wirklichkeit stellte sich leider weitaus komplizierter dar. Der Befehlshaber der ungarischen Truppen, die gerade so fein ausstaffiert vorbeimarschierten, Graf Johann Götz, war erst mit erheblicher Verzögerung in Prag eingetroffen. Er hatte eine längere Rast in Iglau halten müssen, um seine Armee wieder reisefertig zu bekommen. Anders als die Schweden verstanden sich die Kaiserlichen nicht gut auf Truppenverlegungen im Winter. Es fehlte an entsprechender Kleidung, Proviant, Schlitten und unzähligen anderen Dingen. Johannes setzte nur wenig Hoffnung auf General Götz. Der hatte 1630 zu Beginn seiner militärischen Laufbahn als Statthalter von Rügen schon einmal gegen die Schweden verloren. Dazu war er ein Konvertit, der den Glauben nur gewechselt hatte, um im kaiserlichen Heer Karriere zu machen. Das jedoch hatte sich für ihn gelohnt. Schon bald war er zum Grafen

ernannt worden und mischte nun seit Jahren in herausragen-
den Positionen in diesem Krieg mit – ohne nennenswerte
Erfolge. Von Trauttmansdorff hatte Johannes erfahren, dass
Götz Ende der Dreißigerjahre sogar wegen militärischer Un-
fähigkeit vor einem kaiserlichen Kriegsgericht gestanden
hatte, das ihn allerdings einige Jahre später freisprach. Ausgerechnet dieser Mann wurde dazu berufen, beim Schutz der
Erblande eine herausragende Rolle einzunehmen. Zufrieden
grinsend stand er neben dem Kaiser und betrachtete seine
durchgefrorenen Untergebenen.

Johannes setzte seine Hoffnung auf den Mann, der auf
der anderen Seite des Kaisers stand: Melchior Graf von Gleichen und Hatzfeldt – der neue Oberbefehlshaber der kaiserlichen Truppen. Ein taktisches Genie, wie man munkelte,
und tatsächlich ausgestattet mit gesundem Menschenver-
stand. *Wenn man denn auf ihn hören würde.* Johannes stampfte
mit seinen kälter und kälter werdenden Füßen auf. Hatzfeldt
hatte versucht dem Kaiser zu erklären, dass Prag als Sammel-
platz der kaiserlichen Truppen wenig sinnvoll war. Denn es
bestand die Gefahr, dass Torstenssons Truppen sich zwischen die endlich in Südböhmen eingetroffenen bayerischen
Unterstützungstruppen und die kaiserlichen in der Residenzstadt schieben würden. Für Johannes ein durchaus berech-
tigter Einwand. Ferdinands neue Einflüsterer hatten dieses
Argument dennoch beiseitegeschoben. Trotz etlicher an-
derslautender Berichte verschiedener Zuträger war es für
Ferdinand unvorstellbar, dass Torstensson eher im Winter
über das Erzgebirge ziehen würde, als bis zum Frühjahr in
Sachsen auszuharren. Nur wegen einer solch abwegigen An-
nahme wollte man die Bevölkerung von Prag nicht mit einer
Truppenverlegung demoralisieren. Johannes war sich sicher,
dass die feinen Herren den Aufenthalt in Prag auch deshalb

vorzogen, weil sie es hier bequemer hatten als in irgendeinem kalten Zelt draußen auf dem Land.

Salutschüsse wurden zu Ehren des Kaisers abgefeuert. Der Geruch von Schwefel waberte über den großen Platz.

Krach und Gestank waren jedoch ein gutes Zeichen für Johannes, bedeuteten sie doch, dass die Parade endlich zu Ende war. Mittlerweile spürte er seine Füße fast nicht mehr. Die glänzend polierten schwarzen Kniestiefel, die er wie die meisten anwesenden Herren trug, waren zwar gerade in Mode, aber leider nicht besonders warm. Johannes machte sich daran zu gehen, als ihn von hinten eine gehässige Stimme ansprach.

»Na, wie fühlt es sich an, wenn der Kaiser endlich einmal die richtigen Entscheidungen trifft, weil er vernünftig beraten wird?« Berold, der engste Mitarbeiter von Fürst von Auersperg. Das genaue Gegenteil von Johannes, und zwar in allen Belangen. Berold war riesig und mit ›untersetzt‹ schmeichelhaft beschrieben. Dazu laut und aufbrausend. Ein Weiberheld und Trinker.

»Ich denke, dass Seine Majestät am Ende immer die korrekte Entscheidung trifft«, sagte Johannes mit ruhiger Stimme.

Man konnte fast sehen, wie es in Berolds riesigem Schädel arbeitete. »Ähm … ja, ja, natürlich … so ist es wohl, aber es sind ja seine Berater, die ihn auf den richtigen Weg bringen.«

Sehr laut fragte Johannes: »Du meinst also, dass Seine Majestät nicht in der Lage ist, eigene Entscheidungen zu treffen, und dazu deinen Herrn als Berater braucht? Dass der von Gott auserwählte Kaiser des Heiligen Römischen Reichs keinen eigenen Willen hat?« Die ersten Anwesenden begannen sich nach ihnen umzublicken.

»Natürlich nicht ...« Berold war rot geworden. »Das wollte ich gar nicht sagen ...« Kritik am Kaiser war lebensgefährlich.

»Gut, dann brauchen wir uns ja über dieses Thema gar nicht weiter zu unterhalten. Bestell Fürst von Auersperg einen Gruß von mir und dem Reichsgrafen. Trauttmansdorff freut sich schon sehr auf ein Wiedersehen in Wien.« Damit drehte Johannes sich um und lief auf den Hradschin zu. Fast glaubte er Berolds Ärger im Rücken zu spüren und gestattete sich ein kurzes, triumphales Grinsen.

Als er durchgefroren in seinem Zimmer ankam, ging die Sonne irgendwo hinter den dicken, grauen Wolken unter und Johannes' kurzes Glücksgefühl war verschwunden. Seine Sorgen nahmen wieder überhand. Mittlerweile schaffte er es kaum noch, Trauttmansdorffs Vorschläge beim Kaiser vorzubringen, und den verfluchten Codex Daemonum hatte er immer noch nicht ergattert. *Trotz meines mächtigen neuen Verbündeten.* Fast körperlich sehnte sich Johannes nach der Anwesenheit des Intellectus. War der Dämon in seiner Nähe, wurde sein Geist scharf wie eine Klinge aus Damaststahl. Kluge Worte sprudelten nur so aus ihm heraus. Das Wesen bereicherte ihn nicht nur durch seine Anwesenheit, sondern gab ihm auch exzellente Einschätzungen und Vorschläge, die Johannes tags darauf in den Beratungen der kaiserlichen Räte einzubringen versuchte. *Wobei dann nur niemand auf mich hört.* Hätte er das Wesen in die Konferenzen mitnehmen können, wären die anderen leicht zu überzeugen gewesen, da niemand seiner Argumentationskraft gewachsen war.

Johannes seufzte. Seit einigen Tagen war der Dämon nicht mehr erschienen. Johannes hatte keine Ahnung, wie er ihn rufen konnte. Zwar hatte er sich schon ein paarmal vorgenommen, ihn danach zu fragen, doch dann hatten sie stets über so viele interessante Themen gesprochen, dass er es immer wieder vergessen hatte. Bisher war das Wissen darum auch nicht nötig gewesen. Das Wesen war seit seinem ersten Besuch regelmäßig jede Nacht zu ihm gekommen. *Bis ich ihm meinen ersten Auftrag gegeben habe.* Der Intellectus hatte sich seine Klagen über Feldscher Martin und dessen sagenumwobenes Buch angehört. Das Wesen zeigte sich äußerst interessiert an dem Buch und war überwältigend hilfsbereit. Gemeinsam hatten sie einen verwegenen Plan ausgeheckt, wie der Dämon an den Codex gelangen und gleichzeitig Torstenssons Vormarsch aufhalten könnte. Der Intellectus hatte erläutert, dass es ihm möglich war, in kürzester Zeit an jeden beliebigen Ort zu reisen. Außerdem hatte er vorgeschlagen, die Bevölkerung der Erzgebirgsdörfer zum Widerstand gegen die Schweden aufzustacheln, um so ihren Vormarsch zu verlangsamen. Der Dämon schien nicht nur genau zu wissen, wo sich Torstenssons Armee aufhielt, sondern er kannte sich auch noch hervorragend in der Region aus und hatte mit Namen von Käffern wie Schwarzbach, Scheibenberg oder Kupferdorf nur so um sich geworfen. Trotz Johannes' Skepsis war der Intellectus davon überzeugt, dass er es schaffen konnte, die Dörfer zu besuchen und in Todesfallen für die Schweden zu verwandeln – obwohl er ihm nicht verraten wollte, wie er das zu bewerkstelligen beabsichtigte. Er schien geradezu darauf zu brennen, diese Aufgabe zu erfüllen. Gleichzeitig sollte dies als Ablenkung für den Feldscher dienen, damit der Dämon ungesehen in dessen Wagen eindringen konnte, um endlich das vermaledeite Buch zu stehlen und zu Johannes zu bringen.

Den machte es mittlerweile fast wahnsinnig, dass er weder wusste, ob irgendein Teil dieses Plans funktionierte, noch ob der Intellectus es überhaupt versuchte. *Kann er mich betrogen haben?*

Im selben Moment scharrte etwas an dem schmalen Fenster.

Hastig öffnete Johannes es und der kleine Dämon kroch herein. Sein schmächtiger Leib war mit goldenem Blut bedeckt. Ein Bein fehlte. »Was ist passiert?«, fragte Johannes voller Sorge und strich dem Wesen liebevoll über den riesenhaften, kahlen Schädel.

Mit matter Stimme antwortete es: »Der Feldscher Martin hat mir das angetan und unseren Plan vereitelt. Die Schweden sind weiter auf ihrem Weg und das Buch bleibt verschwunden. Es tut mir leid. Alles ist verloren.«

Hass brodelte in Johannes auf. Hass auf den Feldscher, der dieser exzellenten Kreatur solches Leid antun konnte. Hass darauf, dass dieser Mann ihm beständig Knüppel zwischen die Beine warf. *Egal, wie dieser Krieg auch ausgehen mag, ich werde nicht eher ruhen, bis er tot ist,* schwor er sich.

DIE
ERBLANDE II

Kaaden an der Eger, Königreich Böhmen, kaiserliche Erblande,
4. Februar – 28. Kriegsjahr

Nachdenklich betrachtete Gustav die träge dahinfließende Eger. Eisschollen schoben sich über das
graue Wasser und kratzten am Ufer entlang. *Ob
Anike wohl ebenfalls hier ist?* Mela hatte behauptet, dass das
Mädchen in der Nähe sei. Leider hatte Gustav seit Martins
Rückkehr keine Möglichkeit mehr gehabt, die Dämonin zu
rufen und sie danach zu fragen. Sein Meister und er hatten
in der Nähe des Ufers ihr Lager aufgeschlagen, ein ganzes
Stück abseits des Haupttrosses und der nach der Eroberung
durch die Schweden arg in Mitleidenschaft gezogenen Stadt
Kaaden.

Martin hatte einige Tage Ruhe gebraucht, um sich von
seinen Verletzungen zu erholen. Meister und Lehrling hatten
in vielen sehr offenen Gesprächen den dunklen Schatten beseitigt, der sich über ihre Beziehung geschoben hatte. Etwas,
das sie beide beschwingt und glücklich machte.

Gestern hatten sie Torstensson und seine Truppen wieder eingeholt. Dass der Feldherr während des Winters in nur

acht Tagen das Erzgebirge überwunden hatte, war eine militärische Meisterleistung. Unbehelligt war er nach Böhmen einmarschiert.

Das sind also die Erblande, sinnierte Gustav. Eigentlich sah es hier genauso aus wie an jedem anderen Ort während des Winters, aber Gustav hatte inzwischen genug gelernt, um zu begreifen, dass ein paar schneebedeckte Felder eben weit mehr bedeuteten, als auf den ersten Blick erkennbar war. Dass die Schweden sich jetzt hier befanden, war politisch und militärisch eine Zäsur.

Gustav wollte weiterlernen, und deshalb war er auch bei seinem Meister geblieben, obwohl der ihn über das Schicksal seiner Familie belogen hatte. Martin hatte ihm die wenigen kurzen Briefe gegeben, die seine Mutter ihm im Laufe der Jahre geschickt hatte. Gustav war in den krakeligen Schreiben versunken. Seine Mutter war keine Gelehrte. Aber aus jedem Wort, das sie mühevoll zu Papier gebracht hatte, sprach ihre Liebe zu ihm. Er prüfte in seiner Brusttasche, ob die Briefe noch an Ort und Stelle waren. Sie enthielten herrlich langweilige Beschreibungen des nun vater- und ehemannlosen Lebens seiner Schwester und seiner Mutter auf dem Köhlerhof. So hatte Gustav etwa erfahren, dass die Ziege Liselotte es wie durch ein Wunder geschafft hatte, den Landsknechten zu entkommen, und nun wieder ihr Dasein bei Gustavs Familie fristete. Mit Martins Hilfe hatten Mutter und Anna das Haus wiedererrichtet und einen Knecht eingestellt, der ihnen bei der schweren Köhlerarbeit half. Sein Vater hatte ein würdiges Begräbnis auf dem Friedhof in Breitenfeld bekommen, und das Dorf erwachte langsam wieder zum Leben. Es war nur eines von unzähligen, die geplündert worden waren. Kein Grund aufzustecken. So waren die Zeiten nun einmal.

Gern hätte Gustav die beiden gesehen und in die Arme geschlossen, aber erstens war es viel zu gefährlich, allein die Reise zu ihnen anzutreten, und zweitens war er fest entschlossen, seine Lehre als Feldscher abzuschließen. Außerdem spürte er, dass seine Aufgabe noch nicht erledigt war. Dabei dachte er gar nicht an die bevorstehenden Schlachten oder Eroberungen, bei denen die besonderen Kenntnisse der schwarzen Feldschere gebraucht wurden, sondern an all das, was nach der Niederlage der Kaiserlichen in den Erblanden passieren würde. Dem Kaiser würde keine andere Wahl bleiben, als die Friedensverhandlungen wiederaufzunehmen.

Martin hatte Gustav erzählt, dass er für Torstensson und das schwedische Königshaus wieder an den diplomatischen Auseinandersetzungen in Osnabrück teilnehmen sollte, und der Feldscher wollte Gustav unbedingt dabeihaben. »Gemeinsam könnten wir etwas wirklich Großes erreichen: Frieden.« Martins Augen hatten bei den Worten gefunkelt.

Gustav konnte sich zusätzlich eingestehen, dass ihn die Enge des elterlichen Köhlerhofs und Breitenfelds schreckte. Dank seines Meisters kannte er nun mehr von der Welt und hatte nicht vor, wieder in der Langeweile der Provinz zu versinken. Martin hatte ihn somit auf vielfältige Weise gerettet.

»Gustav?«, erklang im selben Moment die strenge Stimme seines Meisters, als hätte er gespürt, dass Gustav an ihn dachte.

»Ja?«

»Komm, wir haben eine Audienz bei Torstensson!« Er winkte ihn heran.

Seinen Kragen gegen den bitterkalten Wind verschließend, ging Gustav durch den Schnee zu dem gelben Karren.

Martin hatte sich für seine Verhältnisse in Schale geworfen und zeichnete sich in seiner tiefschwarzen Kleidung gegen das allgegenwärtige Weiß des Schnees ab. Zu Gustavs Erstaunen trug er sogar neue schwarze Handschuhe.

Sein Meister bemerkte den Blick und lächelte. »Mein letztes Paar ist dem Intellectus zum Opfer gefallen. Die kleinen Krallen haben sie so zerfetzt, dass sie leider nicht mehr zu retten waren, aber dank Torstenssons großzügiger Apanage können wir uns diesen Luxus im Moment ganz gut leisten.«

»Der Feldherr wird es sicher goutieren, dass Ihr extra für ihn neue Handschuhe tragt«, frotzelte Gustav. »Geht Ihr jetzt sofort zu ihm? Gibt es etwas, das ich in der Zwischenzeit erledigen soll?«

Irritiert zog Martin seine linke Augenbraue hoch. »Hörst du mir überhaupt zu, Gustav Hansson? Wir beide sollen zu Torstensson kommen.«

»Normalerweise ...«

»Du hast den Schweden in meiner Abwesenheit wohl ordentlich beeindruckt. Deine Heldentaten in Kupferdorf nötigen ihm Respekt ab. Er hat explizit nach dir fragen lassen. Bist du bereit?«

»Ja!« Gustav grinste übers ganze Gesicht.

»Nein«, tadelte ihn sein Meister. »Bist du nicht. Meine Tasche fehlt noch! Hopp, hol sie, man lässt Lennart Torstensson besser nicht warten.«

Die Audienz fand in einem repräsentativen Haus in der Innenstadt von Kaaden statt. Vermutlich hatte es einem Mitglied des Stadtrats oder einem wohlhabenden Kaufmann gehört. Das beschlagnahmte Gebäude glich einem Bienenstock. Torstensson empfing wie üblich einen Gast nach dem anderen. Es wimmelte nur so von Uniformen.

Daher mussten Gustav und sein Meister eine Weile warten, bis sie an der Reihe waren. Gustav war es egal. Die Räume waren angenehm warm und man bot ihnen sogar mit Honig gesüßtes Gebäck an. Glücklicherweise machte sich der Feldscher nicht viel aus Süßkram und so konnte Gustav alles allein verputzen, was er in einer Geschwindigkeit tat, die seinem Meister ein Stirnrunzeln entlockte.

»Ich sollte dich in Zukunft nach deinen Lektionen wohl damit belohnen, was? Dann wüsstest du bestimmt schon mehr über Epikurs Theorie vom vierfachen Heilmittel. Wie genau heißt sie?«, machte er ihre Wartezeit gleich zum Unterricht.

»Tetrapharmakon«, antwortete Gustav mit vollem Mund und deutete einen albernen, kleinen Knicks an.

»Du wirst besser, aber übertreib es nicht. Der Mann heißt kindisch vor der Gottheit so wie der Knabe vor dem Manne.«

In Gustavs Kopf wollte sich kein Verständnis für diesen verschwurbelten Satz einstellen.

»Von wem stammt das Zitat?« Lauernd zog der Feldscher die Augenbrauen hoch.

»Ähm …« Jetzt hatte er ihn erwischt. *Hochmut kommt vor dem Fall. Verflixte Honigkekse.*

»Na, soll ich es auf Griechisch wiederholen, um dir auf die Sprünge zu helfen?«

Ein Grieche also. Das half Gustav leider überhaupt nicht weiter. Es fiel ihm schwer, die antiken griechischen Philosophen und Denker von den römischen zu unterscheiden. Von den Griechen, die nur von Römern überliefert worden waren, gar nicht erst zu sprechen. »Nein, nein. Moment, ich …«

»Heraklit, Meister Feldscher«, kam Torstenssons schwedischer Singsang aus dem Türrahmen seines Besprechungszimmers. »Ich mag von ihm aber lieber: ›Krieg ist Vater von allen, König von allen. Die einen macht er zu Göttern, die anderen zu Menschen, die einen zu Sklaven, die anderen zu Freien.‹«

»Ihr überrascht mich immer wieder, Feldmarschall.«

Sie folgten der Aufforderung des Schweden und traten ein.

Wenn ich Anna erzähle, dass mich einer der mächtigsten Heerführer der Welt vor einer Prüfungsfrage gerettet hat, wird sie mir das niemals glauben.

»Ich fürchte, Feldmarschall, dass Ihr uns nicht hergerufen habt, um über antike Philosophen zu sprechen.« Martin ließ keine weitere Zeit mit Höflichkeitsfloskeln vergehen. Der kitschig eingerichtete, in Rottönen gehaltene und mit dicken Teppichen ausgelegte Raum war überheizt, was Torstensson nichts auszumachen schien.

»Gewiss nicht«, kam eine weibliche Stimme aus dem Dunkel. Kurz darauf trat eine fein gekleidete Frau in das trübe Licht, das durch die Butzenglasscheiben in das herrschaftliche Zimmer fiel.

»Gräfin de la Gardie!«

Gustav spürte die Hand seines Meisters im Rücken, die ihn unmissverständlich zu einer Verbeugung aufforderte.

Die Gräfin hatte einen etwa sechsjährigen Jungen an der Hand. Er fragte sie etwas auf Schwedisch. Freundlich antwortete sie und übersetzte: »Gustav Adolf möchte wissen, wer von euch der Heiler ist und ob ihr ihm Honigkekse übrig gelassen habt.«

Torstenssons Sohn, wurde Gustav klar. *Er ist auch nach dem gefallenen schwedischen König benannt.* Nie hatte er darüber nachgedacht, dass auch der Feldherr mit seiner Familie umherreisen könnte wie die gewöhnlichen Truppen.

»Wir sind beide Heiler, Gustav Adolf, und die Kekse hat mein Lehrling leider alle aufgegessen.«

Mit einem Schulterzucken versuchte sich Gustav an einer halbherzigen Entschuldigung bei dem Jungen. Wer hätte denn ahnen können, dass er das Gebäck mit jemandem zu teilen hatte?

»Wie gut ist denn dein Deutsch inzwischen, Gustav Adolf?«, fragte Martin den Jungen.

Augenblicklich versteckte der sich hinter dem Rock seiner Mutter.

Gustav schenkte ihm einen konspirativen brüderlichen Blick. Er erlebte täglich am eigenen Leib, wie anstrengend die Fragerei seines Meisters war.

»Nicht so weit, wie wir sein könnten, Meister Feldscher, aber es wird.« Die Gräfin schickte das Kind aus dem Raum. »Danke, dass Ihr und Euer tapferer Lehrling hier seid.«

Mit Erschrecken spürte Gustav, dass er rot wurde. Er musste den Schweden tatsächlich sehr beeindruckt haben, wenn der sogar seiner Frau von ihm berichtet hatte. Außerdem begriff er, dass nur seinetwegen deutsch gesprochen wurde. Er war der Einzige im Raum, der kein Schwedisch verstand. Gustav hatte das dumme Gefühl, dass Martin diese Tatsache in Zukunft sicher zu ändern beabsichtigte.

Von Torstensson kam ein unleidliches Brummen in Richtung seiner Frau.

Mit verständnisvollem Blick wandte sich Martin an ihn. »Ist es das alte Leiden?«

Der Schwede grunzte und schien irgendetwas auf Schwedisch zu fluchen, wenn Gustav die Wortmelodie richtig deutete. »Ich komme kaum noch aufs Pferd«, murmelte er deutlich leiser und auf Deutsch.

»Du kommst gar nicht mehr drauf, Älskling.«

Er winkte genervt ab. »Leider muss ich meiner Frau recht geben. Ein Feldherr, der nicht reiten kann, ist das nicht ein würdeloser Anblick?«

»Wärt Ihr so nett?« Martin machte eine auffordernde Geste.

Stöhnend zog sich der Feldherr mithilfe seiner Frau bis auf die Unterkleider aus.

Martin bewegte langsam Torstenssons Arme und Beine. Jede Bewegung schien ihm Schmerzen zu bereiten. Vorsichtig betastete Martin die geschwollenen Füße, Ellenbogen und Kniekehlen, dann ließ er sich die Finger zeigen. An den Gelenken hatten sich rote Ausbeulungen gebildet.

»Eigentlich habe ich Euch nur gerufen, weil Beata es unbedingt wollte. Mir ist schon klar, dass es ein Zipperlein ist.«

»Das Wort solltet Ihr dafür nicht verwenden. Wie ist der richtige Ausdruck dafür, Gustav?«

»Gichtarthritis, Meister. Schon Hippokrates bezeichnete sie als eine Krankheit, bei der der Betroffene nicht gut gehen kann.«

»Sehr gut. Was sind die Ursachen?«

Obwohl er damit gerechnet hatte, war Gustav diese Frage unangenehm. Nicht etwa, weil er die Antwort nicht wusste, sondern gerade deswegen. »Mhh …«, versuchte er Zeit zu schinden. Mit strengem Blick brachte Martin ihn aber dazu, sein Wissen preiszugeben. »Man nennt sie auch die Krankheit der Könige. Viele Mediziner beschreiben die Gicht als eine Krankheit, die Menschen bekommen«, er machte eine kurze Pause und schaute sowohl Torstensson als auch dessen Frau entschuldigend an, »die zu üppig essen und vor allem zu viel dazu trinken. Daher bezeichnet sie das gemeine Volk oft auch als Königskrankheit. Arme Leute kommen nicht oft in die Verlegenheit der Völlerei.« Manchmal war es schwer, Patienten unangenehme Wahrheiten zu offenbaren, vor allem, wenn sie so mächtig waren.

Zu Gustavs Verwunderung grinste ihn Torstensson zufrieden an. »Mit menschlichen Leiden kennst du dich also auch aus, Gustav Hansson. Ihr habt gut gewählt, Meister Feldscher.«

Mit stolzem Blick lächelte Martin. »Danke.«

»Tja«, begann der Schwede und zog sich unter Schmerzen langsam wieder an. »Ich wünschte, dass ich ein versoffener Fettsack wäre, dann könnte ich wenigstens auf mich selbst böse sein. So aber …«

Martin drehte sich zu Gustav um und erklärte: »Der Feldherr wurde 1632 während der Schlacht an der Alten Veste gefangen genommen und in Ingolstadt in einem feuchten Gefängnis …«

»Sprecht ruhig die Wahrheit aus. In ein modriges Drecksloch haben sie mich gesteckt, um meinen Willen zu brechen. Über Wochen stand mir das Wasser bis zu den Knöcheln. Ich habe auf feuchtem Stroh geschlafen, während mir ein Rinnsal über den Körper geflossen ist. Seitdem erst plagt mich dieses Übel.«

Jetzt kann ich verstehen, warum er so besessen vom Kampf und vor allem vom Siegen ist.

»Was können wir gegen die Gicht unternehmen, Gustav?«

»Wärme hilft.«

Torstensson winkte ab. »Leider wird dieser Krieg nicht in den milden Gefilden der südlichen See geführt.«

»Ein Sud aus Brennnesseln kann etwas Linderung bringen.«

»Ich hasse dieses Zeug …«

»Er wird es trinken«, unterbrach seine Frau den allmächtigen Heerführer streng.

»Arnikasalbe kann die Entzündungen lindern«, schob Gustav schnell hinterher. »Ich kann heute Nachmittag welche herstellen.«

Der Schwede nickte ihm dankbar zu.

»Gegen die schlimmsten Schmerzen ist ein halbes Glas Alraunenwein eine Hilfe, aber er darf nicht über einen zu langen Zeitraum getrunken werden, weil sich der Körper daran gewöhnt.«

Aus seiner Tasche zog Martin eine bauchige Flasche. »Hört besser auf meinen schlauen Lehrling. Trinkt dies nur, wenn es gar nicht mehr geht.«

Torstensson grunzte: »Ich verspreche, das Zeug nur bis zum Ende des Krieges zu nehmen.«

Martin ließ sich zu einem Lachen hinreißen. »Wie es aussieht, sind wir diesem Thema heute ein ganzes Stück näher gekommen.«

Ein wölfisches Grinsen schlich sich auf das Gesicht des schwedischen Generals. »Man glaubt fast, man könnte ihn riechen.«

»Wen?«, entschlüpfte es Gustav. Sein Meister warf ihm einen warnenden Blick zu. Er durfte nicht vergessen, wo er hier war und mit wem er sprach.

Den Feldherrn schien es nicht zu stören. »Ferdinand natürlich. Der Kaiser ist in Prag. Keine drei Tagesritte von hier.«

»Tatsächlich?«, fragte der Feldscher interessiert.

»Ja, meine Quellen sind sehr vertrauenswürdig. Wir haben die Ratte aus ihrem Wiener Bau gelockt. Fühlen wir uns ruhig geehrt, Seine Majestät ist nur wegen uns hier.« Bei diesen Worten strotzte Torstensson wieder vor Kraft und Tatendrang. Von dem gichtgeplagten älteren Herrn war nichts mehr zu sehen. »Irgendein Idiot hat ihm eingeflüstert, den kläglichen Rest seiner Truppen in Prag zu versammeln. Hatzfeldt kann es nicht gewesen sein, dazu ist er eigentlich zu schlau. Ich werde nämlich versuchen, meine Truppen zwischen die Verstärkung, die aus Bayern kommt, und die Prager Armeen zu schieben. Haltet Euch bereit, es wird schon bald zu einer Schlacht kommen!«

DER
DRUDENFUSS

Die nächsten Tage verbrachten sie damit, zahlreiche Patienten zu behandeln, Reparaturen am Wagen durchzuführen sowie ihre Vorräte an Kräutern und Tränken aufzufüllen. Gustav musste einen unangenehmen Vormittag lang Berge von Zwiebeln schälen und schneiden, um sie in Honig einzulegen. Daraus wurde nach einigen Tagen ein sehr guter Hustensaft, der sich im Winter bei den Müttern kleiner Kinder großer Beliebtheit erfreute, wurde er doch aufgrund der Süße – anders als viele andere Arzneien – freiwillig von den Kleinen eingenommen. Anschließend war Gustav regelrecht froh, dass Martin ihm auftrug, das Werk *Anatomie* des Herophilos von Alexandria zu studieren. Der antike Mediziner galt als Vater der Körperlehre. So unterschied er etwa als Erster zwischen Arterien und Venen.

Als Gustav am Nachmittag gemütlich in eine dicke Decke gekuschelt das menschliche Auge studierte, rief ihn sein Meister plötzlich nach draußen. Verwundert überlegte er, was Martin von ihm wollte. »Bestimmt muss ich gleich aufsagen, was ich gelesen habe.« Hastig sprang Gustav auf, wiederholte noch einmal: »Retina, Choroidea und … wie hieß das noch? … Sklera! Sklera, Sklera …« In dicke Kleidung gehüllt, sprang er aus dem gelben Wagen. Als er den halb umrundet hatte, blieb er mit offenem Mund stehen. Sein Meister hatte mehrere Feuer entfacht und hantierte mit irgendetwas zwischen ihnen herum.

Martin blickte kurz auf und entdeckte seinen Lehrling. »Ah, Gustav, gut, dass du kommst.«

Du hast mich doch gerufen. »Was tut Ihr da, Meister?«

Der Feldscher richtete sich auf und klopfte zufrieden seine Hände aneinander ab. »Wonach sieht es denn aus?«

»Nach vielen Feuern.«

»Falls du beschlossen hast, den Rest des Tages nur noch dumme Antworten zu geben, erlaube ich dir gern, bei Jolande zu schlafen. Mit dem Maultier kannst du diskutieren, in wem von euch der größere Anteil Esel steckt«, zischte Martin ihn an.

»'tschuldigung«, nuschelte Gustav und betrachtete genauer, was sein Meister getan hatte. Am auffälligsten waren fünf kleinere Feuer. Jeweils zwei davon hätte man mit einer geraden Linie verbinden können. Langsam ging er über hart gefrorenen Schnee zwischen den Feuern hin und her. Die Flammen hatte Martin mit breiten Linien aus Holzkohle verbunden.

»Stell es dir aus der Perspektive eines Vogels vor.«

Das tat Gustav, und dann erkannte er es: »Ein Pentagramm«, keuchte er. »Das Zeichen des Teufels.«

»Rede doch keinen Unsinn, Junge! Ich dachte wirklich, dass du über diesen lächerlichen Aberglauben hinweg bist, seitdem du mit mir auf dem Schlachtfeld warst. In der Antike galt der Fünfstern als Symbol der Göttin Venus. Pythagoras von Samos hat ihn als ein Zeichen für Gesundheit beschrieben. Viele Kirchen sind vom goldenen Schnitt des Drudenfußes geprägt. Einige …«

»Schon gut, Meister«, unterbrach Gustav ihn. »Verzeiht bitte!«

Der schnaubte, doch schnell trat ein freudiges Grinsen auf sein Gesicht. »Wir verwenden es aber tatsächlich, um teuflischer Kreaturen Herr zu werden. Insofern hast du gar nicht so unrecht.«

»Meint Ihr etwa …« Gustav musste kurz schlucken. »Dämonen?«

»Ich freue mich wirklich sehr, dass du endlich den Sinn deiner Ausbildung verstanden hast«, ätzte sein Meister. »Natürlich, was denkst du denn?«

»Meister Feldscher?«, dröhnte eine tiefe Stimme aus der Dunkelheit.

»Wer ist das?«, fragte Gustav überrascht. »Erwartet Ihr um diese Zeit noch einen Patienten?«

Eine massige Gestalt schälte sich aus der Dunkelheit. »Mann, Ihr seid aber weit weg. Hätte Euch fast nicht gefunden. Ist vielleicht auch besser so. Zum Glück sind die Feuer wie immer nicht zu übersehen.«

»Danke, dass du gekommen bist, Henoch.« Der Feldscher reichte dem muskulösen Mann mit dem rasierten Schädel die Hand.

»Für Euch doch immer, Meister Feldscher.« An Gustav gewandt, sagte er: »Dein Meister hier, der hat mir schon zweimal das Leben gerettet. Wir beide ziehen jetzt schon fast zehn Jahre mit diesem verrückten Haufen umher.«

»Das ist Gustav, mein neuer Lehrling«, stellte Martin ihn vor.

»Sieht netter aus als der letzte. Ist er tüchtig?«

In Martins Augen erschien ein verdächtiges Funkeln. »Das wollen wir heute Nacht herausfinden.«

»Na gut, dann gehe ich schon mal in Position. Schnee wird es heute Nacht zum Glück nicht geben, wenn ich mir den Himmel so anschaue und auf meine alten Knochen höre. Keine Gefahr also.« Er zwinkerte Gustav zu und stellte sich in die Mitte zwischen die Flammen.

Gustav bemerkte, dass der grobschlächtig wirkende Mann dabei sorgfältig vermied, auf die Aschelinien zu treten. »Meister, was tut er da?«

»Nur das, worum ich ihn gebeten habe. Henoch ist ein Veteran. Gestählt in vielen Schlachten, aber auf eine ganz besondere Weise. Er ist einer der Männer, die schon mehrfach einen Dämon in ihrem Körper gehabt haben, um dann mit übernatürlicher Kraft für uns zu kämpfen. Der schlaue Fuchs hat leider meine kleine Tarnung mit dem sogenannten Segen vor der Schlacht relativ schnell durchschaut und begriffen, was mit ihm passiert. Glücklicherweise kommt er trotzdem freiwillig immer wieder, um auf diese besondere Weise zu dienen.«

»Nie habe ich auch nur ein Sterbenswörtchen darüber verloren, Meister Feldscher. Das könnt Ihr mir glauben!«

Martin lächelte ihn dankbar an. »Das tue ich, mein braver Henoch.« Zu Gustav sagte er: »Heute lernst du, wie man es bewerkstelligt, einen Dämon in einen Menschen fahren zu lassen.«

Es fiel Gustav sehr schwer, seinen Mund wieder zu schließen.

»Schau nicht so überrascht, ich hatte dir doch gesagt, dass es für dich an der Zeit ist, den nächsten Schritt zu gehen. Ein Bein zu amputieren üben wir dann als Nächstes. Ich konnte nur leider auf die Schnelle niemanden auftreiben, der sich dafür freiwillig zur Verfügung stellen wollte.« Martin zwinkerte seinem Lehrling belustigt zu.

»Ja, aber schon heute, ich dachte …«

»Ich gebe zu, dass ich unter anderen Umständen bis zum Frühjahr damit gewartet hätte, aber du hast Torstensson gehört: Die nächste Schlacht steht bevor und vielleicht brauche ich dabei deine Hilfe.« Einen kurzen Moment verdüsterte sich Martins Gesicht. »Aber egal, auch ich glaube nicht, dass es heute Nacht schneien wird. Die Linien werden nicht unterbrochen werden.«

»Fangen wir bald an? Ist verflucht kalt.« Henoch stampfte mit den Füßen und rieb über seine dicken Oberarme.

»Ja, einen Moment bitte noch!« Martin führte Gustav zu einem Tischchen, auf dem ein silberner Dolch mit lederumwickeltem Griff, eine kleine Schale, ein alter Löffel sowie ein Beutelchen mit feiner Asche lagen. »Den Drudenfuß habe ich gezeichnet, weil der Dämon darin mehrfach gesichert ist und nicht fliehen kann. Durchbricht er den inneren Kreis, halten ihn die spitzen Enden dennoch auf. Alle Feldschere nutzen unterschiedliche Symbole. Bei mir hat sich dieses bewährt.«

Mehr als ein Nicken brachte Gustav nicht zustande. *Und ich habe mir Gedanken gemacht, ob ich den Aufbau der Augen auswendig kann.* Konnte er nicht, bis auf Sklera fiel ihm vor Aufregung keiner der Begriffe mehr ein.

»Das Beschwören eines Dämons ist im Grunde genommen ziemlich einfach. Natürlich können dies nur Menschen bewerkstelligen, die wie du und ich über die besondere Gabe des Dämonensehens verfügen. Wer das nicht kann, könnte all das, was wir gleich tun, ebenfalls machen, ohne dass sich auch nur eine einzige Dämonenschuppe zeigt. Wir sind auf eine mysteriöse Weise mit ihnen verbunden und sie mit uns. Das werden wir ausnutzen.«

So weit, so klar für Gustav.

Schnell griff Martin nach dem im Schein einer Sturmlaterne funkelnden Dolch. »Den benutzt du, um dir etwas Blut zu entnehmen, anschließend steckst du ihn aber immer sofort unter deinen Gürtel. Das darfst du nie vergessen!«

»Wozu?«

»Falls etwas schiefläuft, kannst du damit den Dämon töten.«

»Und den Menschen, in dem er steckt«, flüsterte Gustav schockiert.

Mit einem gequälten Gesichtsausdruck nickte Martin. »Sollte eines der Untiere aus dem Drudenfuß entkommen und ins Lager laufen, wären die Opferzahlen viel höher. Ich habe nie gesagt, dass es einfach ist, ein schwarzer Feldscher zu sein.« Für einen kurzen Moment schien er sehr weit weg. »Keine Sorge, heute wird nichts passieren, ich bin ja dabei. Bist du bereit?« Er blickte Gustav tief in die Augen.

Tatsächlich konnte Gustav diese Frage nur mit einem Wort beantworten: »Ja.«

Stolz lächelte ihn Martin an. Er hielt ihm den Dolch hin.

Ehrfürchtig nahm Gustav das Messer entgegen und betrachtete die polierte Klinge. Etwas war in das Metall ziseliert worden. *Gustav Hansson.* »Danke«, hauchte er.

»Das ist eine besondere Waffe. Hüte sie wie deinen Augapfel und verwende sie nur für das Ritual und nicht etwa dazu, um Äpfel für Jolande zu zerteilen.«

Noch immer das glänzende Metall betrachtend, nickte Gustav wortlos.

Die Miene seines Meisters wurde eindringlich. »Lass uns anfangen. Mach mit dem Dolch einen kleinen Schnitt in deine Hand. Wir brauchen nur wenig Blut.«

Schon hatte Gustav angesetzt und wollte sich, so wie er es in Osnabrück immer getan hatte, in die linke Handfläche schneiden.

Sein Meister schlug ihm das Messer weg. »Wir sind doch keine Metzger, Gustav! Ein sanfter Strich über eine Fingerkuppe genügt. Wir brauchen nicht viel von deinem Blut.«

Ein bisschen dümmlich nickend, tat Gustav wie geheißen.

»Das Blut in die Schale!«

Kurz drückte Gustav auf die Wunde, bis einige dicke Tropfen träge in das Gefäß fielen.

»Jetzt ein wenig Asche drauf und verrühren!«

»Und nun?«

»Komm mit!«

Sie gingen in das Pentagramm.

Henoch begrüßte sie mit einem abenteuerlustigen Grinsen. »Also, ich wäre dann so weit.«

»Nimm etwas von dem Asche-Blut-Brei und zeichne Henoch ein Kreuz auf die Stirn.«

»Genau deswegen trage ich die Haare so kurz.« Der Landsknecht lachte.

Gustavs Hände zitterten, als er sein Werk vollbrachte.

Nachdem sie das Pentagramm wieder verlassen hatten, sagte Martin: »Jetzt kommt der kompliziertere Teil. Du kannst etwas von dem Brei in den Mund stecken, mir hilft das immer den dringenden Wunsch zu verstärken, einen Dämon leibhaftig zu sehen. Manche von uns finden das allerdings wenig bekömmlich, ist schlicht eine Sache des persönlichen Stils. Die Verbindung zu ihnen hast du ja. Das Blut und die Asche leiten das Wesen direkt in den Körper von Henoch, weil er mit deinem Blut gekennzeichnet wurde und weil du das dem Untier befehlen wirst. Spüre deine besondere Verbindung zu den Wesen, jetzt endlich kannst du sie aktiv nutzen. Bereit, das erste Mal selbst einen Dämon zu beschwören?«

Das erste Mal, wenn der wüsste.

Mit einem Nicken signalisierte Gustav, dass dem so war. Er fuhr mit dem Zeigefinger in die Schale und steckte seinem Meister zu Gefallen etwas von dem scheußlichen Brei in den Mund. Ein herber Geschmack nach Kupfer und Verbranntem ließ ihn erschaudern. Doch das Gemisch half ihm, sich auf das Wesentliche seiner Aufgabe zu konzentrieren. Einen Augenblick lang spürte er nur den kalten Wind und nahm durch seine geschlossenen Lider schwach das Flackern der Feuer wahr.

Dann hörte er sie. Sie alle. Nicht nur einen Dämon, sondern unzählige. Sie gaben eine Kakophonie der Gedanken von sich, die Gustav fast überwältigte und bei ihm rasende Kopfschmerzen auslöste. Mit sehr viel Anstrengung schaffte er es, eine einzelne, besonders laute Stimme herauszugreifen und sich auf diese zu konzentrieren.

Der Dämon bemerkte es und schenkte ihm augenblicklich seine Aufmerksamkeit. Die Stimmen der anderen verstummten.

Gustav konnte das Wesen jetzt sehen. Es war sehr groß, aber ziemlich dürr. Die Haut war von lila Schuppen bedeckt und der Kopf thronte auf einem giraffenähnlichen Hals. Feingliedrige Arme mit Krallenpranken schienen nach ihm greifen zu wollen. Gustav ließ es instinktiv geschehen.

»Ahhh …«, kam es plötzlich von Henoch.

Schockiert riss Gustav die Augen auf. Der Landsknecht war in die Knie gegangen, sprang aber abrupt wieder auf und begann nervös, im inneren Fünfeck des Drudenfußes herumzulaufen.

»Gut gemacht«, lobte Martin, der die ganze Zeit neben Gustav gestanden hatte. »Du warst erstaunlich schnell für deinen ersten Versuch.« Seine Nase war rot vor Kälte und zwischen seinen Wimpern hingen kleine Eiskristalle. Dieses

›schnell‹ hatte sich offensichtlich eine ganze Weile hingezogen.

Für Gustav selbst hatte sich die Beschwörung wie ein kurzer Augenblick angefühlt.

»Sieh nur, der Dämon versucht schon wegzulaufen. Wir müssen mit ihm reden, um ihn endgültig zu bannen. Du kennst die Worte?«

Die Bannsprüche ließ sich Martin seit Gustavs erstem Tag bei ihm täglich in den abstrusesten Situationen zitieren. Daher hätte er sie auch im Schlaf aufsagen können.

Sie blieben in gebührendem Abstand zu den von Martin gezogenen Holzkohlelinien stehen, um sie nicht durch eine Unachtsamkeit zu zerstören.

»Warte, bis er dich anspricht!«, warnte Martin seinen Lehrling.

Der Dämon tat noch einen Moment so, als würde er sie nicht bemerken, dann drehte er sich zu ihnen um. Henochs Augen leuchteten golden. Etwas, das man nach Sonnenaufgang nicht würde sehen können, wie Martin Gustav einmal erklärt hatte. Bei Tag würde Henoch von außen betrachtet wirken wie immer und doch über unglaubliche Kräfte verfügen, die in einer Schlacht über Sieg und Niederlage entscheiden konnten. »Feldschere«, kam es böse aus dem Mund des Landsknechts. Seine Stimme hörte sich an wie zuvor. Allenfalls ein feines Zischen hatte sich daruntergemischt. »Ist es mal wieder Zeit, dass wir für euch die Drecksarbeit erledigen?«

Martins Ellenbogen in Gustavs Seite brachte diesen dazu, den Mund zu öffnen, um den Bann auszusprechen. »Dämon, schwöre, dass du dich in den Dienst desjenigen stellen wirst, der dich herbeigerufen hat, und ihm kein Leid antust!«

Henoch spuckte aus. »Bleibt mir eine andere Wahl, wenn ich diese verfluchten Aschelinien übertreten will?«

»Nein!« Gustavs Stimme war hart geworden. »Sprich es aus!«

»Gut, gut. Ich schwöre, dass ich dir nicht die Eier abreißen werde.«

Martin räusperte sich ungeduldig.

»Na toll, hier haben aber alle wieder eine furchtbare Laune. Ich verspreche, dass ich auf meinen Beschwörer hören werde und ihn nicht fresse. Besser?«

Mit einem Blick zur Seite versuchte Gustav von Martin eine Antwort auf diese Frage zu bekommen.

Der nickte nur.

»Gut.« Gustav leckte sich über die Lippen. »Du darfst den Fünfstern verlassen.«

Zögernd hob Henoch ein Bein und übertrat dann die Bannlinie. »Soll ich deinem Meister den Hals brechen?«, fragte der in ihm steckende Dämon Gustav lauernd.

»Nein!«, beschied der.

Das Wesen ließ Henochs breite Schultern zucken. »Kannst dir nicht vorstellen, wie oft das schon funktioniert hat. So, dann wollen wir mal zu Abend essen. Wo ist angerichtet?«

»Schick ihn zurück in das Pentagramm!«, befahl Martin Gustav.

»He, he, mal langsam. So war das nicht gedacht. Immer, wenn wir hochkommen, muss es was zu futtern geben. Ich bin schon ganz …«

»Geh zurück in die Mitte des Drudenfußes!«

Henochs Grinsen erstarb. Einen Moment lang blieb der menschliche Körper starr stehen.

»Er versucht sich gegen den Bann zu wehren«, flüsterte Martin. »Das wird ihm nicht gelingen. Wer ihn ruft, hat die Kontrolle über den Dämon.«

Schließlich stakste Henoch auf eines der Feuer zu, die den Fünfstern begrenzten. »Verfluchte Feldschere!«, schimpfte er vor sich hin.

»Sag ihm, dass er nicht durch die Flammen laufen soll. Besser noch, dass er seinem menschlichen Wirt kein Leid zufügen darf.«

Gerade noch rechtzeitig befahl Gustav dies, sodass das Wesen abrupt vor den Flammen abbog. Missmutig setzte es sich im Drudenfuß in den Schnee und drehte ihnen den Rücken zu.

»Es wird Zeit, ihn in die Erde zurückzuschicken!« Sein Meister lächelte ihn stolz an.

»Was? Ich dachte, man müsste immer bis zum folgenden Tag warten, bis Dämon und Mensch sich wieder voneinander trennen. Ihr hattet doch gesagt, dass der Wirt einschläft und der Dämon in einer Art Nebel aus seinem Körper herausströmt, wenn der Feldscher der Kreatur nichts Gegenteiliges befiehlt«, sagte Gustav. »Und dann braucht man natürlich noch die Sonne, die die Wesen schließlich in den Boden zurückbringt.«

Sein Meister lachte versonnen. »Du hast gut zugehört, mein braver Lehrling. Normalerweise ist das so. Dennoch, probiere es.«

»Ihr könnt mir alles befehlen, nur das nicht. Das wisst ihr ganz genau! Haltet ihr euch für die Sonne persönlich, oder was?«, keifte der Dämon böse. »Ich bin froh, endlich mal an der Luft zu sein. In der Erde ist es doch recht muffig. Vor allem, wenn einige der Kameraden gerade Franzosen gefressen haben. Die sind oft so voller Knoblauch, dass man davon furchtbare Ausdünstungen bekommt und …«

»Gustav, sag es!«

Mit trockenem Mund sprach der die Worte: »Kehre zurück in die Erde, Dämon, und komm erst wieder, wenn du gerufen wirst!«

Augenblicklich fiel Henoch auf die Seite. Der Dämon war verschwunden.

»Eine Rose und ein Dämon. Ich habe es vom ersten Tag an geahnt«, sagte Martin und Tränen funkelten in seinen Augen.

Verträumt betrachtete Gustav die gelbe Karrenwand. Wie immer wechselten darauf in einem gleichbleibenden Rhythmus der goldene Totenschädel und die Rose einander ab.

Sein Meister trat neben ihn und klopfte ihm auf die Schulter. »Tja, nun weißt du es endlich. Es gibt nur sehr wenige Menschen, die dieselben besonderen Fähigkeiten haben wie du. Alle, die über die Gabe des Sehens verfügen, können Dämonen rufen. Sie in einen menschlichen Wirt zu stecken und wieder aus diesem herauszubekommen, auch das vollbringt jeder gut ausgebildete Feldscher. Sie aber wieder in die Erde zurückzuschicken – so wie die aufgehende Sonne –, das ist so selten, dass du der Erste bist, dem ich in meiner langen Laufbahn begegnet bin, der das kann. Natürlich habe ich in Büchern von euch Rosen gelesen, die Geschichten darüber aber bis zu dem Tag, an dem wir uns kennengelernt haben, fast für Gerüchte gehalten. Ich bin sehr stolz auf dich.«

Einen Augenblick lang genoss Gustav schweigend das Lob. »Bedeutet das, dass Ihr immer nur den Totenschädel seht?«

Ein fröhliches Lachen entschlüpfte dem Feldscher. »Ja.« Seine übliche Melodie summend, stieg er in den Wagen. Sie beide brauchten dringend Schlaf.

WETTLAUF
AM FLUSS

Prag, Feldlager der kaiserlichen Truppen, Königreich Böhmen,
2. März 1645 – 28. Kriegsjahr

Wenn ich es doch sage!« Die Stimme des Offiziers war heiser vom vielen Schnaps. »Am 17. Februar hat Torstensson seine Truppen von Kaaden aus aufbrechen lassen. Der Feldherr wollte die Vereinigung zwischen den kaiserlichen Truppen in Prag und den Unterstützungskräften aus Bayern verhindern. Genau wie ich es vorausgesagt habe. Obwohl keiner auf mich gehört hat.«

»So ein Quatsch, Bernhard«, entgegnete sein nicht weniger betrunkener Kamerad. »Schließlich hat Torstensson es doch nicht getan! Jeder weiß, dass wir vor gut einer Woche südlich von Pilsen bei Blowitz mit Jan von Werths Bayern zusammengetroffen sind.«

»Junge, noch mehr von dem Himbeergeist!«, rief Anike herrisch und schnipste mit den Fingern.

Diensteifrig füllte der Bursche, der im Zelt der Offiziere Dienst tat, die drei kleinen Holzbecher randvoll auf. Dabei blickte er Anike einen Moment zu lange in die Augen.

Die strich Bernhard Junker von Ahornbrunn liebevoll über den Unterarm. Der Subalternoffizier war vor einigen Wochen aus Ungarn hierher verlegt worden. Der junge Mann war zwar noch grün hinter den Ohren, dafür hatte er durch irgendeine zufällige Familienverbindung exklusiven Zugang zum kaiserlichen Generalstab. Bernhard verfügte deswegen über detaillierte Informationen darüber, welche Pläne die kaiserliche Armee ausarbeitete. Außerdem prahlte er gern und betete Anike an, was ihn damit zu einer perfekten Quelle für sie machte. Bernhard würde sie direkt zu den Schweden führen und damit zu ihrem alten Meister und Gustav. »Trink nicht so viel, mein Schatz. Ich habe Angst, dass du mir nachher einschläfst.« Sie lächelte ihn vielsagend an. Ihr eigenes Glas hatte sie längst unter dem Tisch ausgeschüttet.

»Keine Angst, Süße. Ich weiß doch, dass du so oder so nicht deine Finger von mir lassen kannst«, lallte er und pustete ihr seinen alkoholgeschwängerten Atem ins Gesicht.

Glaubt wirklich irgendein Mann auf der Welt, dass Frauen Besoffene attraktiv finden? Natürlich sagte sie nichts dergleichen, sondern antwortete mit einem frivolen Lachen. »Du nun wieder.« Sie hatte nicht vor, mit diesem Aufschneider das Bett zu teilen. Das alles hier lief genauso, wie sie es beabsichtigt hatte. Der Junge, der den Schnaps im Zelt ausschenkte, wurde von ihr dafür bezahlt, Bernhard und seinen Freund Levente betrunken zu machen, damit sie an weitere streng geheime Informationen kam. Sie hatte das sichere Gefühl, dass es nicht mehr lange dauern würde, bis die große Schlacht begann. Die beiden Armeen umtanzten einander seit Tagen und warteten nur darauf, dass der andere den ersten Schritt wagte.

»Die Truppenvereinigung mit der kaiserlichen Armee gelang nur, weil mehrere Brücken über die Eger und die Mies durch das Hochwasser zerstört wurden. Das ist es, was Torstenssons Vormarsch aufgehalten hat, und nicht die Klugheit unserer eigenen Generäle.« Bernhard knallte seinen leeren Holzbecher wütend auf die Tischplatte. »Wenn man doch nur auf mich hören würde.«

Das hast du schon gesagt, aber zum Glück ist bei den Kaiserlichen keiner so blöd, das tatsächlich zu tun.

»Warum nutzen wir diesen Vorteil nicht und zermalmen die elenden Ketzer und den verfluchten Schwedengeneral endlich?« Levente rülpste.

»Na na, vergiss nicht, dass eine Dame anwesend ist«, tadelte Anikes Begleiter ihn scherzhaft.

Das vergisst er nicht. Levente, ein alter Jugendfreund Bernhards, war erst am Vortag aus Ungarn angekommen. Anike spürte die begehrlichen Blicke des Bernhard untergeordneten Offiziers. Nur schwer konnte er seine Augen von ihrem ausladenden, durch eine Korsage noch stärker betonten Dekolleté lösen. Sollte sie Bernhard einmal aus dem Weg räumen müssen, wüsste sie, wen sie darum bitten würde.

»Am 25. Februar standen sich unsere beiden Armeen bei Horaschdowitz das erste Mal direkt gegenüber. Nur der Fluss Wottawa trennte uns. Hatzfeldt hatte es einmal mehr geschafft, Torstensson ein Schnippchen zu schlagen. Der Schwede hat nämlich versucht uns im Süden zu umgehen, aber das hat Hatzfeldt erfolgreich verhindert. Für mich ist die Frage nach dem größeren militärischen Genie damit längst beantwortet. Es ist nur eine Frage der Zeit, bis der Sieg uns gehört.«

»Ich muss pissen.« Levente wankte aus dem Zelt.

Anike konnte ein genervtes Stöhnen nicht unterdrücken. Sie wusste, was jetzt kam.

Bernhard interpretierte das falsch. »Du kannst es wohl kaum erwarten, was?« Grob griff er ihr an die Brust und küsste sie ekelhaft feucht.

Glücklicherweise kam Levente schnell zurück. »Warum hat Hatzfeldt ihn dann nicht sofort gestellt?«

»Vielleicht wollte er nicht ohne dich anfangen? Du musst dir ja schließlich noch Ruhm und Ehre auf dem Schlachtfeld verdienen, damit das Gesindel auf dem Gutshof deines Vaters dir auch gehorcht.«

Sie prosteten einander mit den erneut gefüllten Schnapsbechern zu.

»Hatzfeldt hat sich gegen ein Gefecht entschieden, weil das Gelände nicht gut war. Ein guter Heerführer weiß zu warten und seinen Vorteil blitzschnell zu nutzen, wenn er ihn erkennt. Es kommt nicht auf ein paar Tage mehr oder weniger an«, gab Bernhard zum Besten, fast als hätte er selbst die Entscheidung getroffen. »Seit einigen Tagen verfolgen sich beide Armeen auf den gegenüberliegenden Seiten der Wottawa flussabwärts. Gestern oder vorgestern haben wir aber den Kontakt zueinander verloren.«

Wie kann man denn eine ganze Armee verlieren? Krieg ist wirklich nur etwas für Dummköpfe.

»Die Schweden werden doch wohl nicht feige geflohen sein?« Leventes knabenhafte rundliche Wangen verfärbten sich vor Aufregung rot. »Was soll ich denn meinen Leuten erzählen, wenn ich nicht mal mit der kleinsten Narbe nach Hause komme?«

Wieder lachten sie.

Anike war fast so weit zu gehen. Sie wusste alles, was sie wissen musste. Wieder nur Vorgeplänkel und keine richtige Schlacht.

Die Plane des Zelts wurde zur Seite gerissen und eiskalte Luft strömte herein. Ein junger Melder mit fusseligem

Oberlippenflaum schrie panisch: »Torstensson hat die Moldau überquert! Wir brechen sofort auf, um den Tross in Sicherheit zu bringen!«

Jetzt kommen wir einander endlich näher, mein lieber Gustav.

Schwankend erhob sich die adlige Zier des kaiserlichen Offizierskorps. Bernhard war kreidebleich im Gesicht geworden. »Ähm … wir … was nun … jetzt schon …«

»Ich denke, ihr solltet euch bei euren Regimentern melden, meine Schönen«, erklärte Anike, um ihn endlich loszuwerden.

»Natürlich!« Bernhard versuchte Haltung anzunehmen, doch seine Beine gehorchten ihm nicht mehr. »Komm, Levente«, versuchte er sich an einem autoritären Befehlston. »Reich und Kaiser brauchen uns.«

Der zweite Verteidiger der Erblande übergab sich gerade lautstark.

»Anike, meine Liebste. Bleib bei den anderen Weibern im Tross. Du musst jetzt stark sein. Ich weiß, dass es für eine Frau schwer ist, auf sich selbst aufzupassen, aber du musst es versuchen. Nach dem Sieg komme ich dich holen.«

Mit einem mädchenhaften Kicksen und einem Kuss auf die Wange verabschiedete sich Anike auf Nimmerwiedersehen von diesem Dummkopf. Sie war jedenfalls nicht diejenige, die Probleme damit hatte, auf sich selbst zu achten. Anike war es egal, was aus diesen großspurigen, adligen Stücken Kanonenfutter wurde. Wer diesen Krieg, der unerträgliches Leid über Abertausende Menschen gebracht hatte, für ein grandioses Abenteuer hielt, konnte ihr gestohlen bleiben.

Sie gab dem fleißigen Schankjungen ein paar Münzen, warf sich ihren Mantel über und trat hinaus in die feuchte Kälte. Im Schlamm vor dem mit Bohlen ausgelegten Zelt versank sie fast knöcheltief. Um sie herum herrschte panische Aufbruchsstimmung: Verkaufsbuden wurden abgebaut, Wagen eingespannt, Feuer gelöscht, Karren bepackt, Kinder gesucht … Schreie und Befehle flogen durch das Lager. Die Bagage wusste genau, dass sie der attraktivste Teil für Torstenssons Truppen war. Wenn der Sieger den Tross plünderte, brach eine höllische Zeit an, und Anike hatte nicht vor, dann noch hier zu sein.

Sie bahnte sich einen Weg zu ihrem Quartier. Zwar hatte sie nicht viel bei sich, aber eine Sache musste sie unbedingt holen. *Ich hätte es bei mir tragen müssen.* Doch dafür war es schlicht zu groß gewesen. Die elend enge Kleidung, die sie für Bernhard tragen musste, hätte es nicht verbergen können. Als sie zu ihrem einfachen Zelt kam, schwante Anike Böses. Der grobschlächtige Kerl, den sie dafür bezahlte, es zu bewachen, war verschwunden. In der Plane war ein langer Riss, wie von einem großen Messer. »Nein!«, keuchte Anike. Sie begann zu rennen. Ihre Stiefel erzeugten bei jedem Schritt ein schmatzendes Geräusch. Am Zelt angekommen, holte sie ihr verstecktes Messer hervor und öffnete den Spalt vorsichtig eine Handbreit. Im Innern war niemand zu sehen. Seufzend trat sie ein. Kleidung war auf dem Boden verteilt. Das kleine Eisenkästchen mit ihren Münzen war natürlich verschwunden, genauso wie der Silberdegen, den sie von Martin genommen hatte. Die Diebe waren wohl nicht so helle, denn die Schachtel mit den Wechselbriefen, die ihr eingezahltes Vermögen bei der Bank aus Venedig auswiesen, hatten sie achtlos liegen gelassen. *Vermutlich konnten die Kerle nicht lesen.* Das machte ihr Hoffnung. Flink nahm sie die Wechsel und stopfte sie unter ihren ausladenden Rock. Sie waren dennoch nicht das Wichtigste. *Wo bist du?* Ihre Augen begannen zu schmerzen, so intensiv durchsuchte sie das schummerige Zelt. Schließlich kroch sie auf allen vieren, blickte unter das einfache Feldbett. Als sie fast schon aufgeben wollte, entdeckte sie es zwischen zwei Unterröcken. Vorsichtig nahm sie Martins Codex Daemonum und strich fast zärtlich darüber. *Meine Lebensversicherung. Damit bekomme ich dich frei, Vater.*

Ein lauthals vor ihrem Zelt ausgetragener Streit zwischen zwei Kutschern, die einander den Weg versperrten und bei ihrem Disput nicht mit derben Flüchen sparten, brachte Anike wieder zurück ins Hier und Jetzt. Sie musste fort von hier. Sie raffte alles zusammen, wovon sie glaubte, dass sie es noch brauchen könnte, und ließ den Rest zurück. Kurz bevor sie sich mit tief in die Stirn gezogener Kapuze in den Strom der Fliehenden einreihte, hörte sie eine altbekannte und gehasste Stimme.

Anikes Herzschlag beschleunigte sich. *Was macht dieses verfluchte Arschloch hier?* War jetzt der richtige Zeitpunkt, um ihn seiner gerechten Strafe zuzuführen? Anike entschied spontan, dass dem so war. In Wien würde sie niemals so leicht an ihn herankommen. Die dicken Mauern der Hofburg schützten ihn – und sein schrecklich schönes Gesicht. Vorsichtig versuchte sie herauszufinden, von wo sie Johannes' Stimme gehört hatte.

Sie fand ihn hinter einer niedrigen Wand aus leeren Bierfässern, die bei der hektischen Flucht zurückgelassen worden waren. Seine sonore Stimme klang aufgebracht.

»Es ist so weit. Länger kann Hatzfeldt vor den Schweden nicht davonlaufen. Die beiden Armeen sind gleich stark. Ein Sieger ist unmöglich vorauszusagen.«

Jemand sagte etwas, aber so leise, dass Anike es nicht verstehen konnte. Leider sah sie nur Johannes' Fackel, die über die Fässer hinausragte. Inzwischen war die Sonne untergegangen.

»Ja, er ist gestern Nacht endlich eingetroffen. Hat fast länger von Wien hierher gebraucht als der Kaiser selbst. Nun ja, seine Entourage und das kleine Heer an luxuriösen Kutschen sind dem Konvoi Seiner Majestät fast ebenbürtig.«

Wieder flüsterte die andere Stimme etwas Unverständliches.

Anike wollte unbedingt herausbekommen, mit wem Johannes sich da so heimlich besprach. Es musste jemand Einflussreiches sein, sonst würde er nicht über geheime militärische Taktik plaudern. Durch einen Spalt zwischen den gestapelten Fässern konnte sie im Schein der Fackel leider nur Johannes' große Gestalt schemenhaft sehen.

»Mehr als achtzehn bekommt er nicht hin. Selbst das ist fast zu viel. Da war Hayo ausnahmsweise mal ehrlich.«

Dieses verräterische Wiesel Hayo von Dietrichshagen ist also ebenfalls hier. Heute hat sich wohl alles gegen mich verschworen. Den schwarzen Feldscher und seine Lehrlinge konnte sie gar nicht gebrauchen. Sie würden ihre falsche Identität sofort auffliegen lassen. Obwohl sie ihr Haar nicht mehr blondierte, würden Hayo und auch die meisten seiner Lehrlinge sie augenblicklich wiedererkennen. Dazu war ihr Abschied vom persönlichen Feldscher des Kaisers alles andere als angenehm gewesen – zumindest aus Hayos Sicht. Sie hatte mehr als ein gebrochenes Herz hinterlassen, geplünderte Geldschatullen sowie leere Geheimvorräte aus Dämonenknochen und -blut.

»Mach dir keine Sorgen.«

Anike schaffte es, eines der Fässer ein wenig zu verschieben. Jetzt sah sie Johannes und seinen Begleiter endlich etwas genauer. Nun wünschte sie aber, dass sie ihn einfach ignoriert hätte und mit dem Rest der Bagage geflohen wäre. Johannes stand neben einem hässlichen kleinen Dämon, dessen Zyklopenauge sich mit einem furchtbaren grünlichen Lichtschein gegen die Dunkelheit abzeichnete. Anike wurde fast schlecht, als Johannes das Wesen liebevoll streichelte. *Ein Intellectus.* Sie hatte nichts von dem vergessen, was sie bei Martin gelernt hatte, und schon gar nicht den Sommerabend in Osnabrück, als sie mit Gustav und seiner Dämonin bei Hayo eingebrochen war.

»Es gibt nur einen Weg«, säuselte der Dämon.

»Welchen?« Johannes hörte sich an, als würden die Worte dieses Wesens sein Lebenselixier sein. Kein Vergleich zu dem eiskalten Diener des Reichsgrafen, den Anike kennengelernt hatte.

»Du musst dich während der kommenden Schlacht in das Lager der Schweden schleichen und Martin töten. Auch sein Lehrling darf nicht überleben. Warte aber so lange, bis sie ihre Dämonen gebannt und in die Menschen haben fahren lassen. Sind die beiden tot, werden ihre Dämonen aus dem Bann entlassen. Ich werde sie dann meinem Befehl unterwerfen.«

»Der wie lauten wird?« Auf Johannes' Gesicht zeichnete sich eine gierige Fratze ab.

»Sich gegen die eigenen Truppen zu stellen, natürlich.« Der Dämon gab ein schabendes Geräusch von sich, das man mit sehr viel Fantasie als Lachen erkennen konnte. »Du, mein lieber Johannes, bist der Schlüssel. Ich kann tagsüber nicht zu ihnen, wenn ihre Dämonen in menschlicher Gestalt auf dem Schlachtfeld kämpfen. Dein Tun entscheidet über die Zukunft des Kaiserreichs. Ich weiß, dass du mich stolz machen wirst.«

»Ja, das werde ich.« Johannes ballte die linke Faust.

Am liebsten wäre Anike aus ihrem Versteck gesprungen und hätte ihm ihr Messer in den Hals gerammt, aber sie wusste, dass ihm die Kräfte des Dämons zur Verfügung standen und er ihr überlegen war. Dennoch würde sie es auf keinen Fall zulassen, dass er Gustav und Martin ein Leid zufügte – nicht, bevor die beiden ihr verraten hatten, wie ihr Vater zu retten war.

NACHTS AUF DER STRASSE NACH PRAG

In der Nähe von Jankau, Königreich Böhmen, kaiserliche Erblande,
5. März 1645 – 28. Kriegsjahr

V orsichtig bewegte Gustav die schmerzenden Finger. Seine Hände waren nach einem langen Nachmittag auf dem Kutschbock steif gefroren – wieder einmal. Nach einer kurzen Pause war der Winter vor zwei Tagen mit voller Wucht zurückgekehrt. Für eine Armee, die seit Tagen beständig in Bewegung war, nicht das schlechteste Wetter, verhinderte der gefrorene Boden doch, dass die Wagen und Karren im schlammigen Grund versanken. Gerade die schweren Geschütze wären dann nicht mehr zu bewegen gewesen. Für die Menschen allerdings war die Kälte bei ihren täglichen Gewaltmärschen äußerst herausfordernd. Gustav und seinem Meister ging es nicht anders. Sie fuhren bereits den fünften Tag in Folge ohne nennenswerte Pause von Sonnenaufgang bis Sonnenuntergang. Wie immer hatte Gustav am frühen Nachmittag den Kutschbock übernommen, dafür ruhte Martin sich jetzt bis zum Abend hinten im Karren aus. Alle, die allein reisten, konnten auf eine derart luxuriöse Arbeitsteilung nicht zurückgreifen und mussten an die Grenzen ihrer Kräfte gehen. Etliche schafften das nicht, wie aufgegebene Karren, Körbe, leere Fässer und aufgebrochene Kisten am Straßenrand bewiesen. Auf Schwäche konnte Torstensson keine Rücksicht nehmen, wenn er diesen Krieg endlich gewinnen wollte.

Die Gewissheit, dass sich zwei Armeen einen Wettlauf lieferten, der in jedem Fall mit einer Schlacht enden würde, zerrte zusätzlich an den Nerven. Eine unnatürliche Stille hatte sich über die Bagage und die Kampftruppen gelegt, die die Anspannung jedes Einzelnen greifbar machte. Alle wussten, dass Gewinn oder Niederlage über den Fortgang des eigenen Lebens entschieden. Nicht nur die kämpfenden Männer auf dem Schlachtfeld mussten den Tod fürchten, auch ihre Familien, die Händler, Handwerker, Prostituierten und all das andere Volk, das im Schatten des schwedischen Heers umherreiste, wussten, dass ihr Leben bei einer Niederlage verwirkt wäre.

Selbst Gustav konnte sich von diesem Gedanken nicht frei machen. Sollten sie von den Kaiserlichen überrannt werden, würde ihn seine Stellung als schwarzer Feldscher nicht beschützen. In ihrer Gier nach Beute machten die Landsknechte vor nichts halt. Sie mordeten und vergewaltigten wie im Rausch. Das war das wahre Gesicht des Krieges und es hatte nichts mit den herausgeputzten Generälen und ihren Planungen an Kartentischen zu tun. Mit einem Seufzen streckte sich Gustav. Gerade als er überlegte, ob er etwas von dem Proviant essen sollte, den er zwischen Kutschbock und Karrenwand geklemmt hatte, ließ ihn ein Ruf zusammenfahren.

»Halt!«, schallte es vielstimmig von vorn nach hinten durch den Tross.

Es dauerte eine Weile, bis alle Karren zum Stehen gekommen waren.

»Was ist los?« Mit glasigen Augen blickte Martin ihn durch das Fenster in der Kutschenwand an. »Warum haben wir angehalten?« Er versuchte ein Gähnen zu unterdrücken, was ihm aber nicht gelang. »Ich war gerade eingeschlafen.«

»Ich habe keine Ahnung«, erklärte Gustav. Er blickte sich um, aber es wurde dunkel. Außer dem sie umgebenden Wald und einigen Fuhrwerken vor und hinter ihnen konnte er nichts erkennen.

Grüblerisch rieb sich sein Meister über seinen Dreitagebart – selbst zum Rasieren blieb gerade keine Zeit. »Ich denke, das kann nur eins bedeuten: Irgendetwas versperrt die Straße nach Prag.«

Man musste kein brillanter Militär sein, um zu verstehen, dass es sich dabei nur um die kaiserlichen Truppen handeln konnte. Wer sonst wäre in der Lage, eine viele Tausend Köpfe zählende Armee aufzuhalten?

Sehnlichst wünschte sich Gustav Mela herbei oder, besser gesagt, die Kräfte, die ihm ihre Anwesenheit verlieh. Jetzt wärc ihm die Nachtsicht sehr zupassgekommen, um mehr über ihre Situation herauszufinden. Das Gelände zu beiden Seiten der breiten Straße war dicht bewaldet und hügelig und damit schlecht einzusehen. Schnell wurden alle Laternen und Fackeln abgeblendet oder gelöscht. Niemand wollte ein einfaches Ziel für einen Musketier und seine Kugeln sein oder gar in das Feuer schwerer Artillerie geraten.

Panisches Getuschel erhob sich. Jetzt würden Gerüchte gewoben werden, die, wieder und wieder angereichert mit neuen Überlegungen, ihren Weg durch den gesamten Tross nehmen würden. Am Ende würden sie von so vielen Menschen gehört und erzählt werden, dass sie als Wahrheit galten.

»Du weißt, was das für uns bedeutet?«, fragte Martin seinen Lehrling und räusperte sich.

Ist er etwa nervös? Das kann nicht sein! Lebhaft erinnerte Gustav sich an ihre erste gemeinsame Schlacht bei Breitenfeld. Martin war die ganze Zeit die Ruhe selbst gewesen, während sein neuer Schützling beständig unter dem Donner der Geschütze zusammengezuckt war. »Arbeit.«

»Genau. Ich trommle Männer zusammen. Such du einen geeigneten Platz für das Ritual. Eine kleine Lichtung oder Ähnliches. Am besten fernab von neugierigen Blicken, aber das brauche ich dir wohl nicht extra zu erklären.«

Bevor Gustav nachfragen konnte, wie er das inmitten eines Heers von Fuhrwerken bewerkstelligen sollte, war sein Meister schon in dem Labyrinth aus Kutschen, Wagen und Karren verschwunden. »Tja, Jolande, dann bleiben wohl nur wir beiden, was?«

Das Maultier zeigte ihm nur die Zähne, wie um zu signalisieren, dass er es nicht mit seinen Problemen behelligen sollte.

Es erwies sich als unmöglich, aus den sich aufstauenden Wagen auszuscheren. Auch ein abgeschiedener, weitläufiger Platz war nirgendwo in Sicht. Die Bäume am Wegesrand standen einfach zu dicht, dazu gab es überall glatte Stellen und hart gefrorenen Schlamm. Der Boden musste sehr morastig sein. Gustav wusste, dass hier irgendwo ein kleines Flüsschen namens Jankova verlief. Kein idealer Ort, um exakte Holzkohlepentagramme zu zeichnen.

Plötzlich geriet der Tross in hektische Bewegung. Pferde wieherten ungeduldig. Schwedische und deutsche Rufe flogen über die Köpfe der Kutscher hin und her.

»Wisst Ihr, was los ist?«, fragte Gustav den untersetzten Bierkutscher, der vor ihm stand. Seine stämmigen Brauereipferde schlugen nervös mit den goldblonden Schwänzen, als er sich dem großen Wagen näherte.

Der nahm erst einen langen Zug von dem Getränk, das er eigentlich transportieren sollte, wischte sich den Schaum vom Oberlippenbart und antwortete: »Ich habe gehört, dass die Kaiserlichen kommen und bereits den hinteren Teil angreifen.«

»Erzähl doch nicht so einen Blödsinn«, keifte ein rattengesichtiger Mann, der den Tross zu Fuß durchquerte. Er trug eine riesige Kiepe auf dem Rücken, aus der einige Holzlatten hervorragten. »Torstensson will die Kaiserlichen umgehen, um sie von der Seite angreifen zu können. Deswegen müssen wir uns jetzt sputen, damit wir das schaffen, bevor sie es bemerken.«

»Aha, und woher hat ein mittelloser Krämer wie du derartige Informationen? Hast du Torstensson persönlich eine deiner kratzigen Bürsten verkauft?«

Sofort begannen sie einander anzubrüllen und zu streiten. Andere mischten sich ein und verbreiteten noch mehr Gerüchte.

Bevor es handgreiflich wurde, verschwand Gustav zurück zu dem gelben Karren. So würde er ganz bestimmt nicht herausfinden, was los war.

Jolande scharrte ungeduldig mit den Hufen. Sie ließ sich von der Aufregung um sie herum anstecken.

»Am besten, wir bleiben einfach hier«, redete Gustav mit dem Maultier, das wenig überraschend keine Antwort gab. Die Straße war das einzig ebene und halbwegs trockene Gelände auf weiter Flur. Er lenkte den Feldscherwagen, so gut es ging, an die Seite und ließ die anderen passieren.

Es war stockdunkel, als sie schließlich allein auf der von Pferdeäpfeln und allerlei Müll gesäumten Straße standen. Gustav hatte die roten Laternen entzündet. Er hoffte einfach, dass niemand es wagen würde, einen Feldscher anzugreifen. Emsig begann er Holz zu sammeln, Feuer zu entzünden und Holzkohlesäcke aus dem Wagen zu holen, um einen riesigen Drudenfuß zu zeichnen.

»Du bist aber nicht weit gekommen«, begrüßte sein zurückkehrender Meister ihn mit fragendem Blick.

»Das hier war die einzige Möglichkeit und erfüllt all Eure strengen Anforderungen, Meister.« Gustav machte eine ausladende Geste mit dem Arm, um seine Worte zu untermalen.

Mit gerümpfter Nase inspizierte sein Meister den Ort und nickte schließlich. »Vielleicht hast du recht. Schnell, wir müssen uns beeilen! Torstensson braucht unsere Hilfe. Er will die Kaiserlichen umgehen und von der Seite angreifen.«

In jedem Gerücht steckt ein Körnchen Wahrheit. Gustav musste lächeln.

»Das Gelände ist ziemlich hügelig und die Truppen der Union haben sich hinter der Jankova postiert, sodass ein direkter Angriff unmöglich ist. Die Umgehung stellt ein sehr gefährliches Manöver dar. Die Kaiserlichen sind – anders als wir – bereit zuzuschlagen und stehen in ihren Positionen. Sollten sie angreifen, könnte es passieren, dass sie die schwedischen Marschkolonnen durchschlagen und das Heer in zwei Teile spalten. Torstensson hofft, dass das waldige Gelände und die Dunkelheit seinen waghalsigen Plan verbergen. Damit es nicht nur bei dieser recht vagen Hoffnung bleibt, schicken wir ihm Unterstützung.«

Zügig vollendeten sie den großen Fünfstern.

Die Männer, die Martin mitgebracht hatte, unter ihnen auch Henoch, sagten die ganze Zeit kein Wort. Auffällig an ihnen war, dass sie alle schon etwas älter zu sein schienen und keine Feuerwaffen trugen. Dafür sehr grobe und altmodische Waffen, wie schwere Streitäxte, Bidenhänder, Kriegsflegel, Morgensterne und anderes. Soldaten, die zu arm waren, um sich vernünftig auszurüsten, und damit das größte Risiko trugen. Dazu noch die schwindenden Körperkräfte. Für sie könnte jede Schlacht die letzte sein.

Gustav traute sich gar nicht zu fragen, wie sein Meister diese armen Seelen überredet hatte, mit ihm zu kommen.

Als es vollbracht war, gab Martin seinem Lehrling flüsternd Instruktionen: »Ich werde sie bannen. Gern hätte ich heute weniger Männer genommen, aber Torstensson bestand auf der maximalen Zahl, die ich mir zutraue. Normalerweise lassen wir die Dämonen bis zum Anbruch des Tages im Pentagramm, damit sie in Menschengestalt keinen Schaden anrichten können, heute werden sie aber leider nachts gebraucht.«

»Ist das nicht gefährlich?«

Der Feldscher gab ein undefinierbares Grunzen von sich. »Ein wenig. Sie sind viel stärker als tagsüber und man muss sie die ganze Zeit beaufsichtigen, damit sie ihre Bannsprüche nicht allzu lasch auslegen.«

Mit klopfendem Herzen nickte Gustav. Sein Meister würde also mit in die Schlacht ziehen.

»Wie dem auch sei. Sie lauern dennoch darauf, dass man ihnen erlaubt, den menschlichen Wirt wieder zu verlassen, und sie etwas zu fressen bekommen. Das macht sie gefügig. Vergiss nie: Stirbt der Mensch, stirbt auch der Dämon, der an ihn gebunden ist.«

Wie könnte ich das vergessen. Kurz sah Gustav Melas hässliches, freches Gesicht vor sich.

»Du wirst den Asche-Blut-Brei vorbereiten und die Männer einzeln in den Drudenfuß führen. Ich werde einen Dämon nach dem anderen holen. Sie bleiben gemeinsam so lange im Holzkohlekreis, bis wir alle zusammenhaben.«

»Ich könnte doch auch einige …«

»Nein«, beschied sein Meister. »Du wirst nichts dergleichen tun. Vergiss nicht, wer hier Meister und wer Lehrling ist. Und jetzt fang an!« Er rollte seinen Ärmel auf und hielt Gustav den entblößten Arm hin. »Und sorge dafür, dass die wartenden Männer weit genug vom Drudenfuß entfernt bleiben, damit sie nicht mitbekommen, was wir hier treiben! Am besten sollen sie hinter dem Wagen warten. Biete ihnen ruhig etwas von unserem Schnaps an, um sie gefügig zu machen. Den Dämonen macht das nichts aus.«

Mit seinem neuen Silberdolch machte Gustav einen kleinen Schnitt in Martins Arm. Schnell lief Blut daraus hervor, das er in einer Schale auffing. Das war deutlich mehr als die wenigen Tropfen, die Gustav hatte geben müssen. Wollte man mehr als einen Dämon bannen, bedurfte es wohl eines etwas großzügigeren Opfers. Zügig rührte Gustav den rotgrauen Brei zusammen und zeichnete damit Henoch ein Kreuz auf die Stirn.

»Das Ritual beginnt«, rief der Feldscher mit tragender Stimme. »Jeder von euch erhält gleich den Segen, der ihn unbeschadet durch die Schlacht führen wird. Vertraut mir, so wie es auch Torstensson tut, der dieser Gnade seine Erfolge zu verdanken hat.«

»Wann gibt es die versprochenen fünfzig Taler?«, rief ein graubärtiger Hüne.

Angst und Habgier, jetzt wusste Gustav, wie Martin an die Männer gekommen war.

»Nach der Schlacht. Der Feldherr persönlich verbürgt sich dafür!« Martin nickte Henoch, der als Einziger wusste, worum es ging, zu. Der ging ohne viel Federlesens in das Pentagramm.

Martin steckte, seiner merkwürdigen Gewohnheit folgend, einen Finger in das Gemisch und anschließend in den Mund.

Es dauerte nur wenige Augenblicke, dann begann der kräftige Mann innerhalb des großen Symbols zu zittern und seine Augen leuchteten golden. »Aha, das wurde aber auch mal wieder Zeit. Mich dürstet nach Menschenblut. Stellt ihr da hinten euch etwa freiwillig zur Verfügung?«

Dieses Geplänkel ignorierend, sprach der Feldscher die Bannformel: »Dämon, schwöre, dass du dich in den Dienst desjenigen stellen wirst, der dich herbeigerufen hat, und ihm kein Leid antust!«

»Ja, ja, und nun lass mich raus!« Der Dämon in Menschengestalt ging nah an die Aschelinie heran und zwinkerte übertrieben mit dem linken Auge.

»Du bleibst genau dort stehen! Ich verbiete dir, dich zu bewegen! Du wirst niemandem ein Leid antun noch ihn berühren. Haben wir uns verstanden, Dämon?«

Der rollte beleidigt mit den Augen, blieb aber ruhig stehen.

»Das ist wichtig, wenn du mehrere Dämonen beschwörst und nicht ein Dutzend Pentagramme zeichnen willst. Nur so kannst du den Menschen schützen, der jetzt zu dem Untier in das Pentagramm geht. Vergiss das niemals!«

Mit vor Aufregung trockenem Mund nickte Gustav und zeichnete dem nächsten Mann das Kreuz aus Blutasche auf die Stirn.

Eisiger Wind kam auf, der an den Feuern zerrte und vereinzelte Holzkohlebrocken davonwehte. Gustav hatte alle Hände voll zu tun, die Flammen zu schüren, den Bannkreis immer wieder zu schließen und die Männer auf ihren Einsatz vorzubereiten. Außer Atem kam er gerade von dem am weitesten entfernten Feuer zurück, als er feststellte, dass sein Meister stark schwitzte.

»Ich brauche einen Schluck Wasser, Junge.«

Augenblicklich reichte Gustav es ihm. »Geht es Euch gut?

Aus dem Bannkreis starrten sie vier Dämonen und aus der Dunkelheit acht nervöse Männer an. Ein denkbar schlechter Augenblick, um Schwäche zu zeigen.

»Ja …« Martin schnaufte laut. »Ja … ich … ähm …«

»Was ist los?« Es machte Gustav Angst, seinen stets so selbstbewussten und starken Meister so zu sehen.

Traurig schüttelte der den Kopf. »Der Angriff des Intellectus hat mich geschwächt. Dämonenwunden heilen nur oberflächlich schnell. Sie spüren, wenn du ihnen schon einmal zum Opfer gefallen bist und …« Hastig trank er weitere Schlucke Wasser.

»Warum habt Ihr mir nichts gesagt?«

»Ich hatte einfach gehofft, dass es nicht so schlimm sei, aber bei jedem neuen Dämon spüre ich förmlich die Zähne und Krallen des Intellectus. Er hat durch die Wunden immer noch eine gewisse Macht über mich und es wäre gefährlich weiterzumachen, weil ich sonst womöglich die Kontrolle über alle anderen verliere.«

So viele Fragen schossen Gustav durch den Kopf, dass er gar nicht wusste, welche davon er zuerst stellen sollte. Daher sprach er die dringendste aus: »Was machen wir nun? Torstensson könnte ohne unsere Hilfe verlieren.«

Traurig nickte der Feldscher.

»Ich sehe nur eine Lösung, Meister«, begann Gustav vorsichtig. »Lasst mich die weiteren Dämonen beschwören.«

»Das ist eine Bürde, die ich dir nicht aufhalsen will. Ich werde es schon schaffen, noch ein paar herauszulocken. Vielleicht reichen sieben oder acht. Die Schlacht hat ja noch nicht richtig begonnen.« Er versuchte sich an einem Grinsen, das aber nur zu einer kläglichen Grimasse geriet.

»Wir beide wissen, wie gefährlich es wäre, würdet Ihr die Kontrolle auch nur über einen verlieren.«

»Ja«, schrie sein Meister. »Gleichzeitig weiß ich, dass dieser Krieg enden könnte, sollte Torstensson die Kaiserlichen heute erneut schlagen. Es ist zum Verrücktwerden. So kurz vor dem Ziel zu scheitern, ist schrecklich. Er baut auf meine Hilfe.«

»Vertraut mir, Meister. Ich werde Euch nicht enttäuschen.«

Entfernter Geschützdonner war zu vernehmen.

Das brachte Martin wohl zum Einlenken. »Beim ersten Anzeichen von Problemen hörst du sofort auf und schickst sie zurück in die Erde.« Er erhob mahnend den Zeigefinger. »Nur weil du über diese bemerkenswerte Fähigkeit verfügst, erlaube ich es dir!«

Mit einem Nicken schnitt sich Gustav in den Arm.

EIN GEWAGTES MANÖVER

Tatsächlich schaffte es Gustav, vier weitere Dämonen zu beschwören. Er war sich sicher, dass er auch mehr hätte bannen können, aber sie hatten keine Männer mehr.

Gustavs Meister blickte auf die in der Bewegung erstarrten Kämpfer in der Mitte des Pentagramms. Zwölf goldene Augenpaare starrten ihn und seinen Lehrling an. »Wir werden mit ihnen gemeinsam zu den kämpfenden Truppen vorstoßen, um diese bei einem Ausfall der Kaiserlichen zu decken.« Er machte eine kurze Pause. »Nicht das übliche Vorgehen, aber in der Nacht können wir nicht anders verfahren, sonst machen sie nicht, was wir wollen. Hoffen wir einfach, dass es gar nicht zu einem Kampf kommt. Bist du bereit, sie aus dem Pentagramm zu entlassen?«

Tief Luft holend, straffte sich Gustav, der sich ganz und gar nicht bereit fühlte, eine Gruppe Dämonen in den Krieg zu führen. »Ich denke schon.«

»Gut! Eine Warnung noch: Geh nicht auf all den Blödsinn ein, den sie von sich geben. Sie wollen dich damit verwirren. Rede nur mit ihnen, wenn du Befehle geben musst.

Sprich mir jetzt nach, damit auch deine vier sich an die Instruktionen halten.«

Das tat Gustav: »Dämonen, ich befehle euch, für die Truppen der Union zu kämpfen. Verteidigt ihre Männer, Frauen und Kinder. Lasst gegenüber dem Feind keine Gnade walten und haltet euch an die Forderungen, die euer Beschwörer euch aufträgt. Seid ihr wahrhaft dazu bereit, dann könnt ihr das Symbol jetzt verlassen.«

Nacheinander kamen die menschlichen Dämonen hinaus und liefen mit erhobenen Waffen und übertrieben grimmigen Gesichtern auf Gustav und seinen Meister zu.

Es kostete Gustav viel Kraft, nicht vor den kräftigen Männern davonzulaufen. *Sie müssen auf dich hören.*

»So, Jungs«, begann ein Mann mit Armen so dick wie Baumstämme, »dann wollen wir mal unseren Spaß haben. Wen darf ich töten?«

»Im Moment niemanden«, knurrte der Feldscher. »Folgt uns!«

Sie waren schon eine ganze Weile durch den Wald gelaufen, da begann einer von Gustavs Dämonen laut zu schreien, als hätte er schlimme Schmerzen. Ein Geräusch, das sie in der Stille des Waldes verraten konnte.

»Was soll das?«, zischte ihn Gustav panisch an.

Jetzt begannen auch seine anderen drei Beschworenen zu schreien und zu zetern. Dabei schnitten sie furchtbare Fratzen, verdrehten die Augen oder versuchten mit ihren Zungen die Nasespitze zu berühren.

»Tsch … wir müssen leise sein!« Je mehr Gustav meckerte, desto lauter wurden sie.

»Befiehl es ihnen!« Martin legte ihm beruhigend die Hand auf die Schulter.

Natürlich. Die Dämonen nutzten jede Schwäche und legten alles, was er sagte, auf die Goldwaage, um sich einen

Vorteil zu verschaffen. Starb er, waren sie frei und konnten aus ihren Wirten ausbrechen. Das würde nicht nur den Tod der braven Männer bedeuten, in denen ein Dämon steckte, sondern auch das Ende vieler anderer Menschen, über die die Untiere die restliche Nacht unkontrolliert herfallen konnten.

»Ich befehle euch, leise zu sein!«, zischte Gustav ihnen zu.

Sofort kehrte Ruhe ein.

»Spielverderber«, flüsterte einer und rollte genervt mit den leuchtenden Augen.

Schnell schlossen sie zu den Kampftruppen auf. Ein kleiner schwedischer Offizier nahm sie in Empfang. »Willkommen, Feldschere! Ihr seid mir von oberster Stelle angekündigt worden. Man versprach mir Unterstützung.« Skeptisch blickte er auf das Dutzend wild aussehender Männer mit ihren veralteten Waffen.

»Die bekommt Ihr!« Martin setzte sein leutseligstes Lächeln auf.

Dem Schweden war offensichtlich klar, welche Wertschätzung Gustavs Meister bei seinem Feldherrn genoss, daher fragte er nicht weiter nach. »Unsere Aufgabe ist es, diese Geschütze auf den Kapellenhügel zu bringen. Das ist die höchste Erhebung in dieser Gegend. Besetzen wir sie mit unserer Artillerie, verfügen wir über einen entscheidenden Vorteil gegenüber den Kaiserlichen.«

»Wird das Berglein bewacht?«, fragte einer von Gustavs Dämonen den Truppenführer. Sein menschlicher Wirt hatte braun gelocktes Haar, weswegen ihn Gustav heimlich Locke getauft hatte.

Er war überrascht, dass das Untier über so etwas nachdachte, aber dann fiel ihm ein, wie scharfsinnig und gebildet Mela war. Das waren keine plumpen Wesen, sondern hochintelligente Bestien – was sie nur noch gefährlicher machte. Die Frage war schlau und gut vorausgedacht. Jede kleine Information über das, was vor ihnen lag, konnte überlebenswichtig sein.

»Ähm … ich weiß nicht, ob …«, druckste der Offizier herum. Offensichtlich war er nicht bereit, militärische Geheimnisse mit den wilden Gesellen zu teilen.

Aufmunternd nickte ihm Martin zu.

»Na gut. Die Anhöhe wird von kaiserlichen Dragonern gehalten. Wir sollten ihnen an Männern und Bewaffnung überlegen sein und die Anhöhe leicht einnehmen können.«

»Wie nett, dass wir das so nebenbei erfahren. Ich lass mir ungern einen Arm abschießen, das tut so scheußlich weh, wenn der nachwächst.«

Verwirrt blickte der Schwede den schmerbäuchigen Mann aus Gustavs Gruppe an, dem dieser den Namen Wampe verpasst hatte.

»Wirst du wohl still sein!«, schimpfte Gustav ungehalten. *Ich hätte ihnen den Mund verbieten sollen, aber damit wären wir noch auffälliger gewesen.*

»Ein Scherz, Offizier.« Gustavs Meister versuchte sich an etwas, das entfernt an ein Lachen erinnerte. »Die Männer stehen unter großer Anspannung und derartiger Blödsinn hilft ihnen, die abzubauen.«

Wampe streckte Gustav frech die Zunge raus. Er wusste genau, was er angerichtet hatte.

»Nun … ähm … also gut. Ihr werdet schon wissen, was Ihr tut, Meister Feldscher. Wenn Eure Gesellen kämpfen, siegen wir immer. Wir sollten weiter!« Der Schwede sprach einen schnellen Befehl in seiner Muttersprache und der Trupp mit etwa hundertfünfzig Männern und zwanzig Kanonen setzte sich wieder in Bewegung.

Der Weg durch den dunklen Wald war beängstigend für Gustav. Er rechnete jederzeit mit einem Angriff aus dem Hinterhalt oder einer Kugel in den Rücken. Es war ein bedrückendes Gefühl zu wissen, dass irgendwo der Feind lauerte und seinen Tod wollte.

Die Dämonen scherten sich um derlei nicht. Wie Gustavs Meister vorausgesagt hatte, versuchten sie jeden Befehl, Ruhe zu halten, zu umgehen. Mal begannen sie laut zu hüpfen, mal täuschten sie Husten vor oder liefen mit Absicht gegen Bäume.

»Seid endlich leise!«, zischte Gustav wütend, und damit er sie besser im Blick behalten konnte, fügte er hinzu: »Bleibt dicht neben mir!«

»Eure Männer sind recht undiszipliniert, Meister Feldscher«, beschwerte sich der schwedische Offizier schließlich. »Ich weiß, was sie zu leisten imstande sind, aber …«

Das Ende des Satzes ging in einem Pfeifen unter.

Im nächsten Moment explodierte etwas, das Gustav von den Füßen hob.

»Der linke kaiserliche Flügel greift an!«

»In Deckung und bringt die Geschütze in Stellung!«

Gustav bekam das alles nur am Rande mit. Er krachte mit dem Kopf gegen eine Wurzel und wurde ohnmächtig.

»Habe ich's dir nicht gesagt? Der macht es noch. Wir hätten diese hässlichen Fleischsäcke doch sonst längst ausziehen und auf eigene Faust losmarschieren können.«

»So ein verfluchter Mist. Seit wann sind die so zäh? Ich habe zum Spaß mal einem gegen den Schädel geschnipst und der ist sofort tot umgefallen.«

»Aua!« Das Geplänkel holte Gustav langsam zurück in die Wirklichkeit. Vorsichtig betastete er seinen Hinterkopf, der ihm glücklicherweise noch auf den Schultern saß. Seine warme Biberfellmütze war verschwunden, stattdessen berührte er eine feuchte, schmerzende Wunde.

»Mir ist einer weggestorben, nur weil ich hinter einer Hauswand hervorgesprungen bin und Buh gerufen habe. Hat laut gefurzt und ist einfach umgefallen. Was haben wir damals gelacht. Wunderbare Zeiten. So was gibt's heute gar nicht mehr. Alles viel zu schnelllebig geworden. Töte den, nimm dies ein ...«

»Schon komisch, diese Menschen. Irgendwie auch ein bisschen eklig. Schau nur, wie reizlos sein Gesicht ist. Keine Hörner und dann nur diese zwei popeligen Augen.«

Jetzt erkannte Gustav die Stimme von Wampe. Mit einem schmerzvollen Stöhnen richtete er sich auf und blickte sich um. Der winterliche Wald lag still und verlassen im Mondschein da. »Wo sind die anderen?«

»Haben wir alle gefressen«, sagte Locke und klopfte sich auf den Bauch.

»Schön wär's«, entgegnete derjenige, den Gustav wegen eines hängenden Lids Auge getauft hatte. »Ich habe solchen Hunger. Mit diesen komischen kleinen Zähnen kann man ja nicht mal einen Baumstamm durchbeißen.« Er versuchte es an einer dünnen Kiefer. »Seht ihr«, nuschelte er mit dem Mund voller Rinde.

»Ich befehle euch, mir zu sagen, was passiert ist!«, entsann sich Gustav seiner Rolle.

Sofort begannen sie alle durcheinanderzureden und sich einen Spaß daraus zu machen, sich wechselseitig zu übertönen.

Genervt wischte sich Gustav mit der Hand übers Gesicht. »Nur einer! Du! Locke! Rede!«

»Ihhhh, was ist das denn für ein Name? Nenne ich dich etwa hässlicher Kotzbrocken, nur weil du so aussiehst?«

»Du kannst mir ja deinen richtigen Namen sagen.«

Augenblicklich wurde der Dämon still. Ein misstrauischer Ausdruck schlich sich in sein Gesicht.

Ich darf ihm nicht zu viel von dem verraten, was ich von Mela über seinesgleichen weiß. »Also, sprich!«, forderte ihn Gustav zur Ablenkung mit einer wedelnden Handbewegung auf.

»Wir sind mit Kanonen beschossen worden, oh unschöner Meister. Alle anderen haben sich tapfer zur Wehr gesetzt, während du geschlafen hast. Wir sind dankbar für deine Feigheit, sie hat uns davor bewahrt, kämpfen zu müssen. Nachdem der unkoordiniert ausgeführte Angriff zurückgeschlagen war, sind alle anderen schnell weiter. Niemand hat nach dir gesucht, weil alle dich hassen. Wir sollten ja leise sein und neben dir bleiben, deswegen haben wir nicht gesagt, wo du faulenzt.«

So ein verfluchter Mist. Weder kannte sich Gustav in diesem Wald aus noch hatte er eine Ahnung, wo sich die feindlichen Stellungen befanden. Ging er aufs Geratewohl durch die Nacht, rannte er womöglich den Kaiserlichen in die Arme. Während er überlegte, was er nun tun sollte, fiel ihm etwas auf. »Wo ist der Vierte von euch?«

»Er hat die Kanonenkugel abgefangen, die für dich gedacht war«, antwortete Wampe emotionslos. »Der Blödmann muss vergessen haben, dass er in solch einem schwächlichen Körper gefangen war.« Er klatschte sich mit der Hand mehrmals ins Gesicht.

Ein Dämon hat mein Leben gerettet. Schon wieder. Was waren das doch für wundersame Wesen.

»Möge er in Frieden ruhen«, nuschelte Locke. »Ich habe einen abgerissenen Arm von ihm abgeleckt. Hat grauenhaft geschmeckt. Kennt ihr das, wenn das Essen durch Schießpulver verdorben ist? Davon bekomme ich kaum was runter und dazu schlimmes Sodbrennen. Manchmal schlagen mir deswegen glatt Flammen aus dem Schlund.«

»Ich reibe sie dann gern ein bisschen durch den Sand, dann bekommen sie einen schönen erdigen Geschmack, der das überdeckt«, ergänzte Auge. »Könnte auch gegen deine aufsteigenden Säfte helfen. Wie sagt man so schön? Dreck reinigt den Magen.«

»Ach was, wenn man sie ein bisschen anröstet, dann schmecken sie eigentlich immer. Ist wie mit altem Brot.«

»Ruhe! Ich befehle euch, den Mund zu halten.« Mit Mela allein war es schon schwierig, einen klaren Gedanken zu fassen. Drei Dämonen machten das völlig unmöglich. Doch Gustav musste nachdenken. Er brauchte einen Plan. Schnellstens. »Wisst ihr, wo der Kapellenhügel ist und wie wir dort …«, er machte eine kurze Pause, um seine Worte abzuwägen, »… wie wir dort hinkommen, ohne auf den Feind zu treffen?« Fragend blickte er seine drei verbliebenen Dämonen an.

Keiner antwortete. Stattdessen schnitten sie nur mit tumbe Grimassen.

Stöhnend sagte er: »Ich erlaube euch, wieder zu sprechen.«

»Vielleicht …«, begann Wampe.

»… kennen wir einen Weg …«, ergänzte Auge.

»… der dich dorthin führen könnte«, beendete Locke den Satz.

»Ja, und?«

Missmutig schauten sie zu Boden.

»Ich befehle euch, mich dort hinzuführen! Und mich zu beschützen«, setzte Gustav hastig hinterher und als er an Mela dachte, garnierte er das Ganze noch mit einem: »Bitte!«

»Arbeit, Arbeit, Arbeit …«, maulte Locke, doch er drehte sich um und lief in den Wald.

Wohl oder übel musste Gustav ihnen vertrauen und folgen.

DÄMONEN UND DRAGONER

Die Nacht war fast vorbei, als sie am Fuß des Hügels angekommen waren.

Gustav hörte die Pferde der Dragoner, die die Anhöhe besetzt hielten, nervös wiehern und gedämpfte Stimmen. Von seinem Meister und der schwedischen Artillerie war hingegen nichts wahrzunehmen.

»So, da wären wir. Und nun?«, fragte Auge. Wie alle anderen drückte er sich mit seinem menschlichen Körper an den hart gefrorenen Boden.

»Die da oben haben bestimmt Musketen. Verdammt unangenehme Dinger. Die kleinen Kugeln kriegst du ewig nicht aus den Schuppen raus. Ich glaube, ich habe immer noch eine zwischen meinen Pobacken stecken. Wäre nett, junger Feldscher, wenn du dir das mal ansehen würdest, wenn ich den Fleischsack los bin.« Wampe kratzte die beschriebene Stelle ausgiebig.

»Hört oder seht ihr schon etwas von den anderen?«, fragte Gustav und konnte die Mutlosigkeit in seiner Stimme nicht unterdrücken.

»Die, die dich hassen?«, fragte Locke, der seine Haare immer wieder fasziniert mit einem Finger aufdrehte.

»Tun sie nicht!«, entfuhr es Gustav, bevor er sich auf die Zunge beißen konnte. Er wusste, dass der Dämon ihn nur reizen wollte. Er kannte das von Mela zur Genüge. Jetzt ärgerte er sich, dass er darauf reingefallen war, was das Untier sicher doppelt freuen würde.

»Wenn du es sagst.« Verschwörerisch zwinkerte Locke seinen dämonischen Freunden zu.

»Ich befehle dir, mir zu sagen, wo der Rest der Einheit ist!«, zischte Gustav ihn wütend an. Hauptsächlich um seinen Frust loszuwerden und weil ihm schlicht nichts anderes einfiel.

»Jetzt kommt der Mensch wieder zum Vorschein. War ja klar«, maulte der Dämon. Trotzdem schloss er die Augen. Sein menschlicher Körper erschlaffte und hörte sogar kurz auf zu atmen. Einen Augenblick bevor Gustav ihn anschrie, dass er es nicht wagen sollte, den Wirt sterben zu lassen, kehrte Locke in den Landsknecht zurück, der nun wieder zu atmen begann. »Ich bestätige, sie können dich nicht leiden. Mit wem haben wir uns da nur eingelassen, Jungs.« Übertrieben schüttelte er den Kopf.

»Das war nicht der Befehl, den ich dir gegeben habe!« Es kostete Gustav Mühe, seine Stimme nicht zu erheben. Jedes zu laute Wort konnte sie verraten.

»Oh doch!« Der Dämon wedelte gewichtig mit dem Finger. »Ich wüsste keinen Grund, warum sie sonst so trödeln sollten.«

»Was soll das heißen?«, flüsterte Gustav genervt.

»Dass sie mit ihren Kanonen und all dem anderen Zeug noch ein ganzes Stück weit weg sind. Wenn ich die Entfernung richtig abschätze …«

»Dabei vertut er sich nie.« Anerkennend nickte Wampe Locke zu.

»Du alter Schmeichler, aber es stimmt!« Er grinste seinen Kumpan dankbar an. »Nun, ich denke, sie werden pünktlich kurz nach Sonnenaufgang hier ankommen. Ideale Bedingungen also für die braven Dragoner und ihre Feuerwaffen da oben auf dem Hügel.«

»Verflucht!« Es fiel Gustav immer schwerer, seinen Frust nicht laut rauszuschreien.

»Mit dir möchte ich wirklich nicht tauschen!«, fasste Wampe die vertrackte Situation dankbarerweise nochmal zusammen. »Du kannst nicht auf sie warten, wenn du nicht willst, dass deine Freunde von den Dragonern im ersten Licht des Tages in aller Ruhe niedergemacht werden. Bestehst du im Gegenzug auf einem Angriff, dann rennen wir mit unseren schuppenlosen Schlapperkörpern da rauf und die erstbeste Kugel durchschlägt ein menschliches Herz«, er legte die Hand auf den Brustkorb, »oder einen ungehörnten Kopf – und das war's. Ein paar mehr Tote, aber das gleiche Ergebnis.« Er klaubte nach diesem Ausbruch blitzschnell ein Insekt vom Boden auf und stopfte ihn in den Mund.

Angewidert drehte sich Gustav weg. Leider musste er dem Dämon recht geben. In ihrer jetzigen Gestalt waren die Untiere zwar unnatürlich schnell und auch sehr stark, aber genauso verwundbar wie jeder andere Mensch.

»Tja«, begann Auge in unschuldigem Ton. »Da bleiben dir eigentlich nur zwei Möglichkeiten, kleiner Feldscher. Erstens, wir gehen und lassen diesen ganzen Mist hinter uns. Ich glaube, wir vier könnten 'ne ganz gute Bande abgeben. Du rufst uns nachts und wir überfallen dann reiche Reisende und lassen dir die Jungfrauen übrig.«

Resigniert schüttelte Gustav den Kopf. Mit einem verzweifelten Stöhnen fragte er: »Und zweitens?«

Das Grinsen auf Auges Gesicht wurde gemein. »Gib uns frei und lass uns auf eigene Faust handeln. Deine vielen Befehle verwirren uns nur. Du bräuchtest länger, ›domina‹ zu deklinieren, als wir, den Trotteln da oben die Köpfe abzureißen.«

Der wissende Ausdruck, mit dem er Gustav in diesem Moment bedachte, bereitete ihm Unbehagen. ›Domina‹ bedeutete Herrin. Konnten die Dämonen von Mela wissen? Ihre Verbindung untereinander war eng, aber er durchschaute immer noch nicht genau, was sie voneinander wussten. Auf jeden Fall konnte er die mit ihm verbundene Dämonin jetzt auf gar keinen Fall beschwören, damit sie seine Probleme mal wieder löste – das brächte sie und ihn in Gefahr.

»Wir versprechen dir, dass wir die da oben abmurksen und nicht weglaufen. Anschließend warten wir gemeinsam brav auf den Sonnenaufgang.«

Dass ich nicht lache. Der Erste, den sie umbringen würden, wäre ich. Entließ er die Dämonen aus seinen Befehlen, würde niemand sie noch aufhalten können. Was von ihren Versprechen zu halten war, darüber brauchte Gustav keinen Moment nachzudenken. Ein geflügeltes Wort unter Feldscheren lautete: ›Der Schwur eines Dämons wiegt so viel wie ein Furz im Wind.‹

Die kaiserlichen Dragoner nahmen ihm schließlich die Entscheidung ab, denn man hatte sie entdeckt. »Parole?«, brüllte einer von ihnen.

»Durchfall«, antwortete Auge.

Für einen kurzen Moment blieb es ruhig.

»Ich wusste, dass das eines Tages mal stimmt«, triumphierte der Dämon.

Im selben Moment pfiffen ihnen die ersten Kugeln um die Ohren.

»Das war ja klar«, brummte Wampe. »Niemand nimmt eine derartig dumme Parole. ›Käsefüße‹ hättest du sagen müssen. Das Wort lieben die Menschen.«

Sie hatten keine Wahl mehr, daher gab Gustav einen folgenschweren Befehl: »Erobert den Kapellenhügel und sterbt dabei nicht!«

»Da hält sich wohl jemand für besonders schlau.« Locke verdrehte seine goldenen Augen.

»Ich werde euch folgen!« Gustav zog seinen silbernen Degen. Noch nie war er ihm so schmal und klein vorgekommen.

»Na, dann kann ja gar nichts mehr passieren«, knurrte Auge kopfschüttelnd.

Dennoch band der Befehl die Dämonen. Sie würden ihn ausführen – oder zumindest alles versuchen, ihn umzusetzen. Die drei besessenen Männer blickten einander für einen Moment in die goldenen Augen.

Plötzlich machte Wampe einen gigantischen Satz in die Luft und schoss in Richtung der Kaiserlichen.

Mit dem Kopf durch die Wand. Typisch Dämon.

»Wir haben nie behauptet, dass wir brillante Taktiker wären.« Auge zuckte mit den Schultern, erhob seine riesige Axt und sprang ebenfalls den Hügel hinauf.

Locke blickte Gustav spöttisch an. »Bist du immer noch mit an Bord, kleiner Feldscher?«

Alles in Gustav schrie danach, Nein zu sagen, aber natürlich antwortete er: »Selbstverständlich!«

»Das wollte ich hören.« Der Dämon kam mit langen Schritten auf ihn zu, packte Gustav unter den Achseln und drückte sich vom Boden ab.

Gustavs Magen überschlug sich, als es schwindelerregend schnell in die Luft ging. Sein Verdauungsorgan wusste da noch nicht, was ihn auf dem Weg nach unten erwarten würde.

Ihm war speiübel, als er unsanft auf der Spitze des Kapellenhügels landete, ausgerechnet inmitten einer Gruppe Dragoner, die sich gerade standhaft gegen die angreifenden Dämonen verteidigten. Locke hatte ihn einfach im Flug fallen lassen und war selbst erst einige Schritte hinter den Soldaten auf dem Boden aufgekommen. *Sterbe ich, sind sie frei.* War das Lockes heimlicher Plan? Fast meinte Gustav in diesem Moment die strenge Stimme seines Meisters zu hören: »Dann stirb eben nicht!« Mehr Aufforderung bedurfte es nicht. Blitzschnell stach er dem ersten Kaiserlichen, der sich nach ihm umdrehte, in den Bauch. Die Klinge seines Degens drang mit einer scheußlichen Leichtigkeit in den Körper des Mannes ein.

Der blickte verstört auf die fein gearbeitete Waffe. Panisch versuchte er noch etwas zu sagen, doch nur Blut kam aus seinem Mund. Als würde die Zeit stehen bleiben, sackte er langsam zusammen.

Scham und Schuldgefühle überkamen Gustav. Der Dragoner war nicht viel älter gewesen als er selbst.

Im selben Moment schlug Locke mit einem riesigen Bidenhänder zwei Soldaten gleichzeitig die Köpfe ab. »Anfängerglück«, prustete er verächtlich, bevor er auf die nächsten Kämpfer eindrosch.

Um Gustav herum herrschte ein nach Blut und Schießpulver stinkendes Chaos. Die Dragoner wehrten sich mit allem, was sie aufbringen konnten, gegen den überraschend aufgetauchten Feind. Die Dämonen wüteten mit ihren übernatürlichen Kräften unter ihnen. Sie waren schneller als jeder Säbelschlag und stärker als die Pferde der Kavalleristen. Trotzdem gab es für Gustav keine Gelegenheit, sich auszuruhen. Zwei Dragoner legten auf ihn an. Ohne zu überlegen, warf er sich auf den Boden.

Ein Schuss erklang, dann ein zweiter. Nach Schwefel stinkender Nebel erfüllte die Luft.

Gustav wusste genau, dass sie jeweils nur einen Schuss abgeben konnten, bevor sie nachladen mussten. *Jetzt oder nie!* Er rannte auf die Soldaten zu.

Den Ersten erwischte er mit einem ungelenken Schlag seines Degens am Hals. Blut spritzte daraus hervor und traf ihn heiß im Gesicht. Der Mann presste verzweifelt die Hände auf die furchtbare Wunde.

Seinem Kameraden hatte die Zeit ausgereicht, um nachzuladen.

Geradeso schaffte es Gustav, gegen den Lauf der langstieligen Waffe zu treten. Sie wurde dabei hochgerissen und ihre eigentlich tödliche Ladung zerfetzte nur sein wattiertes Wams am linken Oberarm. Ein furchtbares Brennen breitete sich über seinen Körper aus. Er musste sich zwingen, nicht schreiend wegzulaufen. Mit festen Schritten ging er auf den panisch nachladenden Dragoner zu und trat ihm die Muskete endgültig aus den Händen. »Ergib dich!«

Der junge Mann war kreidebleich. Das verriet selbst die gerade erst aufgehende, trübe Wintersonne. Es war ruhig geworden auf dem Kapellenhügel. Gustavs Dämonen hatten zu dritt einen ganzen Trupp kaiserlicher Dragoner niedergemacht.

Wozu wohl ein ganzes Dutzend von ihnen fähig wäre?

Der Schütze hob zitternd die Hände. Musketenkugeln fielen zu Boden.

Im ersten Moment traute Gustav seinen Augen nicht. Die Kugeln glänzten. »Silber«, hauchte er schockiert.

»Ja«, knurrte Locke, der wie aus dem Nichts hinter dem besiegten Gegner aufgetaucht war. Brachial schlug er dem Kaiserlichen eine kleine Holzaxt in den Hinterkopf.

»Nein!«, schrie Gustav. Doch es war zu spät. Der Dragoner verdrehte die Augen. Einen Moment lang führte er eine Art ungelenken Tanz auf, bevor er vornüber aufs Gesicht fiel.

»Keine Gnade für Dämonentöter«, bellte Locke und zeigte auf das leichenübersäte Schlachtfeld. Unter den Männern in den blau-weiß-roten Uniformen lagen auch zwei in ziviler Kleidung. »Wampe! Auge!«, rief Gustav ungläubig.

DIE ANGST
ZU VERLIEREN

In der Nähe von Jankau,
Königreich Böhmen, kaiserliche Erblande,
6. März 1645 – 28. Kriegsjahr

Johannes hatte in der letzten Nacht kein Auge zugetan. Das Zusammentreffen der beiden Armeen hatte sich zwar seit Tagen angekündigt, aber als es tatsächlich so weit war, schockiert es ihn dennoch. Es war eine Sache, in der Theorie von großen Schlachten zu sprechen, aber eine ganz andere, unmittelbar dabei zu sein. Beim kaiserlichen Generalstab war hektische Betriebsamkeit ausgebrochen, nachdem man Torstensson endlich einmal hatte stellen können – oder müssen, da war sich Johannes nicht so sicher. Er hatte die ganze Nacht an Lagebesprechungen teilgenommen, Befehle an Offiziere untergeordneter Truppenteile weitergegeben, Ratschläge erteilt, die niemand hören wollte, und so weiter und so fort. Bis zum späten Abend des gestrigen Tages waren sich sämtliche Beteiligten aufseiten der Liga – auch Johannes – sicher gewesen, alle Trümpfe in der Hand zu halten. Ihre Truppen lagerten auf einer langen, dicht bewaldeten Hügelkette, was einen unschätzbaren taktischen Vorteil bot, weil die Schweden ohne Deckung bergauf dagegen hätten anstürmen müssen. Dazu hatten sie als weiteren Schutz das kleine Flüsschen Jankova zwischen sich und die Unionstruppen gebracht. Ihre Gegner durften sich mit dem unebenen Gelände auseinandersetzen, während sie nur darauf warten mussten, dass die Schweden ihnen in die Arme liefen.

Hastig spritzte sich Johannes etwas von dem eiskalten Wasser ins Gesicht, das ihm ein unsichtbarer Bediensteter vor Ewigkeiten in einer hübschen Silberschüssel in sein Zelt gestellt hatte. Es war ein Wunder, dass es nicht längst gefroren war. Die Kälte war beißend. Andächtig betrachtete sich Johannes in dem kleinen Kristallspiegel, den ihm der Reichsgraf nach der Erledigung einer besonders heiklen Aufgabe einstmals geschenkt hatte. Er stammte von der vor Venedig liegenden Insel Murano und war eines der wertvollsten Besitztümer, über die er verfügte. Er wusste, dass er eitel war und es dekadent wirken musste, einen derartig kostbaren Gegenstand in ein Feldlager mitzunehmen. Dennoch war der Spiegel genauso unverzichtbar für ihn wie seine Waffen. Sein gutes Aussehen war schon immer Teil seiner Rüstung und Tarnung gewesen.

Was ihm das Kunstwerk aus Glas jedoch schonungslos zeigte, war weniger ansehnlich: dunkle Augenringe, feine Fältchen auf Stirn und Nase, vereinzelte graue Strähnen im einst so goldblonden Haar. Nicht, dass Johannes ein Problem mit dem Altern hatte, er hatte nur nicht erwartet, dass es so schnell gehen würde. Doch jetzt war nicht der geeignete Zeitpunkt, um sich über das Vergehen der Zeit zu grämen. Er zog hastig ein frisches Hemd, ein Wams sowie eine saubere Hose an, kämmte sich und schnallte seinen Degen um, dessen Griff vor Edelsteinen funkelte. Dazu schob er eine geladene Faustbüchse unter seinen Gürtel. Die Handfeuerwaffe war nicht nur schön anzusehen, sondern auch hochmodern. Ihr Steinschloss zündete selbstständig, wenn man den Abzug betätigte. Die Waffe war somit augenblicklich schussbereit und musste, anders als ältere Modelle, nicht erst mit Pulver gestopft und dann mit einem Span entzündet werden. Schnelligkeit war ein unschätzbarer Vorteil in jedem Kampf. In Johannes stieg das untrügliche Gefühl auf, dass er die Waffe vielleicht bald zum ersten Mal würde einsetzen müssen. Sich wie sonst im Hintergrund zu halten, war im Angesicht des Feindes keine Option. Nach einem letzten Blick in den Spiegel griff er sich von dem danebenstehenden Teller eine Scheibe Brot und ein großes Stück Käse, verschlang beides und spülte es mit dem eiskalten Wasser hinunter, das seine Zähne schmerzen ließ. »Auf in den Kampf, Johannes«, flüsterte er seinem Spiegelbild zu.

Mit langen Schritten ging er auf das Kommandeurszelt zu. Die Wachen kannten Johannes mittlerweile und ließen ihn mit einem respektvollen Nicken eintreten. Das Zelt war bereits voller Militärs, adliger Würdenträger und anderer Leute, die sich als wichtig genug erachteten, hier anwesend zu sein. Selbst einige der kaiserlichen Berater hatten sich zu dieser sehr frühen Morgenstunde eingefunden. Zu Johannes' Ärger leider auch Fürst von Auersperg und sein dümmlicher Gehilfe Berold. Der geheime Rat musste noch in der Nacht aus Prag angereist sein. Vermutlich war er hier, um den triumphalen Sieg der Kaiserlichen überhaupt erst möglich zu machen – zumindest würde er das anschließend dem Kaiser und jedem, der es hören wollte, erzählen. *Wenn er sich da mal nicht zu früh freut.* Ein Blick in das angespannte Gesicht des Grafen von Gleichen und Hatzfeldt, des Oberbefehlshabers der kaiserlichen Truppen, ließ Johannes wenig Gutes erahnen.

»Guten Morgen, meine Herren«, begrüßte der die Anwesenden. Titel, Ränge und andere Befindlichkeiten zu beachten, war Hatzfeldts Ansicht nach während einer Schlacht offensichtlich nicht notwendig.

In Johannes' Augen sprach dieses Verhalten sehr für den Heerführer.

Das pikierte Gesicht Auerspergs bewies, dass er das anders sah. Vermutlich hatte der Fürst tatsächlich erwartet, persönlich von Hatzfeldt begrüßt zu werden. Eventuell sogar einen Dank für sein heldenhaftes Auftauchen, durch das allein die Schlacht schon fast gewonnen war.

»Wir haben die Schweden also endlich gestellt.« Hatzfeldt blickte streng in die Runde. »Natürlich haben sich unsere Gegner als die erwartbare harte Nuss erwiesen. Torstensson, der alte Fuchs, hat noch in der Nacht versucht, unsere linke Flanke zu umgehen.«

Aufgeregtes Gemurmel brandete auf.

Johannes war sich sicher, dass ein Teil der anwesenden Würdenträger gerade darüber diskutierte, wer Torstensson denn eigentlich sei und was eine Flanke war. Die Militärs blieben auffällig still.

Sie machen sich ernsthaft Sorgen. Wieder überkamen Johannes jene Aufregung und Unsicherheit, die er bereits im Arbeitszimmer des Reichsgrafen in Wien verspürt hatte. *Was passiert, wenn wir tatsächlich verlieren?* Böhmen war keineswegs so weit von der Reichshauptstadt entfernt wie etwa Magdeburg oder Leipzig. Gewannen die Schweden hier, war ihnen der Weg nach Wien geebnet.

»Warum«, fragte ein besonders herausgeputzter Adliger, »hat er uns nicht frontal angegriffen?«

Man konnte fast spüren, wie die Militärs ein genervtes Stöhnen unterdrückten.

Hatzfeldt ließ keine Gefühlsregung erkennen. Schon gar nicht kam er auf die Idee, den Fragesteller abzuwürgen oder gar der Lächerlichkeit preiszugeben. Er wäre nicht Oberbefehlshaber geworden, hätte er nicht gewusst, wie er mit Zivilisten des gehobenen Standes umgehen musste. »Ein direkter Angriff erschien ihm wegen des Geländes zu riskant. Daher hat er versucht sich so zu positionieren, dass er uns von der Seite angreifen kann.«

»Wie habt Ihr darauf reagiert?«, erklang die arrogante Stimme des Fürsten von Auersperg.

»Graf Götz hat unseren linken Flügel zum Angriff geführt. Ziel war es, die Truppen der Schweden in zwei Teile zu spalten.«

Dem Tonfall Hatzfeldts war in keiner Weise zu entnehmen, dass der törichte Johann von Götzen, genannt Graf Götz, dieses Manöver auf eigene Faust und ohne Befehl seines Oberkommandierenden unternommen hatte. Die Attacke war überhastet und unkoordiniert ausgeführt worden. Kaum war der General aus dem Wald herausgebrochen und mit seinen Männern auf lichtes Gelände geritten, hatten ihn die Schweden mit ihren Geschützen unter Feuer genommen. Vermutlich war Johann neben Hatzfeldt einer von wenigen Menschen im Zelt, die die Wahrheit über den nächtlichen Angriff kannten. Dank des Intellectus gab es keine Geheimnisse mehr für ihn. *Würde er doch diese Armee führen, dann hätten wir längst gesiegt.*

»Der tapfere Graf hat dabei sein Leben gelassen. Er ist als Held von uns gegangen. Wir sollten uns seiner mit Ehrgefühl erinnern und dafür sorgen, dass sein Opfer nicht umsonst war!« Pathetisch schlug Hatzfeldt mit der Faust auf den Tisch.

Er macht das wirklich gut, musste Johannes zugeben. Vermutlich war Hatzfeldt nicht von besonderer Trauer über den

Verlust eines unfähigen Truppenführers erfüllt, sondern aufgebracht darüber, dass Götz' unbedachte Aktion den Geländevorteil der kaiserlichen Truppen verschenkt hatte, sodass sie nun das schwedische Heer nicht würden zerschlagen können. Für einen Augenblick sah Johannes Götz noch einmal während der Parade in Prag vor sich, wie er stolz neben dem Kaiser gestanden und in eine vermeintlich glorreiche Zukunft geschaut hatte.

Für einen Moment erfüllte bedrücktes Schweigen das Zelt. Adlige traf es immer schwer, wenn einer der Ihren aus dem Leben gerissen wurde. Auf die vielen Männer, die aufgrund seiner Dummheit ebenfalls nie wieder nach Hause kommen würden, wurde selbstverständlich keine Träne verschwendet.

»Wenigstens ist er als Held gestorben und hat die verfluchten Schweden zurückgeschlagen«, trug Fürst von Auersperg höchst ergriffen vor.

Ein leises Räuspern von Hatzfeldt gab zu verstehen, dass es sich so nicht verhielt. »Leider war der Ausfall der Götz'schen Vorhut nicht von Erfolg gekrönt. Ich habe die Truppen aber wieder versammelt und nachfolgende Angriffe der Schweden in der Nacht erfolgreich abgewehrt.« Er blickte sich um. Fast so, als würde er wollen, dass auf jedem Anwesenden einmal kurz sein Blick geruht hatte. »Ich musste sie aus einem ganz besonderen Grund so früh hierher bitten, meine edlen Herren.«

Jetzt wurde Johannes hellhörig. *Offensichtlich weiß mein Dämon doch nicht alles.*

»Wir sind zusammengekommen, um darüber zu sprechen, ob es sinnvoll wäre, sich zurückziehen und auf ein günstigeres Momentum zu warten. Wir haben den ersten Teil der Schlacht bereits verloren. Noch haben wir den Vorteil des besseren Geländes auf unserer Seite, aber schafft Torstensson die Umgehung, wird der linke Flügel schwerlich zu halten sein.«

Der Mann ist ein Genie. Er teilt die Bürde der Entscheidung, damit ihm am Ende niemand ankreiden kann, dass er an allem allein schuld sei.

»Feigheit vor dem Feind«, begann Fürst von Auersperg mit furchteinflößend leiser Stimme, die mit jedem Wort lauter wurde, »ist etwas, das Seine Majestät ganz und gar nicht schätzt. Das hat er mir gerade gestern noch persönlich versichert.« Er lächelte den Oberbefehlshaber böse an.

Sofort kam Gemurmel auf. Aus den meisten Wortfetzen konnte Johannes heraushören, dass viele Auersperg zustimmten, obwohl der den puren Wahnsinn vertrat. Die Schweden hatten, obwohl sie sich in der schlechteren Position befanden, schon den ersten Teilsieg errungen und dazu noch einen der obersten Kommandeure getötet.

»Ich muss dem hochverehrten Fürsten leider widersprechen«, begann Johannes und setzte sein strahlendstes Lächeln auf. »Unsere Lage steht nicht zum Besten und ein Blick auf das Gesamtbild offenbart, dass wir uns eine weitere Schlappe auf gar keinen Fall leisten können. Dies wäre die dritte Armee, die wir seit der Niederlage bei Breitenfeld verlieren würden. Der törichte Gallas hat es sogar ohne richtige Feldschlacht geschafft, ein Heer zu vernichten.« Zu seiner Genugtuung bemerkte Johannes allgemeine Zustimmung. Die Erwähnung des verhassten Heeresverderbers hatte ihm Sympathien eingebracht. »Warum also heute ein Risiko eingehen? Ziehen wir uns zurück, bündeln unsere Kräfte und schlagen den Schweden in einer Woche oder zwei, das macht nach all den Jahren des Krieges keinen Unterschied.«

Hatzfeldt blickte ihn an, als würde er Johannes das erste Mal richtig sehen.

»Mein Junge …«, ertönte augenblicklich Auerspergs ölige Stimme.

Es gab wenig, was Johannes so sehr hasste wie diese Anrede.

»Ihr sprecht immerhin von den kaiserlichen Erblanden. Sollen wir sie etwa für die plündernden Barbaren der Union öffnen wie die Schenkel einer Dirne? Vergesst nicht, dass der Kaiser keinen Tagesritt von hier persönlich anwesend ist. Prag ist ein Juwel. Wir würden direkt unter Seiner Majestät Augen feige den Schwanz einziehen.«

Erneute Zustimmung, diesmal für das Gegenargument. Die edlen Herren waren im Grunde ihres Herzens doch nur willfährige Schafe, die froh waren, wenn irgendein Leithammel ihnen eine Richtung vorgab.

»Sehr gut.« Fürst von Auersperg klatschte selbstgefällig in die Hände. »Ich denke, dann ist das geklärt. Wie wollt Ihr vorgehen, um die verfluchten Schweden endgültig von kaiserlichem Boden zu tilgen, Graf Hatzfeldt?«

Über so viel Ignoranz verlor Johannes die Nerven. Er schrie mit zu hoher Stimme: »Verlieren wir heute, ist das Kaiserreich am Ende und Torstensson zieht morgen in Richtung der Wiener Hofburg. Begreift das doch endlich!«

Tödliche Stille kehrte ein. Diese Prophezeiung ging den meisten zu weit. Der Fall der Reichshauptstadt war etwas, das sie sich nicht einmal in ihren kühnsten Träumen vorstellen konnten. Und welch unverhohlene Kritik am Kaiser und seiner Kriegsführung in den letzten Jahren!

Auf Auerspergs Gesicht schlich sich kurz ein triumphierendes Grinsen, bevor es eine übertrieben schockierte Miene zeigte. »Ungeheuerlich, wollt Ihr etwa behaupten, dass …«

Ein verschwitzter Bote, der aufgeregt in das Zelt rannte, rettete Johannes vor den Anfeindungen des Grafen. »Die Schweden haben den Kapellenhügel eingenommen!«, rief er atemlos.

»Verfluchter Mist!«, ließ sich Hatzfeldt doch noch zu einer Gefühlsregung hinreißen.

Ehe er sich's versah, saß Johannes hoch zu Ross. Hatzfeldt hatte augenblicklich befohlen, dass die Kavallerie den Hügel anzugreifen und zurückzuerobern hatte. Wer dort stand, konnte das gesamte Heer mit Artilleriebeschuss eindecken. Der Kapellenhügel konnte über Sieg oder Niederlage entscheiden.

Dass Johannes sich leibhaftig in den Kampf stürzen durfte, hatte er einer mit vergiftetem Lob gespickten Empfehlung des Fürsten von Auersperg an den Oberbefehlshaber zu verdanken. Schnell war er in den Offiziersrang erhoben worden und man hatte ihm einige Männer an die Seite gestellt. Er hatte nur noch seinen Dank stottern dürfen, wurde auf einen Gaul verfrachtet und ritt nun im scharfen Galopp durch die winterliche Landschaft der Böhmisch-Mährischen Höhe. Sein einziger Trost war, dass die kaiserliche Kavallerie den Schweden zahlenmäßig überlegen war. Sie bestand hauptsächlich aus frischen und kampferprobten bayerischen Truppen und wurde von dem sehr erfahrenen und bei allen Soldaten überaus geschätzten Johann von Werth angeführt.

Dann kann ja eigentlich nichts schiefgehen. Johannes war natürlich klar, dass diese Hoffnung vollkommener Blödsinn war.

Sie wussten bisher noch nicht einmal, mit wie vielen Männern sich die Schweden in der Nacht auf dem Kapellenhügel festgesetzt hatten. Mit etwas Glück waren es nur ein paar Handvoll, die sie leicht wieder vertreiben konnten, ohne dass sie hohe Verluste zu beklagen hätten. *Mit Pech …* Johannes versuchte den Gedanken zu verdrängen. Was erstaunlich gut funktionierte, weil er sich als Teil eines Großen und Ganzen nahezu unverwundbar fühlte. Hunderte Reiter preschten mit ihm gemeinsam durch die Lande. Warum sollte es ausgerechnet ihn treffen? *Warum nicht?*

Ein junger Offizier schloss zu ihm auf. Er sah noch schlechter aus als Johannes heute Morgen in seinem Spiegel. Der Mann musste mehrere Nächte hintereinander nicht geschlafen haben. Er war käsig weiß im Gesicht und beim Sprechen kam aus seinem Mund ein übelkeitserregender Geruch nach Alkohol. »Johannes, der Diener von Trauttmansdorff?« So redete nur ein Adliger mit seinen Mitmenschen.

Dennoch war Johannes froh, dass ihn jemand aus seinen trüben Gedanken riss und er die Angst vor dem bevorstehenden Kampf für einen Moment vergessen konnte.

»Ja, so nennt man mich. Und Euer Name, werter Herr?«

»Ich bin der Junker von Ahornbrunn.« Als Johannes deswegen nicht augenblicklich zur Salzsäule erstarrte, fügte er rasch hinzu: »Bernhard.«

»Was kann ich für Euch tun, Bernhard Junker von Ahornbrunn?« Geschickt ließ Johannes sein Pferd über einen umgefallenen Baumstamm springen. Der Wald wurde dichter und die Reiter mussten notgedrungen das Tempo verringern, obwohl alle wussten, dass jede Verzögerung den Schweden mehr Zeit gab, ihre Position auf dem Hügel auszubauen.

»Mein Vater ist ein großer Bewunderer von Maximilian von und zu Trauttmansdorff. Der geheime Rat hat meiner

Familie einst bei einem Streit um Ländereien geholfen, seitdem fühlen wir uns ihm verbunden.«

»Ich werde ihm das nach dem Sieg mitteilen.« Kurz ließ Johannes ein demütiges Lächeln aufblitzen und glaubte, dass die Angelegenheit damit aus der Welt wäre und der Mann verschwinden würde.

Doch Bernhard kam gar nicht auf diese Idee. Er ritt eine Weile schweigend neben ihm. Nebelige Atemwolken stoben aus seiner Nase. »Ich ...«, begann er zögerlich.

»Ja?«, hakte Johannes nach. Ein Adliger, der nicht einfach redete, wie ihm der Schnabel gewachsen war, war eine interessante Seltenheit.

»Ich fand richtig, was Ihr vorhin gesagt habt.« Nach einer kurzen Pause setzte er nach: »... und da war ich nicht der Einzige.«

Ihr wart alle nur zu feige, es laut auszusprechen. »Fürst von Auersperg ist ein sehr überzeugender Mann.« Johannes zuckte mit den Schultern, als wäre ihm die ganze Sache egal.

»Wir dürfen diese Schlacht nicht verlieren. Unter keinen Umständen! Es hängt nicht nur unser persönliches Schicksal daran, sondern die Institution des Kaisers selbst und mithin Gottes Plan, wie wir Menschen zu leben haben. Eine Niederlage öffnet dem Teufel und seinen ketzerischen Horden Tür und Tor zur Welt der Rechtgläubigen und Tugendhaften.«

Jetzt übertreibt der Bengel aber etwas. »Vielleicht wäre ein Rückzug sinnvoller gewesen. Ich hätte Euch gern beigestanden, aber meine Familie ist nicht mehr so einflussreich, wie sie das einmal war, und ...« Bernhard hörte abrupt auf zu reden.

Johannes tat ihm nicht den Gefallen, sein feiges Verhalten zu entschuldigen, sondern schwieg einfach.

Der Junker ritt noch eine Zeit lang neben ihm, bevor er sich grußlos zurückfallen ließ.

Bevor Johannes über dieses merkwürdige Verhalten nachdenken konnte, erklang die Stimme eines Truppenführers. »Halt!«

Der braune Wallach, den der Rittmeister Johannes zugeteilt hatte, tänzelte einen Augenblick, bevor er die unmissverständlichen Befehle seines Reiters umsetzte und stehen blieb.

Ein rotgesichtiger Offizier mit beeindruckendem Schnauzer zeigte in südöstliche Richtung. »Dort hinten liegt eine Lichtung, die an den Fuß des Kapellenhügels anschließt. Wir brechen in breiter Front aus dem Wald hervor, um das Überraschungsmoment auf unserer Seite zu haben. Vielleicht jagt unsere schiere Masse dem Feind schon einen gehörigen Schrecken ein und vertreibt ihn. Mit ein wenig Fortüne nehmen wir den Hügel ohne nennenswerte Verluste ein.«

Sollte ich unter den Verlusten sein, fände ich das schon nennenswert.

»Macht euch bereit!« Der Kommandant zog ein schmales Krummschwert und streckte es in die Luft.

Aufgeregt nestelte Johannes an seinem Degen. Fast wäre er ihm dabei aus der Hand gefallen. Ein an Peinlichkeit kaum zu überbietendes Bild: ein Offizier, der kurz vor dem Angriff vom Pferd klettern muss, um seine Waffe vom Boden aufzuklauben.

»Für den Kaiser!«, schrie der Truppenführer.

»Für den Kaiser!«, wiederholte Johannes ohne besonderen Eifer. Ihm war ein leiser Mord aus dem Hinterhalt allemal lieber als dieses archaische Gehabe.

»Für den Kaiser!«, rief der schnauzbärtige Offizier erneut. Kraftvoller und voller Inbrunst.

Dutzende Kehlen erwiderten den Ruf und er ging lauter werdend durch die Kavallerie.

Jetzt packte es auch Johannes. Der Zusammenhalt gab ihm Kraft und Mut. »Für den Kaiser!«, rief er, so laut er konnte, und ritt mit zum Himmel gerecktem Degen aus dem Wald hinaus.

Die Helligkeit auf der Lichtung brannte Johannes kurz in den Augen. Der Anblick des vor ihm aufragenden Kapellenhügels war allerdings wenig beeindruckend. Eine mittelgroße Erhebung mit platt getrampeltem Gras im Nirgendwo. Er legte den Kopf in den Nacken, um dort oben Feinde zu erspähen, konnte aber niemanden entdecken.

Plötzlich war der geschwätzige Bernhard wieder neben ihm. »Sieht aus, als hätten wir Glück gehabt. Wir werden zu Helden, ohne kämpfen zu müssen. Die Schweden sind bei unserem Anblick geflohen. Vielleicht wird doch noch alles gut.« Er lachte hysterisch. Im selben Moment durchschlug etwas seine linke Augenhöhle und trat mit einem blutigen Spritzen aus dem Hinterkopf wieder heraus. Mit überraschtem Gesicht stürzte der Junker von Ahornbrunn aus dem Sattel.

Ein ohrenbetäubendes Pfeifen und Krachen erhob sich, als die Schweden begannen, die schutzlose Reiterei am Fuße der Erhebung mit Artilleriebeschuss einzudecken.

Wie paralysiert starrte Johannes auf den Schrecken, der sich um ihn herum ausbreitete. Kanonenkugeln schossen den Männern den Kopf ab. Explosionen zerrissen die Leiber von Pferden und Reitern. Verwundete lagen schreiend in ihrem Blut und herausquellenden Gedärmen. Johannes sah einen Mann, von dem er glaubte, dass er laut lachen würde, bis er begriff, dass der keinen Unterkiefer mehr hatte.

Als er den ersten Schock überwunden hatte und endlich zu sich kam, versuchte er den Wallach zu wenden, um in den schützenden Wald zu fliehen. Doch da war er nicht allein:

Hunderte andere versuchten das Gleiche und blockierten einander wie Äste einen engen Wasserlauf. In ihrer Panik bot die stolze bayerische Kavallerie somit ein noch einfacheres Ziel für die schwedischen Geschütze.

Plötzlich erhob sich Johannes' bis eben noch so friedlicher Wallach auf die Hinterbeine. Das Tier wollte nur noch weg und warf Johannes ab. Der Sturz trieb ihm keuchend die Luft aus dem Körper. Gleich darauf schlug neben dem Pferd eine Kanonenkugel ein. Die Explosion zerfetzte den Körper des Tieres, das damit aber Johannes' eigenen Leib abschirmte. Pferdeblut und Fellstücken regneten auf ihn herab. In seinen Ohren erklang ein durchdringender, hoher Piepton und alles um ihn herum hörte sich nur noch dumpf und weit entfernt an. Die Luft roch nach Schießpulver, Erbrochenem und Exkrementen. Ein Soldat, dem beide Arme fehlten, torkelte auf ihn zu. Aus den Stümpfen schoss Blut in kleinen Fontänen. Er schien davon gar nichts mitzubekommen.

Unaufhörlich deckten die Schweden sie mit Geschützfeuer ein. Johannes versuchte sich zu orientieren, doch er konnte nicht mehr unterscheiden, wo der Wald war und wo der Kapellenhügel. Die Landschaft war durch das Bombardement durchgepflügt und hatte sich vollkommen verändert.

Leise, fast wie aus einer anderen Welt drang ein Ruf an seine geschundenen Ohren. »Rückzug!«

Ich habe es euch gesagt. Dafür ist es jetzt zu spät. Johannes wankte zwischen Leichen und Sterbenden umher. Der gefrorene Boden war vom warmen Blut der Verletzten weich geworden. Irgendwie schaffte es Johannes tatsächlich in den Wald hinein. Dutzende folgten ihm und rannten um ihr Leben. Gestandene Männer, die weinten oder sich in die Hosen gemacht hatten. *Ich habe den Feind, der das angerichtet hat, noch nicht einmal gesehen. Das also ist das wahre Antlitz des Krieges.*

UNDANK IST
DER WELT LOHN

Schockiert blickte Gustav auf das Massaker, das die schwedischen Kanoniere mit ihrem Dauerfeuer unter den kaiserlichen Kavalleristen anrichteten. Menschen und Pferde rannten um ihr Leben. Der Trupp war längst geschlagen und die Männer versuchten zu fliehen, doch der Kommandierende trieb die Geschützdiener an den Kanonen immer weiter in seiner sonst so freundlich klingenden nordischen Sprache an. Im Eiltempo luden sie nach, zündeten und kühlten anschließend die metallenen Rohre mit Wasser, damit sie nicht ausglühten, während andere das Geschützrohr schon wieder stopften. Der Krach war ohrenbetäubend. Unter dem Beschuss zitterte die Erde.

»Tu dir das nicht an, Junge. Das sind Bilder, die man niemals vergisst.« Der Feldscher trat neben seinen Lehrling. Er sah grau und abgekämpft aus. Auch ihm ging das Schicksal der Reiter nahe. Sie mochten Feinde sein, doch in erster Linie waren es Menschen. Menschen, die eine Familie hatten und Freunde, die um sie trauern und sie vermissen würden.

»Nein!«, beharrte Gustav. »Ich will sie in ihrem Sterben nicht alleinlassen.« Außerdem nagte an ihm das unangenehme Gefühl, dass die von ihm angeführte Eroberung des Hügels dazu geführt hatte, dass sie so leiden mussten. Locke hatte er sicherheitshalber in die Erde zurückgeschickt, damit er in seinem Zorn über den Verlust seiner Artgenossen keine Dummheiten anstellte.

Verständnisvoll nickte der Feldscher.

»Wir sollten bei den Verwundeten sein, Meister. Das ist unsere eigentliche Aufgabe. Feldschere sind keine Kämpfer, sondern Heiler. Wir dürfen Menschen nicht töten, sondern müssen ihnen helfen und Leben retten.« Gustav hatte Martin nach dessen Ankunft auf dem Kapellenhügel erzählt, was er in der Nacht gemeinsam mit den Dämonen hatte tun müssen, um zu verhindern, dass die Dragoner den Trupp des Feldschers niedermachten. Menschen waren durch seine Hand zu Tode gekommen. Gustav schämte und verabscheute sich dafür. »Warum sind wir nicht bei den Schwerverletzten?«

»Ich kann dich gut verstehen, ich empfinde genauso. Der Krieg ist sich in erster Linie immer selbst der Nächste. Wir und viele andere sind nur dafür da, ihn zu füttern und am Leben zu erhalten. Als Feldschere ganz besonders. Was glaubst du, wie vielen Männern ich bereits das Leben gerettet habe, die dann in einer der folgenden Schlachten doch gestorben sind.« Er drehte Gustav so, dass dieser weg von Kampfgeschehen und ihm in die Augen schaute. »Genau deswegen tue ich alles, damit dieser verfluchte Krieg endlich endet. In Osnabrück waren wir auf einem guten Weg, doch der Kaiser wähnte sich damals noch stark genug, die Verhandlungen platzen zu lassen. Verlieren seine Truppen heute, dann ist er das nicht mehr. Er hat in wenigen Jahren drei Armeen verloren und muss verhandeln, wenn er nicht endgültig untergehen will. Wir beide werden dafür sorgen, dass das Kämpfen und Sterben ein Ende hat. Das verspreche ich dir! Doch nicht heute. Nicht hier. Unsere Zeit wird kommen. Sei geduldig.«

Mit traurigem Gesicht nickte Gustav. »Ist der Preis für den Frieden nicht zu hoch, wenn dafür so viele Menschen sterben müssen?«

Schweigend zwangen sie sich, dem Sterben weiter zuzusehen. Schließlich beendeten die Kanonen ihren schrecklichen Gesang. Stille legte sich über den Kapellenhügel. Die Luft war neblig vom Schießpulver und kratzte in der Kehle. Die überlebenden Kaiserlichen waren in den Wald geflohen. Zurückgeblieben war ein Meer aus Kratern, zwischen denen die zerfetzten Leiber von Menschen und Pferden lagen.

Gustav riss sich aus seiner Lethargie. »Ich möchte den Männern dort unten helfen.«

Sein Meister blickte ihn einen Moment nachdenklich an. »Es wäre töricht hinabzusteigen. Wir wissen nicht, wer im Wald auf uns lauert.«

»Niemand, außer noch mehr Verwundeten. Bitte, Meister, jeden Augenblick, den wir hier verschwenden, sterben dort unten Menschen. Ich will kein Feldscher werden, um die Kriege irgendwelcher Fürsten zu gewinnen, sondern um Menschen und Dämonen zu heilen. Das ist unser eigentlicher Auftrag, auch wenn Ihr ihn vielleicht vergessen habt«, setzte er leiser hinterher.

Martins Miene verriet, dass ihn der Vorwurf getroffen hatte. Er seufzte schwer. »Vielleicht hast du recht. Wir sind dem Leben verpflichtet und sollen in diesem Konflikt eigentlich neutral bleiben.« Er rief dem Truppenführer etwas auf Schwedisch zu.

Der antwortete ihm barsch.

»Er will nicht, dass wir gehen, weil er glaubt, dass die Kaiserlichen bald mit einer zweiten Welle angreifen werden. Keiner wird uns begleiten, um uns zu beschützen. Deswegen machen sie auch keine Gefangenen, sie wollen ihre Position nicht aufgeben. Jeder Mann wird hier gebraucht, bis Verstärkung von Torstensson eintrifft. Wir gehen auf eigene Gefahr.« Versonnen zuckte Martin mit den Schultern und summte die ersten Takte seiner üblichen Melodie. »Aber das sind wir ja gewohnt.«

»Kann er uns aufhalten?«

Resigniert warf der Feldscher seine Arme in die Luft. »Nein! Wir unterstehen nur dem Befehl unserer Zunft und haben uns Torstenssons Heer freiwillig angeschlossen. Schwarze Feldschere können hingehen, wohin sie wollen.«

»Dann los!«

Sein Meister verdrehte die Augen. »Denk nur nicht, dass ich nicht weiß, was du machst. Es bleibt trotzdem eine gefährliche Idee. Das beweist nicht zuletzt, dass der schwedische Offizier uns nicht gehen lassen will.«

Unter dem ungläubigen Blick der Schweden stiegen sie den Kapellenhügel hinab.

»Ich denke, wir sollten uns aufteilen.« Martin versuchte das Schlachtfeld zu überschauen. »Bleib zur Sicherheit aber in meiner Nähe!«

»Aber, Meister, ich …«

»Du schaffst das! Arbeiten wir gemeinsam, dann können wir nur halb so viele Verletzte retten.«

Wohl oder übel musste Gustav dem zustimmen.

»Gustav«, Martin holte tief Luft, »du hast nicht vergessen, dass du dich nur um die Männer kümmern darfst, die wirklich eine Chance zu überleben haben?«

Natürlich wusste er das, aber es war etwas anderes, diese Entscheidung eigenverantwortlich zu treffen: Gottähnlich über Leben und Tod zu entscheiden, diese Macht sollte kein Mensch besitzen.

Seinem Meister schien das Schweigen Antwort genug zu sein. »Los, wir müssen uns beeilen! Nicht mehr lange und die Kaiserlichen werden versuchen, den Kapellenhügel mit Infanterie einzunehmen. Wenn sie dieses Massaker sehen, werden sie nicht fragen, wer wir sind und was wir hier machen.«

Sie gaben einander die Hände. Gustav warf sich den prall gefüllten Wasserschlauch über die Schulter, sein einziges Utensil zur Versorgung der Verletzten, da seine Tasche mit den Arzneien und Instrumenten, wie alles andere, bei Jolande im Karren lag. Er ging nur wenige Schritte, bis ein am Boden liegender Mann die Arme flehentlich zu ihm hochstreckte: »Hilf mir, Junge, meine Schmerzen sind so furchtbar! Hab Mitleid!«

Mit einem erzwungenen und hoffentlich vertrauenerweckenden Lächeln blickte ihm Gustav in die Augen. Es fiel ihm schwer, den Blick nicht zu senken. Dem Soldaten war der komplette Unterleib durch eine Explosion weggerissen worden. Aus seinem Torso hingen in einem bräunlich schimmernden Brei vereint Gedärme und Innereien. Es glich einem Wunder, dass er überhaupt noch lebte. Selbst jemand ohne medizinische Ausbildung konnte erkennen, dass diesem Kavalleristen nicht mehr zu helfen war. Nur war es furchtbarerweise an Gustav, ihm das mitzuteilen. Er zog den Korken aus dem Wasserschlauch und hielt ihn dem Sterbenden an die Lippen. »Trinkt das, guter Mann.«

Der Soldat blickte Gustav in die Augen und da erkannte er wohl sein Schicksal. »Danke, und mögt Ihr gesegnet sein.«

Mit einem knappen Nicken ging Gustav weiter durch das Meer der Sterbenden.

Wieder kam er nicht weit. Er konnte immer nur einzelne Schritte gehen, bis er um Hilfe angefleht wurde. Die meisten Männer waren zu schwer verletzt, als dass er ihnen hätte helfen können. Oft verteilte er nur tröstliche Worte, manchen gab er einen Schluck Wasser. Zwei Soldaten konnte er unter den Leibern ihrer Pferde hervorziehen, sie humpelten wortlos dem Wald entgegen. Es war eine deprimierende Arbeit, die mehr der eines Seelsorgers denn der eines Wundarztes glich.

»Feldscher«, rief eine heisere Stimme und holte Gustav aus seinen melancholischen Gedanken. Er musste sich eine Weile umblicken, bevor er den Rufenden entdeckte. Er lag ein ganzes Stück von ihm entfernt hinter einem durch eine Explosion umgefallenen Baum.

Mit schmerzverzerrtem Gesicht zog er sich am Stamm hoch. »Hier! Hier bin ich, Meister Feldscher. Könnt Ihr mir bitte helfen? Ein Ast hat sich in meinen Unterschenkel gebohrt.«

»Natürlich.« So schnell es ging, eilte Gustav zu dem Soldaten. Ständig darauf bedacht, nicht auf einen Körper zu treten oder in einer der Blutpfützen auszurutschen. Er umrundete den Baumstamm und blickte in den Lauf einer Faustbüchse.

»Hallo, Bürschlein«, begrüßte der Kaiserliche ihn mit einem frechen Grinsen. Er hatte eine blutige Wunde am Kopf. Vermutlich war er bewusstlos gewesen und deswegen nicht mit den anderen geflohen.

Ohne dass er etwas dagegen tun konnte, schnellte Gustavs Blick in Richtung seines Meisters, der gerade mit dem Rücken zu ihm neben einem Verletzten hockte.

»Egal, was dir gerade durch den Kopf geht, du wirst nichts davon tun. Ein falsches Wort oder eine falsche

Bewegung von dir und ich schieße dir den Schädel von den Schultern.« Der Kaiserliche hob die Waffe etwas höher.

Zu nicken war für Gustav in diesem Fall die einzige Option.

»Sehr gut. Na, sag mal einer, da bringe ich meinen Offizieren doch noch einen kleinen Triumph. Bin mir sicher, dass sie mich dafür gut entlohnen werden. Der einzige Kavallerist, der einen Gefangenen gemacht hat, und was für einen: einen schwarzen Feldscher der Union.«

»Ich bin hier, um zu helfen«, flüsterte Gustav.

»Weiß ich.« Der Kavallerist richtete sich langsam auf. »Du wirst mir helfen, befördert zu werden. Im Lager geht das Gerücht, dass unser eigener Feldscher ganz verzückt wäre, einen von der Gegenseite zu treffen.«

Dieser verfluchte Hayo, dachte Gustav wütend.

»Mithin flüstern Stimmen im Dunklen sogar, dass ihr Schwarzen die Schlacht mitentscheiden könntet. Was wäre also besser, als den Schweden einen ihrer Feldschere wegzunehmen?«

»Wir sind nur einfache Wundheiler. Ich habe deinen Kameraden geholfen und …«

»Ist mir gleich!«, unterbrach der Soldat ihn barsch. »Ich weiß nur, dass du wertvoll für Personen bist, die mehr Sold verdienen als ich. Vielleicht zahlt ja sogar jemand Lösegeld für dich. Los jetzt, ab in Richtung Wald!« Er machte mit seiner Feuerwaffe eine antreibende Bewegung.

Wieder flog Gustavs Blick zu seinem Meister. Der war so vertieft in sein Gespräch mit dem Verletzten, dass er von alldem gar nichts mitbekam. *Ich könnte rufen und mich zur Seite fallen lassen.* Und dann? Vermutlich würde der erfahrene Soldat die Waffe herumreißen, ihn töten und in den Wald fliehen, bevor Martin oder die Schweden auch nur die Chance hätten zu reagieren. Eine blutverkrustete Hand legte sich auf seinen Gürtel.

»Deinen schicken Degen nehme ich lieber, nicht dass du auf dumme Gedanken kommst.« Er zwinkerte ihm kumpelhaft zu.

Es tat Gustav fast körperlich weh zu sehen, wie der Mann die Waffe in seinen eigenen Gürtel schob.

»Allein dafür hat es sich schon gelohnt. Muss ich dich doch abknallen, bleibt mir in jedem Fall dein schmucker Zahnstocher. Vergiss das nicht.«

Nach wenigen Schritten waren sie im Wald. Der Boden hier war bedeckt mit Ausrüstungsgegenständen, die die Soldaten auf der Flucht weggeworfen hatten. Hüte, Uniformjacken, zertretene Trommeln, Fahnen, Taschen, Wasserschläuche und alles andere, was einen daran hinderte, so schnell zu laufen, wie einen die eigenen Füße zu tragen vermochten.

»Jetzt renn, Bursche!«, forderte der Fremde ihn barsch auf. »Ich will diesen verfluchten Hügel nie wieder sehen.«

»Ich heiße Gustav«, sagte der, weil er glaubte, dass man einen Menschen nicht so leicht tötete, wenn man seinen Namen kannte.

»Schön für dich, Gustav, und jetzt los, oder ich schieße dir ein Ohr weg.«

Stumm lief Gustav durch den kalten Wald, beständig das angestrengte Schnaufen seines Entführers in den Ohren. Aus der Ferne glaubte er zu hören, wie sein Meister nach ihm rief. Er wagte nicht, sich umzudrehen.

Irgendwann waren sie in einen Gleichklang des Laufens verfallen, der Zeit und Raum verschwimmen ließ. Gustav hätte nicht zu sagen vermocht, wie lange sie bereits unterwegs waren. Der Wald sah überall gleich aus. Nur das

Brennen seiner Beine verriet, dass sie ein beträchtliches Stück Weg zwischen sich und den Kapellenhügel gebracht haben mussten.

»Halt an!« Der kaiserliche Soldat hustete abgehackt. »Das reicht erst mal. Ich bin ja nicht dem Massaker entkommen, nur um im Wald vor Anstrengung tot umzufallen.«

Die kalte Luft tat Gustav in den Lungen weh. Er zwang sich, tief und ruhig ein- und auszuatmen. Als er trotzdem Seitenstechen bekam, beugte er sich vornüber und stützte sich auf seinen Oberschenkeln ab.

Der Soldat spuckte aus. »Mann, ich hasse diesen Scheiß-wald. Ich bin in der Stadt aufgewachsen.«

»Wo?«, fragte Gustav, um den Mann für sich zu gewinnen.

Einen Moment lang blickte der ihn streng an, bevor er erwiderte: »München. Die schönste Stadt der Welt.« Als er das sagte, betonte er seinen bayerischen Dialekt besonders. Ein verträumtes Strahlen schlich sich auf sein Gesicht. »Jetzt fragst du dich bestimmt: Wie kommt ein freier Stadtbürger dazu, sich hier rumzutreiben, anstatt seine von Geburt an bestehenden Privilegien zu nutzen?« Er schüttelte mit trauriger Miene den Kopf. »Ich war Tischlerlehrling, meine Eltern hatten lange gespart, damit mich einer der Münchner Meister aufnahm. Ich war gut und hatte eine goldene Zukunft vor mir. Handwerker werden zu allen Zeiten geschätzt.« Er trank einen langen Zug aus seinem Lederschlauch und bot Gustav zu seiner Überraschung auch etwas daraus an. »Aber das reichte mir nicht. Ich war jung und dumm. Wollte Abenteuer erleben. Für Gott und den Kaiser in den Krieg ziehen, bevor er zu Ende geht, und meinen Teil vom Ruhm der Schlacht ernten. Ich habe mich nachts aus dem Haus meines Meisters weggeschlichen und mich freiwillig gemeldet. Damals habe ich einer Bäckerstochter den Hof gemacht, wir hätten vielleicht …« Einen kurzen Moment schien er sehr weit weg.

Das hörte sich erschreckend nach den Vorstellungen an, die Gustav gehabt hatte, bevor sein Vater ermordet worden war.

Das rhythmische Schmettern einer Fanfare war aus der Ferne zu hören.

»Ah, na endlich! Die Verstärkung kommt. Zeit, meine Belohnung einzusacken.« Er drückte Gustav den Lauf seiner Waffe in den Rücken. »Gleich hast du es geschafft und lernst die Gastfreundschaft des Kaisers kennen.« Der Landsknecht lachte gehässig. »Nimm es nicht persönlich, Gustav. Wir müssen alle sehen, wo wir bleiben. Könnte ich die Zeit zurückdrehen und nochmal entscheiden, würde ich in meinem geliebten München bleiben. Du und ich, wir wären uns nie begegnet, aber das geht leider nicht.«

»Otto«, begrüßte sie ein Mann, der eine lange Pike in der Hand trug. »Was verflucht machst du hier und wen schleppst du mit dir herum? Ich dachte, dass sie euch feine Reiter niedergemacht haben und wir nun für euch die Kohlen aus dem Feuer holen müssen.«

»Die Schweden werden die Scheiße aus euch rausschießen, das kannst du mir glauben. Wo ist denn dein Römer?« Er benutzte den umgangssprachlichen Begriff der einfachen Soldaten für einen Offizier.

Sein Kamerad zeigte ihm die Richtung und Otto trieb Gustav dorthin. Hunderte Infanteristen tauchten zwischen den Bäumen auf. Hauptsächlich Pikeniere und Musketiere. Dazu schwere Artillerie, die von Pferden und Eseln gezogen wurde.

Gustav konnte nur hoffen, dass sein Meister nicht so töricht gewesen und ihm in den Wald gefolgt war, sondern sich rechtzeitig in Sicherheit gebracht hatte.

»Otto?«, begrüßte der Offizier sie lauernd. »Wie durch ein Wunder dem Massaker am Kapellenhügel ohne jede Verletzung entgangen und trotzdem nicht am Sammelpunkt gemeldet. Muss ich mir Sorgen wegen Fahnenflucht machen?«

»Nein, nein, wo denkt Ihr hin. Ich war ohnmächtig. Darüber hinaus habe ich einen Gefangenen gemacht, den ich Euch gern überreichen möchte.« Er schubste Gustav in Richtung seines Vorgesetzten.

»Wer soll das sein?«

»Das ist ein schwarzer Feldscher. Gerüchte besagen, dass unser eigener ihn sucht. Vielleicht können wir die Belohnung ja teilen.« Er rieb Daumen und Zeigefinger aneinander.

Das Gesicht des Offiziers zeigte Gier. »Otto, du verlässt feige deinen Posten wegen eines Gerüchts.« Der Kommandant schüttelte den Kopf. »Du weißt, dass ich dich eigentlich an Ort und Stelle aufhängen lassen müsste.«

»Nein, nein!«, kreischte Otto, der jetzt puterrot geworden war. »Schaut nur seinen Degen an. Aus Silber und da steht sogar etwas auf Schwedisch. Er ist wertvoll. Glaubt mir.«

Der Truppenführer tat so, als würde er überlegen. »Gut, ich glaube dir.«

Otto stieß erleichtert die Luft aus und zwinkerte Gustav zu.

»Die Belohnung …«

Der Soldat streckte sich erwartungsvoll.

»… werde ich mit dir nach der gewonnenen Schlacht teilen. Natürlich musst du auch deinen Teil dazu beitragen. Ich kommandiere dich zur Infanterie ab. Los, los, hol dir eine Pike. Du wirst in der ersten Reihe an der heldenhaften Rückeroberung des Kapellenhügels mitwirken.«

Ein Todesurteil. Gustav sah, dass Otto das auch wusste. Er ließ die Schultern hängen und flüsterte in sich hinein: »Wäre ich doch nur in München geblieben.«

»Nun zu dir, Bürschlein. Du bist also ein schwarzer Feldscher.« Er blickte auf die Fibel an Gustavs Kragen.

»Ja, aber ich bin noch ein Lehrling.«

»Psst, wir wollen doch den Preis nicht drücken, bevor wir angefangen haben zu verhandeln.« Der Offizier rief einen Befehl und zwei breitschultrige Soldaten kamen hinter ihm zum Vorschein. »Bringt ihn zu Meister Hayo. Mit den besten Wünschen von mir. Bestellt ihm meinen Dank für seinen goldenen Trank und dass ich mich über ein weiteres Fläschchen freuen würde.«

Er verkauft mich für ein bisschen Dämonenblut an unseren Todfeind.

IN EISEN GEBUNDEN

Die Soldaten warfen Gustav bäuchlings auf ein Pferd und brachten ihn gemächlich ins Lager der Kaiserlichen. Vermutlich ließen sie sich Zeit, um sich nicht allzu schnell wieder in die Schlacht stürzen zu müssen.

»Oh, und ich hatte gehofft, dass wir heute keine Gefangenen mehr bekommen«, brummte der Gefängniswärter. »Bringt ihn hinter die Umzäunung! Platz ist genug.« Er nickte in Richtung eines einfachen Bretterpferchs, machte aber keine Anstalten, den Wachen irgendwie behilflich zu sein, sondern blieb teilnahmslos auf seinem Schemel sitzen und knabberte an seinem kalten Hühnerschenkel herum.

Den Infanteristen schien dieses wenig kooperative Verhalten egal zu sein. Wortlos öffneten sie die verriegelte Tür und schoben Gustav in den hölzernen Verschlag. Betont langsam schlichen die Soldaten zurück zu ihren Pferden.

Gustav musste sich eingestehen, dass er im Moment trotz seiner misslichen Lage ungern mit ihnen getauscht hätte. Er wusste, was die kaiserlichen Truppen am Kapellenhügel erwartete. Mit einem resignierten Seufzen blickte er sich um.

Mit ihm waren sie zu fünft. Zwei offensichtlich betrunkene Männer schliefen aneinandergelehnt ihren Rausch aus. Ein anderer starrte in Ketten gelegt teilnahmslos zum Himmel. Er schien Gustavs Ankunft nicht mitbekommen zu haben.

Der vierte Gefangene kam linkisch auf ihn zu und raunte: »Sprich nicht mit dem.« Er zeigte unfreundlich mit dem Finger auf den apathischen hellblonden Mann. »Der ist gerade zum Tode verurteilt worden.« Er blickte sich verschwörerisch um. »Angeblich, weil er für Torstensson spioniert hat.«

»Ist er denn Schwede?«, fragte Gustav ungläubig.

Der Gefangene zuckte mit den Schultern. »Schau dir doch nur seine Haare an. Kann gar nicht anders sein.«

Ein Todesurteil wegen blonder Haare. Gustav konnte sich nicht vorstellen, dass der Generalissimus so dumm war, jemanden als Spion auszuwählen, der so offensichtlich wie ein – angeblicher – Schwede aussah.

»Warum haben sie dich hier reingesteckt? Fahnenflucht?«, redete der Unbekannte weiter auf ihn ein. Er schien froh zu sein, dass endlich jemand gekommen war, mit dem er sich unterhalten konnte. Er war klein gewachsen und hatte ein verschlagen wirkendes Gesicht, in dem die spitze Nase das Auffälligste war.

Bevor Gustav etwas erwidern konnte, plapperte er weiter: »Ich bin hier, weil ich für meine Familie einen winzigen Kanten Brot gestohlen habe. Gut, gut, eventuell war es etwas mehr als nur ein Kanten Brot und ein bisschen Wein war auch dabei.« Er machte eine Pause und knabberte an seinen bereits bis aufs Fleisch abgekauten Fingernägeln herum. »Ich will nicht lügen, die Weinkrüge aus Silber habe ich ebenfalls eingesteckt.«

Unwillkürlich musste Gustav trotz seiner Situation über diesen merkwürdigen Mann grinsen.

»Eine Familie habe ich ehrlicherweise auch nicht.« Der Mann schlug wütend mit der Faust in seine flache Hand. »Warum musste ich nur so gierig sein? Das hier ist nun der Preis dafür. Wenn die Schweden uns erst überrennen, werden sie alle hier drin niedermachen. Außer dem blonden Schönling vielleicht.«

»Besonders viel Hoffnung auf einen Sieg deiner Leute hast du ja nicht.« Verschmitzt grinste Gustav ihn an.

»Deiner Leute …« Der Schwarzhaarige ließ einen Pfiff erklingen. »Bist du etwa einer von der anderen Seite? Ein echter Kriegsgefangener?«

Verfluchter Mist. Wie hatte er nur so unachtsam sein können! Dem Mann war nicht zu trauen. Er wirkte wie jemand, der seine eigene Großmutter verkaufen würde, um einen Vorteil für sich herauszuschlagen.

Aber er schien Gustavs Vorbehalte zu erkennen. »Keine Angst, ich verpfeife dich nicht!« Er wedelte aufgeregt mit der Hand. »Mir ist dieser ganze Krieg schnurz. Ich will nur irgendwie ein Auskommen haben. Hätte kein Problem damit, auch die Schweden zu beklauen.«

Der Mann blieb Gustav suspekt und der Blick, mit dem er seine Umhangsfibel musterte, gefiel ihm gar nicht. »Ich wäre dankbar, wenn ich einen Moment meine Ruhe haben könnte.«

»Schon gut, schon gut!« Abwehrend hob er die Hände. »Ich wollte nur freundlich sein.«

Gustav suchte sich ein halbwegs trockenes Plätzchen und lehnte sich nachdenklich an die Bretterwand. Wie würde es nun wohl weitergehen?

Der Tag verging in Langeweile. Es wurden nur noch mehr Betrunkene gebracht. Viele der Männer übertrieben es vor Schlachten mit dem Alkohol, um ihre Angst vor dem Kampf zu unterdrücken. Auf sie warteten harte Strafen.

Am frühen Nachmittag, Gustav war inzwischen eiskalt und er tigerte rastlos in dem Pferch hin und her, wurde der angebliche schwedische Spion von zwei Wachen abgeholt. Die Soldaten wurden von einem Priester begleitet. Ein sicheres Zeichen, dass jetzt das Todesurteil vollstreckt werden würde.

Tapfer stellte sich der blonde Mann seinem Schicksal und folgte ihnen mit erhobenem Kopf.

Es war für Gustav unerträglich, dass er keine Möglichkeit hatte, ihm zu helfen.

Kurze Zeit später schleppte sich ein Strom verletzter Infanteristen zurück ins Lager. Teilweise stützten sie einander. Viele hatten ihre Wunden mit blutgetränkten Stofffetzen umwickelt. Diejenigen, die es aus eigener Kraft bis hierher geschafft hatten, gehörten zu den Glücklicheren – alle anderen würden in der kommenden Nacht auf dem eiskalten Schlachtfeld vor dem Kapellenhügel sterben.

»He«, rief einer der inzwischen ausgenüchterten Betrunkenen den Rückkehrern zu. »Habt ihr den Kapellenhügel wiedergeholt und den Schweden ordentlich den Arsch versohlt?«

»Sehen wir so aus?«, antwortete ein älterer Kämpfer mit bitterbösem Blick.

Ein anderer ergänzte: »Bevor wir überhaupt in Angriffsstellung gehen konnten, wurden wir schon vom schwedischen Fußvolk attackiert und zurückgetrieben.«

Gustav freute sich zwar über diese Nachricht, machte sich jedoch gleichzeitig Sorgen um das Schicksal seines Meisters. Er konnte nur hoffen, dass der nicht zwischen die Fronten geraten war.

Immer mehr geschlagene Krieger schleppten sich müde an dem Pferch vorbei. Die Sonne stand inzwischen tief.

Niemand war bisher gekommen, um Gustav abzuholen oder ihn zu verhören. Vielleicht hatte man Hayo nicht Bescheid gesagt, dass er hier war, oder der Feldscher interessierte sich nicht für einen einfachen Lehrling. Gustav war einerseits froh, dass er nicht in die Hände des verruchten Hayo fiel. Andererseits belastete sich niemand gern mit wertlosen Gefangenen, deren Mäuler nur gestopft werden mussten und die ansonsten nichts einbrachten. Allzu gern schaffte man sie auf die eine oder andere Art aus dem Weg. *Ich muss hier weg!* In Gustav reifte ein Plan. Er würde nach Einbruch der Dunkelheit fliehen. Mit Unterstützung von Mela würde ihm das ganz sicher gelingen. Die starke Dämonin hätte kein Problem damit, den Pferch zu zerstören und mit ihm die Wachen. Voll grimmiger Entschlossenheit blickte er in Richtung der untergehenden Sonne. *Nicht mehr lange, Mela.*

Eine tiefe Stimme ließ all seine Überlegungen mit einem Schlag zerplatzen. »Ich bin hier, um den Schwarzkittel abzuholen.«

»Wen?«, fragte der dicke Gefängniswärter, der gerade dabei war, einen Spieß Fleisch über einem kleinen Feuer zu rösten. Der Mann schien niemals mit dem Essen aufzuhören.

»Den dort!«

Erschrocken blickte Gustav in das Gesicht von Helmhart, dem Dienstältesten von Hayos Lehrlingen, dessen Bekanntschaft er schon in Osnabrück hatte machen müssen. Er stand seinem Meister in Verschlagenheit in nichts nach und erledigte sämtliche Drecksarbeit für den schwarzen Feldscher.

»Lass die Trödelei, Gustav!«, zischte ihn Helmhart wütend an, als er ihn durch das Lager zerrte.

»Erst holt mich den ganzen Tag niemand ab und jetzt diese Hast. Wozu?«, entgegnete Gustav wütend. Er und

Helmhart standen auf einer Stufe und er empfand es als besonders demütigend, dass der glaubte, ihn so schlecht behandeln zu dürfen.

Helmhart gab ein freudloses Lachen von sich. »Wir hatten alle Hände voll zu tun, wie du dir vielleicht vorstellen kannst. Falls es dir entgangen ist, im Augenblick wird eine Schlacht geschlagen. Wir schwarzen Feldschere sind dabei unentbehrlich.«

»Meinst du damit die Behandlung der Verletzten oder das Beschwören der Dunkelwesen?« Es hatte sich als sinnvoll erwiesen, in der Öffentlichkeit niemals das Wort ›Dämon‹ zu verwenden. Es gab einfach zu viele neugierige Ohren.

»Geht dich gar nichts an!« Helmhart gab ihm einen Stoß. »Schluss mit den Fragen! Ich habe dich nicht hergeholt, damit du mich ausfragst. Und jetzt rein dort!« Er zeigte auf einen großen, dreiachsigen Kastenwagen.

Vorsichtig ging Gustav die kleine Holztreppe hoch. Als er einen Blick ins Innere werfen konnte, blieb er wie angewurzelt stehen. Er hatte eine ähnliche Ausstattung erwartet wie bei seinem Meister – Regale voller Kräuter, Phiolen, Medizin und Verbandszeug –, doch dieser Wagen war leer – bis auf eine Sache: vier eiserne, sargähnliche Kisten, die hochkant an der Innenwand befestigt waren. »Dämonenkäfige«, hauchte Gustav schockiert.

»Sehr gut!«, lobte Helmhart voller Häme. »Scheinbar bringt dir dein kleingeistiger Meister doch auch ein paar vernünftige Sachen bei.« Grob schubste er Gustav vorwärts.

»Was soll das?«

»Was soll das?«, äffte ihn Helmhart mit hoher Stimme nach. »Wonach sieht es denn aus? Du gehst jetzt brav hier in die Kiste rein und wartest.« Er klopfte mit einem gemeinen Grinsen auf die erste Metalltruhe an der linken Wagenseite.

Vehement schüttelte Gustav den Kopf. »Auf gar keinen Fall werde ich in einen dieser Eisensärge steigen.«

»Doch, wirst du!« In einer schnellen Bewegung packte Helmhart Gustavs linken Arm, drehte ihn auf den Rücken und bog ihn hoch.

Unwillkürlich schrie Gustav vor Schmerzen auf.

»Ich habe kein Problem damit, ihn dir zu brechen. Glaub mir. Einer der Vorteile der Ausbildung zum Feldscher ist, dass man genau weiß, wie man den Menschen am besten wehtun kann.« Unbarmherzig bog er den Arm weiter nach oben.

Hilflos wurde Gustav in die Eisenkiste geschoben.

Höhnisch lachend schloss Helmhart den Deckel. »Entscheide selbst, ob du die Augen auf- oder zumachst. Sehen wirst du in jedem Fall dasselbe.«

Dunkelheit umgab Gustav. Ein Riegel wurde mit einem Klacken geschlossen. Für einen furchtbaren Moment hatte er das Gefühl, keine Luft mehr zu bekommen. Er konnte sich nicht bewegen, so eng war das Dämonengefängnis. Einzig seinen Kopf konnte er etwas drehen. Gustav zwang sich, tief ein- und auszuatmen. Panik und Wut würden ihm jetzt nicht weiterhelfen, sondern seine Situation nur verschlimmern. Hayo hatte sich nicht die Mühe gemacht, ihn hierherbringen zu lassen, damit er in dieser Eisenkiste starb. Der Feldscher wollte etwas von ihm und damit er das bekam, hatte er Gustav in diese furchtbare Lage gebracht.

Irgendwann, Gustav hatte jedes Zeitgefühl verloren, wurde auf Kopfhöhe ein kleiner Riegel zur Seite gezogen. »Aua!« Das flackernde Laternenlicht, das in den Käfig strömte, brannte Gustav in den Augen. Jemand schlug hart mit einem festen Gegenstand gegen die metallene Hülle. Es dröhnte, als würde Gustavs Kopf in einer riesigen Glocke stecken.

»Aufwachen, mein braver Lehrling!«

Hayo. Gustav erkannte seine befehlsgewohnte, ölige Stimme sofort.

»Du wirst doch nicht die ganze Nacht verschlafen wollen. Das ist doch die wichtigste Tageszeit für unsere Berufung.« Er sagte leise etwas zu jemandem, den Gustav nicht sehen konnte. Kurz darauf wurde die Tür des Wagens zugeschlagen.

Das hagere Gesicht des Feldschers tauchte vor dem kleinen Sehschlitz auf. »Vielleicht fragst du dich, warum ich dich in eines dieser schnöden Behältnisse gesteckt habe, in denen ich sonst meine diversen dämonischen Gäste beherberge.«

»Einfach, weil Ihr ein schlechter Mensch seid und mich quälen wollt.« Gustav war am Ende seiner Kräfte, der Kopf schmerzte ihn furchtbar, er hatte schrecklichen Durst und Hunger und seit fast zwei Tagen nicht geschlafen – mit Höflichkeitsfloskeln konnte er jetzt nicht mehr dienen.

»Ach, mein lieber Gustav, da unterschätzt du mich aber!« Hayo wedelte gewichtig mit dem Zeigefinger, von dem Gustav immer wieder nur kurz eine Spitze sehen konnte, weil sein Sichtfeld verengt war. »Mit derlei primitiven Rachegelüsten habe ich noch nie meine Zeit verschwendet. Hat dir dein Meister denn gar nichts über mich erzählt?«

»Er meinte, dass Ihr ein berechnendes Arschloch seid, wenn ich das so zitieren darf.« *Reiß dich zusammen, Gustav*, schimpfte er mit sich selbst. Zorn war nie ein guter Berater in einer ausweglosen Lage.

Hayo aber lachte zufrieden und klatschte in die Hände. »Das beschreibt mich gut. Ich tue nichts, ohne dass ich etwas dafür bekomme. Das kann man einen schlechten Charakterzug nennen oder schlau. Wie auch immer, genauso werde ich auch mit dir verfahren. Es ist ein schöner Zufall, dass du uns in die Hände gefallen bist.« Er lief hin und her. »Wollen wir doch einmal herausfinden, wie schlau du tatsächlich bist, mein lieber Gustav. Dein Meister scheint ja große Stücke auf dich zu halten.«

Bei diesen Worten schwante Gustav nichts Gutes. Hayo hatte sicher nicht vor, seine Lateinkenntnisse zu testen.

»Meine erste Frage an dich lautet: Warum, glaubst du, habe ich dich in diese Kiste gesteckt und nicht einfach nur in den Wagen eingesperrt, der so gut gesichert ist, dass ein Ausbruch unmöglich wäre?«

Gustav blieb stumm. Er hatte nicht vor, sich auf dieses dumme Spiel einzulassen.

»Du solltest wissen«, Hayo erhob wieder seinen Zeigefinger, eine Marotte, die Gustav jetzt schon nervte, »dass ich auf einer Antwort bestehe. Immerhin bin ich ein Meister und du nur ein Lehrling.«

Plötzlich roch Gustav Rauch. Er kroch in seine Eisenkiste und ließ die ohnehin schlechte Luft in ihrem Innern unerträglich werden. Gequält hustete er und versuchte durch den Mund zu atmen.

»Ach ja, ich habe ein Feuerchen unter deiner Kiste entzündet, damit du mir zügig und wahrheitsgemäß antwortest. Meine Zeit ist sehr begrenzt. Ich muss eine Schlacht gewinnen helfen. Es ist doch hoffentlich nicht zu heiß da drinnen?« Hayo kicherte böse.

Was will er von mir hören? Was – außer der reinen Qual – war anders, wenn Hayo ihn in dem Dämonenkäfig einsperrte? Als er an das Wort dachte, durchfuhr ihn der Schrecken. *Das Eisen.* Das konnte nicht sein. *Woher sollte er wissen …*

»Ach, herrlich, so ein warmes Feuer bei dem Wetter, findest du nicht auch? Du solltest aber aufpassen, dass dein Blut nicht zu sehr erhitzt wird, du kennst als fleißiger Lehrling ja sicher die Folgen.« Hayo brummte vergnügt.

Die Hitze in dem engen Gefängnis wurde unerträglich, sodass Gustav schrie: »Ihr habt mich hier eingesperrt, damit ich keinen Dämon beschwören kann!«

Der Feldscher klatschte höhnisch Beifall. »Sehr gut. Hier kommt auch schon deine Belohnung.« Die Temperatur im Innern sank etwas – vermutlich hatte Hayo eine Glutpfanne oder Ähnliches unter die Kiste gestellt und sie nun weggeschoben. Außerdem steckte er das Ende eines Trinkschlauchs durch den Sehschlitz.

Gegen seinen Willen sog Gustav daran. Seine Kehle war ausgedörrt. Das Gefühl war so herrlich, dass er Hayo dafür hätte küssen können, und gleichzeitig hasste er sich dafür.

»Na na, wir wollen nicht übertreiben. Ich habe ja noch mehr Fragen.«

Für Gustav war es ein furchtbares Gefühl, als ihm das Behältnis wieder aus dem Mund gezogen wurde. Vergeblich versuchte er den Schlauch mit dem Mund festzuhalten, nur um sich anschließend dafür zu schämen.

»So, machen wir weiter.«

Hayo musste das Feuer wieder unter den Dämonenkäfig geschoben haben, die Temperatur im Innern stieg schnell wieder an.

»Du gibst also zu, dass du bereits einen Dämon beschworen hast.«

Er weiß es. Gustav fühlte sich wie ein lebender Toter. Er würde Hayo alles verraten müssen. Selbst wenn der ihn anschließend freiließ, würde er nicht zu Martin zurückkehren können, weil der seinen Tod fordern würde. Oder Hayo nutzte sein Vergehen, um das Urteil selbst zu vollstrecken. Sagte er hingegen nichts, starb er auf der Stelle. »Ja«, krächzte er.

»Nutzt du den Dämon für deine eigenen Zwecke?«, setzte der Feldscher das Verhör gnadenlos fort.

»Ja.« Gustavs Widerstand war gebrochen. Er würde alles gestehen und sich dem Richtspruch dieses oder seines schwarzen Feldschers stellen.

»Gestehst du, dass du ihn auch in seiner wirklichen Gestalt beschwörst, damit er dir zu Diensten ist?«

»Ja.«

»Entspricht es der Wahrheit, Gustav, Lehrling des Martin, dass du dieses Wissen von deinem Meister erhalten hast und er dich zu diesen schändlichen Taten verführt hat?«

Verwirrung überkam Gustav. Was hatte sein Meister damit zu tun, dass er sich mit Mela verbunden hatte?

»Antworte mir!«, schrie Hayo wütend. »Gib zu, dass dich Martin dazu verleitet hat, Dämonen zu beschwören, um ihre Kräfte zu nutzen, und ich lasse dich augenblicklich frei.«

Er will meinem Meister schaden. So viel zu dem überheblichen Getue, dass er nicht rachsüchtig wäre.

»Willst du für Martins Verfehlungen sterben, Gustav? Ich verspreche dir, dass man dich nicht belangen wird. Du bist ein unschuldiger Lehrling, dessen Meister ihn Falsches gelehrt hat. Vielleicht könntest du deine Lehre bei mir beenden.« Hayos Stimme war jetzt beruhigend und voller Mitgefühl. »Du kannst ja nichts dafür, Gustav.«

Doch, dachte Gustav, *und Martin kann nichts dafür.* Er würde seinen Meister nicht ans Messer liefern, nur um sich zu retten.

»Du entscheidest dich also für den Weg des Schweigens?« Hayo gab Gustav einen Moment, um doch noch eine Antwort zu geben. Als die weiterhin ausblieb, giftete er: »Wie du willst! Sag aber nachher nicht, dass ich dich nicht gewarnt hätte.«

Der Rauch wurde noch dicker. Offensichtlich fachte Hayo die Glut weiter an. Gustavs Körper war von der Tortur so geschwächt, dass er nicht einmal mehr schwitzte. Seine Zunge klebte am Gaumen und ihm wurde immer wieder kurz schwarz vor Augen. Die Hitze überstieg längst das, was er aushalten konnte.

Die Tür des Wagens wurde plötzlich mit einem lauten Krachen aufgeschlagen. Für einen Moment spürte Gustav den herrlich kühlen Zug der eisigen Winterluft, die sich von draußen ihren Weg ins Innere bahnte. Gustav erkannte Helmharts Stimme, verstand aber nicht, was der mit seinem Meister besprach.

»Gustav, das ist deine letzte Chance«, wandte sich Hayo wieder an ihn. »Gestehe, und ich lasse dich augenblicklich frei! Dazu verspreche ich dir, dass du deine Lehre bei mir beenden darfst. Noch kannst du ein ehrenwerter Meister werden.«

»Soll ich so ehrenwert wie Ihr werden? Darauf verzichte ich!« Hätte Gustav noch Spucke übrig gehabt, er hätte sie ausgespien.

»Sie kommen! Wir müssen weg!«, schrie Helmhart jetzt so laut, dass Gustav ihn verstehen konnte. Der Wagen schwankte, als er diesen eilig verließ.

Hayo brachte seinen Mund ganz nah an den Sehschlitz. »Du glaubst, dass ich dich nicht sterben lasse, aber da liegst du falsch. Du hast durch das illegale Beschwören von Dämonen Schuld auf dich geladen, die so gesühnt wird. Die Zunft der schwarzen Feldschere wird mir sogar dankbar sein. Wirf dein Leben nicht weg!«

Kohlerauch füllte die Eisenkiste. Gustav versuchte durch den Sehschlitz tief Luft zu holen. »Ich bin keiner von Euren eigenen Lehrlingen, die Euch jederzeit verraten würden, weil sie wissen, dass Ihr es mit ihnen genauso halten würdet. Martin ist ein guter Mensch und ein hervorragender Feldscher. Das genaue Gegenteil von Euch. Es gibt nichts zu gestehen!«

Wütend schlug Hayo mit der flachen Hand gegen den Dämonenkäfig.

»Ich denke, dass wir jetzt wirklich gehen sollten, Hayo!«, erklang plötzlich eine Stimme, die Gustav bisher nicht vernommen hatte.

Er hat die ganze Zeit einen Zeugen gehabt. Gustav versuchte durch den Schlitz zu erkennen, um wen es sich handelte, sah aber nur einen in einen dunklen Umhang gekleideten Rücken.

»Zunftmeister«, flehte Hayo den Unbekannten an, »gebt mir noch einen Augenblick!«

»Ich bin nicht extra aus Prag hierhergekommen, um mich von den Schweden niedermachen zu lassen. Ihr hattet Eure Chance, Hayo, und die auch nur dank der Fürsprache des Fürsten von Auersperg. Ohne die Aussage des Jungen werden wir Oberen nichts gegen Martin unternehmen.«

»Wartet!«, schrie der Feldscher ihm hinterher. »Sagt Fürst von Auersperg, wenn er will, dass sein Kaiser diesen Krieg nicht verliert, muss Martin aus dem Weg geschafft werden.« Seine Stimme hatte einen weinerlichen Ton angenommen.

»Meister, wir müssen weg!«, rief der offensichtlich zurückgekehrte Helmhart aufgeregt. »Ich habe alles Wichtige zusammengepackt. Kommt!«

Hayo warf Gustav noch einen letzten Blick zu. »Du hast es nicht anders gewollt.« Hastig schob er den Sehschlitz zu.

Für Gustav versank die Welt in Dunkelheit.

Der Wagen schwankte, als die beiden Feldschere ihn fluchtartig verließen.

Ich bin allein. Sie haben mich zum Sterben zurückgelassen. Immer wieder versank Gustav für kurze Augenblicke in einer Ohnmacht, die ihn zumindest zeitweise von seinen Qualen befreite. In den wachen Phasen versuchte er an die Menschen zu denken, die sein Leben schöner gemacht hatten. Seine Mutter und Anna. Seinen Vater, den Kriegshelden. Martin, der Mann, der an ihn geglaubt hatte und seinem Dasein einen Sinn gab. Er war stolz, dass er ihn nicht verraten hatte. Zu seiner Überraschung musste er auch an Mela denken. Gleichzeitig wurde ihm bewusst, dass die Dämonin seine beste Freundin war. Nachdem er wieder kurz weggetreten war, schummelte sich auch Anikes schönes Gesicht in seine stille Verabschiedung vom Leben. Er glaubte sogar zu hören, wie sie seinen Namen rief. Das war eine schöne Illusion.

»Gustav?«, holte ihn eine Stimme zurück in die Wirklichkeit.

Vor dem quietschend aufgeschobenen Sehschlitz erschienen Anikes grüne Augen.

Das Trugbild, das Gustavs gemarterter Geist ihm vorspielte, sah täuschend echt aus. Er lächelte und flüsterte: »Ich liebe dich!« Im Leben hatte er es nicht geschafft, ihr das zu sagen, daher wollte er es wenigstens kurz vor dem Tod nachholen.

Die eingebildete Anike verschwand.

Ein schleifendes, metallisches Geräusch verdarb Gustav jenen wunderbaren Augenblick. Mit einem Quietschen öffnete sich der Deckel des Dämonenkäfigs einen Spaltbreit.

»Kannst du mir mal helfen!«, schrie eine Stimme, die sich täuschend echt wie die von Anike anhörte. »Allein kriege ich diesen verfluchten Kasten nicht auf.«

Sie ist wirklich hier! Unbändige Freude überkam Gustav. *Und ich habe ihr gesagt, dass ich sie liebe.* Scham mischte sich darunter. Er versuchte mit seinen Händen und Beinen gegen den Deckel zu drücken, aber er hatte kaum noch Kraft.

»Verfluchter Mist! Mach schon, Gustav!«, schrie Anike, den Tränen nah. »Du wirst hier nicht sterben!«

Jede Faser von Gustavs Körper spannte sich an. Er wollte leben. Anike war gekommen. Seinetwegen.

Gemeinsam schafften sie es, den schweren Deckel endgültig aufzustemmen.

Am ganzen Körper schwitzend fiel Gustav in Anikes Arme.

ZWISCHEN DEN LINIEN

Anike blickte Gustav entsetzt an. Sein Gesicht war totenbleich und die Haare klatschnass vom Schweiß. Nur schwankend konnte er sich auf den Beinen halten.

»Wasser«, krächzte der Feldscherlehrling.

Sie sah sich um und fand neben der Kohlepfanne einen auf dem Boden liegenden Trinkschlauch.

Ungeduldig riss Gustav ihr das Behältnis aus den Fingern. Er verschluckte sich beim gierigen Trinken und begann zu husten.

»Langsam!« Sie legte ihre Hand auf seinen Unterarm.

»Wie …« Ein lang anhaltender Hustenkrampf ließ ihn verstummen. »Wie hast du mich gefunden?«

Die Geschichte war eigentlich schnell erzählt: Am frühen Morgen hatte sich im Lager die Nachricht vom Beginn der Kampfhandlungen verbreitet. Da hatte sie beschlossen, sich zum schwedischen Heer durchzukämpfen. Dabei hatte sie im Wald die beiden Soldaten entdeckt, die jemanden Schwarzgekleidetes abführten. Das weckte ihre Aufmerksamkeit und sie schlich ihnen hinterher. Nachdem sie ins

Lager zurückgekehrt war und tatsächlich Gustav in dem Gefangenenpferch erblickt hatte, war ihr ursprünglicher Plan gewesen, ihn nachts zu befreien, doch dann war ihr der aufdringliche Helmhart zuvorgekommen. Sie war ihm gefolgt und hatte genau zur richtigen Zeit eingegriffen. Warum sie aber überhaupt im Lager gewesen war, erzählte sie Gustav lieber noch nicht. Deswegen endete sie mit: »Eine Dame verrät übrigens nicht alle ihre Geheimnisse an jeden dahergelaufenen Feldscher.«

Gustavs Gesicht verdunkelte sich. »Es hat sich nichts verändert, oder, Anike?« Barsch zog er seinen Arm unter ihrer Hand weg. »Danke, dass du mich gerettet hast. Ich muss jetzt gehen.« Wankend erreichte er die Wagentür.

»Gustav …« Anike blieben die Worte im Hals stecken. Was konnte sie ihm sagen, ohne die Rettung ihres Vaters zu gefährden? »Es tut mir leid!«

Er wandte sich um und blickte ihr in die Augen. Man konnte fast sehen, wie hinter seiner Stirn ein Zwiegespräch ausgetragen wurde. Eine Stimme riet ihm zu gehen und das Mädchen, das ihm und seinem Meister so geschadet hatte, stehen zu lassen. Und eine andere, leiser, sanfter, aber nicht weniger intensiv, erinnerte ihn an seine wahren Gefühle für Anike. Keine der beiden Stimmen schien die Oberhand zu gewinnen. »Du musst dich nicht nur bei mir entschuldigen. Martin hat dein Verrat viel mehr zugesetzt als mir.«

Gegen ihren Willen traten Anike die Tränen in die Augen. Sie hasste Frauen, die sich mit Weinen einen Vorteil verschafften, aber all die Schuld, die sie auf sich geladen hatte, und die starken Empfindungen, die sie immer noch für Gustav hegte, brachen sich in diesem Moment Bahn. »Ich habe das alles nie gewollt, das musst du mir glauben.«

Einen kurzen Moment schien es, als würde Gustav aus dem Wagen steigen. Schließlich fasste er sich doch ein Herz und kam zu ihr.

Anike ließ sich schluchzend in seine Arme fallen.

»Dieser furchtbare Krieg lässt uns alle schreckliche Dinge tun.« Er sagte das mit solch einer Gewissheit, als wüsste er genau, wovon er sprach.

Gustav hatte sich verändert. Er war erwachsen geworden. Aus einem beeindruckenden Jungen war ein noch viel beeindruckenderer Mann geworden. Anike genoss es einen Moment, an seiner Brust zu lehnen, obwohl er roch wie ein verbranntes Stück Räucheraal.

»Ich denke, wir sollten hier weg!«, flüsterte Gustav nach einem viel zu kurzen Augenblick. Auch ihm schien es schwerzufallen, sich aus der Umarmung zu lösen.

Anike blickte hoch. Sie hatte vom Weinen einen Schluckauf bekommen. »Ja, ist vielleicht besser.« Doch anstatt aus dem Wagen zu steigen, stellte sie sich auf Zehenspitzen und begann ihn leidenschaftlich zu küssen. Seine Zunge nahm die ihre gierig in Empfang und liebkoste sie.

Panische Schreie und Musketenschüsse unterbrachen ihren feurigen Kuss.

Mit einem wohligen Lächeln löste sich Gustav von ihr. »Wir sollten gehen, sie fangen an, den Tross zu plündern.«

Noch mit seinem Geschmack auf den Lippen antwortete Anike: »Lass mal, niemand greift hier an. Das sind nur ein paar Kerle, die ich dazu gebracht habe, ein wenig Krawall zu schlagen. Trotzdem sollten wir gehen, bevor Hayo und seine dämlichen Lehrlinge das rausfinden. Komm!« Sie nahm seine Hand und gemeinsam traten sie hinaus in die eisige Nacht.

Vor dem Wagen herrschte Unruhe. Das Gerücht, dass die Schweden kamen, hatte ausgereicht, um zahlreiche Leute in

Panik zu versetzen. Ideale Bedingungen, um ungesehen zu verschwinden.

»Komm mit mir!«, bat Gustav sie. »Ich werde mich bei Martin für dich verbürgen. Er wird dir verzeihen, wenn du dich aufrichtig bei ihm entschuldigst und …«, er zögerte, bevor er weitersprach, »… ihm erklärst, warum du das alles getan hast.«

Wunderbar, genau wie geplant, dachte Anike. *Jetzt muss ich nur noch herausfinden, wie ich meinen Vater retten kann.* Dennoch fühlte es sich falsch an, weil sie Gustav nicht die ganze Wahrheit gesagt hatte. Sie würde ihm erneut wehtun müssen, sie hatte schlicht keine andere Wahl. »Warte, ich muss schnell noch etwas holen!« Bevor er etwas sagen konnte, war sie hinter dem Wagen verschwunden und holte ein kleines Bündel mit ihren Habseligkeiten unter einem Haufen abgebrochener Zweige hervor.

»Was in deinem Gepäck ist so wichtig, dass du mich dafür allein in einer dunklen Winternacht zurücklässt?« Er lächelte sie verliebt an.

Ihn anzulügen, tat Anike fast körperlich weh. »Warme Unterwäsche und anderes, was ich später vielleicht noch brauchen werde.« Sie zwang sich zu einem frivolen Lächeln.

Sie schlichen Hand in Hand durch das Lager. Niemand achtete auf sie. Die Furcht vor dem schwedischen Angriff verbreitete sich immer noch und ließ die Wachen blind vor Panik werden. Schließlich hatten sie den Waldrand erreicht.

Mit ernstem Gesicht blickte Gustav sie an. »Wenn wir da reingehen, sind wir im Niemandsland zwischen den feindlichen Linien. Dort wird geschossen oder zugeschlagen, bevor man Fragen stellt. Bist du bereit?«

Mit starrem Blick auf den dunklen Wald sagte sie: »Nein«, nur um im nächsten Moment den ersten Schritt zwischen die Bäume zu tun.

Schnell umschloss sie dichter Wald. Aus weiter Ferne war Geschützdonner zu vernehmen und von irgendwoher schrille Schreie.

Anike spürte, wie Gustavs Hand ihre fester drückte. Auch er hatte Angst.

Vorsichtig tasteten sie sich vorwärts. In der Dunkelheit war es mühselig, sich durch die eng stehenden Bäume zu bewegen, ohne gegen einen Stamm zu laufen, über eine Wurzel zu stolpern oder auf einer der zahlreichen gefrorenen Pfützen hinzuschlagen. Trotzdem passierte ihnen all das mehr als ein Mal. Der Mond verschwand immer wieder hinter Wolken, sodass sie stets nur kurz sehen konnten, was vor ihnen lag.

»Weißt du denn, wo genau die Schweden lagern und wie wir dort hinkommen?«

»Ähm …«

Anike begriff, dass Gustav sich unsicher war.

»… ich denke, wir sollten zum Kapellenhügel gehen …«

»Aber?«, drängte Anike.

»Die Erhebung wird belagert. Ich weiß nicht, ob die Kaiserlichen den Angriff bereits aufgegeben oder weitere Truppen dorthin gesendet haben. Hoffen wir, dass sie abgezogen sind und wir ungehindert zu den Schweden passieren können. Ansonsten gehen wir …«

Ein lautes Heulen unterbrach ihn.

Sie blickten einander fragend in die Augen.

»Gibt es Wölfe in diesen Wäldern?«, fragte Anike.

»Ich kann mir nicht vorstellen, dass die nicht vor dem Geschützdonner geflohen sind. Tiere sind schlauer als Menschen.« Gustavs Hand wanderte zu seinem Gürtel, wo normalerweise sein silberner Degen hing. »Mist«, fluchte er leise, als er bemerkte, dass er unbewaffnet war.

Das Heulen wurde jetzt von einem bösen Zischen untermalt.

»Das sind keine Tiere«, flüsterte Gustav mit panisch aufgerissenen Augen. »Hayo hat gemerkt, dass ich geflohen bin.«

»Du glaubst doch nicht etwa, dass er …«

Das Geräusch von splitterndem Holz erklang. Irgendetwas zerstörte mit brachialer Gewalt ganze Baumstämme auf seinem Weg zu ihnen.

»… mir Dämonen hinterhergeschickt hat«, beendete Gustav den Satz. »Doch, genau das denke ich. Was sonst sollte in den anderen Käfigen gewesen sein?«

Sie stellten sich Rücken an Rücken, um in alle Richtungen gleichzeitig sehen zu können. Obwohl das Wort ›sehen‹ ihren Möglichkeiten bei den herrschenden Sichtverhältnissen nicht wirklich entsprach. Anike hatte ihr Messer gezogen. Gustav konnte sich nur mit einem Holzknüppel verteidigen, den er vom Boden aufgeklaubt hatte.

Plötzlich kehrte Ruhe ein. Kein Heulen, Fauchen oder Zischen waberte mehr durch den Wald. Nur das Rauschen des kalten Windes in den Wipfeln der Bäume war noch zu vernehmen.

»Vielleicht haben wir uns das alles in unserer Aufregung nur eingebildet?«, sagte Anike, ohne wirklich daran zu glauben. Obwohl ihr Herz vor Aufregung heftig schlug, genoss sie es, Gustavs Körper an ihrem zu spüren.

»Runter!« Er riss sie auf den mit Tannennadeln und gefrorenem Laub bedeckten Boden.

Noch bevor Anike den Mund öffnen konnte, um zu fragen, was das sollte, schoss eine drei Schritt lange Flammenlanze über ihre Körper hinweg.

Dem hinterhältigen Angriff folgte ein schrilles Kreischen. Der Feuerdämon war offensichtlich frustriert, dass er sie nicht erwischt hatte.

Jetzt sah Anike ihn. Das Wesen hatte hellgelbe Schuppenhaut, die von schwarzen Sprenkeln durchsetzt war. Dazu einen vogelähnlichen Kopf mit einem riesigen, spitzen Schnabel, aus dem kleine Flammen züngelten. Es lief staksend auf vier Beinen, die mit gefährlich aussehenden Krallenfüßen bewehrt waren.

Gustav schien bei diesem Anblick wie vor Angst erstarrt. Er lag, nachdem er sich schützend über sie geworfen hatte, bewegungslos da und murmelte irgendetwas, das Anike nicht verstehen konnte.

Der Flammendämon bewegte auf der Suche nach ihnen seinen großen Kopf zuckend hin und her. Dabei stellte sich eine Art Kamm aus Haut an seinem Hals auf.

Kurz fixierte er Anike mit seinen golden glühenden Augen. Bevor sie wegsehen konnte, lief er mit einem triumphierenden Klappern seines Schnabels auf sie zu. »Gustav! Weg hier!«

Die Flämmchen, die aus dem Maul des Wesens züngelten, wurden immer länger. Er würde sie erst verbrennen, bevor er sie verschlang.

Gustav rührte sich noch immer nicht. Vermutlich hatte er eingesehen, dass sie keine Chance hatten, vor der Kreatur zu fliehen.

Anike drehte sich auf den Rücken und umarmte ihn. Sie würden gemeinsam sterben. Nicht das, worauf sie gehofft hatte, aber auch nicht das schlechteste Ende.

Gustav blickte ihr mit einem entrückten Ausdruck in die Augen, fast so, als ginge in das alles gar nichts an.

Was ist nur los mit ihm?

Ein chemischer Geruch erfüllte die Luft. Vermutlich ließ der Dämon irgendetwas Brennbares in sein Maul fließen. Fauchend riss er seinen Schlund auf. Die Flammen, die daraus hervorschossen, waren um ein Vielfaches größer als bei seiner ersten Attacke. Das Wesen wollte auf Nummer sicher gehen.

Anike spürte die anrollende Hitzewelle. Hastig schloss sie die Augen und versuchte sich auf die furchtbaren Schmerzen vorzubereiten, die der Tod durch Verbrennen unweigerlich mit sich brachte.

»Herrlich, so ein kleines Feuerbad«, erklang plötzlich eine hohe, spöttische Stimme. »Für mich könnte es allerdings noch ein bisschen wärmer sein. Bist du erkältet oder so was?«

Verwirrt öffnete Anike vorsichtig ein Auge.

Gustav grinste sie an und nickte in Richtung des Dämons.

Anike blickte auf eine dickliche Silhouette, deren rote Schuppen von den Flammen leicht glühten. *Gustavs Dämonin. Er hat sie gerufen.*

»Das war eine 1-a-Flamme und das weißt du auch. Ohne deine Wampe hätte sie auch ihr Ziel gefunden. Jetzt geh mir aus dem Weg, ich habe einen Auftrag zu erledigen!«, meckerte der Flammendämon.

Die rote Dämonin klaubte sich mit ihren Krallen etwas aus den furchteinflößenden Zähnen. »Na, sieh mal an, wusste gar nicht mehr, dass ich das gegessen hatte.«

»Bist du taub?«, zischte der Feuerdämon.

Die dickliche Dämonin popelte ausdauernd in ihrer Schweinsnase und beförderte einen ansehnlichen, aber auch sehr unappetitlichen Brocken nach draußen, den sie in die Gegend pustete. »Nein, ganz und gar nicht …«

Ein nicht unangenehmer Duft nach Zimt erfüllte plötzlich die Luft. Er machte Anike Appetit auf Gebäck.

Auf ihren Begleiter schien der Geruch die gegensätzliche Wirkung zu haben. Gustav sah so aus, als würde er sich gleich übergeben müssen.

»Es ist nur so, mein gelber Freund: Ich möchte, dass du die beiden Menschen in Ruhe lässt, sie gehören mir. Geh dorthin zurück, wo du hergekommen bist!«

»Wir gehen!«, flüsterte Gustav, stand auf und zog Anike auf die Füße.

»Ich dachte, du hast deine Dämonin gerufen, damit sie uns hilft«, fragte Anike.

Gustav zupfte ihr einen Kienapfel aus den Haaren. »Ja, aber der Gelbe wird nicht so schnell aufgeben. Er wird vermutlich von Hayo mithilfe eines Intellectus kontrolliert. Es könnte gleich – im wahrsten Sinne des Wortes – heiß hergehen.«

Das leuchtete Anike ein. Schnell zogen sie sich hinter den dicken Stamm einer alten Eiche zurück und beobachteten die beiden Dämonen.

»Hä?«, gab der Gelbe dümmlich zurück. »Was redest du denn da? Nicht mehr lange, und Tausende tote Menschen warten darauf, gefressen zu werden. Kannst du dich nicht noch ein wenig gedulden?« Der Flammendämon klapperte mit seinem Schnabel, sodass es sich anhörte, als würde er lachen. »Sei nicht so gierig.«

»Damit hat das Ganze hier nichts zu tun. Ich bitte dich ein letztes Mal höflich: Verschwinde und sag deinem debilen Intellectus, dass du dich verlaufen hast oder den Schnabel verbrannt oder was auch immer. Der wird das schon glauben.«

»Hör mal zu, mein dralles Dickerchen …«

»Ganz schlimmer Fehler«, flüsterte Gustav in Anikes Ohr.

»… und das meine ich genauso unfreundlich, wie es sich anhört: Schwing deinen fetten, schuppigen Arsch zur Seite, bevor ich ihn dir bis zu den Schultern aufreiße. Die beiden Fleischsäcke gehören mir und ich werde sie jetzt umbringen.«

Als wäre sie verlegen, wiegte die rot geschuppte Dämonin den Kopf. »Ich muss dringend mal meine Ohren mit Sand durchpusten. Kann es sein, dass du die Frechheit besessen hast, mich dick zu nennen, du pissgelbes Vogeldings?« Sie ballte ihre beeindruckenden Fäuste. »Ich habe mich doch sicher verhört?«

»Nein, Fettbäckchen, deine Ohren funktionieren bestens. Ist doch offensichtlich, dass du eine von denen bist, die sich immer vordrängen, wenn die Feldschere rufen. Verrätst alles, woran wir glauben, nur um dich richtig vollschaufeln zu können.«

Die rot geschuppte Dämonin gab ein Grollen von sich, das Anike als feine Vibration in ihrem Brustkorb spürte. »Du …«

Ihr Gegenüber begann überheblich zu lachen. Kleine Flammen schossen aus seinem Schnabel. »Ach nein, jetzt erkenne ich erst, was du für eine bist. Du hältst dir einen Menschen, der dafür sorgt, dass du immer gut zu futtern hast. Sehr schlau.«

Aus dem Augenwinkel sah Anike, dass Gustavs Gesicht einen nachdenklichen Ausdruck annahm.

»Du, ich habe gar nichts dagegen. Haustiere sind 'ne feine Sache. Menschen finde ich persönlich zu hässlich, aber man muss nehmen, was man kriegt. Sind schwere Zeiten für unsereins.«

Anike sah, dass der gelbe Dämon versuchte, Gustavs Dämonin zu umlaufen, um sie von der Seite angreifen zu können. Am liebsten hätte sie die Dämonin gewarnt, aber sie traute sich nicht. Stattdessen zog sie an Gustavs Arm. »Wir müssen hier weg!«

Entweder hatte er sie vor Aufregung nicht gehört, oder er wollte nicht weg. Das Ergebnis war in jedem Fall dasselbe: Er bewegte sich keine Handbreit von der Stelle.

»Wir könnten sie uns teilen. Ich fresse das Weibchen und du den Mann. Du findest bestimmt einen besseren Menschen. Nimm dir doch lieber einen König oder wenigstens einen Fürsten oder so. Jemand, der dir wirklich was nützt.«

»Es ist besser, du gehst jetzt!«

Das gelbe Untier schlich weiter. Mela schien es nicht zu bemerken.

Aufgeregt rüttelte Anike an Gustavs Arm, um ihn darauf hinzuweisen, doch er starrte wie gebannt auf die Auseinandersetzung.

»Du bist doch nicht etwa eine Menschenfreundin?« Der gelbe Dämon spuckte etwas aus, das auf dem Boden weiterbrannte. »Du weißt, was sie uns antun. Abschaum wie du zerstört alles, wofür unsere Anführer arbeiten. Das Consilium Magnum wird bald aufgehen. Das ist unsere Welt.«

Bei diesen Worten gab Gustav ein ungläubiges Schnauben von sich.

Anike musste sich eingestehen, dass sie nicht so recht verstand, worum es in dem Disput der Dämonen ging.

»Du hast doch lange genug selbst mitgemacht. Wieso verkriechst du dich kurz vor dem Ziel unter dem Rock eines Menschen? Was kann er dir bieten, das unsereins nicht viel besser kann? Wir sind ihnen in jeder Hinsicht überlegen.« Der Vogeldämon glaubte wohl, seine Angriffsposition gefunden zu haben. Er blieb stehen. »Geistig und körperlich kann es kein Mensch mit uns aufnehmen. Sie haben nichts, was wir nicht auch hätten.«

Mit einem bösen Zischen drückte er sich mit seinen vier Beinen ab. Er schoss so hoch in die Luft, dass Anike ihn kurzzeitig aus dem Blick verlor.

»Wo ist er?«, hauchte sie.

Mit einem ohrenbetäubenden Kreischen landete er im nächsten Moment auf dem Rücken der rotbauchigen Dämonin und biss ihr zornig in den Nacken.

Die gab ein entsetzliches Kreischen von sich.

»Nein!«, schrie Gustav so schmerzgepeinigt, als würde er gerade selbst körperlich attackiert. Blitzschnell rannte er auf die Kämpfenden zu.

»Was machst du denn?« Gegen jede Vernunft lief Anike hinterher.

Er hatte zu viel Vorsprung. Sie konnte nur hilflos mit ansehen, wie er versuchte einen Ast in den Rücken des doppelt so großen Feuerdämons zu stoßen.

Die Waffe zersplitterte wirkungslos an den Schuppen des Wesens.

Böse mit den Augen funkelnd drehte sich die Kreatur zu Gustav um und versuchte ihn mit dem Schnabel zu packen. Der rollte sich unter einen umgefallenen Baum, der unter dem Biss des Wesens splitterte.

Das war genug Ablenkung.

Die Dämonin packte den Arm des Feuerdämons, zog ihn in einer fließenden Bewegung über ihren Rücken und warf ihn wuchtig von sich. Der Boden schwankte unter dem Aufprall. Blitzschnell trat sie dem Dämon mit ihrem gewaltigen Fuß auf den Schnabel. »Die Menschen haben etwas, das uns immer fremd bleiben wird: Freundschaft.« Mit einem gezielten Hieb ihrer Krallen schlug sie dem gelben Dämon den Kopf ab.

DER DANK DER BEATA DE LA GARDIE

H allo, ihr hübschen Turteltäubchen«, wandte sich Mela grinsend an Gustav und Anike, als wäre nichts gewesen. Den Kopf ihres Kontrahenten warf sie in den dunklen Wald. »Was für ein schöner Zufall, dass wir uns hier mitten in der Nacht treffen.«

»Danke, dass du so schnell gekommen bist. Ohne dich hätte uns das Vieh geröstet.« Gustav genoss es, dass sich seine Sinne seit Melas Auftauchen geschärft hatten. Anike kam ihm in dieser goldschimmernden Welt noch schöner vor.

»Ist für menschliche Weibchen gerade Paarungszeit? Habt ihr euch deswegen wieder zusammengetan?« Die Dämonin zwinkerte übertrieben mit ihren drei Augen. »Euch zwei kann man wohl keinen Moment zusammenstecken, ohne dass ihr aneinander rumspielt, was?«

»Ähm …«, stammelte Anike, »… nun … äh … wir …«

»Ha«, rief die Dämonin triumphierend, »wusste ich doch, dass ihr wieder die Finger nicht voneinander lassen konntet!«

Gustav warf Anike einen verliebten Blick zu. Das Mädchen schien noch unter Schock zu stehen, denn sie antwortete nur mit einem schüchternen Lächeln.

»Jetzt schweigen sie wieder wie zwei Stockfische. Typisch Menschen.« Mela räusperte sich, legte eine Hand an den Mund und flüsterte: »Ich dachte, wir mögen sie nicht mehr?« Mit ihrem riesigen Schädel nickte sie in Anikes Richtung.

»Können wir das Thema wechseln, bitte!«, flehte Gustav.

Die Dämonin zuckte mit den breiten Schultern. »Geht mich ja auch nichts an.« An Anike gewandt, sagte sie: »Ich bin ganz froh, dass du endlich wieder da bist. Dann muss ich mir nicht länger sein Gejammer darüber anhören, wie sehr du ihm fehlst.« Sie äffte Gustav mit hoher Stimme erstaunlich gut nach: »Anike, die war so böse, aber ich liebe sie. Anike ist die Schönste und Beste. Anike, Anike, Anike …«

»Schluss damit!«, fauchte Gustav. Sein Kopf wurde heiß. Ein untrügliches Zeichen, dass er rot wurde.

Von Anike kam ein belustigtes Schnauben.

Mela wurde schlagartig ernst und betrachtete den von ihr getöteten Dämon. »Es ist eine Schande, dass ich das tun musste. Dämonen sollten nicht ihresgleichen töten. Das ist falsch.«

Gustav konnte gut nachvollziehen, wie sich seine dämonische Freundin fühlte, hatte er doch in der letzten Nacht ebenfalls töten müssen, was ihm immer noch schwer auf der Seele lastete. »Tut mir leid!«

Sie nickte. »Warum hat der Feuerspeier euch überhaupt verfolgt? Bald gibt es hier doch Essen in Hülle und Fülle.«

Schnell erzählte Gustav, was passiert war.

»Aha …« Mela begann sich nachdenklich den Rücken an einem Baumstamm zu schaben. Dicke Stücke Rinde lösten sich dabei. »Und was habt ihr jetzt vor? Willst du mit deinem

Liebchen weglaufen und dir ein ruhiges Nest bauen, damit ihr dort eure Eier ausbrüten könnt?« Sie schien die Frage durchaus ernst zu meinen.

»Also ich bin jedenfalls schon mal kein Liebchen«, murrte Anike. Offensichtlich hatte das Wesen einen wunden Punkt bei ihr getroffen.

Die Dämonin, die Anike deutlich überragte, legte ihren Kopf mit einem Raubtiergrinsen schief und lief mit stampfenden Schritten auf das Mädchen zu. Die beeindruckenden Muskeln in ihren Oberarmen zuckten.

Anike wich keine Elle zurück. Angriffslustig reckte sie ihr Kinn vor.

Gustav war mit der Situation überfordert. »Hört auf …«, begann er, doch ein strenges Zischen von beiden brachte ihn augenblicklich zum Verstummen. *Das wird ja immer schlimmer.*

Mela blieb eine Armlänge entfernt vor Gustavs Freundin stehen und beugte den Kopf, sodass sie Anike direkt in die Augen sehen konnte.

Einen langen Moment sagte keine der beiden etwas. Die Luft, die aus Melas Schweinsnase kam, ließ die Ohrenklappen an Anikes Mütze flattern. Plötzlich grinste die Dämonin. »Das weiß ich doch, Anike. Ich schätze an dir, dass du nicht nur das Anhängsel eines Mannes sein willst.« Mit einer Kralle strich sie ihr vorsichtig eine rote Haarsträhne hinters Ohr. »Habe ich dir eigentlich schon mal gesagt, dass du mich ein wenig an mich erinnerst? Natürlich in Dürr und nicht ganz so attraktiv.«

Anike lächelte sie an und tat dann etwas, das selbst Gustav sich noch nicht getraut hatte. Sie streichelte der Dämonin mit der flachen Hand die Wange. »Unser Gustav scheint Rote zu mögen.«

Sie blickten ihn an und begannen wie kleine Mädchen zu kichern.

Ich weiß nicht, ob mir der Streit zwischen den beiden Dämonen nicht doch besser gefallen hat.

Obwohl vor dem Kapellenhügel nicht mehr gekämpft wurde, war es dort weiterhin gefährlich, denn die Kanoniere auf der Anhöhe würden augenblicklich auf jeden feuern, der in Schussweite kam. Dennoch blieb ihnen keine andere Wahl, als dorthin zurückzukehren, um zu Martin und den Schweden zu gelangen. Sie waren dank Melas Kräften deutlich schneller. Gustav nahm Anike an der Hand und führte sie sicher durch den kalten Wald. Nach einer kurzen Diskussion – Mela schlug vor, sich nach oben durchzugraben, und es bedurfte einer Menge Überzeugungsarbeit, ihr zu versichern, dass menschliche Hände dafür nicht geeignet waren – einigten sie sich darauf, den Hügel auf der dem Schlachtfeld abgewandten Seite zu besteigen. Auch dort bestand das Risiko, dass die Wachen sie für kaiserliche Soldaten hielten und angriffen, aber wenigstens waren die Geschütze nicht auf sie ausgerichtet.

»Wieso soll ich als Erste gehen? Du bist doch viel kleiner. Dich zu treffen ist schwerer«, maulte Mela, als Gustav ihr seinen Plan erläuterte, der sie hoffentlich unverletzt nach oben bringen würde.

»Im Gegensatz zu mir tötet dich eine Kugel aber nicht, sondern sie prallt an deinen beeindruckenden Schuppen ab.«

»Außerdem sieht niemand deinen geschmeidigen Körper«, raspelte Anike weiter Süßholz.

»Ach, ihr alten Schmeichler!« Erfreut wischte die Dämonin über ihr rotes Schuppenkleid. »Aber ihr habt ja recht: Wer außer mir kann eine solche Heldentat sonst vollbringen? Gut, ich gehe vor. Dennoch hoffe ich wenigstens auf eine Ode als Belohnung. Als Titel schwebt mir vor: ›Oh, heldenhafte Dämonin, rette die feigen Menschen.‹ Was haltet ihr davon?«

Nachdem Gustav und Anike sie mit Schweigen gestraft hatten, sagte sie: »In Ordnung, in Ordnung. Ich verstehe, dass ihr dabei nicht ganz so gut wegkommt. Was haltet ihr von ›Schönste Dämonin, hilf den hässlichen Hilflosen‹?«

Genervt zog Gustav eine Augenbraue hoch. »Wir sollten nicht vergessen, dass Oden normalerweise erst nach einem Sieg gedichtet werden. Um das zu bewerkstelligen, sollten wir endlich losgehen. Die Zeit läuft uns davon!«

Mela straffte sich. »Also gut. Gehen wir! Ihr bleibt immer ein paar Schritte hinter mir, damit ich euch im Fall der Fälle abschirmen kann.«

Gustav und Anike nickten.

»Vergiss nicht, dich sofort zu verkrümeln, wenn wir oben sind. Martin darf nichts von dir wissen. Du weißt, was auf dem Spiel steht«, mahnte Gustav.

Mela seufzte übertrieben. »Ich habe die dämlichen Regeln eurer Zunft nicht vergessen. War schlau von dir, Mädchen, bei dem Sauhaufen nicht mehr mitzumachen.«

Langsam stiegen sie auf. Der Weg war beschwerlich und mit vielen losen Steinen bedeckt. Gustav knickte einmal mit dem Fuß um, konnte aber weiterlaufen.

»Der Abschnitt hier scheint tatsächlich unbewacht zu sein«, flüsterte Gustav Anike ins Ohr, nachdem sie fast an der Spitze des Hügels angelangt waren. »Die große Rote will aber sichergehen und nach dem Rechten schauen.«

Sie zeigte mit dem Daumen nach oben, um zu signalisieren, dass sie verstanden hatte.

Es fiel Gustav schwer, Melas Namen in Anikes Gegenwart nicht auszusprechen, aber sollte die Dämonin wollen, dass ihn Anike erfuhr, würde sie ihn ihr selbst sagen.

Eng an den Boden gedrückt, beobachteten sie, wie die Dämonin das letzte Stück allein aufstieg. Gustav musste sehr an sich halten, Anike nicht liebevoll zu streicheln. Zwei mit Musketen Bewaffnete wechselten plötzlich genau in dem Moment ihre Position, als Mela fast oben angekommen war. Sie blieb bewegungslos nur wenige Schritte von ihnen entfernt stehen.

Die Männer blickten desinteressiert durch sie hindurch in die Nacht hinein.

Glück gehabt. Sie können Mela nicht sehen.

Hastig kletterte die Dämonin zu den beiden hinauf, umrundete sie und baute sich hinter ihnen auf.

Anike drehte sich überrascht zu Gustav um. »Was macht sie?«

Er konnte es nicht sagen, hoffte aber, dass sie den Wachen kein Leid zufügte. Es würde alles nur noch komplizierter machen, wenn ihre Rückkehr mit Verletzungen oder dem Tod verbündeter Soldaten einherging. Dennoch blieb ihnen nichts anderes übrig, als abzuwarten.

»Wir stehen im Siegeslauf, Andreas. Ich freue mich schon auf die Weiber der Kaiserlichen.« Einer der Wachposten griff sich in den Schritt und bewegte die Hüften.

Sein Kamerad lachte. »Da sagst du was, Dieter. Wird bei mir auch mal wieder Zeit. Ich suche mir eine mit richtig prächtigen Hüften aus.«

Mela schüttelte tadelnd den Kopf. Geschickt kickte sie einen Stein zur Seite.

Dieter drehte sich von seinem Kameraden weg und blickte wachsam zu der Stelle, wo der Stein aufgekommen war.

Im selben Moment gab die Dämonin ihm eine kräftige Kopfnuss.

»Aua«, beschwerte der sich bei seinem Kollegen, »was soll das?«

»Was soll was?« Andreas sah ihn verständnislos an.

»Na, der Schlag auf den Hinterkopf.«

»Dieter, ich habe dir doch nicht auf den Schädel gekloppt. Wie kommst du darauf? Bist du schon wieder besoffen?«

»Bin ich nicht und lüg nicht so frech!«

Andreas hob resigniert die Hände. »Soll ich mich etwa entschuldigen für etwas, was ich nicht getan habe, oder was?«

»Nicht getan, natürlich«, fauchte Dieter.

Sein Kamerad schloss genervt die Augen.

Den Moment nutzte Mela, um ihm einen saftigen Arschtritt zu verpassen.

»Spinnst du?«, schrie Andreas und rieb sich den Hintern. »Das ist wirklich das Allerletzte!«

»Was redest du denn da?«, keifte Dieter. »Noch mehr Lügen helfen dir auch nicht weiter. Du bist eine richtige Schande für unsere Armee. Andi der Lügner, so nennen dich alle hinter deinem Rücken. Weißt du das eigentlich? Ein Wunder, dass die stolzen Schweden dich überhaupt in ihre Nähe lassen. Das wird sich ändern, wenn ich nach Dienstende Meldung mache, das kannst du mir glauben!«

Das war für Andreas offensichtlich zu viel. Er holte aus und schlug Dieter mit der Faust hart ins Gesicht.

Der ließ seine Muskete fallen, spuckte wütend einen Zahn aus und stürzte sich auf seinen Kampfgenossen.

Mela rieb sich vergnügt die Hände, gab den beiden am Boden raufenden Kontrahenten noch einige kräftige Tritte in die Seite und winkte Gustav und Anike nach oben.

Problemlos kamen sie auf den Hügel.

»Danke«, sagte Gustav außer Atem und schüttelte Melas Pranke. »Besser, du gehst jetzt! Martin wird gleich hier sein.«

Sie umarmte ihn kräftig und zwinkerte Anike vertraut zu. »War mal wieder lustig mit euch. Hoffentlich bis bald. Wehe, ihr brütet ein Ei aus, bevor ich das nächste Mal kommen darf.« Sie wedelte drohend mit ihrem Zeigefinger. »Da will ich dabei sein. Man wird ja schließlich nicht jeden Tag Tante.« Die große Dämonin löste sich mit einem breiten Grinsen vor ihren Augen in Nebel auf.

»Sie ist ein imponierendes Wesen. Ein bisschen verschroben, aber sehr faszinierend.« Mit weit aufgerissenen Augen blickte Anike auf die Stelle, an der Mela eben noch gestanden hatte. »Warum kann sie eigentlich wieder im Boden verschwinden, obwohl die Sonne noch nicht aufgegangen ist? Ich gebe zu, dass ich nicht allzu viel von dem Hokuspokus der schwarzen Feldschere verinnerlicht habe, das aber schon.«

»Sie teilt ihre Kräfte mit mir und umgekehrt.« Gustav grinste vielsagend. Er erinnerte sich nur zu gut an Anikes erboste Reaktion, als sie erfahren hatte, dass seine Liebeskünste ebenfalls dämonisch verstärkt waren. »Da ich in der Lage bin, Dämonen in die Erde zurückkehren zu lassen, kann sie das ebenfalls. So kann sie immer schnell verschwinden, wenn die Gefahr besteht, dass Martin sie entdeckt.« Gustav nahm Anikes eiskalte Hand. »Komm, gehen wir zu Martin!«

Anike war blass und ihre Stimme ein wenig zitterig, als sie sagte: »Ja, gehen wir!«

»Halt!«, rief plötzlich eine befehlsgewohnte Stimme. »Wer seid ihr?« Ein Soldat mit gezogener Faustbüchse hielt auf sie zu.

»Ich bin Gustav, der Lehrling des Feldschers Martin, und das ist Anike, die ebenfalls bei ihm lernt. Könntet Ihr mir bitte sagen, wo mein Meister sich aufhält, oder uns zu ihm bringen?«

Der Mann blickte ihn unsicher an. Ein weiterer trat neben ihn. Es war der kleinere Offizier, der den Trupp durch den Wald geführt hatte und den Gustav und sein Meister mit ihren beschworenen Dämonen begleitet hatten. Sein Untergebener flüsterte ihm etwas ins Ohr.

»Ja, das ist er. Ich erkenne ihn. Leider muss ich dir sagen, Gustav …«

Nein! Nein! Nein!, flehte Gustav im Geiste. Er wollte auf gar keinen Fall hören, dass Martin etwas zugestoßen war.

»… dass dein Meister nicht mehr hier ist, sondern im Tross.«

Der Stein, der Gustav vom Herzen fiel, wog mehr als Mela. »Warum? Brauchte jemand medizinische Hilfe?«

»Nicht direkt. Die Bagage wurde von den fliehenden Reitern der Kaiserlichen überfallen. Nachdem wir sie zurückgeschlagen hatten, haben sie die Chance genutzt, auch ohne Sieg Beute zu machen.« Der Offizier seufzte. »Der Tross war ungeschützt. Wir konnten ihnen nicht helfen, um den Angriff nicht zu unterbrechen. Dann hat uns die Nachricht erreicht, dass Torstenssons Frau entführt worden ist.«

»Die Gräfin de la Gardie?« Lebhaft erinnerte sich Gustav an die gütige und kluge Frau des Feldherrn.

Der Offizier nickte.

Jemand brüllte etwas auf Schwedisch. Die Kanonen begannen zu feuern.

Der Offizier brüllte etwas in seiner Muttersprache zurück und wandte sich wieder an Gustav. »Genau die. Wegen ihr ist euer Meister entgegen aller Vernunft zum Tross geeilt. Hat irgendwas von ›Das bin ich ihr schuldig‹ oder so gemurmelt.«

»Wo genau befindet sich der Tross?«, fragte Anike.

Der Schwede erklärte es ihnen und wandte sich wieder seiner eigentlichen Aufgabe zu: Männern zu befehlen, andere Männer zu töten.

»Was machen wir jetzt?«, fragte Gustav Anike hilflos. Damit hatte er nicht gerechnet. All seine Planung endete an dem Punkt, an dem sie die Spitze des Kapellenhügels erreichten.

»Wir suchen deinen Meister, bevor mich der Mut verlässt, mich ihm zu stellen.«

Als sie den Tross erreichten, bot sich ihnen ein Bild des Grauens. Brennende Wagen, schreiende Frauen, an denen sich Soldaten vergingen, Wege voller Blut und grausam zugerichtete Leichen. Es gab im Umkreis von zweihundert Schritt keinen Baum, der nicht voller Gehängter war.

»Die Männer lassen an den Frauen aus, was sie auf dem Schlachtfeld nicht erreicht haben«, sagte Anike mit trauriger Stimme und schlug einem Landsknecht, der gerade versuchte ein junges Mädchen zu vergewaltigen, mit einem dicken Ast kräftig auf den Hinterkopf.

Ächzend und mit entblößter Kehrseite rutschte er von ihr herunter.

Das Mädchen blickte Anike erschrocken an und hielt schamhaft ihre aufgerissenen Kleider zusammen.

»Versteck dich!«, redete Anike auf sie ein. »Und nimm das.« Sie hielt ihr den dicken Knüppel hin. »Du hast ja gesehen, was du mit dem Nächsten machen musst, der dir das antun will.«

Mit zittrigen Händen, aber entschlossenem Blick nahm das Mädchen den Prügel und verschwand zwischen zwei ausgebrannten Marketenderständen in der Dunkelheit.

»Warum lässt der Schwedengeneral das zu?« Anikes Gesicht war eine Maske verzweifelten Zorns.

»Für alle Militärs ist der Tross nur ein notwendiges Übel, das sie bei einem schnellen Vormarsch behindert. Torstensson will Schlachten gewinnen und nicht seine Nachhut schützen. Er wird keine Männer abziehen, um hier zu helfen.«

»Dass seine Frau entführt wurde, wird diese Einstellung in Zukunft vielleicht ändern.«

Sie schlichen weiter durch das Lager. Ihre schwarze Kleidung machte sie fast unsichtbar. Vorsichtig nahmen sie einigen Toten die Waffen ab. Sie waren jetzt auf Feindesgebiet. Etwas golden Leuchtendes tauchte plötzlich in der Dunkelheit auf, aber es war keines der zahlreichen Feuer.

»Ist das unser Wagen?«, fragte Anike.

Gustav war nicht entgangen, dass sie ›unser Wagen‹ gesagt hatte. »Ja, irgendjemand muss ihn hierhergeschafft haben. Komm, vielleicht ist Martin dort!«

»Der Schädel fasziniert mich nach wie vor. Siehst du immer noch im Wechsel eine Rose und die Dämonenfratze?«

Sie hat es nicht vergessen. Bilder ihrer gemeinsamen Zeit tauchten vor Gustavs geistigem Auge auf. »Ja. Ich habe herausgefunden, dass …«

»Wen haben wir denn da?«, unterbrach eine raue Stimme seine Erklärung.

Ein anzügliches Pfeifen erscholl. »Schaut euch das an: Endlich mal junges Fleisch und nicht nur alte Vetteln. Wie konnte uns dieses Prachtweib bisher entgehen?«

Verdutzt blickten Gustav und Anike in die verdreckten Gesichter von acht Reitern.

Sie gehören zu den Männern, die ich bemitleidet habe, als sie in die Kanonade gerieten.

Der Älteste und vermutlich Ranghöchste von ihnen sprach Gustav direkt an. »Pass auf, Junge, ich mache dir einen vernünftigen Vorschlag: Du verschwindest und überlässt uns das Mädchen. Gibt keinen Grund, dein Leben für sie wegzuwerfen. Heute sind schon genug gestorben.«

»Ich brauche ihn nicht, damit er mich vor euch paar Halunken beschützt.« Böse spuckte Anike aus und fuchtelte angriffslustig mit einem unterarmlangen Dolch herum.

Eine weitere Handvoll Reiter gesellte sich zu den ersten acht. Ihnen hinterher zog ein vergitterter Eselskarren, der voller verängstigter Frauen war.

Der Alte zuckte mit den Schultern. »Bist du dir da sicher?«

»Wir sind schwarze Feldschere«, rief Gustav ihm mit leider vor Aufregung etwas zu hoher Stimme zu. »Hand an uns zu legen, ist verboten!«

Der Anführer schaute ihn mitleidig an. »Weißt du, wir haben eigentlich nicht mehr vor, uns weiter an die Regeln zu halten. In letzter Zeit haben wir ein paar Schlachten zu viel verloren, als dass wir das Gefühl haben, Befehle würden etwas Sinnvolles bedeuten. Wir nehmen uns heute, was wir brauchen, und werden dann auf Nimmerwiedersehen verschwinden. Dazu gehören auch Frauen für jeden von uns. Leider haben wir noch nicht genug.« Wieder zuckte er mit den Schultern, als würde das alles erklären.

»Sie wird nicht mit euch gehen!« Gustav zog den Degen. Der stolze Blick, den ihm Anike dabei schenkte, ließ ihn für einen Moment abheben.

Die Worte des Landsknechts brachten ihn augenblicklich wieder auf den Boden der Tatsachen. »Nun gut, du hattest deine Chance.« Er pfiff. »Schlitzt dem Bengel die Kehle auf und schafft das Weib zu den anderen! Eilt euch, die Schweden können jeden Augenblick hier sein.«

Zwei Landsknechte sprangen von ihren Pferden und gingen mit gezogenen Schwertern auf Gustav und Anike zu. Ihre Gesichter waren erschreckend ausdruckslos. Es schien ihnen nichts auszumachen, dass sie gerade den Befehl zu einem Mord erhalten hatten.

Bevor Gustav sich Mut machen und denken konnte: *Gegen die beiden haben wir eine Chance*, sprangen drei weitere aus dem Sattel. Sie waren mit langen Piken ausgerüstet. Diese kampferfahrenen Männer hatten nicht vor, irgendein Risiko einzugehen. Sie würden bekommen, was sie wollten.

»Tja, Junge, so ist das, wenn man allein den Helden spielt.« Der alte Truppenführer wandte sich ab und betrachtete interessiert einen gestohlenen Ring, an dem noch etwas Blut klebte.

»Er ist nicht allein.«

»Was zum …?« Der Anführer der Plünderer konnte den Satz nicht beenden, weil eine Kugel seinen Brustkorb durchschlug.

»Meister«, rief Gustav überrascht.

Martin war gekommen und ihm folgte ein Trupp von mindestens fünfzig Musketieren.

»Jetzt mache ich euch einen vernünftigen Vorschlag«, sprach Martin die Plünderer an. »Ergebt euch und lasst die Frauen frei oder wir eröffnen das Feuer.«

Augenblicklich folgten die meisten Kavalleristen seinem Befehl. Zweien, die versuchten auf ihren Pferden zu fliehen, schossen die Musketiere in den Rücken. Bewegungslos zusammengesunken trugen ihre Reittiere sie weiter durch die Nacht, ohne zu verstehen, dass es kein Ziel mehr für sie gab.

Anike war da schon zu dem Karren gegangen und riss hastig den Sicherungsbolzen aus dem Schloss. »Kommt raus!«, rief sie den Frauen zu, die aus dem Wagen stiegen. Den meisten hatte man die Kleidung zerrissen. Verschämt versuchten sie mit den Armen und Händen ihre Blöße zu bedecken.

Eine unter ihnen trug herrschaftliche Sachen, die bis auf ein bisschen Schmutz unversehrt waren. Sie schien die Einzige zu sein, die nicht geweint hatte.

Gustav erkannte sie.

Auch Anike hatte offensichtlich verstanden, um wen es sich handeln musste. Sie hielt ihr galant die Hand hin, um ihr beim Aussteigen zu helfen. »Gräfin de la Gardie, nehme ich an. Darf ich?«

Die Frau des Feldherrn Torstensson nahm die ihr dargebotene Hand und lächelte Anike vornehm an. »Du hast mich befreit, Mädchen. Du bekommst alles von mir, was du haben willst.«

ZURÜCK IN DER LEHRE

In der Nähe von Jankau, Königreich Böhmen, kaiserliche Erblande, 7. März 1645 – 28. Kriegsjahr

Meister, bitte!«, flehte Gustav und steckte seinen Kopf in den Karren hinein, in dem sein Ausbilder wütend Kräuter in Kisten stopfte. »Sprecht doch wenigstens mit ihr, um …«

Abrupt unterbrach der Feldscher seine Arbeit, warf zornig ein Bündel getrockneter Minze in eine Schublade und drehte sich zu ihm um. »Ich wäre fast aus der Zunft geflogen wegen dieses Mädchens. Sie hat meinen guten Ruf bei den Schweden zerstört und uns zu einfachen Badern gemacht. Alles, was ich mir unter großen Entbehrungen über viele Jahre aufgebaut hatte, hat sie in einem Moment eingerissen.« Erregt schimpfte er weiter: »Was sage ich, sie hat aus selbstsüchtigen Gründen mein Leben dem Erdboden gleichgemacht!«

»Das war nicht Anikes Absicht und …«

»Dich hat sie übrigens genauso zum Narren gehalten«, fuhr Martin fort, als hätte er Gustavs Einwand gar nicht gehört. »Glaub nur nicht, dass ich nicht wüsste, was du für sie empfin-

305

dest.« Er blickte Gustav so wütend an, dass der einen Schritt zurückwich. Unwirsch drehte sich sein Meister wieder um, hob ein heruntergefallenes Fässchen mit Schnaps hoch, den sie zur Herstellung von allerlei Medikamenten nutzten, und stellte es ins Regal. »Das muss nachgefüllt werden. Du vernachlässigst deine Pflichten.« Jetzt nahm er Gustav ins Visier.

»Wären wir zu zweit, dann …«

Wieder ignorierte sein Meister ihn. Schnell ging er auf Gustav zu. Der kleine Wagen schwankte dabei bedrohlich. »Das Schlimmste aber ist …« Martin erhob mahnend den Zeigefinger, um seine Worte zu untermalen. »… dass sie die Friedensverhandlungen hat scheitern lassen. In Osnabrück hätten wir all das hier verhindern können.« Er machte eine ausladende Geste in Richtung des zerstörten Lagers, dessen Überreste in der frühnachmittäglichen Sonne immer noch qualmten und einen herben Brandgeruch verströmten. »Es geht nicht um mich.« Traurig schüttelte Martin den Kopf. »Das ist es, was ich ihr niemals verzeihen kann.«

Verstohlen blickte Gustav um den Wagen herum zu Anike, die gerade Jolande streichelte. Das unberechenbare Maultier hatte sie bereits wieder in sein Herz geschlossen und ließ sich die Liebkosungen mit wohlig geschlossenen Augen gefallen. Bei Martin war in Bezug auf dieses Thema noch eine Menge Überzeugungsarbeit zu leisten. »Nun, wenn man ehrlich ist, dann hat der Kaiser die Verhandlungen platzen lassen und nicht Anike.« Das entsprach der Wahrheit, aber auch irgendwie nicht.

»Oho, kommst du mir jetzt mit Spitzfindigkeiten, wie einer der verlogenen Advokaten. Du hältst dich wohl für ganz schlau, aber vergiss nicht, dass wir hier keine langweilige Diskussion über die Politik im alten Griechenland führen, sondern das echte Leben bereden. Wir beide wissen, dass ihre

Hilfe entscheidend war, um die Gespräche enden zu lassen …« Martin machte eine Pause, um Luft zu holen. »… und um mich zu diskreditieren. Diese miese Person denkt nur an sich, das weißt du ganz genau. Wenn es nach mir gehen würde, dann wäre sie längst …« Er sprach nicht zu Ende. Es schien, als hätte ihn plötzlich die Kraft verlassen. »Du weißt, dass sie nur hier ist, weil es der ausdrückliche Wunsch von Beata de la Gardie war.«

Das war Gustav nur zu bewusst. Anike hatte das Ganze schlau eingefädelt. Sie hatte sich von Torstenssons Frau gewünscht, als Lehrling zu Meister Martin, dem allseits geschätzten Feldscher des schwedischen Heers, zurückkehren zu dürfen.

»Niemand kann der Gräfin etwas abschlagen. Nicht einmal ich.« Martins Augen nahmen einen verträumten Ausdruck an, der Gustav rätseln ließ, in welchem Verhältnis sein Meister zu Beata de la Gardie stand – da sie die Frau eines schwedischen Heerführers war, musste es überaus kompliziert sein. »Was soll ich mit Anike machen? Sie war nie ein Lehrling der schwarzen Feldschere und wollte auch nie einer sein. Ich habe Erkundigungen über Meister Diethelms Tod eingeholt. Er hatte zur Zeit seines Ablebens keinen Lehrling. Sie ist eine Betrügerin. Wäre ich ein einflussreicher Metzger, dessen Position notwendig gewesen wäre, um ihre Pläne zu verwirklichen, hätte sie behauptet, sich für das Stopfen von Würsten zu interessieren. Meine«, er machte eine kurze Pause und blickte Gustav stolz an, »*unsere* Berufung ist ihr egal. Sie heckt nur wieder etwas Neues aus, wozu sie uns arme Trottel braucht.« Stöhnend setzte er sich in den Türrahmen des Karrens, ließ seine Beine baumeln und blickte auf die Spitzen seiner schlammigen Stiefel. »Sag mir, Gustav, warum ist sie zurückgekehrt?«

Das war der wunde Punkt in Gustavs gesamter Argumentation. Er wusste es nicht.

»Ich bin hier, weil ich um Entschuldigung bitten will.« Plötzlich tauchte Anike hinter dem Wagen auf. Ihre Augen waren verweint. Vermutlich hatte sie alles gehört, was Martin über sie gesagt hatte.

Der Feldscher schnaubte böse und machte eine wegwerfende Geste. »Um das zu tun, hättest du auch einen Brief schreiben können. Die Form wäre allerdings sowieso egal gewesen. Ich hätte dir ohnehin nicht geglaubt.«

»Was soll sie denn noch machen?«, fragte Gustav verzweifelt.

»Wie wäre es damit, uns zu sagen, warum sie wirklich hier ist?«

Für einen kurzen Augenblick legte sich Stille über die drei.

»Weil ich eure Hilfe brauche!«

»Natürlich, du brauchst etwas. Hätte mich auch sehr gewundert, wenn du gekommen wärst, um etwas zu geben.« Der Feldscher stand auf, sprang aus dem Karren und machte sich daran zu gehen. Mit zornesrotem Gesicht drehte er sich noch einmal um. »Anike, hast du wirklich geglaubt, dass ich dir nach all dem, was du getan hast, helfen würde? Ich bin kein verliebter Gockel so wie der arme Gustav. Ich lasse mich von deinem schönen Äußeren nicht blenden, sondern erkenne die Verdorbenheit, die sich darunter verbirgt. Kennen wir überhaupt die echte Anike, falls das dein Name ist? Die Person hinter der Fassade der eiskalten Betrügerin?«

Anike blickte Gustav einen langen Moment in die Augen. »Ich … nun …«, begann sie zögerlich.

»Nichts hat sich geändert, Anike!«, zischte Martin böse. »Du nutzt Menschen aus, um deine eigenen Ziele zu erreichen.«

»Es geht um meinen Vater«, brach es aus Anike heraus und Tränen liefen ihr über das Gesicht.

Gustav war hin- und hergerissen, ob er sie in den Arm nehmen sollte oder nicht. Einerseits wünschte er sich das, wollte seinem Meister aber andererseits nicht in den Rücken fallen. Einiges von dem, was Martin gesagt hatte, brachte ihn zum Nachdenken. Kannte er Anike überhaupt richtig?

»Anike«, begann der Feldscher etwas freundlicher, »ich …«

Er wurde von einem verschwitzten Boten unterbrochen. »Meister Feldscher«, rief der aufgeregt. »Gut, dass ich Euch endlich finde. Die Kaiserlichen greifen wieder an!«

»Warum?« Martin ging aufgeregt zu dem Reiter. »Ich dachte, dass Torstensson sie ziehen gelassen hat, um seine Truppen nach dem anstrengenden Flankenmarsch in der Nacht ruhen zu lassen. Wäre Hatzfeldt nicht gut beraten gewesen, auch seinen Männern ein wenig Rast vom Kampf zu gönnen?«

Der Bote nickte. »So war es auch geplant. Dann aber hat sich einer unserer Musketierverbände vertan und ist am Rand der Senke aufgetaucht, in der die Kaiserlichen sich zum Wundenlecken zurückgezogen hatten. Hatzfeldt hat wohl einem sehr ambitionierten Oberst seiner Kavallerie den Befehl gegeben, sie zu vertreiben. Unsere Aufklärer glauben, dass das nur ein kleiner Angriff werden sollte, um abzusichern, dass die kaiserlichen Truppen sich in Ruhe sammeln konnten. Irgendwie hat sich die Sache aber verselbstständigt. Immer mehr Einheiten haben sich der Attacke angeschlossen und sie hören nicht auf damit. Die Schlacht geht weiter und Torstensson braucht dringend Eure Hilfe!«

Nachdenklich nickte der Feldscher.

Dankbar nahm der Reiter einen Becher Wasser, den Gustav ihm aus dem Wagen geholt hatte. Nachdem er ihn hinuntergestürzt hatte, wendete er sein Pferd, um sich auf den Rückweg zu machen. Über die Schulter rief er dem Feldscher zu: »Ich soll Euch etwas vom Feldherrn persönlich bestellen.«

Interessiert blickte Gustavs Meister den jungen Soldaten an. »Ja?«

»Bringt mir, so viele Ihr könnt!«

Martins Gesicht verdunkelte sich. »Bestellt Torstensson, dass ich wie immer mein Bestes gebe.«

»Das werde ich. Eilt Euch! Die Schlacht ist noch längst nicht gewonnen!«

Der Feldscher wandte sich an Gustav und Anike. Ihr Streit schien vorerst vergessen. »Bereitet den Drudenfuß vor! Ich versuche geeignete Männer zu finden.«

»Den was?«

Gustav erklärte es ihr.

Gemeinsam zeichneten sie den Fünfstern auf den gefrorenen Boden.

»Und damit kann man Dämonen beschwören und in Menschen stecken?« Ungläubig betrachtete Anike die Aschelinien.

»Ja.« Gustav grinste sie glücklich an. Es war wunderbar, wieder mit jemandem zusammenzuarbeiten, der mit ihm auf einer Ebene stand – und dazu noch so schön war. »Willst du kandierte Nüsse?« Er fischte eine Handvoll aus dem kleinen Säckchen, das er unter seinem Wams trug.

»Selbstverständlich, die sind einfach allerliebst.« Sie deutete einen Knicks an, griff sich eine der süßen Köstlichkeiten und steckte sie in ihren grinsenden Mund. »Vielen Dank dafür, Frau Gräfin.«

»Du hast der Frau eine Menge zu verdanken.«

»Stimmt«, sagte Anike grinsend. »Zum Beispiel, dass ich einfach das machen kann.« Sie legte ihre schlanken Hände um Gustavs Kopf und begann ihn leidenschaftlich zu küssen.

Nur allzu gern ließ sich Gustav dadurch von der Arbeit ablenken. Mit einem Mal stand er nicht mehr inmitten verbrannter Wagen, zwischen denen zahllose Leichen lagen, sondern befand sich am schönsten Ort der Welt. *Es ist überall dort wunderbar, wo sie ist.* Kurz schoss ihm sogar der verrückte Gedanke durch den Kopf, Anike eines Tages seiner Mutter und Schwester vorzustellen. *Langsam, Gustav Hansson*, ermahnte er sich selbst. Spielerisch biss ihm Anike auf die Unterlippe.

»Ich denke, wir sollten Martins Laune nicht noch mehr strapazieren und weitermachen. Du weißt, dass ich nur auf Bewährung hier bin.«

»Wir müssen einfach dafür sorgen, dass du ihm genauso unentbehrlich bist wie mir.« Er gab ihr einen sanften Kuss auf ihre kalte Nasenspitze.

Emsig gingen sie wieder ans Werk.

»Und wozu braucht man das Pentagramm? Warum macht ihr das nicht so wie du mit deiner Dämonin in Osnabrück?« Mit vom kalten Wind roten Wangen betrachtete Anike zufrieden ihre gemeinsame Arbeit.

»Das Pentagramm verhindert, dass sie fliehen. Anders als wenn man einen einzelnen Dämon beschwört, ist das wichtig, weil …« Erfreut erklärte ihr Gustav die Prozedur. Vielleicht wollte Anike ja tatsächlich ihre Lehre beenden und Frieden mit ihrer bewegten Vergangenheit schließen?

»Und Martin nimmt dazu Asche-Blut-Brei in den Mund? Das hört sich ja eklig an.« Sie verzog angewidert das Gesicht.

»Ist es auch. Ich habe es einmal probiert, aber werde es in Zukunft wohl wieder auf meine alte Art machen.« Gustav bereitete den Tisch vor, stellte Asche sowie eine saubere

Schale darauf und legte Martins Silbermesser bereit. Sein eigenes hatte er sich schon unter seinen Gürtel gesteckt. Es tat ihm leid um den Degen seines Vaters, aber vielleicht drückte die Waffe, die ihm sein Meister geschenkt hatte, viel besser aus, wer er inzwischen war.

»Und wie«, Anike räusperte sich, »… wie bekommt ihr die Dämonen wieder aus den Männern heraus?«

»Also normalerweise …«

»Ah, ihr seid schon fertig. Sehr gut gemacht!« Die keuchende Stimme des Feldschers unterbrach Gustavs Erklärung. »Fangen wir gleich an.«

»Du erklärst mir doch aber später noch, wie es weitergeht, oder? Also, was man tun muss, damit der Dämon einen Menschen wieder verlässt und dieser wieder normal wird.« Anike schenkte Gustav ein breites Grinsen. »Vielleicht finden wir dafür ja sogar einen intimeren Ort.« Sie zwinkerte ihm verschwörerisch zu.

Vergeblich versuchte Gustav das wohlige Ziehen in seinen Lenden, das diese Worte bei ihm verursachte, zu ignorieren. Er konnte es kaum erwarten, endlich einmal Zeit allein mit Anike zu verbringen. Dennoch zwang er sich, die Aufgabe, die vor ihnen lag, hoch konzentriert anzugehen. Sollten sie am Ende der Schlacht auf der Verliererseite stehen, würde sich keiner seiner Wunschträume erfüllen.

Der Feldscher hatte ein gutes Dutzend Männer mitgebracht, die sich nervös umblickten. Martin selbst sah nicht gut aus. Er schwitzte und leckte sich beständig die Lippen.

Nur zu genau wusste Gustav, warum das so war. Sein Meister machte sich Sorgen, dass er wegen seiner Verletzungen nicht genug Dämonen würde beschwören können und deswegen die Schlacht verloren ginge. Sein Gegner auf der Seite der Kaiserlichen würde so viele der Untiere in Männer stecken, wie es nur ging. »Bitte lasst mich helfen!«, bot er deswegen an.

»Nein!«, beschied sein Meister. »Du hast sicher nicht vergessen, was beim letzten Mal passiert ist.«

»Ich habe den Kapellenhügel eingenommen«, wagte Gustav zu antworten.

»Du wärst fast gestorben. Drei andere gute Männer waren am Schluss tot. Das ist passiert! Keine Diskussion!« Martin lächelte matt. »Bei der nächsten Schlacht bekommst du dein eigenes Pentagramm. Versprochen!«

Nach diesen Worten begann Martin mit der Prozedur. Bereitwillig assistierten Gustav und Anike. Holten die Männer, rührten den Aschebrei an, zeichneten ihnen Kreuze auf die Stirn …

Martin hatte zehn Dämonen hervorgerufen, die in menschlicher Gestalt starr in dem Pentagramm ausharrten, da gestand er Gustav: »Mehr geht beim besten Willen nicht, sonst verliere ich noch die Kontrolle über sie. Wir sollten sie schnell zur Schlacht führen, bevor sie zu Ende ist. Torstensson will sie am rechten Flügel haben.«

»Soll ich vielleicht …«, begann Gustav.

Doch der Feldscher schüttelte vehement den Kopf. »Nein, und das bleibt mein letztes Wort! Glaub mir, ich weiß, dass du es kannst. Wir müssen uns beeilen, die Truppen brauchen unsere Hilfe.« Er wandte sich an die Dämonen, nahm ihnen den Eid ab und endete mit: »Ihr dürft jetzt die Aschelinie übertreten und mir folgen. Wir …«

Ein lauter Schuss erklang.

Irritiert suchte Gustav nach dem Schützen. Waren die Kämpfe etwa schon bis hierher vorgedrungen?

Plötzlich kam von Martin ein schmerzvolles Stöhnen. Er drückte mit den Händen auf eine blutige Wunde an seinem Oberkörper, dann sackte er zusammen.

»Meister«, schrie Gustav. »Was ist passiert?«

»Anike«, wandte sich Gustav an das Mädchen, »du musst mir …«

»Keinen Schritt weiter, Bengel, oder ich schlitze deiner Anike ihren hübschen Hals auf.«

Gustav blickte in das wutverzerrte Gesicht eines groß gewachsenen, blonden Mannes mit irritierend schönen Zügen. »Wer seid Ihr und warum habt Ihr das getan?«

Bevor der Unbekannte antworten konnte, wurde ihrer aller Aufmerksamkeit von einem triumphierenden Geheul in Anspruch genommen. Es kam von den Dämonen in Menschengestalt. Der Erste von ihnen überschritt gerade die Linien aus Holzkohle, die Gustav und Anike gezeichnet hatten.

DER CODEX
DER FELDSCHERE

Schluss mit der Zappelei, Anike!«, zischte Johannes das Mädchen böse an. Er hatte seine liebe Not, sie mit einem Arm festzuhalten und mit dem anderen das Messer an ihrer Kehle zu platzieren.

»Aua, du tust mir weh, Johannes!«

»Das ist mir egal. Ich warne dich! Hör auf dich zu wehren oder ich werde dir Schmerzen zufügen, wie du sie in deinem ganzen Leben noch nicht gespürt hast.«

Augenblicklich wich sämtliche Spannung aus dem Körper des Mädchens. Sie fügte sich in ihr Schicksal – vorläufig.

Zufrieden grunzend, lockerte Johannes den Druck der Klinge auf ihren Hals ein wenig. Er wusste, dass man die junge Frau nicht unterschätzen durfte. Daher würde er wachsam bleiben und nicht zögern, die angedrohten Konsequenzen in die Tat umzusetzen. Sie würde umgekehrt genauso handeln. Trotz ihrer Hintertriebenheit hatte Anike sich als sehr nützlich erwiesen. Johannes war reichlich überrascht gewesen, als sie plötzlich im Lager der kaiserlichen Armee aufgetaucht war und ihn und seinen Intellectus hinter den Bierfässern belauscht hatte. Der Dämon hatte sie mit seinen feinen Sinnen bemerkt und er hatte seinem Herrn Bescheid gegeben. Um das Geheimnis seiner Verbundenheit mit dem Intellectus im Verborgenen zu halten, hatte Johannes Anike augenblicklich aus dem Weg räumen wollen, aber sein schlauer Berater hatte ihm einen besseren Weg aufgezeigt: »Lass sie glauben, dass sie alle Fäden in der Hand hält, obwohl du in Wirklichkeit der Puppenspieler bist«, hatte das Wesen geraunt.

Seitdem war Johannes ihr auf den Fersen gewesen. Für ihn gab es nur eine Erklärung, warum sie zurückgekommen war: Sie wollte irgendetwas von Martin und seinem Lehrling. Johannes wusste um das Schicksal ihres Vaters und dass sie schon einmal alles getan hatte, um dem Mann zu helfen. Der Intellectus hatte bestätigt, dass Huub Kuipers noch immer einen ungebetenen Gast beherbergte. Vermutlich erhoffte Anike Hilfe von dem Feldscher. Johannes bezweifelte allerdings, dass der vermaledeite Martin ihr helfen würde. Die schwarzen Ratten wachten eifersüchtig über ihr Wissen und schnitten sich lieber die Zunge heraus, statt etwas davon preiszugeben. *Außer Anike hat etwas in der Hand, das ihn dazu zwingt.* Zuzutrauen wäre es ihr allemal. Vielleicht hatte es der immer so rechtschaffen wirkende Martin auf junge Mädchen abgesehen und die schöne Anike hatte ihm den Kopf verdreht. Wer wusste schon, was sich hinter der Fassade abspielte, die ein Mensch für andere aufsetzte. Johannes war ja selbst das beste Beispiel dafür.

Gestern war es dann endlich so weit gewesen: Nach einer besonders intensiven Lagebesprechung – der Verlust des Kapellenhügels hatte Hatzfeldts komplette Strategie über den Haufen geworfen – hatte er schon geglaubt, das Mädchen verloren zu haben, doch dann entdeckte er sie am Abend zusammen mit Martins Lehrling und sah, wie sie im

Wald verschwanden. Die Verfolgung der beiden erwies sich gelinde gesagt als schwierig. Man hätte Johannes für einen Fahnenflüchtigen halten und aufhängen können, wenn eine Wache gesehen hätte, wie er das Heerlager unerlaubt verließ. Dennoch hatte er sich unter der sorgsamen Führung seines Intellectus auf den Weg gemacht, ohne den er sich niemals durch die Reihen der Kämpfenden schleichen, geschweige denn die Spur der jungen Leute hätte finden können. Nachdem das Wesen ihn nach Sonnenaufgang auf schwedischer Seite hatte verlassen müssen, hatte sich Johannes prompt verlaufen und schon geglaubt, endgültig gescheitert zu sein. Ein einsamer Kaiserlicher mitten im Heerlager des Feindes, normalerweise ein sicheres Todesurteil. Erst ein berittener Bote, der freimütig berichtete, wo der Feldscher sich aufhielt, hatte ihn wieder auf den richtigen Weg gebracht. Gerade rechtzeitig, um das Blatt noch zu wenden.

Heute konnte ein wahrer Freudentag werden. Der Feldscher lag endlich in seinem eigenen Blut und Johannes war sich sicher, dass es ihm nicht die geringste Mühe bereiten würde, seinen verliebten Gockel von Lehrling dazu zu bringen, ihm als Krönung auch noch das Versteck des Codex zu verraten. So wie der Bengel Anike anschmachtete, würde er sich vermutlich sogar ins Feuer werfen, wenn das der Preis für ihre Unversehrtheit wäre. Johannes gestattete sich ein siegessicheres Grinsen. Endlich spielte ihm das Schicksal wieder in die Karten. Er allein war in der Lage, dem Krieg heute vielleicht eine entscheidende Wendung zu geben. Noch war Zeit genug, das Buch zu Hayo zu bringen, damit der die im Vormarsch befindlichen Truppen unterstützte und der Kaiser den wohlverdienten Sieg bekam. Der erste von vielen, die noch folgen würden, wenn sie endlich über Feldscher Martins Wissen verfügten und eine beliebig große Anzahl Dämonen ins Feld schicken konnten. Für einen kurzen Augenblick erging er sich in diesen Vorstellungen. Er hörte bereits die lobenden Worte des Reichsgrafen. Das hier würde sein Meisterstück werden und sein Herr musste endgültig anerkennen, wie wertvoll und unersetzlich er für ihn war.

Der Krach um ihn herum riss ihn aus seinen Träumen. Mehrere mit gefährlichen Waffen ausgerüstete Männer johlten und jubelten, als hätten sie den Verstand verloren. »Pfeif deine Lakaien zurück oder ich schneide Anike erst ein Auge raus und anschließend die Nase ab«, raunzte er den Feldscherlehrling an. Er spürte, wie der Körper des Mädchens bei diesen Worten bebte. Sie brauchte ihr gutes Aussehen mindestens genauso dringend wie er seines.

»Ähm …«, begann der Junge zaghaft. »Ich bin übrigens Gustav.«

»Ist mir egal. Sag deinen Männern, dass sie Ruhe geben und verschwinden sollen!«

»Das sind nicht Gustavs Männer, sondern Martins. Und es sind auch keine Männer mehr, sondern in ihnen sind Dämonen, du Dummkopf«, zischte Anike wütend.

Jetzt erkannte Johannes, dass die aufgedrehten Gestalten in und neben einem riesigen Pentagramm aus Holzkohle standen. Er hatte Ähnliches bereits in dem verfluchten Keller in Wien gesehen. Eigentlich sollten die Symbole die Wesen einsperren. Zwei von ihnen sprangen immer wieder ausgelassen über die dunklen Linien. »Warum können sie den Kreis der Beschwörung verlassen?«

»Ganz einfach, du Dummkopf«, zischte Anike böse. »Du hast denjenigen außer Gefecht gesetzt, der sie befehligt. Eine Gruppe unkontrollierbarer Dämonen wartet nur darauf, dir deinen schnöseligen Kopf abzureißen.«

Aufgeregt blickte Johannes zu Gustav, der mit ängstlicher Miene nickte.

Ein Beschworener nach dem anderen wagte es, einen Fuß über die Linien aus Holzkohle zu setzen. Schließlich standen alle zehn außerhalb des Pentagramms. Einige von ihnen liefen kreischend davon, vermutlich hatten sie irgendwo lohnendere Beute gerochen, aber drei der Männer schlenderten mit einem mordlüsternen Grinsen im Gesicht auf sie zu.

»Tu etwas, Feldscher!«, schrie Johannes wütend und zeigte mit dem Messer auf Gustav. »Befiehl ihnen, stehen zu bleiben!«

»Das kann ich nicht! Es ist so, wie Anike gesagt hat. Martin hat sie gebannt. Sie hören nur auf ihn.« Der Lehrling schaute voller Trauer auf den zusammengesackten Leib seines Meisters.

Wie konnte ich nur so dumm sein?, schimpfte Johannes mit sich selbst. *Hätte ich nur einen Moment länger darüber nachgedacht, was Martin gerade tut, hätte ich jetzt ein großes Problem weniger.* Zwar sah sein ursprünglicher Plan vor, die Wesen zu befreien und gegen die Soldaten der Schweden zu führen, aber dazu brauchte er seinen Intellectus, der sie kontrollierte. Die Sonne ging jedoch noch eine ganze Weile nicht unter. Auf den Dämon konnte er jetzt noch nicht bauen. Er brauchte mehr Zeit. Hart drückte er die Klinge gegen Anikes Hals.

»Ahh!«, schrie sie auf.

Johannes sah Blut hervorquellen.

»Hört auf damit!«, rief Gustav aufgeregt. Seine Hand fuhr zu dem Dolch an seinem Gürtel.

»Komm nicht auf falsche Ideen, Bengel. Weg mit der Waffe, oder ich schneide deinem hübschen Täubchen den zarten Hals auf.«

Ohne Widerworte warf Gustav den Dolch von sich.

»Sag mir, was man gegen sie tun kann. Wenn man den Menschen tötet, der sie beschworen hat, sterben auch die Dämonen, oder?«

»Ja, aber diese Menschen verfügen über eine unnatürliche Schnelligkeit und Stärke. Solltet Ihr nicht einen Verband Pikeniere mitgebracht haben, wüsste ich nicht, wie wir sie töten könnten.«

Der dumme Bengel klingt aufrichtig, dachte Johannes. Warum sollte man sich die Mühe machen, Dämonen in Menschen zu schicken, um Schlachten zu gewinnen, wenn jeder dahergelaufene Hanswurst sie mühelos aufhalten konnte? Dennoch, es musste eine andere Lösung geben. »Dann schau im Codex Daemonum deines Meisters nach, was in einer solchen Situation zu tun ist. Es gibt in dem Schinken doch sicher ein Kapitel darüber, was man macht, wenn die Untiere nicht hören wollen.«

Die drei verbliebenen Dämonen hatten derweil angefangen, sich darüber zu streiten, wer wen töten durfte, und begannen sich zu prügeln. Klatschend droschen sie aufeinander ein.

»Ähm … nun …«, druckste Gustav herum. Er schien erstaunt, dass Johannes so viele Geheimnisse seiner Zunft kannte.

In einer fließenden Bewegung ließ Johannes das Messer in seiner Hand kreisen, sodass die Klinge direkt über Anikes Ohr schwebte. »Ich hoffe, es stört dich nicht, dass dein Liebchen gleich nur noch ein Ohr hat. Sie wird dann nicht mehr ganz so schön sein, aber es kommt ja eigentlich auf den Charakter an.« Er ließ ein theatralisches Zischen erklingen. »Wobei, damit ist es bei ihr ja leider auch nicht weit her.«

»Nein!«, schrien beide gleichzeitig.

Johannes hielt inne. Er tat Menschen nicht gern weh, aber er würde es tun, um zu erreichen, was er wollte. »Dann hol das Buch. Augenblicklich!«

»Ich kann nicht …«

Ein genervtes Stöhnen entwich Johannes. Sie glaubten immer noch, dass er es nicht ernst meinte. »Tut mir leid, meine Schöne, das ist nichts Persönliches.« Er schob das Messer hinter ihr Ohr.

»Halt!«, schrie Anike. »Er kann dir das Buch nicht geben, weil er es nicht hat!«

»Für wie blöd haltet ihr mich?« Ein freudloses Schnauben entwich Johannes.

»Ich habe es.«

Dem verliebten Lehrling klappte die Kinnlade herunter.

»Wie konnte ich nur so dumm sein?« Johannes begann hysterisch zu lachen. All die Mühe, die lange Suche, die vielen Opfer und Ängste, die er deswegen ausgestanden hatte. Sinnlos. »Natürlich hast du elendes Miststück das Buch die ganze Zeit gehabt. Deswegen konnte es auch keiner finden.«

»Anike«, hauchte Gustav und machte Anstalten, sich dem Mädchen zu nähern.

»Bleib, wo du bist!«, zischte Johannes. »Wo ist der Codex, Anike?«

Sie wies mit dem Kinn in Richtung eines kleinen Bündels.

»Hol es!«, befahl Johannes dem Lehrling.

Mit zitternden Händen befreite der Junge das wertvolle Buch aus dem Stoffsack. »Anike, warum?«, fragte er gequält.

»Gib es mir!«, schrie Johannes.

Die Dämonen hatten aufgehört sich zu schlagen und kamen lauernd auf sie zu. Sie hatten die Verteilung der Beute wohl geklärt. In wenigen Schritten würden sie bei ihnen sein.

Der verfluchte Lehrling rührte sich nicht, sondern starrte auf das kleine Buch.

»Jetzt, oder ich töte deine Anike!«

Ein gequältes Husten erklang, gefolgt von Martins matter Stimme: »Gebt ihm das Buch. Wenn kein guter Feldscher es liest, ist es ohnehin nichts weiter als in Leder gebundenes Papier.«

»Meister …«, begann Gustav.

»Tu, was ich dir sage!«

Gegen seinen Willen warf Gustav den Codex vor Johannes' Füße.

»Endlich! Das wird den Krieg wenden«, triumphierte der, konnte das Buch aber nicht aufheben, ohne Anike aus seinem Griff zu entlassen.

Martin gab ein kraftloses Lachen von sich. »Ich höre Hayos Worte aus dir, junger Mann. Auch er glaubt, dass man mithilfe von aufgeschriebenen Geheimnissen mächtiger wird. Dem ist nicht so. Es sind einzig meine Erfahrung und mein besonderes Talent, die mich befähigen, den Schweden so gut zu dienen. Nicht die Menge der Dämonen ist entscheidend, sondern wie sie ausgewählt und platziert werden. Diese besondere Art der dämonischen Taktik kann dir kein Buch der Welt verraten, sondern nur Ausdauer, Fleiß und lebenslange Lernbereitschaft bringen dir das bei. Bestell das Hayo oder wem auch immer.« Mit einem Keuchen sackte Gustavs Meister wieder zusammen. Matt richtete er noch ein letztes Wort an die Dämonen: »Stehen bleiben!«

»Ich glaube ihm kein Wort, das Buch muss …« Bevor er den Satz zu Ende sprechen konnte, spürte Johannes Anikes Ellenbogen im Magen. Er war vor Aufregung nachlässig geworden. Wie ein glitschiger Aal wand sie sich aus seinem Griff, holte plötzlich ein Messer unter ihrem Wams hervor und stach zu.

»Nie wieder werde ich tun, was du mir befiehlst!«, schrie sie.

Ungläubig starrte Johannes auf die Klinge in seinem Bauch. »Wie …«, schaffte er noch herauszupressen, bevor ihn die Schmerzen übermannten.

Geschickt zog sie den Dolch wieder aus der Wunde heraus und stach erneut zu. Diesmal traf die Waffe Johannes' Herz. Die letzten Worte, die er jemals hören sollte, lauteten: »Niemand nennt mich ungestraft Liebchen!«

SCHICK SIE
NACH HAUSE!

So, so, so …«, kommentierte einer der drei Dämonen – er steckte im Körper eines untersetzten Manns, der nur ein Auge hatte – Anikes verzweifelte Tat. »Das nenne ich mal einen lobenswerten Einsatz. Sie filetiert das Fleisch schon für uns. Gut gemacht, junge Dame«, rief er.

»Dann hopp, ran an den Speck«, jubelte sein Kamerad, der aussah wie ein vielleicht fünfzehnjähriger Junge, aber eine riesige, mit Eisennägeln bespickte Keule trug, die Gustav vermutlich nicht einmal hätte hochheben können. »Der Feldscher ist doch gleich tot, oder?«

»Ähm«, kam es von dem Dritten, einem hünenhaften, glatzköpfigen Mann. »Hast du vergessen, was du gerade bist?«

»Hä?«, fragte der Jüngling.

»Du hast einen Fleischsack an und kannst keine Menschen vertilgen.« Der Glatzkopf klapperte mit den Zähnen. »Diese Teile hier«, er fummelte an seinen Zähnen herum, »sind doch zu nichts zu gebrauchen.«

»Menschen essen keine Menschen«, ergänzte Einauge. »Wieder eine dieser komischen Regeln, die wohl nie jemand verstehen wird.«

»Mist!«, brummte der Junge mürrisch. »Das vergesse ich immer wieder.«

»Sei nicht traurig«, versuchte Einauge seine Stimmung aufzubessern. »Den legen wir uns gut weg. Der wird die Vorspeise.« Er zeigte mit seiner Streitaxt auf Gustav. »Den nehmen wir als Hauptgang und die zarte Rote als Nachtisch.« Gierig leckte er sich über die aufgesprungenen Lippen.

»Noch müsst ihr euch an den Befehl meines Meisters halten und dürft euch nicht von der Stelle bewegen. Außerdem wird er nicht sterben«, redete sich Gustav selbst Mut zu.

»Das glaubst du doch nicht wirklich. Der liegt doch in den letzten Zügen«, zischte Einauge gehässig.

»Seid still«, schrie Gustav, der nicht so recht wusste, wie er die drei aufhalten sollte. Er hatte Martins Kopf in seinen Schoß gelegt. Es war entsetzlich, so hilflos mit ansehen zu müssen, wie mit seinem Blut das Leben aus ihm heraussickerte.

»Mein Freund hat euch aufgefordert, eure dummen Mäuler zu halten«, rief Anike genervt. Ihre Augen funkelten bedrohlich. Breitbeinig baute sie sich vor den Dämonen auf und richtete den blutverschmierten Dolch auf sie. »Der ist übrigens aus Silber, ihr Blödmänner. Wer will der Nächste sein?« Wütend spuckte sie aus.

»Oh weh, das Menschenweibchen macht mir fast ein bisschen Angst. Sie ist genauso wie in den Geschichten, die meine Oma immer erzählt hat, wenn ich meine Augensuppe nicht aufessen wollte – nur noch hässlicher, als ich es mir vorgestellt habe.«

Seine Begleiter glotzten ihn begriffsstutzig an.

»Kennt ihr die Erzählung etwa nicht? Ich meine die von den bösen Menschen, die kommen, wenn du friedlich in der Erde schläfst, und dich mit ihrem fürchterlichen Aussehen erschrecken.« Der Dämon, der in dem Jungen steckte, schien noch ziemlich klein zu sein.

Bevor Gustav sich in theoretischen Überlegungen ergehen konnte, wie alt Dämonen wohl wurden, mischte sich der glatzköpfige Riese ein.

»Schluss mit diesem Unsinn! Lasst euch von dem verlogenen Feldscherpack nicht bequatschen.« Zornig zeigte er auf den im Sterben liegenden Martin. »Wenn der alte Mensch stirbt, können wir tun und lassen, was wir wollen. Und mit Einbruch der Nacht sind wir sowieso frei und können diese ekligen Körper verlassen.«

Leider musste Gustav dem Wesen recht geben. *Beim nächsten Mal sollten wir die Dämonen vielleicht seinem und meinem Befehl unterstellen, damit wir …* Er blickte auf seinen im Sterben liegenden Meister. *Vermutlich werden wir nie wieder Derartiges gemeinsam tun.*

»Eilt Euch mit dem Sterben, Feldscher!«, quengelte Glatzkopf. »Ihr wisst doch, was du heute kannst besorgen, das verschlinge sofort, sonst bist du in der Erde, bevor du satt bist.«

Dieses wunderliche Sprichwort brachte die Kameraden des Glatzkopfs zum Lachen.

Anike trat ein paar Schritte von den Dämonen zurück und warf dann geschickt ihr Messer auf den Jüngsten der Runde.

Dessen übermenschliche Reflexe verhinderten, dass die gut geworfene Klinge sich in sein linkes Auge bohrte. Er duckte sich weg und das Messer landete klappernd auf dem gefrorenen Boden. »Ha, die Geschichten meiner Oma waren also doch gelogen. Menschen sind ja viel ungefährlicher, als ich immer geglaubt habe. Darf ich das Mädchen töten, bitte?«, quengelte er. »Das würde meine Albträume sicher ein für alle Mal vertreiben.«

»Danke für alles, Meister«, flüsterte Gustav Martin zum Abschied zu.

»Gustav, wir müssen hier weg! Noch können wir fliehen«, drängte Anike ihn.

Gustav warf ihr einen verliebten Blick zu. »Geh du, ich bleibe bei ihm!«

Das Mädchen lächelte ihn kraftlos an. »Es war trotzdem schön, dass wir uns nochmal gesehen haben.« Sie strich ihm liebevoll übers Haar.

»Geht zurück in das Pentagramm und bleibt dort!«, flüsterte eine Stimme plötzlich so leise, dass Gustav sie kaum vernahm.

Wüst fluchend staksten die Dämonen zurück in den Drudenfuß.

»Meister!« Freudig überrascht blickte Gustav auf Martins wächsernes Gesicht, das trotz der Kälte vor Schweiß glänzte.

»Wir haben nicht viel Zeit«, flüsterte der. »*Ich* habe nicht mehr viel davon«, verbesserte er sich und begann gequält zu husten.

»Was sagt Ihr da, Meister, ich kann Euch helfen und dann werden wir …«

Martin umfasste Gustavs Hand mit der seinen. »Du wirst ein würdiger Nachfolger werden. Ich bin stolz dich, weil du so viel gelernt hast.«

»Nein!« Gustav begann zu weinen. »Ich bin noch nicht so weit. Bitte, Meister!«

Der Feldscher schenkte ihm ein letztes Lächeln. Er strotzte vor Stolz und Zuneigung. »Du bist weiter, als ich es jemals war.«

Verwirrt schaute ihn Gustav an. Er verstand nicht, was Martin damit meinte.

»Schick sie nach Hause!«, sagte der.

Die Hände des Feldschers drückten Gustavs noch einmal, dann erschlafften sie und der Wundarzt schloss mit einem Seufzer die Augen. Seinen Körper verließ jede Spannung. Martin der schwarze Feldscher war gestorben.

»Nein«, schluchzte Gustav. Nun hatte er nach seinem leiblichen Vater auch den Mann verloren, der ihm wie ein zweiter Vater gewesen war.

»Es tut mir so leid«, sagte Anike und nahm ihn tröstend in den Arm. »Er war ein guter Mann.«

»Euer verfluchter Meister hat sich für immer verabschiedet. Keiner kann uns jetzt noch etwas befehlen.« Triumphierend lachte der Glatzkopf, drehte sich auf halbem Weg zum Pentagramm um und schwang bedrohlich seine Waffe. »Ich habe noch nie einen schwarzen Feldscher gefressen, aber ich werde mir jeden Happen davon schmecken lassen, das könnt ihr mir glauben.«

»Ich will aber auch ein Stückchen haben«, maulte der Junge. »Wenigstens die Ohren. Ich mag das Schmalz darin so gern. Die gab es früher immer zu besonderen Anlässen. Ein Naschteller voller Menschenohren. Manchmal habe ich so viele davon gegessen, dass ich Kopfschmerzen bekam.«

Zorn brandete in Gustav auf. Er wünschte sich in diesem Augenblick, dass er die Dämonen und ihre Welt niemals kennengelernt hätte. Vielleicht wäre es doch besser gewesen, mit dem Strick um den Hals an dem Baum zu sterben, von dem Martin ihn gerettet hatte.

Ihm fielen die Worte seines Meisters wieder ein. »Schick sie nach Hause!« Jetzt verstand er sie vollends. *Ich bin für alle Dämonen eine Rose und nicht nur für diejenigen, die ich selbst gerufen habe.* Gustav stand auf, nahm ehrfürchtig Martins Silberdegen an sich, richtete seine schwarze Kleidung und blickte den Dämonen fest in die Augen. Für einen Moment verschwamm die Welt und Gustav sah die drei Dämonen in ihrer wahren Gestalt. Spürte ihre Gefühle und Gedanken. Er wurde eins mit dem großen Spinnennetz, über das alle Dämonen miteinander verbunden waren.

Sie fühlten es.

Gustav bemerkte ihre Verwirrung. Er tat etwas, das kein Mensch zuvor mit ihnen gemacht hatte. »Ich befehle euch, diese Körper zu verlassen und in die Erde zurückzukehren!«

Überrascht blickten sie ihn an und lösten sich dann in Luft auf.

Im selben Moment lockerten sich die drei menschlichen Körper. Der goldene Glanz aus ihren Augen verschwand. Stöhnend erwachten die Männer und blickten sich verwirrt um.

»Geht zurück zu euren Einheiten!«, rief Gustav ihnen zu, bevor er Martins Körper hochhob, um ihn zum gelben Karren zu tragen.

»Ja, Feldscher«, antworteten die Soldaten und rannten davon.

DER MEISTER
DER DÄMONEN

M ehr können wir im Moment nicht für ihn tun.« Vorsichtig bedeckte Gustav den im Wagen aufgebahrten Körper seines Meisters mit einer Decke. Es fiel ihm schwer, ihn hier zurückzulassen, aber er hatte eine Aufgabe zu erledigen, die keinen Aufschub duldete. »Ich muss helfen, diese Schlacht zu gewinnen«, sagte er entschlossen zu Anike. »Das war Martins sehnlichster Wunsch, damit der Kaiser zurück an den Verhandlungstisch gezwungen wird. Nur so lässt sich endlich Frieden herstellen.«

Überrascht riss Anike die Augen auf. »Was glaubst du ausrichten zu können? Die Schlacht ist in vollem Gange. Mehr als dreißigtausend Männer schlagen sich da draußen gerade die Schädel ein. Es wird dunkel. Die Dämonen, die ihr in den Kampf schicken wolltet, gibt es nicht mehr. Hayos hingegen werden bereits kämpfen. Wirf dein Leben nicht so sinnlos weg!«

»Ich muss es einfach versuchen. Die einzige Chance, die den Unionstruppen bleibt, ist, dass ich versuche, die Dämonen der Gegenseite auszuschalten.«

»Gustav!« Sie nahm sein Gesicht in ihre Hände und kam mit ihrem dicht an seines heran. »Ich weiß, dass du über beeindruckende Kräfte verfügst, aber dir ist doch klar, wie gefährlich das ist.« Sie gab ihm einen Kuss. »Wie willst du überhaupt Hayos Dämonen finden?«

Trotz allem musste Gustav schmunzeln, als er sagte: »Nun, da habe ich schon eine Idee.« Unter einem ungeschickten Husten verbarg er ein genuscheltes »Mela«.

»Hast du dich zu allem Überfluss auch noch verkühlt?«, fragte Anike besorgt. »Nicht die beste Voraussetzung, um sich in eine aussichtslose Schlacht zu stürzen.«

»Ach was, der Junge ist die Gesundheit selbst. Schließlich ist er mit mir verbunden«, erklang die hohe Stimme der Dämonin.

Erst jetzt wurde Gustav bewusst, dass er, seitdem er Mela kennengelernt hatte, tatsächlich nicht erkältet gewesen war oder sich irgendetwas anderes eingefangen hatte – sah man von den üblichen Verletzungen und Wunden ab, die ein Leben im Krieg und an der Seite einer Dämonin so mit sich brachten.

Aufmerksam betrachtete Mela Anike. »Hast du schon fertig gebrütet? Wo ist euer Balg?« Theatralisch schlug sie die Hand vor ihren Mund. »Hat Gustav es etwa aus Eifersucht aufgefressen? Eigentlich dachte ich, dass du dich seiner entledigst, nachdem er dich begattet hat.«

Anike grinste. »Nichts davon ist passiert. Noch nicht.«

Als Gustav das hörte, wurde ihm schwindelig. *Du darfst heute Nacht nicht sterben!*, nahm er sich vor und gab Anike einen langen Kuss.

»Iiihh«, kam es von Mela. »Das ist ja widerlich. Hat er dir jetzt gerade seine Eier in den Mund gespuckt?«

»Bitte aufhören!«, stöhnte Gustav gequält.

»Schon gut, schon gut, genug von den Bienchen und Karpfen. Warum musste ich hier schon wieder antanzen, wenn es nicht dazu ist, um euer Kälbchen zu fressen?«

»Hattest du etwas Besseres vor?«, fragte Anike mit spöttischem Unterton.

Eingeschnappt schob Mela ihre dicke Unterlippe vor. »Warum genau mögen wir sie jetzt wieder?«

»Schluss, wir haben für den Mist heute keine Zeit. Martin …« Gustavs Stimme brach und Tränen verschleierten seine goldene Dämonenumwelt.

»Wo ist dein Meister eigentlich? Sonst kann ich ja nicht so ungeniert hier auftauchen.« Mela schnupperte laut. Ein überraschtes »Oh« entwich ihr, doch es klang nach echtem Mitgefühl. Vorsichtig blickte sie in den Karren und betrachtete die verhüllte Leiche. »Darf ich?«, fragte sie zögerlich.

Gustav verstand, dass sie nicht davon sprach, seinen Meister zu verspeisen. Deswegen nickte er zustimmend.

Mit spitzen Krallenfingern zog die Dämonin die Decke weg.

Was sie dann tat, raubte Gustav den Atem.

Mela verbeugte sich vor dem Toten.

»Requiescas in pace, magne domine. Tibi gratias ago, quod Gustavo pater tam bonus eras«, sprach sie feierlich.

Vor Aufregung schaffte es Gustav nicht, die Worte zu verstehen. Er schaute hilfesuchend zu Anike.

Sie flüsterte ihm zu: »Ruhe in Frieden, großer Meister. Danke, dass du Gustav ein so guter Vater warst.«

Ein dicker Kloß bildete sich in Gustavs Hals. Er hätte Mela jetzt gern umarmt.

Sie nahm ihm die Entscheidung ab, indem sie mit ausgebreiteten Armen auf ihn zukam. Als er weinend an ihrer erstaunlich weichen und warmen Brust lag, sagte sie: »Es tut mir sehr leid, Gustav. Dein Meister war ein guter Mann, der uns Dämonen nie nur als Werkzeuge gesehen hat, sondern auch immer als Lebewesen. Viele von uns verdanken ihm sein Leben.«

Schließlich wandte sich Gustav an Mela: »Du wolltest doch wissen, warum ich dich gerufen habe. Hilfst du mir, Dämonen zu jagen?«

Er erklärte ihr schnell, was passiert war und wie sein Plan aussah.

»Ich werde meine Brüder und Schwestern für dich finden, wenn du mir versprichst, dass du ihnen kein Leid zufügst!«

»Das schwöre ich dir, im Namen meines Meisters Martin. Ich schicke sie nur zurück.« Entschuldigend setzte er nach einer kurzen Pause nach: »Ich bringe sie allerdings um ein Festmahl.«

Sie brummte unwirsch.

»Was bedeutet, dass mehr für dich bleibt«, ergänzte Anike, so fröhlich sie nur konnte.

»Hältst du mich etwa für verfressen? Ich habe nur schwere Knochen.« Verlegen wischte sich die Dämonin über ihren ausladenden Bauch.

Anike war klug genug, auf diese Frage nicht zu antworten.

»Nun gut, ich mache mit! Könnte vielleicht ein Spaß werden, wenn ich mal wieder ein paar alte Freunde treffe. Bisschen menschliche Todesangst zu riechen, hat eigentlich auch immer was.«

Gustav konnte ein erleichtertes Aufstöhnen nicht unterdrücken. An Mela hing sein gesamter Plan.

»Ich werde dich tragen müssen, Stummelchen. Deine kümmerlichen Beinchen sind einfach zu kurz und zu schwach, als dass wir mit ihnen schnell genug wären, um meinesgleichen zu stellen.« Sie legte den Schädel schräg und schaute ihn prüfend an. Der Blick erinnerte Gustav an seine Mutter, die ihn auch immer so angesehen hatte, bevor sie am Sonntag zur Kirche gingen, um zu kontrollieren, ob er auch sauber und ordentlich gekleidet war. »Wenn ich es mir recht überlege, ist eigentlich alles ziemlich kümmerlich an ihm. Willst du dich wirklich mit dem paaren?«, fragte sie an Anike gewandt. »Er hat ja nicht mal vernünftige Krallen und Zähne.« Sie fauchte und hieb spielerisch mit ihrer Krallenpranke in die Luft.

Erschrocken sprang Gustav einen Schritt zurück.

»Na, was habe ich gesagt?«

»Ich mag ihn gern, so wie er ist.« Anike zwinkerte Gustav vieldeutig zu.

Dem schlug das Herz bis zum Hals, als er sie fragte: »Wirst du noch hier sein, wenn ich zurückkehre?«

»Wage es ja nicht, auch nur daran zu denken, nicht wiederzukommen. Spätestens bei Sonnenaufgang erwarte ich dich hier!« Ihre schönen Augen funkelten herausfordernd.

»Ei ei, Mädchen, mit dir würde ich mich auch nicht anlegen.« Mela zeigte auf ihren Rücken. »Spring schon auf, Kleiner. Die Nacht ist immer viel zu kurz.«

Dank Melas beeindruckendem Tempo gelang es ihnen sehr schnell, die sieben geflohenen Dämonen zu finden. Sie hatten sich nicht weit entfernt und wieder begonnen, sich laut fluchend zu prügeln. *Dies sind die Letzten, die Martin jemals gerufen hat,* schlich sich ein furchtbar trauriger Gedanke in Gustavs Kopf. Dennoch ließ er sich nicht ablenken, sondern schickte sie dorthin zurück, woher sie gekommen waren.

»So weit, so einfach«, kommentierte Mela diese wenig heldenhafte Aktion. »Ich finde es übrigens echt merkwürdig, dass du das kannst. Mir ist noch nie ein Mensch begegnet, der über eine derart scheußliche Fähigkeit verfügt. Vielleicht sollte ich meiner Art einen Gefallen tun und mir das Leben nehmen – und deines dadurch gleich mit.«

»Untersteh dich!«, erwiderte Gustav. »Komm weiter! Das war der einfache Teil. Jetzt auf in Richtung Schlacht.«

Schon bald hörten sie Kanonendonner und die Salven der Musketen. Ein ekelhaft nach Schießpulver stinkender Nebel kroch über die vielen kleinen Hügel und Senken der Böhmisch-Mährischen Höhe.

»Wo soll ich hin?«, fragte Mela. »Irgendwelche taktischen Anweisungen, Herr General?«

»Einfach an den Ort, an dem sich die meisten Dämonen befinden.«

»Wie du meinst.« Sie rannte beherzt los, sodass Gustav fast von ihrem Rücken heruntergefallen wäre. Hastig griff er nach einem ihrer großen Ohren, um sich daran festzuhalten.

»Hör auf zu tatschen, sonst erzähle ich das deinem Weibchen«, kommentierte die Dämonin das spöttisch wie immer.

Im Schutz einiger Bäume beobachteten sie einen Musketierverband, der sich verbissen gegen fanatisch anrennende kaiserliche Infanteristen zur Wehr setzte. Nur ihre erhöhte Position hatte die Schweden bisher davor bewahrt unterzugehen. Dieser Vorteil würde die Gewehrschützen nicht mehr lange absichern, wenn Gustav die massive Überlegenheit der Kaiserlichen richtig einschätzte. »Sie werden verlieren. Brechen die Ligatruppen hier durch, können sie dem Rest unserer Armee in den Rücken fallen.«

»Natürlich sind sie dem Untergang geweiht, unter den Angreifern sind ganze achtzehn Dämonen. Ich gebe es nicht gern zu, aber der Feldscher, der es geschafft hat, so viele von uns auf einmal zu bannen, beeindruckt mich schon. Wollen wir nicht doch lieber gehen und das alles hinter uns lassen? Wir könnten mit deiner Freundin in den Süden ziehen. Ich wollte schon immer einmal im Meer schwimmen.« Die Dämonin hörte sich an wie ein kleines Mädchen. »Die Wellen schmeicheln meinen Schuppen.« Stolz stellte sie diese auf.

»Irgendwann vielleicht, Mela. Heute ist ein Tag zum Kämpfen.« Ohne Rücksicht auf Deckung brach Gustav aus dem Unterholz und ging auf die Musketiere zu.

»Bleib hier! Du bringst mich in Lebensgefahr«, versuchte Mela ihn vergeblich aufzuhalten.

Dank seiner besonderen dämonischen Kräfte schaffte es Gustav, ungesehen die letzte Reihe der Kämpfenden zu erreichen, und klopfte dem erstbesten Offizier auf die Schulter.

»Vad i …«, begann der panisch. Seine Augen weiteten sich, als er sah, wen er vor sich hatte. »Der Feldscher! Was tut Ihr hier?«, fragte er.

Gustav war froh, dass der Mann nicht gleich geschossen hatte. »Ich bin gekommen, um zu helfen, Truppenführer. Bringt mich nach vorn!«

»Herr«, entgegnete der Offizier, »geht weg hier. Die Kaiserlichen sind uns überlegen. Vielleicht müssen wir uns zurückziehen und …«

Mit einer ungeduldigen Geste verdeutlichte Gustav, dass ihm all das bewusst war, er aber dennoch in die vorderste Linie gehen musste.

»Gör plats för fältskären – macht Platz für den Feldscher«, rief er seinen Soldaten daraufhin zu.

Sofort machten die Männer Gustav Platz. Es war, als ob die Kämpfer eine Ehrenformation für ihn bildeten. Sie riskierten bereits den ganzen Tag ihr Leben und hatten viele

Kameraden verloren. Jetzt setzten sie all ihre Hoffnungen in den schwarzen Feldscher und seine besonderen Kräfte.

Als Gustav am Rand des Schlachtfelds ankam, bot sich ihm ein schauerliches Bild. Ein elendes Sterben, Schreien und Jammern. Dennoch kam keiner der Abertausenden Männer auf die Idee zu fliehen. Unablässig griffen sie an oder verteidigten. *Das muss ein Ende haben!* Gustav ließ seinen Blick schweifen, um die Dämonenkrieger zu finden. Dank Melas Fähigkeiten wich er dabei immer wieder anfliegenden Kugeln, Armbrustbolzen und allerlei anderen Geschossen aus.

Die in menschlicher Gestalt kämpfenden Dämonen der Kaiserlichen waren den anderen Soldaten in allen Belangen überlegen. Mit langen Piken stießen sie todesmutig vor, wichen wie durch Zauberhand den meisten Abwehrversuchen aus und überrannten so ganze Gruppen von schwedischen Soldaten, die dann von den nachrückenden Kräften niedergemacht wurden. Es war nur eine Frage der Zeit, bis sie den Verband, bei dem sich Gustav befand, erreichen würden. *Das wird nicht passieren.* Er wusste, was zu tun war, auch wenn das höchstwahrscheinlich den Tod der Männer bedeutete, die die Dämonen in sich aufgenommen hatten. Gustav versuchte es damit zu rechtfertigen, dass er diese Schlacht verkürzen und so viele Leben retten würde.

Unruhe kam plötzlich in die angreifenden Truppen. Eine kleine Gruppe Männer scherte aus der Kampfordnung aus und hielt genau auf Gustav zu.

Der zählte sie hastig durch. *Achtzehn. Hayos Dämonen haben mich bemerkt.* Er sah sie jetzt in ihren wahren Gestalten. Achtzehn Dämonen fixierten ihn. Der Moment war gekommen. »Ich befehle euch, diese Körper zu verlassen und in die Erde zurückzukehren!«, sprach er ruhig die Formel, die seinen Meister so beeindruckt hatte.

Einige der fremdgelenkten Männer kamen ins Stolpern, als sie so abrupt wieder die Kontrolle über ihren eigenen Leib erhielten. Das gab ihnen einen gnädigen Aufschub. Alle anderen wurden von den Kugeln der Musketiere niedergemacht.

Gustav wandte sich von dem Massaker ab. Seine Aufgabe war erledigt.

An den aufgeregten Schreien der kaiserlichen Soldaten war zu hören, dass ihr Vorstoß durch den überraschenden Verlust ihrer stärksten Kräfte ins Stocken geraten war.

Langsam bahnte sich Gustav einen Weg durch die schwedischen Musketiere und ignorierte ihre Verbeugungen und Dankesworte. Die Soldaten mochten nicht verstanden haben, was er getan hatte, aber dass er das Blatt zu ihren Gunsten gewendet hatte, begriffen sie alle.

Als er den Kampftrupp hinter sich gelassen hatte und zu Mela zurücklief, fiel ihm ein, dass er sie hätte fragen sollen, wie viele Dämonen Hayo insgesamt beschworen hatte. Achtzehn waren schon eine erstaunlich Anzahl. Viel mehr waren es hoffentlich nicht. Als er zwischen die Bäume lief, entdeckte er Mela nicht sofort, denn sie stand verborgen hinter einer besonders dicken Eiche. »Versteckst du dich etwa vor mir?«, frotzelte er.

»Ja«, ertönte eine tiefe Stimme, »weil ich ihr das so befohlen habe.«

Ungläubig blickte Gustav auf einen humpelnden Intellectus, dessen grünlich glühendes Licht aus dem Zyklopenauge ihm körperliche Schmerzen bereitete. »Was hast du …« Er besann sich auf seine Kräfte: »Ich befehle dir, in die Erde zurückzukehren!«

Nichts geschah. Der kleine Dämon grinste ihn hämisch an. »Ich lasse mir nichts von dir diktieren so wie die dummen

Plebejer«, nutzte er den lateinischen Begriff für das einfache Volk.

Gustav begriff, dass er keine Macht über das Wesen hatte und sich nicht würde verteidigen können. Um Zeit zu gewinnen, fragte er es: »Und du gehörst zu den Patriziern? Bist du etwa so was wie ein Dämonenadliger?«

Der Dämon gab ein böses Zischen von sich. »Ihr primitiven Menschen seid nicht die Einzigen, die über einen hierarchischen Aufbau ihrer Gesellschaft verfügen.«

»Oho, eine Rangordnung unter Dämonen.« Gustav zog die Augenbrauen hoch. »Wie macht ihr das? Nach Schuppenfarben, Krallenlänge oder Größe?«

Ohne auf diesen Spott einzugehen, sprach der Intellectus weiter. »Weißt du, was der Unterschied zwischen eurer und unserer Gemeinschaft ist?«

»Nein, aber du wirst es mir sicher sagen.«

»Oh ja, das werde ich. Einzig und allein, damit du vor deinem Tod verstehst, warum dein Leben sinnlos war. Unsere Gesellschaft funktioniert, das ist der Unterschied. Wir akzeptieren widerspruchslos diejenigen unter uns, die als Anführer geboren wurden.«

»Das lässt sich natürlich immer leicht sagen, wenn man einer von denen ist, die Befehle geben. Ob die anderen das auch so sehen, da wäre ich …«

»Kein Dämon käme auf die Idee, Krieg gegen andere zu führen«, unterbrach der Intellectus ihn. »So etwas tun in ihrer grenzenlosen Dummheit nur Menschen ihrer eigenen Art an. Allein heute bringt ihr euch wieder tausendfach um. Die Gründe dafür könnten nicht sinnloser sein: Macht, Habgier und vor allem mangelnde Ehrfurcht vor dem Wert des Lebens. Ihr verdient diese Welt nicht.«

»Wie meinst du das?«

Der Dämon gab eine Art Lachen von sich. »Genauso wie ich es sage. Wenn eine Art sich durch ihr unüberlegtes Verhalten schwächt, wird eine andere kommen und sie aus ihrem angestammten Gebiet vertreiben ...« Er gab ein bedrohliches Knurren von sich. »... oder töten.«

Mit einem triumphierenden Fauchen sprang der Dämon auf Gustav zu.

Der zog blitzschnell seinen Degen.

Genau damit hatte der Intellectus gerechnet. Er rollte sich ab und kam rechts neben Gustav zum Stehen.

Schockiert drehte der den Kopf zur Seite, doch für einen Abwehrversuch war es schon zu spät. Das Wesen biss ihm in den Unterarm, mit dem er seine Waffe führte. Seine langen, spitzen Zähne bohrten sich durch den schwarzen Stoff und drangen tief in das darunterliegende Fleisch ein, sodass Gustav den Degen loslassen musste. Er nestelte mit der unverletzten Hand an seinem Gürtel, um das silberne Messer zu greifen, doch auch das hatte der Dämon geahnt. Er durchschnitt mit seinen scharfen Krallen einfach den Gürtel und Gustavs Waffe fiel nutzlos zu Boden. Seinen Fluchtversuch unterband die Kreatur, indem sie ihre Krallen in Gustavs Oberschenkel schlug.

»Siehst du jetzt ein, dass wir die bessere Spezies für die Erde sind? Wir brauchen kein Hilfsmittel aus Metall, um zu kämpfen. Unsere Körper sind die besten Waffen, die es gibt.« Gegen jede Regel der Ritterlichkeit schlug der kleine Dämon Gustav heftig in den Unterleib.

Sterne erschienen vor Gustavs Augen und er klappte zusammen.

Mit einem bösen Kreischen sprang der Intellectus auf ihn und umklammerte Gustavs Hals. »Ich will zusehen, wie das Leben aus dir strömt, und anschließend hole ich mir dein Mädchen«, flüsterte er ihm ins Ohr.

Anike, schaffte Gustav noch zu denken, bevor er seinen gesamten Willen aufbot, um Luft zu holen. In den kleinen Händen des Intellectus steckte eine unglaubliche Kraft. Röchelnd und mit blau werdendem Gesicht fügte Gustav sich in sein Schicksal. Die Welt um ihn herum wurde dunkel. Bevor er sie ganz verließ, vermeinte er einen komplett sinnlosen Satz zu hören.

»Gut gemacht, Jolande!

Das Gewicht des Dämons auf Gustavs Körper verschwand. Plötzlich konnte er wieder Luft holen. Eine fellige Schnauze stupste ihn an und zu seiner Überraschung blickte er in Jolandes treues, graues Gesicht. Ein gellender, extrem hoher Schrei ließ ihn aufspringen.

Der Ruf kam von dem Intellectus, dem Anike gerade wütend ihr Messer in den Hals trieb.

Der Dämon zappelte und griff jammernd an seine dürre Kehle, aus der goldenes Blut strömte, das mit einem Zischen auf dem kalten Boden verdampfte. Langsam begann sich sein Körper aufzulösen. Als Letztes erlosch das grüne Auge.

»So langsam habe ich aber die Schnauze voll. Ich schwöre, dass ich nie wieder einen Dolch in die Hand nehmen werde.« Angewidert blickte sie die Waffe an, mit der sie schon zum zweiten Mal an diesem Tag getötet hatte. »Na ja, ich schwöre, dass ich es nach dem Ende des Krieges nie wieder tun werde.« Lauernd wiegte sie den Dolch in den Händen und blickte sich nach weiteren Feinden um.

»Anike …«, begann Gustav verwirrt, als das neben ihm stehende Maultier ein mürrisches Schnauben von sich gab, »… und Jolande, was macht ihr hier?«

»Dich retten, oder wonach sieht es sonst aus?« Sie bedeckte sein Gesicht mit Küssen. »Das nennst du auf dich aufpassen?«, flüsterte sie dabei.

Gustav fiel ihr in die Arme.

»Ähm«, ertönte Melas hohe Stimme. »Ist diesmal etwa das störrische Maultier der Held, nur weil es den Weg zu uns gefunden und mit seinen Hufen den Intellectus von dir heruntergetreten hat?« Sie verbeugte sich vor Jolande und sagte freundlich: »Asinus in aeternum – der Esel auf ewig: Das bin ich jetzt.« Die Dämonin räusperte sich. »Immerhin habe ich sie hergerufen, also habe ich uns doch wieder gerettet.«

»Du warst das? Ich wusste gar nicht, dass du so was kannst.« Gustav blickte die Dämonin fragend an.

Die schnaubte genervt. »Also erstens habe ich dir bisher nur einen verschwindend geringen Teil meiner unglaublichen Kräfte gezeigt …« Mela verstummte.

»Und zweitens?«, bohrte Gustav nach.

»Hach, als ich sie neulich zum Spaß an ihrem Schwanz ziehen wollte, hat sie nach mir geschnappt und seitdem sind wir wohl irgendwie …«

»Verbunden?«, beendete Gustav den Satz ungläubig.

»So würde ich es nun nicht nennen. Sagen wir mal, dass wir einen guten Draht zueinander haben.« Sie zwinkerte mit ihren drei Augen.

»Danke, Jolande!« Gustav versuchte dem Maultier über den Hals zu streicheln. Das wurde mit einem fast liebevoll zu nennenden Schnappen beantwortet.

»Hättest du ihn nicht besser beschützen können?«, zischte Anike Mela plötzlich an und pikte ihr mit dem Finger in die breite Brust.

»Sie konnte nicht«, verteidigte Gustav die Dämonin. »Der Intellectus hat es ihr verboten.«

»Pfff«, machte Anike. »Von dem kleinen Vieh lässt du dir was sagen?«

»Nun ja …« Mela scharrte verlegen mit dem Fuß. »Was hätte ich denn machen sollen? Er ist in meinen Kopf eingedrungen und hat es mir befohlen.«

»Du hast doch in Osnabrück schon einmal einem widerstanden«, fragte Gustav verblüfft.

»Ja, aber den kannte ich schon und konnte seine Manipulationsversuche deswegen besser spüren. Außerdem hatte ich mit seinem Angriff gerechnet.«

Enttäuscht schüttelte Anike den Kopf. »Ich dachte, nur Gustav kann dir Befehle geben.«

»Ach, der …« Mela unterbrach sich und räusperte sich verlegen, was so laut war, dass einige neugierige Eichhörnchen zurück auf ihre Bäume flohen. »Nun … ähm … ich hätte ja nicht wissen können … Nein, da kann mir niemand einen Vorwurf machen. So ist das, wenn man sich in die Angelegenheiten von Menschen einmischt«, redete sie aufgeregt mit sich selbst.

»Was ist los?«, fragte Gustav nach.

»Na ja, es ist wohl so, wenn du mir irgendwann mal aufgetragen hättest, nicht auf einen anderen Dämon zu hören, sondern nur auf dich, dann«, sie atmete tief durch, »dann wäre uns diese lustige Episode eventuell erspart geblieben. Glaub mir, bald wirst du über diese Geschichte lachen und sie deinen Freunden bei einem Bier erzählen.«

Die Schmerzen beim Schlucken erinnerten Gustav daran, dass diese Episode alles andere als lustig gewesen war. »Mela, bitte höre nie wieder auf einen anderen Dämon.«

Die grinste und zwinkerte ihm entschuldigend mit ihren drei Augen zu. »Versprochen!«

Als sie kurz nach Sonnenaufgang übermüdet und erschöpft am gelben Karren ankamen, erklangen plötzlich rhythmische Kanonenschüsse.

Verschreckt klammerte sich Anike an Gustavs Arm.

Ein Ruf erscholl, der immer lauter wurde: »Seger! – Sieg!«

»Keine Angst«, sagte der mit einem Lächeln. »Das sind Freudenschüsse. Wir haben die Schlacht gewonnen.«

CONSILIUM MAGNUM

Prag, Königreich Böhmen, kaiserliche Erblande,
8. März 1645 – 28. Kriegsjahr

Weikhard Fürst von Auersperg schenkte sich den letzten Schluck Rotwein aus der großen Silberkaraffe ein, die er im Laufe dieses Abends geleert hatte. Normalerweise machte er sich nicht besonders viel aus Alkohol, aber es war ein langer Tag gewesen, der nichts als schlechte Nachrichten gebracht hatte. Gestern war der Kaiser bei Einbruch der Dunkelheit nach Linz geflohen. Prag war nach dem Sieg Torstenssons nicht mehr sicher. Seitdem liefen bei seinem Vertrauten, dem allseits geschätzten Fürsten von Auersperg, alle Fäden zusammen. Nur zu gern wäre der ebenfalls mit der kaiserlichen Delegation geflohen, aber Ferdinand III. hatte ihn persönlich zum Kommandanten Prags ernannt. Damit war er auserwählt, die stolze Stadt gegen die Schweden zu verteidigen. *Ohne Truppen wird mir das schwerlich gelingen.* Auersperg stöhnte verzweifelt.

Nachdenklich ließ er den Wein in seinem Kelch kreisen. Das Getränk sah im Schein der Kerzen fast schwarz aus. *Wie Blut,* schoss es ihm durch den Kopf. Der aus Spanien stammende Rioja war schwer und vollmundig – außerdem stieg er einem schnell in den Kopf. Es hätte den Fürsten amüsiert, wenn er gewusst hätte, dass er die Vorliebe für diesen Wein mit seinem ärgsten Konkurrenten teilte: Maximilian von und zu Trauttmansdorff. Der Reichsgraf schien mal wieder alles richtig gemacht zu haben. Er saß sicher in Wien und niemand konnte annehmen, dass er mit der vernichtenden Niederlage des gestrigen Tages zu tun hatte. Vor dem Gemetzel in der Nähe des Dörfchens Jankau war Auersperg gerade noch rechtzeitig nach Prag abgereist, bevor er ebenfalls sein Leben verlieren konnte. Die Armee war vollständig vernichtet worden: fast fünftausend Reiter gefallen, das gesamte Fußvolk verloren, sämtliche Kanonen ebenfalls und mehr als viertausend Mann in Gefangenschaft geraten. Hatzfeldt und ein großer Teil seiner Generäle gehörten dazu. Sah man einmal von der obersten Führung ab, würden die Soldaten schnell die Seiten wechseln und Torstenssons ohnehin schon überlegenes Heer verstärken.

Doch der Fürst wusste, dass die Flucht des Kaisers nach Linz oder Wien das Schicksal nur hinauszögerte. Nach der Niederlage bei Breitenfeld und dem Verlust des Gallas'schen Heers war dies bereits die dritte Armee, die der eigentlich unfehlbare Kaiser innerhalb weniger Jahre verloren hatte. Diesmal ließen sich die immensen Verluste nicht mehr durch Einheiten von anderen Kriegsschauplätzen wettmachen. Die Truppen aus Ungarn und Bayern waren ebenfalls vernichtet. Österreich, das Kernland der Habsburger Monarchie, war ohne Verteidigung und wartete nur darauf, dass die verfluchten Schweden es sich einverleibten. Torstenssons Truppen würden zunächst plündernd, mordend und brandschatzend über die Erblande herfallen. Auersperg, der sonst nicht viel für das gemeine Volk übrighatte, schüttelte sich bei dem

Gedanken, was das für die Menschen bedeutete. *Ich könnte einer von ihnen sein, wenn Prag fällt.*

Nachdem er seinen Kelch in einem Zug geleert hatte, wischte er sich mit dem Unterarm den Mund ab und drückte sich schwerfällig an der polierten Tischplatte nach oben. Es war Zeit, ins Bett zu gehen. Vielleicht war es gar Zeit, sich aus der Politik zurückzuziehen. Er war in allen Belangen gescheitert. Jeder Ratschlag, den er dem Kaiser gegeben hatte, hatte sich als falsch herausgestellt. *Vielleicht hätte ich auf Trauttmansdorffs unverschämten Vertreter hören sollen.* Er kramte in seinem Gedächtnis nach dem Namen. *Johannes. Was wohl aus ihm geworden ist?*

Ein Klopfen holte ihn aus seinen düsteren Gedanken. *Noch mehr schlechte Nachrichten!*, war er sich sicher. »Herein!«

»Herr!« Es war Berold, sein etwas tumber, aber dennoch sehr effektiver Gehilfe. »Darf ich reinkommen?«

»Wenn's sein muss.«

Mit steifen Schritten betrat Berold den Raum.

Auersperg betrachtete ihn mit gerunzelter Stirn. »Was ist mit dir, hast du in die Hose gemacht?«, versuchte er sich an einem Scherz.

Berolds strahlend blaue Augen blickten ihn nur dümmlich an. Vermutlich war er nach den Ereignissen der letzten Tage nicht empfänglich für Frotzeleien. Wer konnte ihm das verdenken?

»Was willst du, Berold?«, forderte Auersperg ungeduldig. »Ich muss ins Bett. Der Kommandant einer Stadt im Belagerungszustand sollte ausgeruht sein.«

»Ihr habtver-sagt!«, antwortete der merkwürdig abgehackt.

»Wie kannst du es wagen, du frecher Bengel? Hast du vergessen, aus welcher Gosse ich dich herausgeholt habe? Ohne mich wärst du ein Nichts.«

»Ihr seid dasNichts! AlleswasIhr ge-tanhabt warfalsch. TypischMensch.«

»Bist du besoffen, Berold? Halt dein Schandmaul, oder ich lasse dich von den Wachen ins Stadtgefängnis werfen. Und jetzt raus hier, bevor ich mich vergesse!«

Ruckartig zog sein langjähriger Vertrauter ein schlankes Stilett.

»Berold, was ist in dich gefahren?« Langsam machte der Junge dem Fürsten echte Angst. Vorsichtig ging er zu seinem Schreibtisch zurück. In einem der Schubfächer lag eine geladene Faustbüchse.

»Du hastver-sagtMensch!«, antwortete ihm Berold.

Mit einem Ausfallschritt versuchte Auersperg hinter seinen Schreibtisch zu gelangen.

Der deutlich jüngere und kräftigere Berold holte ihn ohne Probleme ein und stach ihm die Waffe wuchtig in den Rücken.

»Ahh!«, schrie sein Herr gellend auf.

Emotionslos riss Berold die Waffe heraus und stach erneut zu. Dann drehte er sich wortlos um und ging mit dem blutigen Messer in der Hand aus dem Raum.

Auersperg brach zusammen. Blut lief ihm aus Mund und Nase. Er lag im Sterben.

Knarrend öffnete sich die Tür erneut und drei kleine Wesen mit jeweils nur einem grün leuchtenden Auge traten in sein Arbeitszimmer ein.

»Es war ein Fehler, ihn nicht früher aus dem Weg zu räumen. Der Krieg wird durch seine Dummheit bald enden. Der große Plan braucht noch etwas Zeit, wenn er gelingen soll.«

Die beiden anderen Drillinge nickten mit ihren hässlichen Köpfen.

Einer von ihnen sagte mit Reibeisenstimme: »Wir müssen den jungen Feldscher aufhalten! Er verfügt über eine unheimliche Macht, die das Consilium Magnum scheitern lassen kann.«

Wieder nickten alle.

»Ihr wisst, dass er uns hören kann.« Der dritte Dämon zeigte auf den am Boden liegenden Fürsten.

Der erste lachte böse. »Das können sie alle, wenn sie sterben. Bald schon wird die gesamte Menschheit auf diese Weise von uns erfahren. Lasst uns gehen! Dieser Fehler ist ausgemerzt.«

ENDE

MEHR VON GREG WALTERS

DIE BESTIEN CHRONIKEN
Antike Fantasy in drei Teilen. Abgeschlossene Reihe.

Was haben eine stotternde Zauberin, ein intellektueller Barbar, ein Junge, der Zuneigung für tödliche Bestien empfindet, und ein unglücklicher Narr gemeinsam?

Gar nichts, außer einem miesen Schicksal und der Bürde, dass sie nur gemeinsam ihre untergegangene Welt vor der vollkommenen Vernichtung retten können …

Tödliche Bestien haben die Macht in der Welt übernommen. Nur in der ewigen Stadt Kol leistet die menschliche Zivilisation noch Widerstand. Geschützt von einer magischen Kuppel, trotzt sie den unnatürlichen Kreaturen. Doch auch innerhalb der Stadtmauern ist es alles andere als sicher, denn dort lauert das gefährlichste aller Wesen – der Mensch.

Ebook, Taschenbuch, Hörbuch
ISBN: 978-3947515509

MEHR VON GREG WALTERS

DIE FARBSEHER SAGA
Bisher über 100.000 Leser + Hörer und
über 4000 begeisterte Bewertungen

Ein Mensch, der von der Magie beherrscht wird,
ein Zwerg, der nicht zaubern kann,
ein übergewichtiger Zwergelbe,
ein hinkender Ork.
Sie können die Welt retten – oder vernichten.

Leik erlebt einen Winter, der sein ganzes Leben auf den Kopf stellt. Er trifft seine erste Liebe, besucht eine Universität, in der Magie gelehrt wird, und findet zum ersten Mal im Leben Freunde.
Aber seine Welt ist dem Untergang geweiht. Nur wenn Leik es schafft, die Farben der Zauberei richtig einzusetzen, kann er sie retten. Denn außer ihm kann niemand auf der Welt alle drei magischen Farben sehen. Das macht ihn außergewöhnlich – und gefährlich …

Ebook, Taschenbuch, Hörbuch
ISBN: 978-3758372711

NICHTS MEHR VON MIR VERPASSEN?

Abonnieren Sie meinen Newsletter:
www.gregwalters.de/newsletter.html